아이는
무서운 꿈을
꾼다

KODOMO HA KOWAI YUME WO MIRU
©Makoto Usami 2021

First published in Japan in 2021 by KADOKAWA CORPORATION, Tokyo.
Korean translation rights arranged with KADOKAWA CORPORATION, Tokyo
through JM Contents Agency Co.

이 책은 JMCA를 통해 일본의 KADOKAWA CORPORATION와 독점 계약하여
한국어판 출판권이 블루홀식스에 있습니다.

子供は怖い夢を見る

아이는
무서운 꿈을 꾼다

우사미 마코토 장편소설

이연승 옮김

블로홀6

차례

일러두기
본문의 각주는 전부 독자의 이해를 돕기 위한 옮긴이 주입니다.

❶

모든 것은
가을에 일어난 일

강바닥 돌부리에 발이 걸려 와타루는 하마터면 앞으로 고꾸라질 뻔했다.

솟구치는 물보라에 온몸이 흠뻑 젖었다. 물기를 빨아들인 옷이 무거워서 움직임이 더 둔해진다.

강을 가로지르는 바람 때문에 몸이 덜덜 떨렸다. 추위는 느껴지지 않는다. 몸이 떨리는 건 저 앞에서 떠내려가는 플라스틱 상자가 점점 멀어지는 탓이다.

"마리나!"

크게 외친 것 같은데도 가늘고 약하게 들린다. 휘몰아치는 바람 소리에 지워져 밤의 어둠으로 빨려 간다.

"안 돼! 기다려!"

강폭이 넓어지면서 양옆 길가에 같은 간격으로 설치된 가로등도 조금씩 멀어진다. 시커먼 강물은 거친 물살을 일으키며 무시무시한 힘을 발산하고 있다. 자칫하다가는 나도 떠내려갈 것 같다. 꼭 사악한 생명체가 몸을 꽁꽁 얽어매고 있는 것 같았다.

"마리나! 마리나!"

플라스틱 상자 안에 누워 있을 아기는 대답이 없다. 좋아하는 풍선 무늬 수건에 싸여 있는데도 더 이상 눈을 뜨지 않는다. 그렇게 생각하니 저절로 눈물이 쏟아졌다.

조금 전까지 선명해 보이던 수납 상자가 기울어져 이제는 물결에 휩쓸리기 일보 직전이다. 놓치면 끝이다. 저 아이를 되찾아야 한다. 소중한 내 여동생이니까.

마리나는 여덟 살 오빠의 품에 안겨 천사처럼 웃었다. 웃으면 두 뺨에 보조개가 또렷이 잡혔다. 통통한 손가락을 쭉 뻗어 와타루의 검지를 붙들었다. 이가 아직 나지 않은 분홍 잇몸. 부드러운 머리카락. 우유 향기.

그 모든 것이 사랑스러웠다. 잃어버리기 일보 직전인 동생의 머리부터 발끝까지가.

와타루는 울부짖으며 강물에 몸을 맡겼다. 수영을 못 하는 건 알고 있다. 그래도 여동생을 따라잡으려면 그래야 한다. 강물에 몸이 떠오른 순간 얼굴이 다시 가라앉아 비린내가 나는 물을 잔뜩 마셨다. 무참한 얼굴을 들어 필사적으로 물살을 가르며 나아간다. 자신이 여전히 오열 중인지 이를 악물고 있는지도 분간할 수 없다.

수없이 물에 가라앉을 뻔했다. 숨이 막혀 고통스럽다. 그래도 강물을 걷는 것보다 떠내려가는 쪽이 빠르다. 달빛에 비친 수납 상자가 조금씩 눈앞에 다가온다. 오직 그것만 보며 계속 나아간다. 이제는 강바닥에 발이 닿지도 않았다.

숨쉬기가 힘들다. 여동생의 이름을 부르는 것도 벅찼다.

반투명한 수납 상자는 와타루가 도착하기를 기다리듯 물결 사이에 둥실 떠 있다. 뭔가에 걸렸는지도 모른다.

조금 더. 조금만 더.

마리나. 오빠가 구해 줄게.

작은 상자로 손을 뻗자 손가락이 단단한 플라스틱에 닿았다. 귓가에서는 물 튀는 소리가 들렸다. 그 물소리에 마리나의 웃음소리도 섞여 있는 것 같았다.

그 순간 상자가 기우뚱하며 순식간에 강물 속으로 다시 가라앉았다.

작고 검은 소용돌이가 보였고, 그게 끝이었다. 강은 이렇다 할 수고도 들이지 않고 작은 상자와 그 안에 있는 아기를 통째로 삼켜 버렸다.

몸이 얼어붙었다. 지금껏 잊고 있던 추위가 밀려왔다. 이제는 물이 아닌 절망에 휘말렸다.

세상에서 가장 소중한 존재를 지키지 못했다는 절망감.

와타루에게는 오직 마리나만이 진정한 가족이었다.

마리나!

그렇게 소리쳤을까.

와타루는 눈을 떴다. 새벽녘의 푸르스름한 어둠이 자신을 감싸고 있는 것을 깨닫고 안도의 한숨을 내쉬었다.

또 그 꿈을 꿨다. 사랑하는 여동생과 헤어지는 꿈. 그날 이후 마리나를 만나지 못했다. 만약 어딘가에 살아 있다면(아니, 살아 있다는 건 알고 있다) 마리나는 스물두 살이 됐을 것이다.

늘 하던 대로 여동생의 나이를 확인하니 기분이 한결 나아졌다.

침대에서 일어나 찬 바닥에 발을 내려놓았다. 한참을 그 자세로 멍하니 있다가 싱크대에 가서 물을 마셨다. 조금 전 꿈속에서 마신 강물이 떠올라 얼굴을 찌푸렸다.

그날 이후 되도록 아라카와강에는 가까이 가지 않는다. 마리나를 삼켜 버린 그 강에는.

사실 그때 와타루는 마리나가 든 수납 상자를 붙들었다. 그리고 어떻게든 강가에 끌어올렸다. 작은 플라스틱 상자는 꽉 닫혀 있었다. 죽은 아기를 집어넣기 알맞은 크기였다. 그들은 그렇게 자신들이 저지른 범죄를 숨기려고 했다.

필사적으로 건진 수납 상자의 뚜껑을 처음 연 순간을 지금도 잊을 수 없다. 밀폐돼 있었는데도 풍선 무늬 수건은 물을 잔뜩 머금고 있었다. 떨리는 손으로 수건을 벗기자 눈을 감은 마리나가 나타났다. 마리나는 숨을 쉬지 않았다.

통통해서 사랑스러웠던 얼굴이 새파랗게 질렸고 긴 속눈썹은 축축해져 눈꺼풀에 달라붙어 있었다.

"마리나!"

와타루는 상자에서 여동생을 들어 안았다. 차갑게 늘어진 마리나의 몸에는 생명의 작은 편린조차 남아 있지 않다는 걸 직감으로 알 수 있었다. 그래도 와타루는 동생을 꼭 껴안았다.

괜찮아. 마리나는 죽지 않을 거야.

이제는 울지 않았다. 여덟 살배기 오빠는 작은 아이를 품에 안고 밤길을 달렸다.

그로부터 22년이 흘렀다.

와타루는 컵을 싱크대에 내려놓고 창가에 다가갔다. 커튼을 걷어 아래를 보니 거리가 조용히 움직이고 있었다.

신문 배달원이 탄 오토바이 소리. 가게의 셔터가 올라가는 소리. 멀리서 들리는 개 짖는 소리.

빌딩 너머 하늘이 조금 더 밝아진다.

와타루는 창틀에 앉아 바깥 풍경을 우두커니 바라보고 있었다.

이런 아침을 앞으로 몇 번을 맞이해야 할까. 여기서 이렇게 잠에서 깨 습관적으로 밥을 먹고 시간이 되면 일하러 가는 무의미한 삶을 얼마나 반복해야 하는 걸까.

마리나를 만나고 싶다.

그 꿈을 꾼 새벽에 늘 바라 왔던 염원을 다시 한번 떠올렸다.

10월이 되자 대번에 바깥 공기가 서늘해졌다.

'벌써 가을이구나' 하고 생각했다.

공동 주택에서 한 발짝만 내디뎌도 몸이 부르르 떨렸다. 얇은 점퍼의 앞부분을 꼭 여민다. 벌써 몇 년을 입어서 해진 점퍼다. 단추가 하나 떨어졌지만 수선하지 않았다.

철제 계단 아래에 세워 둔 자전거에 올라타 페달을 밟았다. 체인이 거슬리는 소리를 냈다. 체인 역시 낡고 녹슬었다. 주인 없이 방치된 자전거를 시나가와구에서 싸게 내놓아서 산 것이니 어쩔 수 없다.

초등학교로 향하는 통학로를 지날 때 노란 모자를 쓴 아이들이 줄지어 걷고 있었다. 부딪히지 않게 조심스레 옆을 지나자 아이들이 재잘거리는 소리가 귀에 들어왔다. 학교 정문 앞에서는 선생님이 등교하는 아이들에게 인사를 건네고 있었다.

"좋은 아침입니다!"

아이들도 우렁찬 목소리로 선생님에게 인사했다.

교문으로 들어가는 학생들을 곁눈질하며 와타루는 페달을 밟는 다리에 힘을 넣었다. 자전거의 속도가 빨라졌다. 지하철역으로 향하는 회사원들 사이를 쏜살같이 빠져나가 완만한 언덕길을 내려간다. 나카노부 상점가 아케이드 앞을 지나 상점가와 나란히 있는 길로 들어섰다. 그곳에서 좁은 골목길로 들어가 목적지인 가게 옆 벽에 자전거를 세웠다.

자전거에 자물쇠를 채우고 고개를 들자 '나카노부 스킵로드'라고 불리는 상점가의 컬러 포장길이 눈에 들어왔다. 아직 대부분의 점포의 셔터가 닫혀 있어서 오가는 사람은 드물었다.

와타루는 작은 문을 열고 가게 안으로 들어갔다. 가게 안은 조리용 가스 불 온기 때문에 따뜻했다. 차갑게 식은 몸이 달아올랐다.

"와타루, 좋은 아침!"

쾌활한 목소리가 들렸다.

"좋은 아침입니다."

와타루는 답례를 하고 미소 지었다. 주인아주머니가 출근하는 날은 항상 마음이 가벼웠다.

"오늘도 일찍 왔네. 이렇게 일찍 안 와도 되는데."

아주머니의 목소리를 등 뒤에서 들으며 주방을 지나 좁은 탈의실에 가서 점퍼를 벗었다. 흰색 앞치마와 머리를 감싸는 부직포 캡을 둘러 일할 준비를 한다. 주방 구석에 있는 세면대에서 손을 꼼꼼히 씻는 동안에도 주인아주머니는 바쁘게 주방을 돌아다녔다.

준비를 마친 와타루는 곧장 합류해 아주머니를 돕기 시작했다.

"좋은 아침입니다."

등을 돌린 채 튀김을 튀기는 통통한 남자에게 말을 걸었지만 남자는 대답 없이 무뚝뚝하게 튀김 냄비만 쳐다봤다. 늘 있는 일이라 와타루도 신경 쓰지 않았다. 커다란 도마 앞에 자리를 잡고 서서 채소를 다듬었다. 오늘 내놓을 반찬은 삼겹살 무 조림과 닭고기 채소 볶음. 주방에 있는 모두가 조용히 자기 임무에 몰두했다.

와타루가 이곳에서 일한 지 어느덧 4년 6개월이 됐다. 가게 이름은 '히라누마 정육점'이지만 지금은 반찬 종류들만 만들어서 팔고 있다. 육류와 함께 팔기 시작한 반찬이 맛있다고 입소문이 나면서 이제는 이쪽이 주력이 됐다고 들었다.

벽에 붙어 있던 손 글씨 구인 포스터를 보고 처음 가게에 들어섰을 때 가게 안에는 노부부만 있었다. 남편의 몸이 좋지 않아 직원을 한 명 더 쓸 거라고 했다. 초기에 와타루는 매장 앞에서 반찬을 파는 일과 배달 일을 했다. 밴을 타고 낮에는 인근 회사나 모임, 행사장에 도시락을 배달했고 저녁에는 술집이나 노래방 등에 안주를 배달했다.

온화한 성품의 부부와는 함께 일하기 편했다. 원래 다른 곳에 취직할 때까지 임시로 일하려고 들어온 곳이지만 예상보다 더 오래 있게 됐다. 부부가 와타루를 믿어 준 덕에 주방 일도 조금씩 돕게 됐다.

아동 보호 시설에서 자란 와타루는 그전까지 요리 같은 건 해 본 적이 없었다. 집밥 같은 것과도 무관했다. 히라누마 부부는 그런 걸 다 알면서도 와타루에게 정성껏 음식 만드는 기술을 가르쳐 줬다. 가게 근처에 사는 게 편할 거라며 현재 와타루가 사는 빌라를 구해 주고 보증도 서 줬다. 날이 갈수록 가게는 번창했고 상점가에 행렬이 늘어설 때도 있었다. 바쁠 때는 동네에 사는 주부를 파트타임 아르바이트로 쓰기도 했다.

그러던 가운데 작년에 남편이 세상을 떠나고 말았다. 지병인 간경변이 악화했다고 했다. 그리고 가게를 이어 가기 위해 부부의 아들이 돌아왔다. 40대인 아들 도시유키는 다니던 회사에서 구조 조정을 당했고 그 때문인지 아내와 자식들과 따로 살고 있었다.

도시유키는 부모와 달리 성격이 음침하고 괴팍했다. 부부가 아끼던 와타루를 소홀히 대했다. 그전까지 반찬 가게를 하는 부모님을 거의 찾아오지 않아 요리에도 문외한이었다. 육류를 비롯한 식자재를 다루는 데 능숙했던 주인아저씨가 세상을 떠나자 가게 운영에는 타격이 컸다. 주인아주머니는 아들에게 히라누마 정육점 고유의 맛을 전수해 주려고 안간힘을 썼지만 정작 도시유키는 별 의욕이 없어 보였다.

와타루는 말없이 닭튀김을 튀기는 도시유키를 힐끗했다.

도시유키가 있으면 주방 분위기도 덩달아 침울해진다. 아무리 주인아주머니가 열심히 움직여도 맛있는 음식이 만들어지는 장소의 분위기가 아니다. 실제로 주인아저씨가 세상을 떠난 후 반찬 맛은 미묘하게 변했다. 주방에 활기가 사라진 것과 맞물려 왠지 손님들의 발길도 조금씩 뜸해지는 것 같았다.

심지어 요새는 주인아주머니조차 몸이 좋지 않아 쉬는 날이 많았다. 그럴 때는 능숙한 파트타임 아르바이트 아주머니들에게 도움을 청하지만 조리 과정과 음식 맛이 똑같을 수는 없다. 이런 상황을 도시유키가 어떻게 생각하고 있는지는 알 길이 없고 일개 직원인 와타루가 간섭할 수도 없는 노릇이었다.

그래서 아침에 출근할 때 주방에 주인아주머니가 있으면 그날만큼은 안심이 됐다. 그나마 기분 좋게 하루를 보낼 수 있을 것 같아 가슴을 쓸어내렸다.

고등학교를 졸업한 후 보호 시설에서 나와 사회생활을 시작한 와타루는 여러 일자리를 전전했다.

물류센터 분류 작업을 시작으로 편의점, DVD 대여점, 택배 기사를 거쳐 세탁 공장에서도 일했다. 경력을 쌓을 만한 일은 하지 못했고 세탁 공장에서 다림질을 잘한다는 평가를 들었지만 그뿐이었다. 물 흐르듯 직장을 바꾸고 뿌리 없는 잡초처럼 이리저리 흔들리며 사는 게 적성에 맞다고 생각했다. 어디와도 접점이 없는 불안한 삶이었지만 안정된 가정이란 것을 겪어 보지 못한 자신에게 적합한 삶이라고 확신했다.

하지만 이 반찬 가게에서 일하면서 처음으로 안정을 찾았다. 그전까지는 상상도 하지 못한 일이었다. 이른 아침부터 저녁까지 쉴 틈이 없고 월급도 몇 푼 안 됐지만 무엇보다 마음이 편했다. 쇼와*분위기가 물씬 풍기는 나카노베 상점가 안에서는 모두가 친구이자 동료였다. 와타루도 히라

* 1926년부터 1989년까지의 일본 연호.

누마 정육점에서 일하는 젊은 직원으로 인정받아 배달을 나가거나 가게에 있을 때 다른 상점 주인과 단골손님들이 허물없이 와서 말을 걸었다. 히라 누마 부부를 비롯한 그들은 와타루에게 거의 유사 가족이나 다름없었다.

유사 가족. 유사이니 어차피 가짜다. 그건 누구보다 잘 안다. 그럼에도 불구하고 그런 곳에서 안정감을 느낀 자기 자신을 비웃어 주고 싶은 심정 이었다.

도시유키의 등장은 와타루에게 자기 위치를 재확인시켜 줬다. 결국 와 타루는 그들에게 타인이다. 아들을 못마땅해하면서도 주인아주머니는 어 떻게든 도시유키에게 가게를 맡기려고 애쓰고 있다. 딱히 그를 질투하지는 않았지만 가끔 '혈연이라는 게 이런 걸까' 하는 쓸쓸한 생각에 사로잡혔다.

그럴 때 와타루는 여동생 마리나를 떠올렸다.

"와타루. 그 일 끝나면 감자 껍질 좀 벗겨 줘."

"네."

도시유키는 여전히 등을 돌리고 있다. 주인아저씨는 튀김이든 무엇이든 척척 만들던 사람이었다. 그의 손에서 만들어지는 음식은 전부 맛있었다. 무엇보다 그는 요리를 즐겼다.

그러나 기계적으로 손만 움직이는 도시유키에게는 그런 기개가 없다. 접시에 나란히 놓인 닭튀김에는 기름이 잔뜩 묻어 있었다.

저녁 배달을 마치고 돌아오니 이나다라는 이름의 파트타임 아르바이트 아주머니가 가게를 지키고 있었다. 인근에 사는 주민인데 나이가 일흔이 넘었다고 들었다. 오늘 조리가 끝났는지 주방이 조용했다. 이제 저녁 반찬을 사러 오는 손님들만 상대하면 됐다.

"주인아주머니는요?"

"올라가셨어."

이나다 씨가 위쪽으로 눈짓했다. 히라누마 정육점 주인 부부는 가게 2층에서 도시유키와 함께 살았다. 몸이 괜찮을 때는 주인아주머니가 끝까지 가게를 지키지만 오늘은 이나다 씨에게 맡긴 걸 보니 지쳐서 일찍 올라간 듯했다.

와타루는 흰 앞치마를 두르고 이나다 씨 옆에 섰다.

"괜찮아. 오늘은 이만 가렴. 주인아주머니도 그러라고 하셨어."

이나다 씨가 그렇게 말하자마자 저녁 반찬을 사러 손님이 하나둘 가게를 찾아왔다. 민스 커틀릿, 햄 커틀릿, 크로켓이 날개 돋친 듯이 팔렸다. 조림이나 무침류 반찬 팩도 줄어드는 속도가 빠르다. 가게 내부 상황이 다소 바뀌어도 히라누마 정육점은 이 지역 주민들의 식탁을 책임지고 있다는 게 느껴졌다. 그 필요성을 누구보다 잘 알기에 주인아주머니도 어떻게든 아들에게 가게를 물려주고자 애쓰는 것이었다.

어둠이 짙어져 아케이드 내부 조명이 눈에 띌 무렵이 돼서야 손님이 줄어서 두 사람은 한숨을 돌렸다.

"과연 도시유키가 잘할 수 있으려나? 걔 어깨에 가게의 미래가 걸려 있는데도 의욕이 영 없어 보여."

오랫동안 나카노부 상점가를 지켜 온 이나다 씨는 어릴 적부터 도시유키와 알고 지냈다고 했다. 불필요한 오해를 사지 않으려고 와타루는 그저 말없이 미소 지었다.

"이혼까지 했으니 자포자기한 거지. 아이 문제나 이런저런 일로 갈등하는 동안 마음이 비뚤어졌을 거야."

인간관계가 끈끈한 상점가에서는 입에서 입으로 정보가 전해지다가 어느새 소문이 진실이 되기도 한다. 이나다 씨는 단호하게 말을 이었다.

"얼마 전에는 아이도 둘 다 중학생이 됐다고 해. 아들이랑 딸. 도시유키가 둘 중 한 명을 데려가기 위해 끝까지 노력했는데 결국 잘 안됐다더구나. 엄마 쪽에서 아이는 역시 엄마가 키워야 한다고 했고, 아이들도 엄마를 선택했대."

와타루가 얼굴을 살짝 찌푸리자 이나다 씨는 더 기세가 붙었다.

"그런데 남매를 무작정 떼어놓는 것도 좋지 않지. 부모 사정 때문에 평생 못 만나게 될 수도 있으니까."

순간 목구멍 안에서 씁쓸한 뭔가가 치밀어 오르는 느낌이었다.

7시가 되자 손님들의 발길이 더 뜸해졌다. 상점가를 오가는 이들은 장보러 온 쇼핑객이 아닌 대부분 귀가를 서두르는 회사원들이었다.

이나다 씨가 "슬슬 끝낼까?" 하고 혼잣말처럼 중얼거렸다. 가게 앞에 있는 진열대를 넣고 셔터를 닫았다. 이나다 씨는 남은 반찬 몇 개를 봉지에 담아서 와타루에게 주고 자기 몫도 챙겼다. 주인아주머니가 가져가도 된다고 했다.

전에는 반찬이 남는 날이 거의 없었다. 이 역시 가게의 앞날을 암시하는 징표일까.

둘이 함께 2층 계단 앞에 가서 인사했지만 대답은 없었다. 적어도 도시유키의 귀에는 인사가 들렸겠지만 아무 답도 돌아오지 않고 TV 소리만 작게 들릴 뿐이었다. 이나다 씨는 '이것 보렴' 하는 듯이 고개를 살짝 움츠렸다.

가게 문을 지나 밖으로 나갔다. 와타루가 출근할 때 타고 온 자전거가 그대로 있었다.

"오늘도 고생했어. 내일 보자."

이나다 씨는 지친 목소리로 말하고 금세 자리를 떠났다. 와타루의 대답도 인파에 묻혀 버렸다.

와타루는 마음을 가다듬고 자전거에 올라탔다. 상점가에서는 자전거 통행이 금지돼서 뒷길을 지나 큰길로 나갔다. '나카노부 스킵 로드'는 도큐 이케가미선 에바라나카노부역까지 이어져 있다. 천천히 역 앞을 지나고 있을 때 역사로 들어가는 사람들에게 열심히 전단을 나눠 주는 노란 염색 머리의 남자가 보였다. 아마 개업한 음식점 같은 곳의 전단일 것이다. 와타루는 신호를 기다리는 동안 그를 빤히 바라봤다.

지나가는 이들은 대부분 전단을 거들떠보지도 않았다. 남자도 그저 기계적으로 팔을 움직일 뿐 열정 같은 건 없어 보였다. 도로 위에 버려진 전단이 바람에 날리고 있었다.

그럴 만도 하다. 저런 걸 받아서 차분히 읽어 보는 사람이 어디 있을까. 신호가 파란불로 바뀌어서 와타루는 자전거를 밀며 횡단보도를 건넜다. 염색 머리 남자는 따분한 표정으로 지나가는 사람들에게 계속 전단을 내밀었다.

저런 얄팍한 수에 넘어가 자기 인생을 망가뜨리는 건 머저리야.

와타루는 속으로 그렇게 내뱉었다.

와타루는 어머니 에리코가 전단을 처음 받은 순간을 지금도 생생히 기억했다.

배가 불룩한 에리코는 여덟 살 와타루의 손을 잡아끌며 다른 손에는 여행용 가방을 들고 있었다. 그래서 전단을 받으려면 가방을 굳이 바닥에 내려놔야 했다. 에리코는 그렇게까지 해서 전단을 받았고, 책가방을 등에 짊어진 와타루는 어머니의 모습을 가만히 지켜보고 있었다. 어머니의 남산만 한 배에는 곧 태어날 마리나가 있었다.

전단에 적힌 글자를 읽은 에리코는 어찌할 바를 모르는 표정으로 고개를 들어 전단을 내민 남자를 봤다. 남자가 화답하듯 웃음을 터뜨렸고, 그 순간 어머니뿐 아니라 와타루와 마리나의 운명도 결정됐다.

그때 에리코는 정말 어찌할 바를 모르고 있었다. 그리고 남자와 그가 속한 조직은 그런 인간을 기다리고 있었다.

당시 에리코가 들고 있던 가방과 와타루가 짊어진 책가방이 짐의 전부였다. 그렇게 모자는 길거리를 헤맸고 어디에도 갈 곳이 없었다. 그리고 어머니가 받아 든 전단에는 이렇게 적혀 있었다.

— 신의 품에 뛰어드십시오. 망설일 이유가 없습니다. 우리는 차별 없이 모두를 받아들입니다.

그야말로 수요와 공급이 정확히 일치하는 만남이었다고 와타루는 뒤늦게야 생각했다. 그러나 시간이 조금 더 흐른 뒤에는 다른 견해를 갖게 됐다. 그 남자에게는 에리코 같은 상황에 처한 인간을 꿰뚫어 보는 힘이 있었다. 의지할 곳이 없는, 마음이 약한 어리석은 인간을.

그걸 알았다고 해도 고작 여덟 살짜리 아이가 뭘 할 수 있었을까. 와타루는 그대로 어머니의 손에 끌려갈 수밖에 없었다. 낯선 남자를 뒤따라가는 어머니의 손에.

몸이 무거웠던 어머니는 그 직전쯤 아버지와 헤어진 상태였다. 아버지는 다른 여자와 살겠다며 집을 나갔다. 곧 출산을 앞둔 아내를 버린, 책임감이라고는 없는 남자였다. 그러나 그동안 부부의 갈등을 옆에서 지켜본 와타루는 왠지 이해가 되기도 했다. 갈등의 주된 원인은 아버지가 진 거액의 빚이었다. 그러나 임신한 아내를 두고 딴 집 살림을 했던 것을 보면 아버지는 애초에 타고나기를 여성 편력이 심한 사람이었을 것이다.

지금은 아버지의 얼굴은 고사하고 그와 함께 보낸 시간도 잘 기억나지 않는다. 어머니와 격렬히 말다툼을 하던 목소리만 기억한다. 부부는 와타루가 초등학교에 들어가기 전부터 그랬다. 어머니가 뭔가를 투덜거리면 이내 고성이 오갔고, 그러면 와타루는 이불 속으로 파고들어 귀를 막았다. 그 뒤로 뭔가가 깨지는 소리, 뭔가를 집어던지는 소리가 들렸다.

그런 일상 속에서 에리코는 임신을 했다. 자신에게 형제가 생기는 상황을 와타루는 전혀 예상하지 못했다. 어머니의 배가 점점 불러도 두 사람의 불화는 여전했다. 어머니는 둘째를 임신했는데도 생활 태도를 전혀 바꾸지 않는 남편에게 화를 냈고 경제적인 불안도 토로했다. 그전보다 더 자주 남편을 비난했지만, 설마 그가 뒤에서 다른 여자를 만나고 있을 거라고는 꿈에도 생각지 못했을 것이다.

그러나 그것은 엄연한 현실이 되었다.

나중에 알게 된 사실이지만 아버지는 어머니에게 빚을 물려주고 싶지 않다는 이유로 형식적인 서류상 이혼을 제안했다. 남편에게 막대한 빚이 있는 것을 알던 어머니는 제안을 받아들였다. 그러나 아버지는 이혼 신고서를 관공서에 제출하자마자 비겁하게도 홀연히 자취를 감췄다. 모든 사실을 알게 된 어머니는 그야말로 세상이 무너진 듯한 충격에 빠져 월세가 밀린 집 안에서 종일 넋이 나가 있었다. 뭘 어떻게 해야 할지 모르는 듯했고, 의지할 사람도 없었다. 와타루는 간신히 학교에 다녔지만 집안일을 모두 내팽개친 어머니 때문에 항상 굶주린 아이로 자랐다.

한 달 반쯤 지나자 그 집에서도 쫓겨나게 됐다. 집주인은 에리코의 부푼 배를 보며 안쓰러워했지만 여섯 달이나 월세를 밀린 세입자에게 관용을 베풀지 않았다. 어머니도 이미 각오했는지 여행용 가방에 짐을 챙겨 놓은 상태였다. 책가방을 멘 와타루와 함께 성큼성큼 집에서 나갔다.

그래도 일단 찾아갈 사람은 있는 듯했다. 에리코가 전에 일했던 찻집의 여주인이었다. 에리코는 시모타카이도에 있는 그녀의 가게를 찾았지만 에리코의 사정을 다 들은 여주인은 굳은 얼굴로 고개를 가로저었다.

"어쩐지 남자 운이 없는 것 같더니만."

에리코의 배가 눈에 띄었을 테지만 그 점은 언급하지 않았다.

와타루는 찻집 카운터에 앉아 등 뒤에서 뒤숭숭한 대화를 들었다. 카운터 너머에는 젊은 남자가 서 있었다.

"코우짱. 쟤한테 뭐 마실 거라도 줘."

그러자 '코우짱'이라는 남자가 와타루에게 크림소다를 만들어 줬다. 구깃구깃한 바텐더 유니폼을 입은 남자였다. 그곳은 낮에는 찻집, 밤에는 술집으로 운영하는 낡고 오래된 가게였다.

"미안하지만 내가 도와주지는 못할 것 같아."

고개를 푹 숙인 에리코에게 살찐 중년 여주인이 말했다.

"불황이라 직원을 쓸 여유도 없고."

와타루는 크림소다 속 탄산 거품을 빤히 보고 있었다. 초록색 소다 너머로 바텐더의 얼굴이 보였다. 어린 마음에 '이 아저씨를 쓰고 있어서 어머니를 쓸 수 없다는 걸까' 하고 생각했다. 남자는 와타루를 힐끗거리며 행주로 유리잔을 닦았다. 중간에 한두 마디를 건네기도 했지만 와타루의 반응은 신통치 않았다. 뒤에서 들리는 대화에 집중하느라 대답할 겨를이 없었다.

그래도 처음 마셔 보는 크림소다는 맛이 좋았다. 손잡이가 달린 긴 숟가락으로 초록색 소다에 올라간 동그란 아이스크림을 떠먹었다.

결국 여주인과의 협상은 결렬돼 에리코는 와타루의 손을 잡아끌며 다시 가게를 떠났다.

그리고 게이오선 시모타카이도역 앞에서 그 전단을 받았다.

'시온의 빛'.

그것이 에리코와 와타루가 가게 된 시설의 이름이었다. 그곳은 신흥 종교 시설이었다.

에리코는 그곳에서 마리나를 낳았다. 그때 '시온의 빛'이 에리코와 와타루에게 도움의 손길을 뻗어 준 것만은 분명한 사실이다. 만약 그곳이 없었다면 에리코는 부푼 배를 끌어안고 길거리를 헤맸을 것이다. 궁지에 몰린 나머지 충동적으로 선로에 뛰어들었을지도 모른다. 살아 있는 아이와 태어날 아이를 모두 데리고.

'시온의 빛'은 기타센주에 있었다. 정확한 주소는 아다치구 센주야나기초였다. 와타루는 그곳에 가고 얼마 뒤 그 일대가 전에는 '야나기신치'라 불리던 홍등가였다는 것을 알게 됐다. 그러나 당시 모습은 거의 남아 있지 않아 그저 흔한 주택가처럼 보였다. 전쟁의 참화를 겪지 않았는지 전쟁 전 건물도 다수 있었다. 그중에는 홍등가 시절의 건물도 있었을지 모르지만 아이 눈으로는 구분할 수 없었다.

오래된 주택가 한가운데에 전에는 학원이었던 조립식 2층 건물이 있었다. 그곳을 교단이 통째로 사들여 종교 시설로 개조했다고 했다.

부지에는 교주의 집도 따로 있었는데 그쪽은 평범한 단층집이었다. 아마 학원이 망하기 전까지 원장이 살던 곳 같았다.

교주는 삐쩍 마른 중년 남자였다. 특별한 아우라도 없었지만 시설에 사는 신도들(여성이 압도적으로 많았다)은 그를 '어르신'이라 부르며 깍듯이 대했다.

에리코와 와타루는 조립식 건물 2층 방에 자리를 잡았다. 1층에는 제단이 있는 '예배실'과 사무실이 있고 2층은 주거 공간이었다. 여러 개의 방 중 한 곳을 배정받았다. 에리코는 여행용 가방을 내려놓고 영혼이 빠져나간 사람처럼 한참을 가만히 앉아 있었다. 자신이 처한 상황을 이해하지 못하는 것 같았다.

그래도 다른 여신도들이 다가와 이것저것 챙겨 주니 조금씩 안도하는 표정을 짓게 됐다.

"이제는 괜찮아요."

"이곳에서 얼마든 지낼 수 있으니까요."

"망설일 필요 없어요."

"아기도 여기서 낳고 키우면 돼요. 우리가 도울게요."

"어르신께서 지켜 주실 거예요."

다들 입을 모아서 그런 말을 하니 자기도 모르게 안도하게 되는 듯했다. 어머니가 그러는 이상 와타루는 그곳에 머무르는 것 외에 다른 선택지가 없었다.

그곳 생활이 딱히 불편했던 것은 아니었다. 건물 2층에 사는 십여 명의 신도들은 모두 친절했다. 전단을 나눠 주던 남자는 이름이 '고야마'라고 했는데 신도들은 그를 '사무장님'이라 불렀다. 단체의 실무를 총괄한다고 했다.

그가 신속하게 관련 절차를 밟아 준 덕에 와타루는 원래 다니던 초등학교에서 기타센주에 있는 초등학교로 전학을 갔다. 교단 시설에서 학교에 다녔는데 아마 초등학교 2학년 여름방학이 끝난 뒤부터였을 것이다. 그리고 채 마음의 준비도 하기 전에 어머니의 결혼 전 성인 '하세베'로 돌아갔다. 환경이 격변한 데다 성과 학교까지 바뀌어 와타루는 모든 것이 당황스러웠다.

그러나 남편에게 버림받고 셋집에서도 쫓겨난 에리코는 안식처를 찾았다. 종교나 신앙 같은 건 부수적인 문제였고 '시온의 빛' 안에 있는 이상 의식주가 보장된다는 게 가장 중요했다. 거기에 정신적인 안정도 되찾아 더는 외로움과 불안에 떨지 않아도 됐다. 생활력이 없는 에리코에게는 그야말로 안성맞춤인 곳이었다.

수상한 종교인 '시온의 빛'이 어떤 식으로 운영되는지는 알 수 없었다.

교단에 다니는 외부 신도도 많았던 것 같은데 그들의 헌금이나 기부금으로 자금을 충당했을까. 아니면 뭔가 다른 부업이라도 한 걸까. 와타루는 그곳에 있던 기간이 1년도 되지 않았기 때문에 지금도 모르는 게 많았다.

시설에서 거주하는 신도들과는 친하게 지냈다. 대부분 독신 여성이었고 부부도 두 쌍 있었지만 어린아이가 한 명도 없어서 와타루는 귀여움을 받았다. 학교에 갈 때는 모두가 밖에까지 나와 배웅해 줬다. 교단 시설에서 사는 신도 중에는 외부에서 일하는 사람도 있었다. 특별한 제약 없이 모두 자유롭게 사는 것 같았다.

그들은 한결같이 '선량한 사람들'이었다. 일을 하지 않고 방에서 뒹굴거리는 에리코를 소외시키지도 않았다. 낮에 와타루가 학교에 가 있는 동안 '어르신'은 제단이 있는 예배실에 신도를 모아 놓고 훈화나 기도를 하는 듯했다.

"거기서 뭘 하는 거야?"

어머니에게 물어도 납득할 만한 대답은 듣지 못했다.

"넌 몰라도 돼. 어르신께서 하시는 말씀은 네가 이해하기 어려워."

어머니는 늘 그렇게 얼버무렸다. 사실 어머니도 잘 모르는 듯했지만 종교 행사에 참석하는 것이 시설에서 계속 살 수 있는 조건이라는 건 알았다. 그래서 어머니는 그들이 시키는 대로 '시온의 빛'에 조금씩 적응해 갔다.

와타루가 접할 수 있는 바깥세상은 학교가 전부였다. 학교는 수상한 종교 단체 시설에서 사는 아이를 어떻게 대해야 좋을지 고민하는 듯했다. 지금까지는 그런 아이가 없었으니 담임선생님도 많이 당황하는 것 같았다. 와타루는 지금 자신이 처한 환경이 비정상적이라는 사실을 비로소 깨달았다.

종교 단체는 '가정'이 아니었고 그곳에 있는 사람들 또한 '가족'이 아니었다.

어느 날 불쑥 나타난 신흥 종교는 지역 사회에서도 이질적인 존재였다. 와타루는 동네 주민들이 자신들을 그런 눈으로 바라본다는 것을 학교라는 바깥세상을 통해 여실히 알게 됐다. 종교 시설에서 산다는 점 때문에 반에 자연스럽게 녹아들지도 못했다.

녹아들기는커녕 심한 괴롭힘을 당했다. 5학년 학생 중 기쿠치라는 덩치 큰 아이가 있었는데 늘 네댓 명 정도 되는 친구를 주위에 거느리고 다녔다. 기쿠치는 집에서 용돈을 많이 받는지 친구들과 함께 오락실 같은 곳에 놀러 가기도 했다. 학교를 마치고 돌아가는 길에 그들을 마주치는 건 와타루에게 끔찍한 일이었다.

"야, 너. 신의 집에서 산다며?"

와타루는 뭐라고 대답해야 좋을지 몰라 가만히 굳어 있었다.

"그런 집에서 살면 뭐 좋은 점이라도 있냐?"

기쿠치의 말에 주변 아이들이 낄낄거리며 웃었다.

"거기서는 대체 뭘 모시는 거야? 우리한테도 보여 줄래?"

"혹시 뭐 무서운 거 아니야?"

누군가가 옆에서 장난스럽게 말했다.

"멍청아. 그런 소리 함부로 하다가는 저주받아."

"우리 엄마가 그랬어. 이상한 경을 외면서 고래고래 노래를 부른다고."

"우와. 무섭네."

"너희가 이 동네에 온 뒤부터 다들 곤란해하고 있다고. 썩 꺼져 버려."

5학년인 사쿠라다라는 남자아이가 와타루의 책가방에 손을 얹고 흔들었다. 와타루는 아무 말도 못 하고 당하기만 했다. 누군가가 뒤에서 책가방을 퍽 걷어차서 앞으로 떠밀릴 때도 저항하지 못했다. 일당 중 한 아이가 와타루의 책가방 덮개를 열었다.

"안에 뭐가 들었을까?"

"부적이나 경전 같은 거 아니야?"

와타루는 가방 속으로 향하는 아이의 손을 무심코 뿌리쳤다.

그러자 와타루가 그러기를 기다린 것처럼 아이들이 험상궂게 눈을 부라렸다.

아이들은 와타루를 에워싸고 강제로 책가방을 뺏어 갔다. 가방 안에 있던 것들이 우르르 바닥에 쏟아졌다. 교과서와 노트, 인쇄물이 흩날리는 모습을 와타루는 말없이 지켜봤다.

그들은 발로 책과 필기구들을 휘저었다.

"뭐야. 별거 없네."

"재미없게."

사쿠라다가 갑자기 도로 옆 수로에 가방을 던지는 바람에 검정 책가방이 첨벙 소리를 내며 물에 빠졌다. 수심이 그리 깊은 곳은 아니었다. 아이들은 황급히 수로로 내려가 물에 흠뻑 젖은 책가방을 줍는 와타루의 모습을 깔깔거리며 지켜봤다.

그 가방은 예전 초등학교에 입학하기 전에 에리코가 가게에서 싸게 산 재고품이었다. 셋집을 떠날 때 들고 온 와타루의 유일한 소지품이었다.

와타루가 물에 젖어 흙투성이가 된 책가방을 거꾸로 들어 물을 빼는 모습을 보며 기쿠치와 친구들이 또다시 깔깔 웃음을 터뜨렸다. 그리고 그제야 직성이 풀렸는지 하나둘 슬그머니 자리를 떴다. 젖은 책가방을 짊어지자 등이 차가웠다. 와타루는 바닥에 떨어진 교과서들을 주워서 품에 안고 교단 건물로 향했다.

에리코는 물이 뚝뚝 떨어지는 책가방을 메고 온 아들을 고개를 살짝 들어 멍하니 쳐다보고 곧 다시 자리에 드러누웠다. '시온의 빛'에 온 뒤로 에리코는 삶의 의욕을 아예 잃어버린 듯했다.

식사는 여신도들이 1층 주방에서 만든 음식을 식당에 모두 모여서 나눠 먹었다. 시설에는 욕실이 없어서 씻을 때는 근처 목욕탕에 갔다. 기타센주에는 대중목욕탕이 여러 곳 남아 있었고 단골도 많았다. 일대에는 소규모 공장에서 일하거나 자영업을 하는 사람들이 살던 셋집이 많았다. 대중목욕탕은 그런 이들의 삶을 지탱해 줬고 지금도 당시 모습 그대로 영업하고 있었다. 집단생활을 하는 신흥 종교 교단이 진입하기 좋은 환경이었던 것이다.

목욕 비용은 교단에서 내주었다. 시설에 사는 신도들은 사재라고 할 만한 개인 물품이 거의 없었다. 헌 옷이지만 옷가지 등도 교단에서 지급받았다. 무엇 하나 부족하지 않은 삶이어서 그런지 에리코는 자발적으로 뭔가를 한다는 발상 자체를 잊어버린 듯했다.

"당신은 그냥 아기 낳는 일에만 전념해."

그런 말을 듣고 행복에 가득 차 미소 짓는 어머니의 모습이 와타루는 왠지 섬뜩했다.

아들을 향한 관심도 점점 사라져서 와타루는 자기 일을 무엇이든 스스로 해결해야 했다. 학교에서는 기쿠치와 친구들 때문에 반에서도 괴롭힘이 시작됐다. 평소 아무도 말을 걸지 않는 것은 양반이고 친구들은 와타루가 옆을 지나가면 "냄새나", "무서워" 같은 말을 속삭였다. 특히 여자아이들은 진심으로 와타루를 무서워하는 듯했다.

모두가 어떤 수업에서든 와타루와 짝이 되는 것을 극도로 꺼렸다. 야외체험 학습에서 남녀가 손을 맞잡아야 할 때도 와타루의 짝이 된 여학생은 울면서 손잡기를 거부했다.

남학생들은 와타루의 체육복이나 운동화를 몰래 숨기거나 교실에서 와타루가 옆을 지나갈 때 발을 걸어 넘어뜨리기도 했다. 급식을 먹을 때는 일부러 뜨거운 국물을 몸에 튀겼다. 그럴 때마다 와타루는 한 손을 주머니에 집어넣은 채 참았다. 주머니에는 호두가 한 알 들어 있었는데 그것을 꼭 쥐면서 감정을 억눌렀다.

호두는 보육원에 다닐 때 담임 교사가 반 아이들에게 나눠 준 것이었다. 당시 선생님이 읽어 줬던 그림책에 호두가 나왔다. 아마 딱딱한 껍데기를 깨려고 숲속 동물들이 모여 궁리하는 이야기였던 것 같다. 그때 아이 중 누군가가 "호두가 뭐예요?"라고 물었고 다른 아이들도 덩달아 궁금해했다. 그러자 선생님은 호두를 사 와서 모든 아이들에게 하나씩 나눠 줬다.

"이 껍데기 속에 열매가 들어 있답니다. 맛있고 영양 만점인 열매가."

선생님이 그렇게 설명하며 나눠 준 호두를 와타루는 소중히 간직했다. 껍데기를 깨뜨리기가 왠지 아까웠다. 누군가에게 뭔가를 받는 흔치 않은 경험 자체가 기분 좋았을지도 모른다. 초등학교에 올라간 뒤에도 매일 주머니에 호두를 넣고 다녔다. 아이들의 괴롭힘을 견디며 반 친구들을 향한 반감, 원망, 증오, 때때로 싹트는 공격성을 모두 호두에 담았다. 딱딱한 껍데기에 든 것은 더 이상 맛있는 열매가 아닌, 와타루의 응축된 어두운 마음이었다.

괴롭힘과 폭력은 집요하게 이어졌고 그때마다 손에 쥔 호두의 표면도 점차 매끄러워져 갔다.

담임은 30대의 독신 여자 선생님이었는데 반에서 벌어지는 일을 다 알고도 철저하게 못 본 척했다. 마치 보이는데도 모르는 척하면 없는 일이 된다고 생각하는 듯했다. 사이비 종교보다 더 무서운 현실이었다.

수업을 마치고 집에 가는 길에는 항상 기쿠치와 친구들이 숨어 있었다. 그들과 마주치지 않고 집에 갈 경로를 나름 궁리해 보기도 했지만 그들은 뒤를 밟아서 나타났다. 때로는 와타루에게 문방구에서 강제로 물건을 훔치게 하고 아라카와강의 강변에서 집단으로 와타루를 구타하기도 했다. 와타루는 묵묵히 그 모든 걸 감내했다. 반항하면 그들을 더 흥분시킬 뿐이라는 것을 배웠기 때문이었다.

그보다 더 명확한 것도 있었다.

그것은 자신이 '시온의 빛'에 속해 있어서 학교라는 집단에서 배제되었다는 사실이었다. 수상한 종교와 관련된 아이는 학교도, 학부모도 모두 기피했다.

어머니와 둘이 함께 다른 곳에 가서 살고 싶었다. 꼭 '시온의 빛'에 의지하지 않아도 살아갈 방법은 있을 거라고 어린 마음에 떠올렸다. 어머니에게 직접 호소하기도 했다.

"아니. 그럼 우리는 살 수 없단다. 네 동생도."

어머니는 배를 문지르며 말했다.

"태어날 수 없어. 여기 있으면 어르신께서 우리를 지켜 주시니 나가면 안 돼."

그 말을 듣고 와타루는 등골이 오싹했다. '시온의 빛'에 처음 왔을 때 신도들이 했던 말을 어머니가 그대로 읊고 있었다. 어떤 의심도 없어 보였다. 어머니는 그저 살아가기 위해 여기 있는 것이 아니었다. 이미 마음속 깊숙이 '시온의 빛'에 물들어 버린 듯했다.

부푼 배를 쓰다듬는 어머니의 손을 와타루는 절망스럽게 바라봤다.

자신도 동생이 태어나는 날만을 손꼽아 기다리고 있었다. 지금까지는 어른들 사이에서 혼자 외톨이였지만 동생이 태어나면 상황이 바뀔 거라 믿었다. 작고 연약한 생명일지언정 나와 같은 아이가 한 명 더 생기고 나는 '형'이나 '오빠'가 되는 것이다. 그런 것들을 떠올리니 자연히 마음이 들떴다.

하지만 정말 그래도 될까.

그 아이는 행복할 수 있을까. 나처럼 사이비 종교 관련자로 내몰려 괴롭힘을 당하지 않을까.

고개를 돌리고 누운 어머니의 뒷모습을 보며 와타루는 암담해졌다. 그리고 곧장 그런 상황은 내가 만들지 않겠다고 다짐했다. 내 동생은 내 손으로 지킬 것이다. 어머니와 '시온의 빛' 신도들은 믿을 수 없었다.

23년 전 가을의 일이었다.

마리나는 그로부터 약 한 달 뒤 태어났지만 그전에 와타루에게는 또 하나의 큰 변화가 생겼다. 이 모든 일도 가을에 일어났다.

와타루가 다니는 학교에 한 아이가 전학을 왔다. 그것도 와타루와 같은 반이었다.

그날은 지금도 생생히 기억한다. 전학생이 반에 들어오자 아이들이 웅성거렸다. 선생님이 그 남학생을 소개하는 동안 여기저기서 속삭이는 소리가 들렸다.

'단다 아오토.'

선생님이 칠판에 전학생의 이름을 적었다.

그러는 동안 아오토는 눈 한 번 깜빡하지 않고 교단 앞에 우두커니 서 있었다. 첫인상만으로 자신을 재단하는 반 아이들을 말없이 둘러봤다.

"쟤, 아무래도 혼혈 같아."

와타루 앞에 앉은 여자아이가 옆자리에 있는 아이에게 속삭였다.

"저 눈동자를 봐."

아오토의 눈동자는 그 이름처럼 맑고 푸른빛을 띠고 있었다. 피부가 하얗고 머리카락이 갈색이긴 했지만 이목구비가 뚜렷한 서양인 느낌은 아니었다.

"아버지는 영국인이고 어머니가 일본인일걸. 아마도."

이야기를 듣던 여자아이가 아는 척을 하며 대꾸했다.

"자, 그럼 아오토. 친구들한테 인사할래?"

선생님의 권유에 아오토는 한 발짝 앞으로 나섰지만 그뿐이었다. 아오토는 말없이 조금 전처럼 반 아이들을 계속 둘러보기만 했다.

"네 소개를 해도 좋고 뭐 궁금한 게 있으면 물어도 돼."

선생님이 등에 손을 살짝 얹어도 아오토는 반응하지 않았다. 입을 열 기색이 없고 얼굴에는 웃음기도 없지만 그렇다고 불쾌해 보이는 건 아니다. 그저 말없이 그 자리에 서 있기만 했다. 선생님이 헛기침을 한 번 했다.

"그럼 우리 아오토가 앉을 자리는……."

선생님은 교실을 둘러보며 와타루 쪽을 가리켰다.

"와타루 옆자리로 하자."

또다시 교실이 술렁였다. 조금 전과 다른 의미로.

맨 뒷줄에 있는 와타루의 옆자리는 늘 비어 있었다. 아무도 앉겠다고 하지 않았기 때문이다. 아오토는 조용히 의자를 끌어당겨서 그곳에 앉았다. 책상에 내려놓은 것은 평범한 아동용 책가방이 아닌 가죽 덮개가 달린 천 배낭이었다. 그런 것에서도 이국의 냄새가 희미하게 느껴졌다.

와타루는 어찌할 바를 몰라 긴장했다. 어쩌면 이 전학생은 일본어를 한 마디도 못 할 수도 있다. 아니면 어떤 장애라도 있어서 말을 못 하는 걸까. 반에 다른 친구가 한 명도 없는 와타루는 그런 동급생을 어떻게 대해야 좋을지 알 수 없었다.

그러나 수업이 시작되자 아오토가 먼저 와타루에게 다가와 "교과서 좀 보여 줄 수 있어?"라고 물었다.

와타루는 안도의 한숨을 내쉬었다. 혼혈인지 아닌지 몰라도 적어도 일본어는 할 줄 아는 듯했다. 그러나 수업 도중에 선생님이 지목해 뭔가를 물으면 아오토는 굳게 입을 다물고 대답하지 않았다. 담임선생님은 일찌감치 아오토에게도 '관여하고 싶지 않은 아이'라는 딱지를 붙인 것 같았다.

쉬는 시간에 반 친구들이 다가와 말을 걸어도 아오토의 반응은 시큰둥

했다. 거의 모든 질문을 무시했다. 가볍게 고개를 끄덕이거나 "응" 하고 대답하는 게 고작이었다. 그 뒤로 10분의 휴식 시간이 몇 번 더 있었지만 비슷한 상황이 반복됐다.

와타루는 전학생의 모습을 옆에서 지켜봤다. 매사 담담한 아오토의 태도에서는 감정이 읽히지 않았다. 이 낯선 느낌의 정체가 궁금했고 그날 하루가 끝날 무렵이 돼서야 와타루는 답을 깨달았다. 아오토는 어린아이답지 않았다. 그렇다고 애늙은이 같다는 뜻도 아니다. 너무 똑똑한 나머지 또래를 무시하거나 경멸하는 아이도 아니었다.

또래 아이들은 알지 못하는 지식이 많지만 그렇다고 잘난 척을 할 정도로 유치하지는 않다고 할까. 정확히 어떻게 표현해야 좋을지 알 수 없었다. 지금은 '성숙하다'라는 표현이 어울린다는 걸 알지만 그때는 그런 어휘도 떠오르지 않았다.

와타루뿐 아니라 다른 아이들도 아오토가 자신들과 비슷한 부류가 아닌 것을 느꼈을 것이다. 다수파인 자신들의 판단이 아니라 아오토 쪽에서 함께 엮이기를 거부하고 있다는 것도. 선생님이 붙인 딱지보다는 조금 늦게, 대략 아오토가 전학 온 지 일주일쯤 지나자 결국 반 아이들도 아오토에게 '이단'이라는 딱지를 붙였다.

교실 구석에 나란히 앉은 와타루와 아오토는 비슷한 부류로 분류돼 교실 안에서 고립됐다. 아이들은 더는 아오토에게 말을 걸지 않았고 선생님도 관심을 두지 않았지만 아오토는 그런 상황에서도 변함없이 무덤덤했다. 평소에 무슨 생각을 하는지도 도무지 알 수 없었다.

와타루와 아오토는 바로 옆자리인 것에 더해 둘 다 반에서 따돌림을 당하는 처지라 그런지 자연스럽게 함께 행동하게 됐다. 교실 이동 수업 때 반 아이들은 두 사람만 내버려 두고 갔고, 와타루가 당하는 괴롭힘을 아오토도 똑같이 당했다. 딱히 저항하지 않는 둘은 괴롭힘의 대상으로 안성맞춤이었다.

사실 아오토의 경우는 '무저항'이 아닌 '무반응'이라고 해야 옳았다. 와타루가 체념한 것과는 근본적으로 달랐지만 괴롭힘을 일삼는 어리석은 아이들은 그 미묘한 차이를 알아채지 못했다. 아오토는 얌전하면서도 세 보이지도 않는, 어떤 의미에서 '괴롭힘을 당할 조건을 전부 갖춘 같은 반 아이'였다.

어떤 괴롭힘을 당해도 놀라거나 슬퍼하지 않는 아오토를 보고 있으면 와타루는 왠지 마음이 차분해졌다. 반 아이들의 시시한 괴롭힘 따위 신경 쓰지 않아도 되겠다는 생각이 조금씩 고개를 들기 시작했다. 아오토는 체육복이나 운동화가 사라져도 아무렇지 않은 듯했고 다리를 걸어 넘어뜨리려는 상대 아이의 발을 역으로 밟고 "아, 미안" 하고 사과하기도 했다.

와타루가 괴롭힘을 당할 때마다 주머니에 손을 넣고 견딘다는 것을 아오토는 아는 것 같았다. 반 아이가 다가와 머리카락을 잡아당기거나 공책을 찢으면 와타루는 재빨리 주머니에 손을 넣었다. 호두를 너무 세게 쥐는 바람에 주머니에서 마찰음 같은 게 들릴 때도 있었는데 아오토는 그런 희미한 소리에 귀 기울이는 것처럼 보였다. 그러면서도 주머니에 뭘 넣고 다니는지는 묻지 않았다. 와타루가 쳐다보면 아오토는 슬며시 눈을 피했다.

사실 두 사람이 서로에게 관심을 가지게 된 데는 계기가 있었다. 음악 수업 때도 와타루와 아오토는 자연스럽게 나란히 앉았다. 음악 선생님은 머리숱이 적은 50대 중반의 남자였다. 아카기라는 이름의 그는 자기 기분에 따라 수업 태도가 바뀌어서 아이들에게도 인기가 없었다.

아오토가 전학 오고 첫 번째 음악 수업이 있었던 날 선생님의 기분이 좋지 않았다. 아마 집에서 무슨 일이 있었거나 교장 선생님에게 주의라도 듣지 않았을까. 선생님은 전학생인 아오토를 지목하며 교과서에 실린 노래를 부르라고 시켰다. 아오토는 자리에서 일어나기는 했지만 당연한 것처럼 노래를 부르지 않았다. 몇 번을 재촉해도 잠자코 서 있는 아오토를 보며 선생님은 화를 내기 시작했다.

"학생은 귀가 안 들리나? 말을 못 하나? 어느 쪽이지?"

기가 죽어 고개를 숙인 반 아이들 사이에서 와타루만 고개를 들어 조금씩 자제력을 잃어 가는 음악 선생님을 바라보고 있었다. 아카기는 그런 상황에도 화가 났는지 대뜸 아오토에게 교실 뒤에 있는 악기 창고로 들어가라고 지시했다.

"그 안에서 네 태도를 반성해. 선생님과 친구들에게 사과할 마음이 생기면 그때 다시 나오도록."

선생님은 창고 문을 거칠게 닫더니 와타루를 불러서 문 앞에 세웠다.

"안에서 아오토가 사과하고 싶다고 하면 네가 대신 전해."

창문도 없는 어둡고 비좁은 창고에 고작 초등학교 2학년 아이가 오래 있지 못할 거라고 판단한 듯했다. 아카기는 반 아이들을 피아노 주변으로 불러 합창 연습을 시작했다. 그는 음악 교사인데도 피아노를 잘 치지 못해 가끔 음을 틀렸다. 그래도 선생님의 기분을 더 상하게 할 수 없으니 모두 모르는 척 노래를 불렀다. 와타루는 창고 문 앞에 서서 수업을 지켜봤고 창고 안에서는 아무 소리도 들리지 않았다.

그때도 와타루는 버릇처럼 주머니에 손을 넣어 호두를 쥐고 있었다. 노래를 부르는 반 아이들 사이에 끼지 못하고 마치 벌 받는 것처럼 창고 문을 지키고 선 억울함을 애꿎은 호두에 발산하고 있었다. 부조리한 선생님의 지시에 반감도 있었다. 주머니 속에서 호두가 마치 이를 가는 듯한 소리를 냈다.

수업이 절반쯤 진행됐을 때 아카기가 피아노 앞에서 일어섰다. 여전히 반성의 기미를 보이지 않는 아오토에게 화가 난 것 같았다. 그는 와타루의 어깨를 붙들고 거칠게 밀치더니 창고 문을 벌컥 열었다. 와타루의 눈에도 창고 내부가 들어왔다.

아오토는 안에 없었다. 큰북과 실로폰, 케이스에 담긴 금관 악기들이 어지럽게 널려 있지만 아오토의 모습은 보이지 않았다. 아카기는 돌아서서 와타루를 노려봤다.

"언제 나갔지? 문을 왜 열어 준 거야?"

와타루는 세차게 고개를 흔들었다. 그전까지 문에 등을 바짝 갖다 대고 있었다. 아오토가 나갔을 리 없었다.

"이런 거짓말쟁이 같으니!"

아카기가 버럭 소리쳤다.

그때 반 아이 중 누군가가 창문으로 운동장을 내려다보며 "앗!" 하고 외쳤다. 모두가 창가에 다가가 보니 교정의 토끼 축사 앞에 아오토가 보였다. 아오토는 쪼그려 앉아 양배추 잎사귀를 먹는 토끼를 지그시 관찰하고 있었다.

"저것 봐라! 저기 있잖아!"

아카기는 화를 내며 와타루의 팔을 붙들고 음악실 문을 박차고 나갔다. 와타루는 계단을 내려가 토끼 축사 앞까지 끌려갔다. 두 사람을 알아본 아오토가 몸을 일으켰다. 아오토는 이글거리는 눈빛의 선생님과 기가 팍 죽은 같은 반 친구를 번갈아 봤다.

"왜 내 말을 안 듣지? 그 안에서 반성하라고 하지 않았어!"

아오토는 이번에도 대답하지 않았다. 벗겨진 머리에서 김이 모락모락 피어오르는 게 아닐까 싶을 정도로 아카기의 얼굴이 벌겋게 달아올랐다. 아카기는 다시 와타루를 돌아봤다.

"넌 아오토를 왜 내보냈지? 문 앞을 지키고 있으라고 한 이유를 모르겠나?"

"내보내지 않았어요."

와타루는 사실대로 말했다. 그러나 아카기는 손을 들어 와타루의 따귀를 때렸다.

"말대꾸하지 마!"

와타루는 뒤로 털썩 쓰러졌다. 그리고 왜 그런 짓을 했는지 알 수 없지만 주머니에 있는 호두를 꺼내 아카기에게 던졌다. 호두는 아카기의 콧날에 명중했다. 작은 호두라 아프지는 않았겠지만 이미 화가 난 선생님의 머리에 피가 쏠리게 하기는 충분했다.

"이 자식이 지금 뭐 하는 짓이야!"

아카기는 호두를 짓밟고 와타루에게 달려왔다. 목덜미를 붙잡고 세차게 위아래로 흔들 때마다 뒤통수가 퍽퍽 땅에 부딪혔다. 아카기는 고래고래 뭔가를 소리쳤지만 무슨 말인지 알아들을 수 없었다. 교무실에서 그 광경을 지켜보던 다른 교사가 달려와 아카기를 제지했다. 그리고 제정신이 아닌 듯한 그를 데리고 학교 건물로 돌아갔다.

결국 아오토와 와타루만 남았다. 아오토는 쓰러진 와타루를 힐끗하더니 땅에 떨어진 호두로 시선을 옮겼다. 호두는 껍데기가 깨져 있었다.

"호두네."

아오토가 손을 뻗어 호두를 집었다.

"이거, 맛있잖아."

아오토가 집어 든 호두 껍데기 속에는 쪼글쪼글한 열매가 들어 있었다.

와타루는 몸을 일으켜 바지에 묻은 흙을 툭툭 털었다.

"먹어 본 적 있어?"

와타루가 묻자 아오토는 기쁜 듯이 고개를 끄덕였다.

"먹을 게 없을 때 숲속에서 찾아 먹었어."

먹을 게 없을 때? 이 아이는 어떤 삶을 살아온 걸까. 그제야 와타루는 처음으로 아오토라는 아이에게 흥미가 생겼다.

"먹을 게 없었다고?"

"응."

"나도 그럴 때는 수돗물만 마셨어. 그런데 얼마 뒤에 수도도 끊겨서……."

깨진 호두를 손바닥에 올려놓은 채 아오토는 고개를 들었다. 두 개의 파란 눈동자로 자신을 똑바로 쳐다보는 바람에 와타루는 몸을 움찔했다. 수도가 끊긴 건 부끄러운 일인데 왜 말했을까. 얼굴이 후끈 달아오르는 게 느껴져 부랴부랴 덧붙였다.

"나도 숲속에 음식이 떨어져 있으면 좋았을 텐데."

그 말 또한 부끄러움을 더할 뿐이라는 것을 깨닫고 기분이 가라앉았다.

"그러게."

아오토는 밝게 화답했다.

"호두를 주워 먹은 뒤에 물을 마셨어. 개울물. 그럼 배 속에서 열매가 부풀어서 배가 빵빵해지거든. 다른 게 없어도 돼."

"좋네."

"괜찮지?"

숲속에서 호두를 찾아 열매를 꺼내 먹은 후 개울에 입을 대고 물을 마시는 아오토의 모습을 상상했다. 어딘가 다른 나라의 이야기일까. 이 아이도 나처럼 나름의 지혜를 발휘해 가혹한 환경을 버텨 왔을까. 갑자기 파란 눈의 동급생이 더 친근해졌다.

두 사람은 토끼 축사 앞에 앉아 호두를 나눠 먹었다. 와타루의 증오가 서려 있는 호두는 맛이 좋았다. 빨간 눈의 토끼가 그런 두 사람을 가만히 바라봤다.

선생님에게 맞은 뺨이 시간이 갈수록 빨갛게 부어올랐다. 담임선생님은 상황을 전해 들었을 테지만 별말 하지 않았다. 내심 와타루의 부모가 화를 내며 학교에 들이닥칠까 봐 걱정했겠지만 그런 성가신 일도 일어나지 않았다. 와타루는 어머니에게 그날 일을 말하지 않았고, 어머니도 아들의 뺨이 부은 이유를 묻지 않았다.

그리고 그날 이후 와타루와 아오토는 더욱 붙어 다니게 됐다. 집에 가는 방향이 같다는 점과 반에서 둘 다 괴롭힘을 당하는 처지라는 점에서 마음이 통했던 것 같다. 그러나 가장 큰 이유는 서로 닮았다는 걸 깨달았기 때문일 것이다. 처지뿐 아니라 매사 어딘지 모르게 담담하고 냉정한 면모가. 두 사람은 그렇게 묘한 연대감으로 이어졌다. 둘이 함께 있으면 반 아이들의 괴롭힘도 신경 쓰이지 않았다.

문제는 나이 많은 상급생들이었다. 같은 시간 학교에서 나와 나란히 걸어가는 와타루와 아오토를 기쿠치와 친구들이 불러 세웠다.

"뭐야. 너도 그 신의 집에서 살아?"

그 질문에 아오토는 고개를 갸웃거렸다. 전학생인 아오토가 '시온의 빛'을 알 리 없었다. 그 무렵 기쿠치는 와타루에게 위협 자체였다. 기쿠치에게는 그보다 더 포악한 형도 있었다. 그 형까지 이따금 나타나 심심풀이처럼 와타루를 괴롭혔다. 중학교 3학년인 기쿠치의 형은 와타루의 나이대에서 보면 어마어마한 연장자처럼 느껴졌다. 나이뿐만 아니라 동생 못지않게 덩치가 컸다. 키도 컸지만 럭비나 스모 선수처럼 기골이 장대했다. 고등학생과 싸워서 이겼다고 자랑스럽게 떠벌리기도 했는데 그 말에서 신빙성이 느껴졌다.

그런 녀석이 고작 초등학교 2학년 학생을 쫓아다니면서 괴롭히는 게 뭐가 재미있을까 싶었지만 그는 진심으로 즐거워 보였다. 그리고 어떤 사정인지 몰라도 요즘 들어 학교에 가지 않는지 동생과 함께 자주 출몰했다.

그때는 기쿠치의 형이 함께 있지는 않았다. 그래도 유쾌한 상황은 아니니 와타루는 긴장해서 침을 꿀꺽 삼켰다. 곁눈질로 아오토를 봤지만 아오토는 평소처럼 아무렇지 않아 보였다.

"아니야. 얘는 전학 왔어."

"오."

기쿠치는 껌을 짝짝 씹으며 아오토를 봤다.

"야, 너, 얘랑 친하게 지내다가 잡신 같은 게 들러붙는다."

"잡신?"

아오토는 천진난만하게 되물었다. 이런 반응을 보이는 건 드문 일이었다. 와타루는 등에서 식은땀이 나는 것을 느꼈다. 그날은 기온이 떨어져 찬 바람이 불었다.

아오토가 '시온의 빛'을 알게 될까 봐 부끄러웠다. 그리고 그제야 와타루는 아오토에게 친근감을 느끼는 자신을 발견했다.

"아, 외국인이라 역시 잡신 같은 건 안 믿나?"

그러자 아오토는 놀랍게도 "하하하" 하고 웃음을 터뜨렸다. 처음 보는 아오토의 웃는 얼굴이었다.

기쿠치는 깜짝 놀란 표정을 지었다. 나이도 어린 초등학교 2학년 학생이 자신을 비웃을 줄은 꿈에도 몰랐을 것이다. 하지만 "뭐야? 왜 웃어?"라고 묻는 목소리는 조금 떨리는 것 같았다. 꼭 정체를 알 수 없는 존재를 앞에 두고 겁먹은 새끼 돼지 같았다.

"야."

기쿠치는 금세 다시 자세를 가다듬고 가슴을 펴며 물었다.

"방금 왜 웃었냐니까?"

친구들 앞에서 약한 모습을 보일 수 없다고 생각했을까.

와타루는 내심 걱정했다. 이런 멍청한 녀석들은 한번 실수를 저지르면 그것을 만회하려고 안간힘을 쓴다. 지금까지 기쿠치를 지켜보며 그의 성향도 훤히 파악하고 있었다. 와타루가 자신을 지키기 위해 스스로 익힌 슬픈 버릇이었다.

"신 같은 건 없어."

아오토는 또박또박하게 말했다. 그 모습을 보며 한 번 더 놀랐다.

기쿠치는 바보 취급을 당했다고 느꼈는지 한층 더 으르렁거렸다.

"그런 건 나도 알아!"

위협적으로 일갈하려는 듯했지만 역시나 당황한 기색이 역력했다.

"그럼 됐어."

아오토는 또다시 기쿠치의 심기를 건드렸다. 이제는 정말 등에서 식은 땀이 흘렀다.

"가자, 와타루."

아오토는 와타루에게 말하고 씩씩하게 걷기 시작했다. 와타루는 거의 반사적으로 아오토를 따라나섰다.

"잠깐."

기쿠치가 순순히 놓아 줄 것 같지 않았다. 그래서 뒤에서 목소리가 들렸을 때 와타루는 아오토의 손을 붙잡고 뛰기 시작했다. 이 아이를 다치게 해서는 안 된다는 생각이 들었다. 아오토는 와타루에게 손목을 내준 채 말없이 함께 달렸다. 가는 손목이었다.

와타루는 신사의 경내로 들어갔다. 소박한 신사였지만 주변 숲이 울창하게 우거져 있었다. 그곳으로 도망치면 기쿠치가 포기하지 않을까 기대했지만 기쿠치는 집요했다. 5학년이라 그런지 다리도 빨랐다. 신사 신전 옆에는 작은 창고가 있었다. 신관들이 경내를 청소할 때 쓰는 도구를 보관하는 곳이었다. 기쿠치와 친구들이 숲속을 뒤질 것으로 예상해 창고와 돌기둥 사이에 숨었다. 소나무가 우거진 어두운 곳이라 들키지 않을 거라 예상했다.

아니나 다를까 기쿠치와 친구들은 숲속을 헤매고 있는 듯했다. 빨리 어디론가 사라져 버렸으면 좋겠다고 바랐다. 그러나 잠시 후 5학년 학생들의 목소리가 귀에 다시 들려 와타루는 몸을 부르르 떨었다.

"창고를 확인해."

자갈을 밟는 소리에 몸을 움츠렸다.

"자물쇠가 잠겨 있는데?"

사쿠라다의 목소리가 들리더니 뒤이어 창고 미닫이문이 덜컹거렸다.

"그 뒤에 있는 거 아니야?"

와타루는 머릿속으로 아오토와 함께 끌려가 흠씬 두들겨 맞고 발길질을 당하는 장면을 상상하고 있었다. 그때 아오토가 갑자기 와타루의 손목을 붙잡았다.

"눈을 감고 가만히 있어. 와타루."

순간 무슨 일이 일어났는지 알 수 없었다. 저 멀리서 기쿠치와 친구들의 목소리가 들렸다.

"아무도 없어."

"쳇."

"젠장! 다음에 걸리면 아주 혼날 줄 알아!"

간신히 기세를 되찾은 듯한 기쿠치의 함성이 들렸다.

와타루는 눈을 떴다. 늘어선 돌기둥과 그 너머에 있는 창고 뒤편이 보였다.

"어?"

자신이 현재 신사와 인접한 밭에 쪼그리고 앉아 있는 것을 알아차리기까지 한참 걸렸다. 커다란 토란잎이 눈앞에 우뚝 솟아 있었다.

신사 주변을 둘러싸고 있는 돌기둥을 넘어간 기억이 없었다. 더군다나 밭에 들어가 쪼그려 있다는 것도 전혀 의식하지 못했다. 바로 옆에 아오토의 얼굴이 보였다.

5학년 아이들이 떠나는 것을 확인하고 아오토는 자리에서 일어섰다.

"가자, 와타루."

아오토는 조금 전과 같은 말을 하고 밭길을 걸었다. 와타루도 뒤를 쫓았다. 등줄기를 타고 흐르던 땀은 어느새 말라 있었다.

뒤에서 불어오는 찬 바람이 상쾌했다.

그날 일은 아오토가 자신과 다르다는 것을 알게 된 첫 번째 사건이었다. 이 방법으로 아오토가 학교 악기 도구함에서 빠져나갈 수도 있었다는 것을 깨달았다. 그러나 납득은 해도 특별히 신기하거나 무섭지는 않았다. 어린아이의 세계에서는 논리만으로 해결할 수 없는 일이 많았고 그걸 떠나 해결하고 싶지도 않았다. 그저 순순히 받아들이면 모든 게 잘 풀릴 것 같았다.

문득 고개를 돌리니 신사 주변 숲이 가을바람에 흔들리고 있었다.

아오토와 그의 가족은 바람을 타고 온 가을의 종족들이었다.

— 땅에 닿고 다시 하늘을 우러러 기도드리옵나이다. 하늘로부터 목숨을 부여하심에 감사드리오며, 죄인의 부정을 씻어 주시고 부디 신의 나라로 저희를 인도하여 주시옵소서.

— 온칼리마칼리, 온칼리스메라, 토조노리마스칼리, 온칼리온칼리.

교주가 외우게 한 축문인지 경전인지 모를 문구는 지금도 똑똑히 기억하고 있다. 와타루도 어느 날부터 집회에 참석하게 됐다. 가기 싫었지만 어머니의 손에 이끌려 억지로 예배실에 갔다.

교주의 아내가 큰북을 두드리면 모두가 입을 모아 주문을 외웠다. 다다미가 깔린 예배실에는 신도들이 빽빽이 앉아 있었다. 예배실은 시설이 학원이었던 시절 가장 컸던 강의실로 대략 초등학교 교실 두 개 정도 되는 넓이였다. 와타루는 어디서 이렇게 많은 사람들이 모여드는지 신기했다. 그들이 아무 의심도 없이 기묘한 주문을 외우고 허리를 숙여 기도하는 모습은 괴이하기까지 했다.

그중에서도 가장 무서웠던 것은 배가 불룩한 어머니가 다다미에 이마를 갖다 붙이고 크게 소리치며 기도하는 모습이었다. 어머니는 와타루에게도 기도를 강요해 하기 싫어도 따를 수밖에 없었다. 예배실에 울려 퍼지는 목소리가 외부에도 새어 나가 이웃 주민을 두렵게 하고 혐오감을 줄 거라고 생각했다. 그리고 악의에 찬 소문이 퍼져 기쿠치와 친구들이 괴롭힐 구실을 만들 것 같았다. 예배실에 모인 사람들은 그런 건 생각지도 못하는 듯했다.

와타루는 여러 번 다다미에 머리를 갖다 대면서도 치미는 불쾌감에 몸을 떨었다.

평소에는 수수한 차림새지만 의식을 치를 때 하얀 소복을 입은 교주에게서는 위압감이 느껴졌다. 그는 입에 거품을 물며 인간의 죄악을 설파했고 인류는 결국 멸망할 거라고 단언했다. 그럼 신도들은 두려움에 떨었고 교주보다 더 화려한 금은 장식이 박힌 옷을 입은 교주의 아내가 옆에서 연신 고개를 끄덕였다.

와타루가 '시온의 빛' 시설에 있었던 것은 1998년부터 이듬해까지였다. 당시는 일본 경제를 떠받치던 거품이 덧없이 꺼져 모두 망연자실해 있었다. 노스트라다무스의 대예언을 비롯한 종말 사상이 크게 확산하던 시기이기도 했다. '시온의 빛' 같은 수상한 종교와 사상이 이곳저곳에서 난무했을 것이다.

"인간은 모두 욕망과 자기애에 함몰돼 있다. 스스로 제 목을 조르고 있다."

교주는 엄격한 목소리로 설교했다.

"풍요란 무엇인가? 참된 행복이란 무엇인가? 부유한 삶을 살면 진정 만족할 수 있는가?"

이토록 초라한 몸에서 어떻게 이렇게 위협적인 저음이 나오는지 신기했다. 교주가 입을 열면 예배실은 단숨에 찬물을 끼얹은 것처럼 고요해졌다. 신도들은 정말 신성한 기운이라도 느껴서 몸을 움츠리는 걸까. 와타루는 도무지 이해할 수 없었다.

"아니, 그럴 리 없지."

이번에는 온화한 목소리가 들렸다. 한 가지 분명한 사실은 교주는 설교에 매우 능하다는 것이었다.

"모두 지금부터 내가 하는 말을 잘 들었으면 한다. 앞으로도 지금과 같은 자본 지상주의가 횡행한다면 인류는 얼마 안 돼 끝장이 날 것이다. 인간은 숲을 벌목하고 공기를 더럽히며 바다를 오염시켜 지구 온난화가 날로 가속화하고 있지. 이렇게 살아도 정말 괜찮다고 보는가?"

교주는 눈을 부릅뜨고 신도들의 얼굴을 둘러봤다.

"아니! 아니! 그럴 리 없지!"

교주가 자문자답하며 또다시 고함을 지르자 앞에 앉은 나이 든 여자 신도가 깜짝 놀라 몸을 움찔하는 게 보였다.

"현재의 삶이 영원할 거라고 믿어서는 안 된다. 인류에게는 조만간 끔찍한 재앙이 들이닥칠 것이다."

'끔찍한 재앙'이 정확히 무엇일까. 와타루는 속으로 생각했다. 일부러 그러는지 몰라도 교주는 핵심을 흐리는 느낌이었다. 자본주의를 신봉해 재산을 모으는 건 죄악이라는 말을 들은 신도들은 기꺼이 재산을 종교에 갖다 바쳤다.

"우리는 우리 아이들에게 밝은 미래를 물려줘야 한다."

그러더니 교주는 에리코에게 손짓했다.

"자, 이리 오너라. 바로 여기 새 생명을 잉태한 여자가 있다. 보아라!"

에리코는 와타루의 손을 잡아끌며 함께 단상에 올라가려고 했다. 와타루는 발을 내밀어 버텨 봤지만 소용없다는 걸 알았다. 빙그레 미소 짓는 교주 옆에 서자 단숨에 마음에 날이 섰다.

"우리가 지금 이곳에 모자를 받아들인 사실에는 매우 큰 의미가 있다. 이들은 신이 우리에게 내려 주신 선물이다!"

고야마가 박수를 치자 신도들도 덩달아 박수를 쳤다.

"앞으로 태어날 아이는 우리의 희망이다. 이 아이가 바로 신의 아이인 것이다!"

불쾌했다. 어머니가 낳을 아이는 내 남동생이나 여동생일 뿐 교단과는 아무 상관이 없다. 그러나 힐끗 훔쳐보자 어머니는 황홀한 표정으로 기뻐하고 있었다.

와타루는 구역질이 올라오는 것을 꾹 참았다.

학교와 교단에 와타루는 적응하지 못했다. 어디에도 와타루가 발붙일 곳은 없었다.

아오토만이 유일한 친구였다. 기쿠치와의 사건 이후 두 사람은 급속도로 더 가까워졌다.

아오토는 동네 외곽에 있는 낡은 집에 살고 있었다. 오랫동안 빈집으로 방치돼 있던 곳을 빌려 이사 왔다고 했다.

학교에서 교단 시설로 곧장 가기는 싫어서 와타루는 아오토와 함께 동네를 어슬렁거렸다. 어머니는 슬슬 출산을 앞두고 있었다. 근처 산부인과에 가는 비용을 교단에서 내줬고 검진 때 여신도들이 동행했다.

"와타루. 엄마가 입원해 있는 동안 이모랑 같이 지내자."

둥근 얼굴의 나카노라는 아주머니가 그렇게 말해서 와타루는 고개를 끄덕일 수밖에 없었다. 아무리 싫어도 지금은 이곳에 신세를 져야 한다. 아기가 무사히 태어나는 게 무엇보다 중요하다. 와타루는 마음을 다잡았다.

곧 동생이 태어나리라는 것, 그리고 아오토라는 친구가 있다는 사실이 그나마 와타루에게 희망을 줬다.

어느 날에는 아오토가 사는 집에 놀러 가기도 했다.

아오토의 집은 들어갈수록 좁아지는 주택가 안쪽 골목에 있었다. 닛코 가도의 첫 번째 역참 마을이었던 센주 일대에는 오래된 상점과 창고가 다수 남아 있었다. 주변에는 의외로 큰 저택들도 있는데 집을 둘러싼 담장이 높게 지어져 한적한 분위기를 자아냈다. 사찰과 마을 회관이 나란히 있는 동네 안쪽 끝자락의 아오토의 집은 주택가와 단절된 느낌이었다.

대문은 일본식인데 건물은 양옥인 점도 묘한 대조를 이뤘다.

기타센주에는 신사를 짓던 목수들이 만든 대형 목욕탕이나 다이쇼* 시대부터 내려온 서양식 병원 건물이 상점가나 좁은 골목길 끝에 세워져 있어 아오토의 집이 특별히 눈에 띄지는 않았다.

처음 아오토의 집을 찾았을 때는 해가 중천에 있어 밝은데도 아오토의 아버지를 비롯한 모두가 집 안에 있어서 조금 놀랐다. 아오토는 외아들로 할아버지, 부모님과 넷이 산다고 했다.

"어서 와라."

현관문을 열어 준 사람은 아오토의 아버지였다.

"안녕하세요."

아버지는 아오토와는 별로 닮지 않았다. 피부가 거무스름하고 코 밑부터 턱까지는 거친 수염으로 뒤덮여 있었다. 머리털도 수염만큼 빳빳해 보였다. 이마는 툭 튀어나왔고 얼굴 한가운데에는 날카로운 콧날까지 우뚝

---

* 1912년부터 1926년까지의 일본 연호.

솟아 있어 인상이 짙었다. 와타루는 조금 무례하게 느껴질 정도로 그의 얼굴을 뚫어져라 쳐다봤다.

거실에서는 와타루의 할아버지라는 사람이 소파에 앉아 차를 마시고 있었다. 그는 조심스레 거실에 들어온 와타루를 보고 빙긋 미소 짓더니 다시 찻잔을 들었다. 노인치고는 체격이 건장하고 손과 손가락이 두툼했다. 하지만 머리카락이 은발에 얼굴은 주름투성이였다. 아오토의 할아버지치고 나이가 너무 많은 것 같은 느낌도 들었다.

"아오토는 학교에서 잘하고 있니?"

할아버지가 가라앉은 목소리로 물어서 와타루는 순간 말문이 막혔다. 잘하냐는 게 무슨 뜻인지 알 수 없었다.

"잘하고 있죠, 물론."

그렇게 대답한 사람은 아오토였다.

"그래? 다행이구나."

아오토는 와타루를 2층에 있는 자기 방에 데려갔다. 2층으로 올라가는 계단은 고풍스러운 곡선형에 철제 난간도 디자인이 세련됐다. 집과 교단 건물만 오가던 와타루에게는 낯선 공간이었다. 일대에 이런 멋스러운 집이 있는 줄도 몰랐다.

아오토의 방이 몹시 궁금했다. 와타루는 다른 아이들의 방이 어떻게 생겼는지 알지 못했다. 오래된 나무 벽으로 된 아오토의 방은 한가운데에 둥근 카펫이 깔려 있었다. 창문 앞에 책상이 있고 반대편 벽에는 침대가 있었다. 평범한 아이 방이었겠지만 와타루의 눈에는 모든 게 신기해 보였다.

아버지와 함께 살던 시절의 빌라와 지금 사는 교단 건물에도 와타루에게는 자기 방 같은 건 없었다. 아오토의 방 책장에는 와타루가 읽고 싶었던 만화책도 있었다.

"이거 읽어 봤어? 재밌어?"

아오토는 와타루의 질문에 고개를 흔들며 차분히 말했다.

"아니. 안 읽어."

"왜?"

"그냥 아빠가 사 왔어. 재밌는 책이야?"

반대로 물어서 놀랐다. 요즘 인기 많은 만화인데.

"읽고 싶으면 가져가도 돼."

"정말?"

그때 방문이 열리더니 아오토의 어머니로 보이는 사람이 오렌지주스를 들고 왔다.

"이런 것밖에 없는데 괜찮겠니?"

어머니는 책상에 주스 두 잔을 나란히 내려놨다.

"고맙습니다."

와타루는 고개를 살짝 내밀어 인사했다.

"아오토와 친하게 지내 줘서 내가 고맙지."

어머니는 조용히 그 말만 하고 방을 나갔다. 온화해 보이고 외모도 아름다운 분이었다. 큰 눈과 검은 생머리를 뒤에서 하나로 묶은 모습이 여배우 중 누군가를 닮은 것 같지만 기억나지 않았다.

한편으로 의아하기도 했다. 아버지는 꼭 아라비안나이트에 등장할 법한 이국적인 인상인데 어머니는 전형적인 동양계 미인. 아오토가 처음 전학

왔을 때 앞자리에 앉은 여자아이가 했던 말이 떠올랐다.

— 아버지는 영국인이고 어머니가 일본인일걸. 아마도.

그 예상은 빗나간 셈이었다.

아오토의 파란 눈동자는 누구에게서 물려받은 걸까. 지나치게 나이 들어 보이는 할아버지를 비롯해 아오토의 가족은 뭔가 구성이 독특했다.

그러나 그런 의문은 곧 머리에서 사라졌다. 지금 함께 산다고 해서 꼭 친부모라 할 수는 없을 것이다. 아오토는 두 사람 중 누군가가 데려온 아들일 수도 있다. 그런 복잡한 사정을 가진 집안은 얼마든지 있었다.

아오토가 먼저 말하지 않으니 물어볼 수도 없었다. 와타루 역시 교단 건물에서 산다는 걸 아직 아오토에게 털어놓지 않은 상태였다. 굳이 따지면 자신이 처한 환경이 더 이해하기 어려울 것이었다.

하지만 그런 걱정은 기우에 불과했다.

와타루가 어떤 곳에서 어떻게 사는지를 알게 된 뒤에도 아오토는 별로 놀라지 않았다. 아오토는 수상한 종교나 의식 따위에 편견이 없었다. 애초에 그것들이 뭘 의미하는지도 모르니 선입견이 없는 듯했다.

와타루가 설명해 줘도 아오토는 "흐음, 그렇구나" 하고 어정쩡하게 반응할 뿐이었다. 와타루는 남몰래 안도의 한숨을 내쉬었다.

아오토에게 만화책을 빌려 읽고 그 책을 다시 돌려주러 집에 들르면서 두 사람은 더 친해졌다. 아오토의 집에 가면 대개 아버지가 집 안에 있었다. 그는 직업이 보석상이라고 했다.

"흐음."

그 말을 듣고 이번에는 와타루가 어정쩡하게 반응했다.

보석상은 그저 보석을 파는 직업이겠거니 싶었고 구체적인 건 몰랐다. 또 '보석상은 평소에 일을 그리 열심히 하지 않아도 되는구나' 하고 속으로 생각하는 수준이었다. 따로 가게 같은 걸 운영하지도 않는 것 같았다.

매일 학교 끝나는 시간이 기다려졌다. 아오토를 교단 건물에 데려갈 수는 없으니 두 사람은 주로 방과 후 다른 곳에 가서 시간을 때웠다. 놀 곳은 얼마든지 있었다. 상점가에서 가로세로로 뻗은 좁은 골목길 중에는 폭이 채 1미터도 안 되는 곳도 있었는데 그곳에서는 아직 학교에 가지 않은 어린아이들이 모여서 분필로 낙서를 했다. 골목 양옆에는 시멘트로 지어진 주택과 카운터석만 있는 좁은 술집, 양철 지붕이 달린 집 등이 줄지어 있었다. 그런 골목에 발을 한번 들여놓으면 꼭 미로에 빠진 듯한 기분이 들었다. 어딘가에서 샤미센*소리가 들리기도 했다.

기타센주는 서쪽으로 스미다가와강, 북쪽과 동쪽으로는 아라카와강에 둘러싸인 곳이었다. 그중에서도 보쿠테이도리와 닛코 가도 사이의 부채꼴 지역이 와타루와 아오토의 주 활동 무대였다. 두 사람 다 자전거가 없어서 활동 범위가 좁았고 JR 기타센주역 건물이나 근처 번화가에는 가고 싶지 않았다. 오락실에서 노는 기쿠치 일당과 마주칠 위험이 크기 때문이었다.

아라카와강 강변과 제방 아래에 있는 공원에서도 자주 놀았다. 상점가와 교차하는 골목길 끝에는 구불구불한 길이 있었다. 전에는 농로로 쓰인 길이라 주변에 녹지도 많았다.

수업 시간이든 학교 밖에서든 와타루와 아오토는 한 묶음으로 취급받았

---

* 일본의 전통 현악기.

다. 집단에서 불거져 나온 이단아들. 있으나 없으나 마찬가지지만 심심풀이로 괴롭히기에는 딱 좋은 상대. 하루 대부분을 무시당하고 반 아이들 눈에도 보이지 않는 존재로 취급받았지만 누군가 장난을 치거나 괴롭힐 때만큼은 두 사람의 모습이 겉으로 드러났다. 두 사람은 심지어 담임선생님에게도 외면당했다.

"그때 그건 어떻게 한 거야?"

와타루는 언젠가 기쿠치 일당을 피해서 밭으로 도망친 일에 대해 아오토에게 물었다.

"별거 없어. 그냥 도망쳤을 뿐이지."

그 도망친 방법이 이상해서 물었지만 몇 번을 물어도 같은 대답만 돌아왔다. 그 후 기쿠치는 끈질기게 두 사람을 쫓아다녔고 어느 날에는 기쿠치에게 붙잡혀서 먼지 나게 두들겨 맞기도 했다. 그럴 때마다 와타루는 꾹 참으며 버텼지만 가끔 너무 아프고 억울해서 눈물이 터지기도 했다. 반면 아오토는 아무리 얻어맞고 소지품이 짓밟혀 더럽혀져도 아무렇지 않아 보였다.

그리고 기쿠치 일당에게 쫓길 때 종종 그 기술을 사용했다.

그들이 잠시 다른 곳에 정신이 팔린 순간, 불과 몇백 미터 정도를 이동하는 기술. 아오토에게 손목을 잡히면 불현듯 정신이 아득해졌다. 아오토가 시키는 대로 하지 않고 눈을 뜨고 있으려고 해도 아무것도 보이지 않았다. 그러다 퍼뜩 정신을 차리면 기쿠치 일당과 떨어진 곳에 있었다.

아오토가 특별히 비밀로 해 달라고 한 건 아니지만 와타루는 아오토의 능력에 대해 누구에게도 말하지 않았다. 그게 옳은 일인 것 같았다.

그리고 얼마 후 비단 아오토뿐만 아니고 그의 가족 모두가 **약간의** 능력을 가지고 있다는 것을 깨닫게 됐다.

가을바람을 타고 온 그 기이한 가족은 이능력을 가진 종족이기도 했다.

가을이 깊어질 무렵, 마리나가 태어났다.

새벽녘부터 어머니의 진통이 시작돼 나카노 씨가 병원에 전화를 걸어 줬다. 날이 밝을 때까지 참고 기다린 에리코는 나카노 씨의 부축을 받아 고야마의 차를 타고 산부인과로 향했다. 와타루는 학교에 갈 엄두가 나지 않았지만 신도 아주머니들이 가라고 해서 평소처럼 등교했다.

"네가 올 때쯤이면 분명 아기가 태어나 있을 거야."

신도 중 한 명이 그렇게 말하며 와타루를 배웅했다.

와타루는 학교에서도 내내 안절부절못해 자신의 처지를 깜빡하고 여학생에게 말을 걸었다가 무시당하기도 했다. 수업을 마친 후 그날만큼은 급하게 교단 건물로 뛰어갔다. 아오토에게는 "여동생이 태어날 거야"라고만 전했다. 여자아이일 것 같다는 어머니의 말을 믿었다.

그리고 그것은 현실이 되었다. 와타루를 기다리고 있던 나카노 씨는 "와타루. 넌 이제 오빠가 됐어. 정말 사랑스러운 여자아이가 태어났단다"라고 알려 줬다.

기쁘고 자랑스럽고 행복했다. 더 이상 자신은 혼자가 아니라고 느꼈다. 교단에서 기이한 의식에 참여하고 반에서 따돌림을 당하고 기쿠치에게 괴롭힘을 당해도 이제는 대수롭지 않았다.

다음 날 어머니와 동생을 만나러 갔다. 어머니의 침대 옆 작은 바구니 안에서 잠든 동생을 봤을 때 기쁨은 최고조에 달했다. 아기는 얇은 이불 아래에서 눈을 동그랗게 뜨고 오빠를 올려다봤다. 보이지는 않을 수 있지만 와타루를 확실히 인식한 것 같았다. 그러고는 하얗고 통통한 손가락을 쭉 뻗어 하품을 했다.

하품이라니!

와타루는 경탄 섞인 눈으로 여동생을 봤다. 앞으로 이 아이는 웃고, 울고, 젖을 먹고, 트림을 하고, 잠을 자고, 일어나고, 어떨 때는 기분이 상해 팔다리를 휘저을 것이다. 그 모든 게 기적 같았다.

그러나 하늘 높이 솟구친 와타루의 기분은 아기 침대 옆에 있는 어떤 것을 보고 급속도로 가라앉았다.

교주가 갖다 놓은 것으로 보이는 부적이었다. 검은 먹으로 무슨 말인지 알아볼 수 없는 글자가 쓰여 있고 주홍색 도장도 찍혀 있다. 그 색이 표독스러워 보였다.

— 앞으로 태어날 아이는 우리의 희망이다. 이 아이가 바로 신의 아이인 것이다!

교주의 말이 떠올랐다.

여동생은 축복받으며 세상에 태어났는데도 어느새 누군가의 '물건'이 돼 버린 것 같아 마음이 편치 않았다.

"이게 뭐야?"

짐작은 가지만 어머니에게 물었다.

"네 동생을 지켜 줄 귀중한 부적이란다. 어르신께서 주셨어."

황홀한 표정으로 말하는 어머니는 더 이상 예전 어머니가 아니었다.

이 사람은 변했다. 와타루는 싸늘하게 식은 머리로 생각했다. 이 사람이 저지른 인생 최대의 실수. 그것은 거리를 헤매고 있을 때 고야마가 건넨 전단을 받은 것이다.

찾아보면 다른 방법도 있었을 것이다. 아이 딸린 여자가 살아갈 더 좋은 방법이. 안심하고 아기를 낳을 수 있는 시설도 있었다. 그러나 이 사람은 그런 곳이 아닌 수상한 종교 시설에 의탁했다.

11월 10일, 그렇게 마리나는 태어났다.

일주일 후 어머니와 마리나는 교단 건물로 돌아갔다. 교단이 모든 절차를 밟아 주고 아기 이불도 사 줬다. 병원비와 기저귀, 분유와 딸랑이 모두 교단에서 대 준 것이었다. 에리코는 방에 들어가기 전 교주 부부에게 마리나를 보여 주러 갔다.

"오오오."

교주는 만면 가득 함박웃음을 지었다.

"이 아이는 '시온의 빛'의 보물이다. 고생했구나, 에리코. 앞으로 다 함께 이 아이를 소중히 키우자꾸나."

에리코는 이보다 더 행복할 수 없다는 표정이었다.

마리나의 이마에 얹은 교주의 손이 거슬렸지만 침묵할 수밖에 없었다. 현실적으로 산모와 갓 태어난 아기를 돌보는 일은 시설 사람들의 도움을 받아야 한다. 그리고 이곳을 총괄하는 사람은 교주다. 그가 수상한 종교를 이끄는 덕에 어리석은 신도들에게서 풍부한 자금이 들어오고, 그런 경제력이 현재 와타루 가족의 삶을 지탱해 주고 있다. 그 정도 분별력은 와타루에게도 있었다.

방으로 돌아가 아기 이불에 마리나를 눕히고 그 옆에 자신도 누웠다. 곤히 잠든 여동생의 모습은 아무리 봐도 질리지 않았다.

어머니는 병원에서 가져온 짐을 풀었다. 그리고 맨 위에 있던 부적을 방안 가장 높은 곳에 붙였다. 와타루는 착잡한 심정으로 그것을 올려다봤다.

마리나의 존재는 와타루에게 든든한 버팀목이 돼 줬다. 여동생이 태어나기 전과 삶이 백팔십도 달라졌다. 학교에 가는 것, 선생님에게 무시당하며 수업을 듣는 것, 주변의 조롱을 받고 기쿠치 일당과 마주치지 않게 주의를 기울이며 집에 돌아가는 것도 더 이상 괴롭거나 힘들지 않았다.

아오토에게 마리나를 보여 주고 싶어 교단 방으로 그를 초대했다. 아오토는 신기한 생명체라도 보듯 마리나를 빤히 쳐다봤다. 마리나도 오빠의 친구의 짙푸른 눈동자를 보며 미소 지었다. 두 볼에 보조개가 떠올랐다. 그것 역시 마리나가 특별한 아이라는 것을 나타내는 징표라고 와타루는 믿었다.

"귀엽지?"

결국 참지 못하고 물었다.

"귀엽네."

그것으로 충분했다. 마리나는 앞으로 자신의 결핍을 조금씩 채워 줄 것이다. 그러다 보면 언젠가 교단을 나가 셋이 살날도 올 것이다. 근거라곤 없지만 와타루는 그렇게 믿었다.

나카노 씨가 방에 들어와 디지털카메라로 마리나의 사진을 여러 장 찍었다. '시온의 빛' 안내 책자에 교단에서 태어난 아기로 실을 거라고 했다. 불쾌했지만 어린 와타루는 거부할 권리가 없었고 어머니도 승낙했을 터였다. 나카노 씨가 셋이 함께 사진을 찍어 주겠다고 했지만 아오토는 사진 찍히는 것을 거부했다. 와타루와 아오토는 그 길로 시설을 나갔다.

"예쁘지? 여동생이 생기니 왠지 매일매일 즐거운 것 같아."

아오토 앞에서는 솔직한 말을 할 수 있었다.

"너랑 좀 닮았네."

그 말을 듣고 기분이 더 좋아졌다.

"넌 외동이라 아쉽겠다."

힐끗 본 친구의 옆얼굴에서는 표정이 읽히지 않았다. 처음 전학 온 날처럼 아오토는 가끔 얼굴에서 표정을 지울 때가 있었다. 그 과정이 너무도 능숙해 역시 보통 애가 아니라고 생각했다.

"하지만 아직 몰라. 너한테도 앞으로 남동생이나 여동생이 생길 수도."

아오토의 아버지 나이는 불분명하지만 어머니는 아직 젊은 것 같았다.

"아니. 그럴 일은 없어."

아오토는 이상하리만치 단호히 부인했다. 아무리 친해져도 조금만 깊숙이 다가서려고 하면 아오토 쪽에서 슬그머니 물러나 방어벽을 치는 느낌을 받을 때가 종종 있었다. 아오토의 내면에는 선이 명확하게 그어져 있는 듯했고 그럴 때 와타루도 아오토에게서 거리감을 느꼈다. 결정적으로 나와는 다른 뭔가가 있는 것 같았다.

그러는 동안 두 사람은 무의식적으로 아라카와 강변으로 향하고 있었다. 제방을 넘어서자마자 누군가가 눈앞에 불쑥 모습을 드러냈다.

"야."

기쿠치였다. 마리나 이야기를 하느라 경계심이 풀려 있었다. 이 일당이 이곳에 나타날 줄은 몰랐다. 사쿠라다를 비롯한 기쿠치의 친구들이 제방 너머에서 하나둘 올라오기 시작했다. 그리고 그들의 맨 뒤에 있는 덩치 큰 사람을 보고 와타루는 온몸에서 핏기가 가셨다.

기쿠치의 형이었다. 그는 주머니에 손을 넣고 위압적으로 어깨를 들썩이며 경사로를 올라왔다.

"역시 여기 올 것 같더라."

기쿠치가 입가를 일그러뜨리며 말했다. 숨어서 우리를 기다리고 있었을까.

"요즘 우리, 통 못 만났지?"

기쿠치는 굳어 버린 와타루의 어깨에 손을 얹었다. 그의 몸에서 썩은 내가 솟구쳐 풍기는 느낌이었다.

"하여튼 잽싸다니까, 이 녀석들."

사쿠라다가 뒤에 선 기쿠치의 형에게 들으라는 듯이 크게 외쳤다. 기쿠치의 형이 히죽 웃으며 다가왔다. 동생 손에 붙들린 와타루의 바로 맞은편에 섰다.

"너희가 사는 곳에서 여자애가 태어났다고?"

그런 정보를 이 악랄한 형제가 쥐고 있을 줄은 몰랐다. 와타루는 몸이 더 굳었다. 아오토는 평소처럼 오싹할 정도의 정적을 머금은 채 와타루 옆에 가만히 서 있었다.

"교단 건물 옆에 사는 녀석이 그러더라. 경을 외는 소리에 섞여 종종 아기 울음소리가 들린다고."

정확히 말하자면 그건 경문 같은 게 아니지만 굳이 정정하고 싶지는 않왔다.

"저주의 의식에 아기를 바친다는 게 사실이야?"

"그런 거 아니에요!"

와타루는 발끈했다. 분명 수상한 종교이기는 해도 마리나와는 상관없는 일이다. 그 아이는 그곳에서 홀로 밝게 빛나는 순결한 존재다. 그런 아이를 욕하는 건 참을 수 없었다. 와타루의 미묘한 분노를 형 기쿠치가 감지한 것 같았다. 그는 붙잡은 먹잇감을 가지고 노는 방법을 잘 알고 있었다.

"거기 교주는 휘하에 거느린 여자들과 신나게 즐긴다며?"

와타루는 배에 힘을 주었다. 멍청한 녀석의 도발에 넘어가지 않고자 노력했다. 그러자 동생 기쿠치가 입을 열었다.

"아니야? 거기에 여자 신도들 많잖아. 교주가 하고 싶은 대로 다 할 수 있다던데."

사쿠라다와 다른 아이들이 비열하게 웃음을 터뜨렸다.

"너희 엄마도 마찬가지지? 교주의 은총을 받아 아기를 낳은 거지?"

"우와!"

사쿠라다가 눈을 휘둥그레 뜨고 하늘을 올려다봤다.

"그럼 그 아기가 교주의 아이라는 말이에요?"

"그럼 걔도 커서 교주를 섬기겠네?"

"아니, 교주의 후계자가 되겠지."

주변에 모인 녀석들이 입을 모아 떠들었다. 와타루는 온몸이 부들부들 떨렸다. 참고 견디려고 주먹을 꽉 쥐었다.

"태어나서 가장 먼저 입에 담는 말이 경문이라니. 불쌍하다."

"커서도 경을 외고 기뻐하는 신도들과 침대에서 한바탕 뒹굴겠지."

형 기쿠치가 음습하게 미소 지으며 말했다.

와타루는 고개를 숙여 형 기쿠치의 배를 들이받았다. 제방 가장자리에 서 있던 그는 방심한 나머지 제방 아래로 굴러떨어졌다. 와타루는 그를 쫓아 경사면을 뛰어 내려갔고 당황한 초등학교 5학년 악동들은 그 모습을 멍하니 지켜보기만 했다. 설마 나약한 꼬맹이가 중학교 3학년 선배를 들이받을 줄은 꿈에도 몰랐을 것이다.

형 기쿠치는 거구치고 민첩하게 다시 일어나 와타루를 기다리고 있었다. 지금부터 폭력을 행사할 수 있다는 기쁨에 눈빛이 반짝였다. 그는 와타루의 두 어깨를 붙들더니 힘차게 땅에 매쳤다. 자그마한 와타루의 몸은 힘없이 날아가 무성한 잡초 덤불에 떨어졌다.

제방 위에서 기쿠치 일당의 웃음소리가 들렸다. 일어서기 위해 손을 뻗자 가는 나뭇가지가 손에 닿았다. 와타루는 재빨리 그것을 집어 들고 일어섰다. 잡초를 헤치며 다가오는 형 기쿠치는 고개를 살짝 숙이고 있었다. 와타루는 그의 정수리 한가운데를 조준해 나뭇가지를 내려쳤다.

"으악!"

그는 우스꽝스러울 정도로 새된 비명을 질렀다. 와타루는 틈을 두지 않고 움츠러든 그의 어깨를 퍽 때렸다. 두툼한 형 기쿠치의 목이 더 움츠러들었다. 첫 번째 타격 때문에 머리에 상처가 났는지 미간으로 피가 한 줄기 흘러내렸다. 나뭇가지는 예상보다 단단해 괜찮은 무기가 됐다. 옆으로 휘두른 나뭇가지가 형 기쿠치의 옆머리를 강타하자 그는 곰처럼 으르렁거렸다.

그러나 와타루의 반격은 거기까지였다. 서서히 몸을 일으킨 형 기쿠치는 단숨에 와타루가 쥔 나뭇가지를 빼앗아 반격을 가했다. 와타루는 배와 가슴을 흠씬 얻어맞고 몸을 웅크려 방어 자세를 취하자 등까지 가격당했다. 결국 입에서 피를 뱉고 그 자리에 쓰러졌다.

"와타루!"

아오토의 목소리가 들렸다. 눈을 살짝 뜨자 제방 위에서 기쿠치 일당에게 붙잡힌 아오토가 보였다. 멀어서 표정은 잘 보이지 않지만 푸른 눈동자가 분노로 흐려진 것처럼 보인다. 속으로 '저런 표정은 처음 보네'라고 생각했다. 그때 형 기쿠치가 다리를 들어 와타루의 배를 후려쳤다. 발이 내장까지 파고드는 느낌이었다. 그는 다시 발을 떼는가 싶더니 이번에는 그 발로 다시 와타루의 머리를 인정사정없이 걷어찼다.

와타루는 또다시 땅에 얼굴을 처박고 쓰러졌다. 배 속에 든 것을 전부 풀밭에 토했다.

허리를 숙인 형 기쿠치의 얼굴이 눈에 들어왔다. 그는 맹수처럼 으르렁거리며 와타루에게 달려들었고 그때마다 와타루의 몸은 허공에 뜨기도, 땅에 떨어지기도 했다. 하늘을 보고 쓰러지고 다음으로는 땅에 다시 얼굴을 처박다 보니 어느새 하늘과 땅이 잘 구분되지 않았다. 일방적인 폭력에 몸이 심각한 상태가 됐지만 이상하게도 통증은 더 이상 느껴지지 않았다. 그러다가 마지막에는 바닥에 대 자로 벌러덩 쓰러졌다.

해 질 녘의 하늘이 머리 위에 펼쳐져 있었다. 진홍색으로 물든 비늘구름이 끝도 없이 넓고 아름다웠다.

그것을 마지막으로 와타루는 의식을 잃었다.

비늘구름이 영원히 흘러가는 꿈을 꿨다.

와타루는 천천히 눈을 떴다.

어두웠다. 그대로 강변에 방치되어 밤이 온 걸까. 하지만 등에 닿은 부분이 부드럽고 따스했다.

"기분은 좀 어때?"

주변을 두리번거리며 목소리의 주인공을 찾았다. 몸을 움직이려 하니 여기저기가 쑤셨다.

시야에 아오토의 어머니의 얼굴이 들어왔다. 완벽에 가까운 달걀형 얼굴로 와타루를 내려다보고 있다. 전에 이름이 도모코 씨라고 들었다. 아버지는 야스오였고 할아버지는, 그렇다. 기렌이었다. 부모님은 둘 다 평범한 이름인데 할아버지만 이름이 특이했다. 전에 학교에서 배웠던 아호* 같은 것일까.

도모코가 "아오토" 하고 나직이 아들의 이름을 불렀다.

그러자 슬리퍼를 끄는 소리가 들리더니 아오토가 모습을 드러냈다. 아오토의 얼굴을 보자마자 와타루는 자신에게 들이닥친 일들이 떠올랐다. 기쿠치 형제의 광기 어린 얼굴도.

"다행이다, 와타루. 이제 괜찮아."

푸른 하늘처럼 맑은 눈동자를 홀린 듯이 바라봤다.

"여기, 너희 집이야?"

* 본명 이외에 별명처럼 편하게 부를 수 있게 지은 이름.

68

"응."

"걔네는 어떻게 됐어?"

"네가 기절하니 다들 도망쳤어."

아오토의 대답은 짧고 명료했다. 그래서 와타루는 아오토와 잘 통했다. 어른들에게는 별로 들려주고 싶지 않은 대화였다.

자신이 기절하자 녀석들은 그제야 직성이 풀려 돌아간 듯했다. 어차피 초등학교 2학년짜리 꼬맹이는 그들의 상대가 되지 않았다. 정신을 잃을 정도로 두들겨 맞기는 했지만 그래도 어떻게든 버틴 걸까. 그 후 아오토가 집으로 나를 데려와 줬다. 조금씩 이동하는 그 기술을 사용했을지도 모른다.

어쨌든 일을 더 크게 만들고 싶지 않았다. 그러면 그들을 더 자극할 뿐이라는 걸 와타루는 누구보다 잘 알았다. 평소에도 비슷한 일이 생기면 맞서지 않고 그냥 넘기자고 늘 다짐하는데, 그때는 저도 모르게 돌진해 버렸다. 마리나에 대한 험담을 듣자 피가 거꾸로 솟았다.

도모코가 교단에 있는 어머니에게 대신 연락해 줘서 몸이 어느 정도 회복될 때까지 아오토의 집에서 사흘을 더 묵었다. 아들의 몸 상태를 자세히 묻지도 않고 "잘 부탁합니다"라고만 했다는 어머니에게 와타루는 적잖이 실망했다.

②

밤에서 태어난 남자는
달빛에 형상화된다.

겨울로 향해 가는 도시는 어딘지 모르게 낯설었다. 일찌감치 크리스마스 분위기로 화려하게 장식됐지만 그 안에 자신은 포함되지 않은 것 같은 느낌이 들었다.

자신을 둘러싼 세계와의 희미한 괴리감. 어릴 때와 똑같다. 차이라면 지금은 자전거를 가지고 있다는 것 정도일까.

와타루는 때때로 자전거를 타고 시내를 마음껏 질주했다. 퇴근 후 곧장 집에 돌아가지 않고 아무 생각 없이 거리를 달렸다. 대부분 나카노부에서 여기저기를 돌아다니다가 신칸센이 지나는 교량 밑을 지나 오이마치역으로 갔다. 그 주변이 와타루에게는 가장 부담 없는 번화가였다. 시나가와역까지 가면 사람과 점포가 너무 많아 마음이 편치 않았다.

서점을 둘러보거나 가끔 유니클로에 가서 옷을 사기도 하지만 특별한 일을 하지는 않았다. 오이마치역과 가까운 JR 동일본 도쿄 종합 차량 센터에 드나드는 전철을 보며 시간을 때우는 날도 많았다.

쉬는 날에는 시나가와 수족관에 가서 물고기를 구경하거나 오이 경마장에 가서 마권을 사지 않고 달리는 말을 보기도 했다. 와타루는 동물을 좋아했다. 그들은 본능에 따라 그저 '사는 것'에 충실했다. 먹이를 먹고, 잠을 자고, 영역을 지키고, 자손을 남긴다. 동물의 욕망은 후련할 정도로 생명 유지 하나에 쏠려 있다. 어제도 내일도 없이 오늘만 있을 뿐이다.

비가 오면 비에 젖고 볕이 내리쬐면 더위에 허덕인다. 다치거나 몸이 아프면 죽음을 기꺼이 받아들이고, 고독을 괴로워하거나 공허나 슬픔에 사로잡히지도 않는다. 그런 동물들을 보며 와타루는 왠지 모를 안도감을 느꼈다.

성장한 뒤에도 여전히 와타루의 행동반경은 좁았다. 어울리는 또래 친구도 없었다. 친구라고 부를 만한 존재는 전에도 이후에도 오직 단다 아오토뿐이었다.

그날도 퇴근 후 오이마치역에 가서 세이유를 비롯한 가전제품 매장을 돌아다녔다. 다음 날이 한 달에 한 번 있는 평일 휴무라 조금 더 둘러보자며 역 건물인 아트레에서 오므라이스를 사 먹기도 했다. 와타루의 일상 속 작은 변화이자 사치였다.

그 후 역 앞 자전거 주차장에 세워 둔 자전거를 끌고 나와 선로 아래 인도를 자전거를 밀며 한참 걸었다. 길 위에 있는 벤치에 웬 남자가 누워 있는 모습이 보였다. 아직 저녁인데도 만취했는지 곤히 잠들어 있었다.

나이는 30대 중반 정도로 보였다. 왠지 그의 얼굴을 어디선가 본 느낌이 들었다. 그러나 옆을 지나치며 남자를 뚫어지게 관찰했지만 아무리 기억을 되짚어도 떠오르지 않았다. 애초에 그동안 인연을 맺은 사람이 그리 많지도 않으니 기분 탓일 것이다.

그래도 신경 쓰여서 조금 더 걷다가 다시 뒤를 돌아봤다. 남자 옆으로 또

다른 남자가 다가가는 모습이 보였다. 검은 실루엣으로 보이는 남자는 벤치에 누운 남자 위에서 허리를 숙이고 있었다. 멀어서 잘 보이지 않지만 술 취한 남자의 재킷 안주머니에 손이 들어가 있는 것 같았다. 와타루가 깜짝 놀랐을 때는 이미 재킷 밖에 나온 남자의 손에 지갑이 들려 있었다.

"어이!"

무심코 목소리가 터져 나왔다. 남자는 와타루의 목소리를 듣고 깜짝 놀란 듯했다. 누워 있던 남자도 그 바람에 천천히 상반신을 일으켰다. 정신을 차린 도둑은 재빨리 등을 돌려 도망치기 시작했다. 와타루는 자전거를 버리고 도둑을 쫓았다. 거의 반사적으로 몸이 움직였다.

범인은 사람 많은 인도에서 다른 사람들과 아슬아슬하게 부딪힐 뻔하면서도 부리나케 도망쳤다. 쫓기고 있다는 걸 알아차렸는지 갑자기 샛길로 들어서서 와타루도 같은 골목으로 들어갔다. 남자는 뜀박질이 빨랐다. 와타루도 고등학생 때까지만 해도 달리기에 자신 있었지만 이제는 누군가와 경쟁하며 달리는 일이 없어서인지 점차 숨이 가빠지기 시작했다. 남자는 속도를 늦추지 않고 필사적으로 이리저리 모퉁이를 돌았다.

모퉁이를 하나씩 돌 때마다 남자의 뒷모습이 멀어졌다. 이제는 어디를 달리고 있는지도 알 수 없었다.

그리고 마침내 범인을 시야에서 놓치고 말았다.

와타루는 무릎에 손을 얹고 허리를 숙여 어깻숨을 내쉬었다. 어느새 체력이 바닥을 드러냈다. 서서히 몸을 일으켜 주변을 둘러봤다. 바로 옆에 눈에 익은 크리스마스트리가 있었다. 꼭대기에 장식된 금색 별이 당장에라도 떨어질 것처럼 기울어 있다. 눈발을 형상화한 솜도 회색으로 빛이 바랜 오래된 크리스마스트리. 와타루의 집 근처에 있는 문구점 쇼윈도에 매년 장식되는 트리였다.

도둑을 쫓다 보니 어느새 집 근처까지 와 있었다.

와타루는 쇼윈도 옆 문에 몸을 기댄 채 하늘을 올려다봤다. 높은 밤하늘에 보름달이 차가운 금속성 빛을 발산하며 떠 있었다. 스스로 무슨 짓을 하는 거냐고 되뇌며 힘없이 웃었다. 술 취한 사람의 지갑 따위 딱히 어떻게 되든 알 바 아니지 않은가.

"도망쳤어?"

그때 어둠 속에서 목소리가 들려서 소스라치게 놀랐다. 남자가 불쑥 모습을 드러냈는데 기우뚱거리는 걸음걸이를 보고 조금 전의 그 취객인 것을 깨달았다. 설마 지갑을 도둑맞은 사람도 함께 따라올 줄은 몰랐다. 그런 곳에 드러누워서 잘 정도이니 많이 취하지 않았을까. 역시나 남자는 갑자기 인도에 주저앉아 버렸다.

지갑을 되찾으려고 필사적으로 뛰어오는 바람에 취기가 더 돌았는지, 아니면 범인을 놓쳤다는 사실에 낙담했는지 남자는 그대로 앞으로 털썩 쓰러졌다. 차가운 길바닥에 몸을 웅크리고 있다. 와타루는 잠시 망설이다가 조심스레 남자에게 다가갔다. 영업을 마친 가게가 즐비한 거리에 달빛이 어슴푸레 비치고 있다. 남자는 위아래 모두 검정 옷을 입고 있어서 꼭 인간 형태를 한 어둠이 누워 있는 것처럼 보였다.

남자가 느닷없이 밤중에 나타난 것까지 포함해서 와타루는 조금 오싹해졌다.

무심코 저지른 어리석은 행동을 후회했다.

"저기요, 괜찮으세요?"

"으으."

밤에서 태어난 남자는 달빛에 선명히 비치고 있었다. 그는 와타루를 향해 웃어 보였다. 유난히도 천진난만한 미소였다.

왜 그런 행동을 했는지는 알 수 없다.

와타루는 길가에 누워 움직이지 못하는 남자를 집에 데려갔다.

아무리 말을 걸며 일으켜 세우려고 해도 남자는 움직이지 않았다. 그대로 길에 누워서 다시 잠들어 버릴 것 같았다. 옆을 지나치던 사람들은 두 사람을 피해 갔다. 그들의 눈에 와타루와 남자는 술에 취해 쓰러진 친구와 친구를 돕는 요즘 젊은이처럼 보였을 것이다. 그냥 두고 가도 다른 누군가가 도와줄지 모르지만 보장은 없다. 길 위나 공원 등지, 혹은 도랑 같은 곳에 빠져서 얼어 죽을 수도 있었다.

어쩔 수 없이 남자를 부축해 일으켜 세웠다. 남자는 그대로 와타루와 함께 비틀거리며 걸었다. 그는 어디로 가느냐고 묻지 않았다. 집이 빌라 1층이라 다행이었다. 아마 2층 이상이었으면 철제 계단을 오르기 힘들었을 것이다.

와타루는 원룸 집 문에 열쇠를 꽂았다. 복도 형광등이 나가기 일보 직전처럼 깜빡거렸다. 남자는 집 문이 열리기까지 잠자코 기다렸다. 그리고 현관이라 부를 수도 없는 좁은 콘크리트 바닥에서 신발을 벗었다. 와타루가 불을 켜자 남자는 거리낌 없이 싱크대로 가서 물을 한 잔 마셨다. 그리고 그대로 안쪽에 있는 다다미방에 들어가더니 쓰러져 코를 골기 시작했다.

와타루는 장롱에서 얇은 이불을 꺼내 그에게 덮어 줬다. 그리고 바로 옆에 있는 침대에 앉아 가만히 생각에 잠겼다. 마음 같아서는 두고 온 자전거를 찾으러 가고 싶지만 귀찮았다. 이런 일이 생길 줄은 꿈에도 몰랐다.

세상모르게 곯아떨어진 남자를 내려다봤다. 처음 만났을 때 왠지 면식이 느껴졌던 것은 역시 착각일 것이다. 전혀 모르는 남자였다. 나이는 나보다 조금 많은 것 같다. 남자는 옷도 벗지 않고 검정 재킷을 그대로 입고 잠들었다. 그 아래에 입은 티셔츠와 바지도 검은색이다. 심플한 디자인을 보니 별로 값비싼 브랜드 옷처럼 보이지는 않았다.

어쩌면 나와 별반 다르지 않은 삶을 사는 사람 아닐까. 지갑을 도둑맞아서 얼마나 곤란할까. 설마 갈 곳이 없는 건 아니겠지. 이런저런 걱정이 와타루의 머리를 스쳤다. 침대가 있는데도 다다미에 누워 자는 걸 보니 어느 정도 미안한 마음은 있는 걸까.

그러다가 더 생각하는 것도 귀찮아져 와타루도 겉옷을 벗고 침대에 누웠다.

집에 다른 사람을 데려와 재우는 건 처음이라서인지 깊게 잠들지 못했다. 수시로 뒤척이다가 잠을 깼고 깰 때마다 다다미 위에 누운 남자를 의식했다.

남자는 자면서 계속 끙끙거렸다. 전등 불빛 아래로 비치는 얼굴을 보니 이맛살을 찌푸린 채 겁에 질린 표정이었다. 무서운 꿈이라도 꾸는 걸까. 지금껏 악몽을 꾸며 전율하는 사람은 나뿐이라고 생각했다. 와타루는 결국 아침이 올 때까지 계속 잠을 설쳤다.

다음 날 아침 남자는 예상보다 일찍 눈을 떴다. 그는 자신이 어디 있는지 궁금해하지도 않고 재빨리 자리에서 일어나 싱크대에 가서 물을 마셨다. 그리고 컵을 손에 든 채로 고개를 돌려 침대에서 몸을 일으킨 와타루를 향해 입을 열었다.

"배고파."

와타루는 남자와 함께 집을 나섰다. 걸음이 빠른 남자를 거의 무의식적으로 따라갔다. 재킷을 그대로 입고 자서 그런지 남자의 재킷이 구깃구깃했다. 남자는 집 근처 핫도그 노점에서 핫도그를 두 개 주문했다. 그리고 재킷 안주머니에 손을 넣고 "아" 하고 입을 열었다.

"지갑을 도둑맞았지."

그래도 그는 주인이 건네는 핫도그를 태연히 받았다. 와타루는 어쩔 수 없이 대신 돈을 냈다. 남자는 와타루가 계산을 마칠 때까지 가만히 기다리다가 핫도그 한 개를 건넸다. 두 사람은 핫도그를 먹으며 나란히 걸었다.

"이제 어떡하지?"

남자는 당연한 것처럼 그런 질문을 던졌다. 꼭 오랜 지인과 나들이라도 하는 것 같았다. 와타루가 집에서 하룻밤 묵게 하고 핫도그를 사 준 것에 대해서도 감사 인사 한마디 하지 않았다.

"자전거를 가지러 가야겠어요."

와타루가 중얼거리자 남자는 "아, 그렇군" 하고 고개를 끄덕였다.

어제 남자가 누워 있던 벤치는 걸어가기에 꽤 먼 거리였다. 하지만 남자는 현재 무일푼이라 대중교통을 탈 수 없고 와타루도 그러고 싶지 않았다. 어차피 오늘은 할 일도 없다. 굳이 나란히 서서 걸을 이유는 없겠지만 남자는 와타루 옆을 떠나지 않았다. 자전거를 찾을 때까지 함께 가는 게 예의라고 생각하는 듯했다.

남자는 핫도그를 다 먹은 후 핫도그를 감싼 포장지를 둘둘 말아 버렸다.

어젯밤 술을 꽤 많이 마셨을 텐데도 발걸음이 가벼웠다. 기억도 또렷한 것 같다. 남자가 혼잣말처럼 중얼거리는 말을 들으면 알 수 있었다.

"왜 그런 데서 잠들어 버렸을까."

"다리가 정말 빠른 놈이더라."

"널 쫓을 때도 힘들어 죽을 뻔했어."

'너'라는 호칭이 기분 나빴지만 굳이 지적하지 않았다. 얼른 자전거를 찾아 이 남자와 헤어져야겠다고 생각했다.

그러나 자전거는 없었다.

자전거를 두고 간 곳이 어딘지는 똑똑히 기억했다. 남자가 누워 있던 벤치도 찾았다. 지금은 그 앞길이 출퇴근하는 사람들로 붐볐다. 그런 인파 속에서 와타루는 망연자실하게 서 있었다. 자물쇠를 채워 두지는 않았지만 설마 누군가가 훔쳐 갈 거라고는 예상하지 못했다. 그렇게 낡은 자전거를 가져가는 사람이 있을 줄이야. 마음을 가다듬고 분실 자전거를 보관하는 자전거 보관소로 갔다.

남자는 줄곧 와타루를 졸졸 따라왔다. 자전거 보관소에 있는 자전거를 다 확인해도 와타루의 자전거는 보이지 않았다.

"자전거가 없어?"

옆에서 묻는 남자가 짜증스러웠다. 와타루는 대답 대신 등을 돌렸다. 그러자 남자는 와타루 앞으로 돌아왔다.

"내가 변상할게."

"됐어요."

"아니, 그래야 해. 내 지갑을 훔친 놈을 쫓다가 이렇게 됐으니까."

하룻밤 신세를 진 것은 언급하지도 않는다. 와타루는 이런 남자와 엮인 자신이 바보 같았다. 처음 만난 사람에게 명확하지도 않은 기시감을 느끼는 바람에 소중한 내 **다리**를 잃고 말았다.

"자전거를 사 갈게."

남자는 바지 뒷주머니에서 스마트폰을 꺼냈다.

"이름이 뭐야? 연락처 교환하자."

"됐다니까요."

남자를 밀치고 다시 발걸음을 뗐다. 뒤에서 남자의 목소리가 들렸다.

"내 이름은 가오라고 해. 제이슨 가오."

문득 멈춰 섰다. 일본인이 아니었나.

그러나 요즘 같은 시대에 특별히 드문 일은 아니다. 와타루는 왔던 길을 되돌아갔다. 남자는 더 이상 쫓아오지 않았다.

누군가가 집 문을 두드렸다. 초인종 같은 건 없으니 어쩔 수 없다. 평소 혼자 사는 와타루를 찾아오는 사람도 거의 없었다.

온종일 집 안에서 뒹굴거리다가 어느새 저녁이 됐다. 와타루는 슬그머니 자리에서 일어났다.

문을 열었다가 깜짝 놀라서 몸이 굳었다. 바깥에 남자가 서 있었다. 이름이 가오라고 했나. 제이슨 가오. 술에 취해 길에서 잠들었다가 지갑을 도둑맞은 멍청한 남자. 그가 환하게 미소 짓고 있었다.

"여어."

와타루는 어떻게 반응해야 좋을지 알 수 없었다.

"자전거를 가져왔어."

그 말을 듣고 남자의 뒤를 봤다. 그곳에는 잃어버린 예전 자전거와 비교할 수 없을 정도로 멋진 자전거가 스탠드에 세워져 있었다.

"마음에 들었으면 좋겠는데."

신발을 신고 나가 눈을 휘둥그레 떴다. 아마 이탈리아산 스포츠 브랜드 자전거일 것이다. 타이어가 가늘고 전체적으로 스타일리시했다. 차체는 시크한 회색이었고 몇 단인지 모를 변속기도 달려 있었다.

"이런……."

그제야 입이 열렸다.

"이렇게 비싼 건 못 받아요. 제 건 낡고 오래된 자전거였는데."

"그렇게 비싼 것도 아니야."

가오는 아무렇지 않다는 듯이 말했다.

"다음에는 밥 사 줄게. 오늘 아침 핫도그의 보답."

"그런데…… 지갑을 도둑맞지 않았나요?"

"아."

가오는 머리를 긁적였다.

"그래. 멍청하게도."

그러나 전 재산을 도둑맞은 것은 아니라고 가오는 대수롭지 않게 말했다.

와타루는 남자의 얼굴을 뚫어져라 봤다. 키는 크지만 일본인과 별반 다를 바 없는 얼굴이다. 말투가 자연스럽고 가늘게 다듬은 눈썹 밑에 있는 눈동자의 색도 검다. 광대뼈가 불거진 탓에 두 뺨이 움푹 팬 것처럼 보여 날카로운 인상을 줬다. 잘생긴 축에 속하겠지만 그렇다고 특별히 눈에 띄는 외모는 아니다. 옷은 오늘 아침에 입었던 것에서 다른 옷으로 갈아입었다. 역시 값비싼 브랜드는 아닌 것 같지만 정확하지는 않았다.

"너, 이름이 뭐야?"

와타루는 자기도 모르게 대답하고 말았다.

"하세베 와타루."

그러고 나서 한자를 가르쳐 줬다.

"난 오늘 아침에 제이슨 가오라고 알려 줬지? 높을 '고高'를 써서 '가오'라고 읽어. 중국계 미국인이야."

"그렇군요."

그가 스마트폰을 꺼내는 바람에 하는 수 없이 연락처를 교환했다. 왠지 좋은 자전거에 낚여서 이러는 것 같아 마음이 찜찜했지만 가오는 아무렇지 않은 표정이었다. 그는 와타루의 연락처를 휴대폰에 입력하자마자 "그럼 다음에 또 봐" 하고 무덤덤하게 말했다.

나갈 때 처마 끝에 세워진 자전거의 안장을 손으로 살짝 쓸었다.

"나도 한 대 살까. 가게에서 고르다 보니 좋은 게 많더라."

그러고는 힘차게 걸어가 금세 사라져 버렸다.

와타루는 가오가 두고 간 자전거를 멍하니 보며 서 있었다. 이런 허름한 빌라와 어울리지 않는 자전거다. 가게에서 자전거를 고르는 남자의 모습을 상상했다. 누군가가 자신을 위해 뭔가를 골라 주는 일은 오랫동안 없었다.

　문득 어머니인 에리코가 몇 안 되는 재고품 중에서 골라 준 책가방이 떠올랐다. 그 검정 책가방은 아동 보호 시설에 가져가 초등학교를 졸업할 때까지 메고 다녔다.

　오르가네트.

　아오토의 어머니인 도모코가 연주하던 악기 이름이다. 와타루는 생전 처음 보는 악기였는데 모양이 신기했다. 휴대용 파이프 오르간이라고 했다. 건반과 몇 대의 파이프가 맞닿아 있고 파이프 뒤쪽에는 **풀무**가 있었다. 연주할 때는 몸 앞에 악기를 들고 오른손으로 건반, 왼손으로 풀무를 조작했다.

　아오토는 이탈리아에서 탄생한 아주 오래된 악기라고 설명했다.

　도모코는 넓은 마당에 가져다 놓은 의자에 앉아 능숙하게 악기를 연주했다. 아오토의 집에 갔을 때 연주가 시작되면 와타루는 옆에 앉아 가만히 연주를 들었다. 아오토도 대부분 곁에 있었던 것으로 기억한다. 집 안에 있는 야스오와 기렌도 귀 기울이고 있는 것 같았다. 기렌은 가끔 연주에 맞춰 노래를 흥얼거리기도 했는데 가사가 일본어는 아닌 듯했다. 오르가네트의 음색과 아름다운 곡조, 이국적인 정서가 가득한 풍경이었다.

　도모코의 연주에 홀린 듯 정원에 작은 새들도 날아왔다.

　참새와 찌르레기, 방울새, 직박구리 등이 나뭇가지에 하나둘 내려앉아 고개를 기울여 음악을 들었다. 도심지에서는 쉽게 볼 수 없는 여새와 양진이 같은 철새도 찾아왔다. 아오토는 새들의 정확한 이름을 하나하나 알려 줬다.

도모코가 연주하는 오르가네트의 음색은 청아하면서도 신비로웠고 거기에 맞춘 새들의 지저귐은 마치 노랫말처럼 들렸다. 악기를 연주할 때 도모코는 그 어느 때보다 행복한 표정을 짓고 있었다.

"너희 어머니 연주를 들으러 온 걸까?"

그렇게 묻자 아오토는 대수롭지 않은 듯이 말했다.

"아니. 꼭 그러지 않아도 엄마는 언제든 원할 때 새를 부를 수 있어. 음악 없이도."

그 말은 사실이었다. 마당에서 빨래를 말리거나 정원을 손질할 때 도모코가 문득 손을 멈추고 하늘을 올려다보며 새를 부르는 모습을 와타루도 그동안 여러 번 목격했다.

특별한 뭔가를 하는 건 아니고 그저 하늘을 올려다볼 뿐이었다. 때로는 하늘을 향해 손을 내밀기도 했는데 자신의 부름에 날아온 새들에게 애정을 표현하는 몸짓 같았다. 목도리앵무새라는 이름의 녹색 앵무새가 무리지어 날아 온 적도 있었다. 애완용으로 키우던 앵무새가 집을 나가 도내에서 번식한 것 같았다.

도모코는 새들을 불러서 대화를 나누는 듯 보이기도 했다. 걸어가는 도모코 뒤로 작은 새들이 깡충깡충 쫓아갔고 가끔은 장난치듯 그녀의 몸 주변에서 날개를 퍼덕거리기도 했다. 도모코가 손을 내밀면 손가락 위에 작고 귀여운 새가 내려앉았고 그녀가 새에게 뭔가를 속삭이면 새도 소리를 내어 화답했다. 그럼 도모코는 그야말로 즐거운 듯이 웃음을 터뜨렸다. 인간과 새 사이에서 의사소통이 이뤄지는 모습을 와타루는 숨죽인 채 관찰했다.

그것은 아오토의 공간 이동 기술처럼 도모코가 가진 소박한 능력이었다. 여덟 살이던 와타루는 그런 게 별로 이상하지 않았다. 어린아이들은 무엇이든 스펀지처럼 빨아들이는 감수성을 가졌고 딱딱하게 굳은 성인의 상식 같은 건 아직 없던 시기였다. 주변 어른들에게 이야기해서 그들을 놀라게 하지도 않았다. 어머니는 종교에 심취해 있었고 학교에서는 선생님들에게 마음을 열지 않았다.

와타루는 그렇게 아오토의 집을 자주 드나들었다. 가족들은 와타루를 특별히 환대하지 않았지만 그렇다고 거부하지도 않았다. 아들의 친구를 자연스럽게 받아들여 줬다.

아오토의 집에 가는 건 주로 '시온의 빛' 행사에 참석하기 싫어서일 때가 많았지만 그래도 돌아갈 곳은 결국 그곳뿐이었다. 교단에 있는 방 안에 들어가니 마리나가 있었다. 아오토의 가족과 즐거운 시간을 보낸 후 마리나의 얼굴을 보며 안도한다. 그것은 파란만장한 일상의 끝에야 도달할 수 있는 와타루의 짧은 평온이었다. 소소한 행복을 느낄 수 있는 시간이었다. 그때만 해도 그렇게 짧게 끝나 버릴 줄은 몰랐다.

에리코의 젖이 잘 나오지 않아서 마리나는 분유를 먹으며 자랐다. 와타루는 분유 타는 요령을 금세 익혔다. 젖병을 다루는 데도 능숙해졌다. 끓여서 소독한 젖병에 분유를 적당량 넣은 후 뜨거운 물을 붓고 흐르는 물에 알맞게 식힌다. 그 후 마리나를 품에 안고 통통한 입술에 실리콘 젖꼭지를 갖다 대면 마리나는 단숨에 젖꼭지를 물고 힘차게 빨아댔다.

쭉쭉 하는 소리와 진동이 전해졌다. 이 자그마한 동생은 오빠가 주는 걸

무조건 받아들인다. 피를 나눈 오빠가 주는 것들을 '좋은 것'이라 믿어 의심치 않는다. 그렇게 생각하면 와타루는 가슴이 벅차올랐다.

"우리 착한 마리나. 많이 먹고 쑥쑥 자라는 거야."

말없이 오빠를 올려다보는 검은 눈동자를 향해 그렇게 말을 걸었다. 그러자 마리나는 젖꼭지에서 입을 한 번 떼더니 생글 웃고 다시 분유를 먹었다. 문득 동생이 이렇게 안전하게 자랄 수만 있다면 '시온의 빛'에 있는 것도 괜찮겠다는 생각이 들었다. 어차피 어머니는 이곳을 떠나 살아갈 방법을 모를 테니까.

그리고 몇 달 후 와타루는 잠깐이나마 그런 생각을 한 것을 진심으로 후회하게 됐다.

환경에 큰 변화가 있었던 그해도 어느새 저물었다. 교단에서는 자체 행사를 열어 새해를 맞이했다. 교단 건물에 거주하는 사람들은 그대로 시설 안에서 행사에 참여했다. 갈 곳이라고는 없는 사람들이 정체를 알 수 없는 종교 시설에 들어와 수상한 행사를 치렀다.

교주는 또다시 종말 사상을 목청껏 외쳤고 신도들은 호들갑스럽게 몸을 부들부들 떨었다. 그야말로 우스꽝스러운 광경이었다.

— 온칼리마칼리, 온칼리스메라, 토조노리마스칼리, 온칼리온칼리.

한마음이 되어 주문을 외는 사람들은 꼭 교주 부부의 꼭두각시 인형 같았다. 그 특이한 예배를 진행하며 교주는 마리나를 번쩍 들어 올렸다. 그리고 "이 아이가 우리 교단의 빛이다!", "신의 아이다!"라고 외쳤다. 아무것도 모르는 마리나는 팔다리를 버둥거리며 우우 하고 싫다는 의사를 표시했다. 두 볼에 보조개가 잡힌 천진난만한 어린아이가 종교의 도구로 이용당하는 상황에 와타루는 화가 났다. 그러나 어머니는 옆에서 자랑스러워하는 표정을 짓고 있었다. 불만스럽게 고개를 숙이는 것이 와타루가 할 수 있는 최대한의 저항이었다.

겨울방학 동안 와타루는 감기에 걸려 며칠을 앓았다. 어머니가 갖다준 약은 시중에서 파는 감기약이 아닌 교주가 직접 만들었다는 정체불명의 액체였다.

"이걸 마시면 금방 나을 거야."

이런 액체가 효과 있을 것 같지 않았다. 와타루는 두려움에 몸을 떨었다. 약효를 한 치도 의심하지 않고 망설임 없이 자기 아이에게 먹이는 어머니가 무서웠다.

"싫어."

와타루는 거부했다.

"먹어."

에리코는 순식간에 도깨비처럼 무서운 표정을 지었다.

"니시모토 씨랑 다카미 씨도 이걸 먹고 금세 좋아졌어."

와타루는 교주가 외부에서 오는 신도들에게 수상한 약을 판다는 사실을 대충 눈치채고 있었다. 그들은 기꺼이 비싼 값을 내며 약을 사 가는 듯 보였다.

와타루는 입을 꾹 다물고 저항했다. 그러자 다른 신도들이 몇 명 방에 들어와 몸을 제압했다. 그들은 강제로 와타루의 입을 벌리더니 냄새나고 끈적끈적한 액체를 들이부었다. 와타루는 곧장 다시 액체를 뱉어냈다.

"마셔!"

"마셔!"

무표정하게 외치는 사람들이 더 이상 똑같은 인간으로 보이지 않았다. 온몸에서 힘이 급속도로 빠져나갔다. 더 이상 무슨 짓을 해도 소용없었다. 어머니는 이곳에 푹 빠져서 다시 사회로 나갈 마음이 없어 보이니 무력한 나는 어떻게든 버텨야 했다. 아직 어리다는 게 원통하고 분했다.

결국 신도들과 어머니 때문에 정체를 알 수 없는 약을 먹었다. 어머니는 그 뒤로도 세 번 정도 그 약을 더 먹으라고 지시했다. 와타루는 약을 먹는 척하며 몰래 버렸다. 이곳에 있는 이상 어떻게든 자신을 지켜야 한다는 것을 배웠다. 얼마 후 감기는 나았지만 약효 때문은 아니었을 것이다.

3학기*가 시작됐을 때는 안도했다. 학교에서 괴롭힘과 따돌림을 당하더라도 교단에 있는 것보다 나았다. '시온의 빛'을 수상하다고 손가락질하는 아이들이 오히려 옳다는 것을 알게 된 와타루는 이성을 발휘해 그들의 음습한 괴롭힘을 견뎌냈다.

지난번에 심하게 때린 것을 반성했는지 기쿠치 형제도 한동안 와타루에게 접근하지 않았다. 기절할 정도로 두들겨 맞은 초등학교 2학년 아이가 어른들에게 고자질하기는커녕 그전과 똑같이 일상을 보내는 모습이 섬뜩하지 않았을까. 교실 안이든 밖이든 와타루에게 집요하게 시비를 거는 사람은 사라졌다.

아오토네 집에는 여전히 자주 놀러 갔다. 그 가족은 사교적이지 않았다. 이웃과도 별로 교류하지 않는지 다른 사람이 집을 찾아오는 일도 없었지

---

* 일본에는 2학기제와 3학기제 학교가 있다. 일반적으로 4월~7월을 1학기, 8월~12월을 2학기, 1월~3월을 3학기로 한다.

만 와타루가 집에 오는 것만큼은 막지 않았다.

"평소에 아오토가 친구를 데려오는 일이 거의 없으니."

야스오는 그렇게 말했다.

"이 녀석은 친구 같은 걸 만들지 않아. 그러니 희한한 일이지."

야스오가 입에 담은 '이 녀석'이라는 단어에 묘한 뉘앙스가 있었다. 꼭 자기 아들이 아닌 다른 누군가를 가리키는 듯했다. 기렌을 처음 만났을 때 들은 "아오토는 잘하고 있니?"라는 질문도 왠지 아이가 아닌 성인을 가리켜서 묻는 것 같았다.

그 모든 것을 포함해 참으로 기이한 가족이었다. 하지만 그런 **일반적이지 않은** 부분이 와타루는 마음 편했다. 와타루는 그전까지만 해도 자신과 어머니가 세상에서 가장 동떨어진 존재라고 믿었다.

아오토의 가족은 서로 간의 끈끈한 정 같은 게 없어 보였다. 부부 사이에도 왠지 거리감이 있는 것 같고 딱히 사이가 나빠 보이지는 않지만 어딘지 모르게 서로에게 무심하고 소극적이었다. 그 안에서 아오토는 아오토대로 어린아이가 아닌 엄연한 개인으로 대접받았다. 짙은 인상의 야스오도 늘 어떤 생각을 하는지 알기 어려운 타입이었다.

그들은 욕심도 없었다. 재물을 탐하지 않아 꼭 필요한 최소한의 물건만 샀다. 신도들에게 '재산 같은 건 모아 봐야 소용없다'라고 설교하며 정작 신도들의 돈을 자기 호주머니에 챙기는 교주 부부와 달랐다. 다 큰 어른들이 교주 부부의 검은 속내를 왜 알아차리지 못하는지 와타루는 이해할 수 없었다.

도모코가 평소 쓰는 가방에서 지갑을 꺼내며(그녀의 지갑은 정교한 자수가 새겨진 복주머니였다) "어머나"라고 외쳤다.

"돈이 다 떨어졌네."

그러자 야스오가 벌떡 일어나 말했다.

"그렇군. 그럼 가서 돌 좀 팔고 올게."

돌은 보석을 뜻했다. 그는 2층 방에서 보석이 든 가죽 손가방을 가져와 그길로 집을 나섰다. 한 시간쯤 지나자 야스오는 보석을 팔아서 번 현금을 도모코에게 건넸다. 와타루는 그가 들고 간 보석이라는 것을 태어나서 한 번도 본 적이 없었다. 어디서 구하는지도 몰랐다. 너무도 간단히 생활비를 벌어 오는 것을 보니 어쩌면 이것이 야스오가 가진 능력일지도 모른다는 생각이 들었다. 사치를 부리지 않는 수준으로 가족을 부양하는 능력.

와타루는 그런 능력이 정말 있다면 자신도 갖고 싶다고 간절히 바랐다. 그럼 어머니와 마리나를 데리고 교단을 떠날 수 있었다.

아오토의 가족은 저마다 그런 소소한 능력을 구사하며 세상 한구석에서 조용히 살아가고 있었다. 아마 그들은 자신들의 능력이 와타루에게 알려지는 상황을 원치 않았을 것이다. 그 집을 드나들며 와타루는 왠지 모르게 그런 느낌을 받았다. 집에 찾아오는 **평범한 인간**을 은근히 경계하는 느낌이었다.

하지만 아오토가 와타루에게 마음을 열었고, 와타루가 처한 상황이 평범하지 않은 데다가 무엇보다 와타루가 그들을 있는 그대로 받아들인다는 것을 알게 되자 그들도 어깨에서 힘을 빼고 와타루를 인정하기 시작했다. 와타루가 동족은 아니어도 동료라는 인식이 생긴 것 같았다.

그러나 나이 많은 기렌이 가진 능력은 '소소한 능력'이 아니었다.

와타루는 아오토와 우연히 길거리에서 새끼 강아지를 주운 것을 계기로 이를 알게 됐다. 별문제 없이 평화롭게 학교를 다니던 2월의 어느 날이었다. 찬 바람이 쌩쌩 부는 강변에 강아지가 버려져 있었다. 갈색 잡종견으로 태어난 지 두 달쯤 돼 보이는 강아지였다. 강아지는 작은 골판지 상자 안에서 홀로 컹컹거리고 있었다.

"개다."

강아지를 처음 발견한 사람은 와타루였다. 개 짖는 소리를 듣고 잡초를 헤집다가 강아지를 발견했다. 강아지를 안아 들자 따스한 체온이 전해졌다. 옆에 서 있던 아오토에게도 강아지를 안겨 줬다.

"배고프겠지. 불쌍하다."

와타루가 그렇게 말하자 아오토는 주머니를 뒤져 동전을 꺼냈다. 학교에 돈을 가져오는 건 금지돼 있지만 아오토의 주머니에는 늘 동전이 들어 있었다. 못된 아이들에게 돈을 빼앗겨도 금세 다시 채워졌다. 야스오가 보석을 팔아서 마련한 돈을 조금씩 나눠 주지 않았을까. 그런 점에서도 아오토가 단순한 어린아이가 아닌 어엿한 가족 구성원으로 대접받고 있다는 느낌이 들었다.

그 돈으로 강아지에게 우유를 사다 줬다. 길가에 버려진 원예용 접시에 우유를 담아 주니 강아지는 혀를 날름거리며 우유를 마셨다. 접시가 빌 때마다 다시 채워 주다 보니 어느새 작은 팩에 든 우유를 다 마셔 버렸다. 강아지는 마리나처럼 작게 트림을 한 번 하고 작은 꼬리를 신나게 흔들었다. 와타루와 아오토는 얼굴을 마주 봤다.

"어떡하지?"

"이대로 두고 갔다가는 강변을 헤매다가 얼어 죽을 수도 있을 것 같아."

"아직 어린 강아지니."

"우리 집에서는 못 키워."

와타루는 힘없이 말했다. 모든 것이 교주의 뜻에 따라 결정되는 곳이기에 교단 건물에 개를 데려갈 수는 없었다. 하지만 아오토네 집에서는 키울 수 있지 않을까. 마당이 넓고 가족들도 자상하니 강아지 한 마리 정도는 이해해 줄 것 같았다.

"우리 집도 안 돼."

아오토는 와타루의 속마음을 읽은 것처럼 말했다.

"엄마가 싫어하거든. 새들을 부를 수 없게 돼서."

"그렇구나."

아오토는 간절한 눈빛으로 바라보는 와타루를 외면했다.

"여기서 키우는 건 어떨까?"

아오토는 그렇게 제안했다. 강변에서 강아지를 키우며 가끔 돌보러 오면 된다고 했다. 아라카와강 주변 땅이 얼마나 넓은지는 와타루도 잘 알고 있었다. 강변에는 잡초에 뒤덮인 채 허물어져 가는 가건물도 있었다. 오래전 밭을 일구며 살던 사람의 거처였을까. 그라운드 골프 연습장이라도 있었을까. 불법 점거로 철거됐는지 잔해만 남아 있기는 했다.

와타루와 아오토는 강변에서 놀다가 우연히 그곳을 발견했다. 무성히 자란 잡초를 헤집고 들어가 내부도 들여다봤다. 가건물 안에는 녹슨 삽과 낫, 끈에 묶인 원예용 지주대 등이 있었다. 사람이 들어갈 수 없을 만큼 허물어진 상태였지만 강아지 한 마리를 키울 공간은 있었다.

두 사람은 곧장 내부를 정리했다. 아오토의 집에서 너덜너덜한 천을 가져와 바닥에 깔았다. 바람이 불어도 쓰러지지 않게 나무토막으로 주위를 보강했고 안에 방치돼 있던 지주대로 강아지가 밖에 나가지 못하게 울타리를 세웠다. 아오토가 천과 함께 가져온 식기에 빵을 찢어서 넣어 주자 강아지는 깨끗이 먹어 치웠다. 깊은 접시에도 물을 넉넉히 채워 줬다.

강아지의 이름은 아오토가 '헬트'라고 지었다. 독일어로 '용사'라고 했다. 여덟 살짜리 아이가 어떻게 독일어를 아는지 의아했지만 어쨌든 멋진 이름 같았다. '시로'나 '존' 같은 것보다 훨씬 나았다. 헬트는 앞으로 덩치 크고 힘센 개가 될 것 같았다.

그 뒤로도 두 사람은 헬트를 애지중지 돌봤다.

학교가 끝나자마자 강변에 있는 가건물로 직행했다. 교단 건물 주방과 아오토의 집에서 먹이가 될 만한 음식들을 몰래 가져왔다. 주로 소시지나 찬밥, 시리얼 따위였다. 급식용 빵도 꼭 챙겨서 가방에 넣어 갔다. 헬트는 두 사람이 오기만을 기다렸다는 듯이 가건물 안에서 펄쩍펄쩍 뛰며 온몸으로 기쁨을 표현했다. 헬트는 무엇이든 잘 먹었다. 하루에 한 번밖에 먹이를 주지 않으니 배가 고팠을 것이다. 두 사람은 허겁지겁 먹이를 먹어 치우는 헬트의 모습을 쪼그려 앉아 구경했다.

밥을 먹은 뒤에는 울타리 밖으로 데려가 자유롭게 뛰놀게 했다. 헬트는 와타루와 아오토를 잘 따라서 뒤를 졸졸 쫓아왔다. 봄기운이 다가오는 강변에서 귀여운 강아지와 뛰놀다 보면 즐거웠다. 한 달쯤 지나자 헬트는 체력이 붙었는지 더 빠르게 뛰었고 털도 풍성히 자랐다. 가슴에 안고 뺨을 갖다 대면 차갑고 까끌까끌한 혀로 와타루의 얼굴을 핥아 줬다.

저녁이 되면 가건물에 헬트만 혼자 두고 가기 편치 않았다. 헬트는 영리한 개라 얌전히 가건물로 들어갔다. 그러고는 두 사람이 멀어지는 모습을 울타리 안에서 고개를 숙인 채 빤히 바라봤다.

와타루는 집에 가서는 마리나를 돌봤다. 마리나는 몸을 배배 꼬며 팔다리를 바둥거렸다. 와타루가 오빠인 걸 아는 것처럼 얼굴을 보며 웃었다. 안아 주면 눈을 지그시 보며 "우, 우" 하고 옹알이를 했다. 마리나와 헬트 둘 다 와타루의 삶에 없어서는 안 될 존재들이었다. 살아 있는 그들이 사랑스러웠고 작은 몸이 점점 커 가는 과정을 지켜보는 것도 즐거웠다.

와타루의 초등학교 2학년 생활은 그렇게 끝이 났다. 모든 게 좋았다고 생각하지는 않지만 그렇다고 나쁘지도 않은 마무리였다.

봄방학이 시작되자 밖에서 보내는 시간이 더 길어졌다. 밤늦게까지 교단 건물에 돌아가지 않은 날도 있었다.

"대체 어딜 그렇게 쏘다니니? 너무 늦게까지 돌아다니는 건 위험해."

그렇게 주의를 준 사람은 어머니가 아닌 나카노 씨였다.

"친구 집에 가요."

"친구 집?"

"아줌마는 모르는 친구예요."

와타루는 그런 식으로 어른들에게 시치미를 뗐다. 아오토를 만나면 왠지 몸에서 힘이 났다. 지금은 갈 곳이 없어 어머니와 함께 '시온의 빛'에 의지하지만 세상은 넓었다. 이런 곳에 갇혀 살며 교주의 설교에만 귀 기울이는 게 지긋지긋해지기 시작했다. 조금 더 힘이 생기면 반드시 이곳을 떠나겠다고 결심했다.

아오토의 집에도 자주 놀러 갔다. 그 가족은 여전했다. 기렌은 주로 거실 소파에 앉아 차를 마시거나 낮잠을 자고 있었다. 그가 마시는 차는 마살라 차이라고 하는 인도 차였다. 와타루도 한 번 마셔 봤는데 향신료가 들어간 달콤한 홍차였다. 기렌은 와타루가 차를 마시는 모습을 보며 미소 지었다. 두툼한 입술 양 끝을 천천히 들어서 씩 웃는 온화한 미소였다.

야스오는 보석을 팔았고 도모코는 집안일을 했다. 변함없이 조용하게 사는 가족이었다.

와타루가 점심시간에 집을 찾아오면 도모코는 당연한 것처럼 와타루 몫의 식사도 준비해 줬다. 그녀가 만든 음식은 와타루가 태어나서 처음 먹어 보는 음식들이었다. 치즈와 딱딱한 빵, 콩과 다진 고기 조림. 버터를 얹은 삶은 감자. 향신료가 들어간 노란 밥. 토마토 맛 야채수프. 어떤 날에는 물만두를 잔뜩 만들고 특이하게 생긴 면을 직접 뽑기도 했다. 치즈 케이크와 참깨를 끼얹은 디저트 과자도 잘 만들었다. 여러 나라의 음식이 섞인 듯한 식사였고 전부 맛있었다.

평소 얌전한 도모코도 요리할 때만큼은 바쁘게 움직이며 음식을 척척 만들었다.

이렇게 요리를 잘하는 엄마가 있는데 아오토는 왜 먹을 게 없어서 숲에서 호두를 줍고 다녔을까. 그런 의문이 들었지만 굳이 물어보지는 않았다. 지금의 아오토는 행복해 보였다. 다른 사람이 과거를 들추는 게 싫은 건 와타루도 마찬가지였다.

어느 날 장을 보고 온 도모코가 집 문을 열자마자 "기렌!" 하고 크게 외쳤다.

"큰 잉어를 한 마리 구했어. 튀겨서 안카케*로 만들어 줄게. 좋아하지? 정말 큰 잉어야. 양쯔강에서 잡힐 법한."

그러자 기렌은 함박웃음을 지었다. 그리고 차분히 말했다.

"그렇구나. 고마워."

도모코는 그제야 와타루가 집 안에 있는 것을 깨닫고 "어머" 하고 놀랐다. 지갑에 돈이 떨어졌다고 했을 때와 반응이 비슷했다. 그녀는 곧장 몸을 돌려 부엌으로 향했다. 걸음걸이는 여전히 들떠 보였다.

잉어는 그날 저녁 식탁에 올랐을 것이다. 그전에 시설에 돌아간 와타루는 도모코가 시아버지를 부르는 방식과 말투가 조금 이상하다고 느꼈다. 양쯔강은 또 뭘까. 여러모로 의아한 게 많았지만 깊이 생각하지는 않기로 했다. 따지고 보면 그런 큰 잉어를 통째로 튀겨 먹겠다고 하는 게 더 신기했다. 마살라 차이에 잉어 튀김. 이색적인 식생활을 하는 아오토의 가족이 신기하고 부럽기도 했다.

낑낑거리며 커다란 잉어를 요리하는 도모코의 모습을 상상했다. 부엌일이 없을 때 도모코는 마당에 나가 오르가네트를 연주하거나 작은 새를 부르곤 했다.

와타루는 어느새 아오토 가족의 삶의 방식에 자연스레 녹아든 자신을 발견했다. 야스오는 청소와 집 안 가구 등의 수리를 도맡아서 했고 기렌은 평소 거의 움직이지 않았다. 늘 똑같은 거실 소파에서 낮잠을 잘 때가 많

---

* 걸쭉한 전분 소스를 끼얹은 요리.

았다.

'시온의 빛'에는 있고 싶지 않지만 그곳을 떠난다는 건 지역을 아예 벗어나는 것을 뜻했고 동시에 아오토 가족과의 이별도 의미했다. 그림으로 그린 듯한 평화로운 일상이 조금만 더 지속됐으면 좋겠다고 바랐다.

그러나 와타루의 바람은 대부분 이뤄지지 않았다.

봄방학이 거의 끝날 무렵이었다. 그날도 아오토네 집에 간 와타루는 아오토와 함께 먹을 것을 들고 헬트가 기다리는 강변의 가건물로 뛰어갔다. 제방을 오르고 있을 때 몇몇 아이들이 낄낄거리는 소리가 들려서 순간 좋지 않은 예감이 들었다. 그 일대는 잡초가 무성하고 개방되지 않은 곳이라 평소 찾는 사람이 거의 없었다. 아이들이 뛰노는 모습을 본 기억도 거의 없었다.

아오토도 뭔가를 느꼈는지 종종걸음으로 제방을 넘었다.

불길한 예감은 적중했다. 그곳에는 기쿠치 일당이 있었다. 형이 아닌 동생 기쿠치만 있었지만 기분이 가라앉기에는 충분했다. 사쿠라다를 비롯한 기존 멤버는 모두 모여 있었다. 그들은 둥글게 서서 뭔가를 둘러싸고 있었는데 가운데에 있는 게 눈에 들어왔을 때 와타루는 등골이 오싹했다. 헬트가 가건물이 아닌 그 안에 있던 것이다. 가까이 가지 않아도 잔뜩 겁에 질려 있는 것이 느껴졌다. 헬트는 꼬리를 축 늘어뜨리고 고개를 숙이고 있었다.

"오오."

기쿠치는 와타루와 아오토를 보며 기쁜 얼굴로 입을 열었다.

와타루는 당황한 것을 들키지 않으려고 일부러 천천히 제방을 내려갔다. 아오토도 와타루에게 보폭을 맞췄다.

"지금 뭐 하는 거야?"

목소리가 떨리지 않도록 노력했지만 이미 겁을 먹은 게 상대에게 전해졌을지 모른다.

"뭐 하긴. 강아지랑 놀고 있잖아."

사쿠라다가 대답했다.

"걔는 우리가 키우는 개야."

"키운다고?"

기쿠치가 눈을 가늘게 떴다. 이 교활한 표정을 요즘 들어서는 거의 보지 못했는데 순식간에 불쾌감이 밀려왔다.

"이 녀석은."

기쿠치가 발끝으로 헬트를 툭 찼다.

"강가에 있었어. 조금 전 우리가 발견했고."

"딱하게도 허물어지기 일보 직전인 건물 안에 갇혀 있더라."

사쿠라다가 덧붙였다.

"그곳에서 걔 키우고 있어."

"그런 걸 키운다고는 못 할 것 같은데."

그러더니 기쿠치는 "어차피 버려진 개 아닌가?" 하고 덧붙였다.

"누구의 것도 아니지."

기쿠치가 갑자기 헬트를 발로 퍽 걷어찼다. 헬트는 깽 하고 울며 허공에 날아올랐다. 와타루와 아오토는 단숨에 헬트를 향해 뛰어갔다. 바닥에 떨어진 헬트는 몸을 웅크린 채 떨고 있었다. 기쿠치 일당을 지나 헬트에게 달려가려고 했지만 아이들이 두 사람을 막아섰다.

와타루와 아오토는 그들을 밀치려고 했지만 뜻대로 되지 않았다. 그들은 며칠 후 6학년이 되는 소년들이었다. 힘이 약한 저학년 아이들은 상대가 되지 않았다. 특히 기쿠치는 요즘 보지 못한 사이 덩치가 더 커진 것 같았다.

"잘 봐."

기쿠치는 땅에 쓰러진 헬트의 목덜미를 붙들려고 했다. 그러자 헬트는 으르렁거리더니 앞으로 내민 기쿠치의 손을 콱 물었다.

"으악!"

이번에는 기쿠치가 비명을 지르며 신음했다. 재빨리 손을 뒤로 빼서 이빨이 박힌 손가락을 확인한다. 빨갛게 붓기는 했지만 피가 나지 않는 걸 보니 큰 상처는 아니었다.

"이 새끼가 날 물다니!"

기쿠치는 고래고래 소리치며 부산을 떨었다. 그러더니 헬트를 한 번 더 발로 걷어찼다. 헬트는 맥없이 다른 아이의 다리 옆으로 날아갔고 그 녀석이 또다시 헬트를 발로 찼다.

"그만해!"

와타루는 비명을 질렀다. 아오토가 아이들의 손을 피해 헬트에게 달려갔다. 헬트는 바닥에 납죽 엎드린 채 고개만 살짝 들어서 낑낑댔다.

아오토가 헬트를 안아 들려고 뻗은 손을 기쿠치가 힘껏 짓밟았다. 아오토는 얼굴을 찌푸렸지만 손을 빼지 않고 그대로 헬트를 붙잡았다. 주변에 모인 아이들이 아오토를 넘어뜨리자 아오토는 그대로 헬트를 감싸 안은 채 주먹과 발길질을 당했다. 와타루는 붙잡은 아이의 손을 뿌리치고 그들을 향해 뛰어갔다.

"아오토!"

아이들에게 둘러싸여 있어서 가까이 다가갈 수 없었다. 아이들의 다리 너머로 바닥에 드러누워 있는 아오토가 보였다. 그때 내동댕이쳐진 헬트 위에 커다란 돌덩이가 떨어졌다. 아이들은 신이 난 것처럼 여러 번, 여러 번 돌덩이를 내려쳤다. 잠시 후 헬트는 축 늘어져서 더 이상 아무 소리도 내지 않았다. 생명체가 아닌 작은 털 뭉치처럼 보였다.

"아, 죽었나 보다."

기쿠치의 목소리가 들렸다.

"힘 조절을 했어야지."

누군가 팔꿈치로 기쿠치를 툭 쳤다.

"헬트!"

"헬트? 헬트는 또 뭐야. 이상한 이름을 갖다 붙였네."

기쿠치는 헬트의 작은 몸을 집어 들더니 공중에서 몇 번 휘두르다가 힘껏 던졌다. 헬트는 멀리 떨어진 풀숲에 툭 하고 떨어졌다. 그제야 아이들은 직성이 풀렸는지 낄낄거리며 풀숲을 지나갔다.

그들이 제방을 넘어 사라지고 나서야 와타루는 아오토에게 다가갔다. 흙투성이가 된 아오토는 간신히 몸을 일으켰다.

"헬트는?"

헬트가 떨어진 위치는 대략 짐작할 수 있었다. 와타루는 말없이 일단 짐작 가는 곳으로 달려갔다.

"헬트!"

잡초를 뒤지며 헬트의 이름을 불렀다. 아오토도 다가와서 둘이 함께 강아지를 찾았다. 하지만 아무리 불러도 헬트가 짖는 소리는 들리지 않았다. 헬트가 죽었다니, 그럴 리 없다. 기쿠치의 허풍이 분명하다. 그렇게 힘차게 뛰놀던 강아지가. 오두막에서 우리를 얌전히 기다리던 똑똑한 강아지가 죽다니.

그러나 와타루와 아오토는 발견하고 말았다. 풀숲에서 기이한 모양새로 축 늘어진 강아지를. 피로 얼룩진 털은 이미 신나게 뛰어다닐 때의 윤기를 잃어 가고 있었다. 휘몰아치는 죽음의 그림자를 느끼며 와타루는 몸을 덜덜 떨었다. 그래도 최대한 용기를 내어 손을 내밀었다. 헬트의 몸을 들려고 하자 반대편으로 향해 있던 헬트의 머리가 와타루 쪽으로 툭 꺾였다.

"아아."

헬트는 혀를 길게 빼물고 있었다. 천천히 헬트의 몸을 들자 머리가 힘없이 뒤로 축 늘어졌다. 둥글둥글해서 사랑스러웠던 머리는 절반 크기가 돼 있었다. 두개골이 으스러진 게 분명했다. 너무도 가벼운 무게 때문에 와타루는 경악을 금치 못했다. 살아 있을 때는 안으면 묵직했는데 생명이 빠져나가자 이렇게 가벼워진 걸까.

헬트를 품에 안고 무릎을 꿇고 울었다. 억지로 참아 보려 해도 계속 눈물이 흘렀다. 너무 슬픈 나머지 기쿠치가 원망스럽지도 않았다. 이제는 두 번 다시 헬트를 만날 수 없다는 생각만 들었다. 죽음이란 그런 것이었다.

그때 옆에서 누군가가 손을 쭉 뻗어 헬트를 안았다. 아오토였다.

"기렌에게 부탁하자."

와타루는 친구의 얼굴을 봤다. 아오토는 또 '기렌'이라고 이름을 불렀다. 자기 할아버지인데도.

아오토는 확신에 찬 눈빛으로 와타루를 봤다.

"기렌이 분명 도와줄 거야."

그렇게 말하고 아오토는 곧장 달리기 시작했다. 헬트를 품에 안은 채 제방을 올라갔다.

멍하니 있던 와타루도 곧 아오토를 따라갔다. 뛰면서 눈물을 닦았다. 발밑에서는 잡초의 풋내가 풍겼다.

죽은 강아지를 건네받은 기렌은 아랫입술을 내밀었다.

그러고는 손자의 얼굴을 빤히 쳐다봤다.

"이게 뭐냐?"

"개. 헬트. 우리가 강가에서 키우던 개인데, 죽었어. 살해됐어. 그 녀석들한테. 지난번 그 녀석들."

아오토가 더듬거리며 설명했다. 설명이 조금 부족했지만 그것만으로 통한 것 같았다. 기렌은 와타루에게 고개를 돌렸다. 눈물이 그렁그렁한 와타루를 보더니 그는 고개를 흔들었다.

"기렌."

아오토가 다시 할아버지를 불렀다.

"제발. 부탁이야."

"안 돼."

기렌은 슬픈 눈빛으로 와타루를 봤다.

"이번 한 번으로 끝낼게."

아오토가 애원하며 매달리자 기렌은 깊숙이 한숨을 내쉬었다.

"와타루도 헬트도 다 소중한 내 친구야."

"아오토. 넌 지금 크게 착각하고 있다."

그러자 아오토는 눈물을 한 방울 뚝 떨궜다. 항상 침착하던 아오토가 우는 모습을 보는 건 처음이었다. 기렌은 다시 와타루를 보더니 와타루의 품에 안긴 죽은 개에게 시선을 떨어뜨렸다. 그리고는 한숨을 내쉬었다.

기렌은 두 사람을 데리고 집 안쪽으로 향했다. 낡은 가죽 실내화를 신은 기렌의 묵직한 발소리가 마룻바닥에 울려 퍼졌다.

야스오는 집에 없었다. 보석을 팔러 나갔을지 모른다. 도모코는 마당에 있었다. 기온이 올라 따뜻한 정원에서 새들에게 둘러싸인 채 검은 흙을 파내고 있었다. 아오토가 헬트를 안고 집에 뛰어들었을 때 그녀는 두 사람을 힐끗 한 번 쳐다봤다. 그러나 말없이 다시 정원 손질을 시작했다.

기렌의 방에는 처음 들어갔다. 방 안에는 커다란 침대가 한가운데에 있었다. 침대에는 천으로 짠 소박한 커버가 씌워져 있는데 이미 몇 년은 쓴 것 같았다. 그리고 낡은 나무 책상과 의자. 맞은편 벽에는 5단 서랍장도 보였다.

책상 옆에는 미닫이문이 있었다. 기렌은 아오토에게 헬트의 시체를 건넨 후 그 문을 열었다. 붙박이장처럼 보이지만 안은 잘 보이지 않았다. 기렌은 그 안에 머리를 들이밀더니 "흐음", "아아" 같은 말을 중얼거리며 뭔가를 뒤적거렸다.

"아, 있다, 있어."

기렌이 꺼낸 것은 대형 스카프 같은 얇은 천이었다. 원래는 진홍색이었던 것 같은데 색이 바래 있었다. 무늬도 있지만 어떤 무늬인지 알아볼 수 없다. 금실로 꿰맨 장식이 테두리를 둘러싸고 있는데 그 역시 대부분 닳아 없어진 상태였다.

기렌이 죽은 개를 바닥에 눕히라고 말하자 아오토가 그 지시에 따랐다. 역시 헬트는 죽었다. 바닥에 눕혀진 것은 흉측하게 으스러진 생명체의 잔해였다.

기렌은 한동안 개를 내려다보다가 갑자기 하나 있는 창문으로 다가가 여닫이문을 열었다.

"어이."

"네."

마당에서 도모코가 대답했다.

"나뭇가지 하나만 갖다줘. 싱싱한 걸로. 그래. 이번에도 역시 올리브가 좋겠네."

"네."

몇 분 후 기렌은 창밖에서 짤막한 올리브 나뭇가지를 받아서 돌아왔다. 와타루와 아오토는 우두커니 기렌의 행동을 지켜보고 있었다. 기렌은 헬트의 몸 위에 올리브 가지를 살며시 내려놓았다. 가슴부터 목 쪽이었다. 헬트의 털은 검은 피가 말라붙어 엉켜 있었다. 그 위에 싱그러운 녹색 잎으로 뒤덮인 나뭇가지를 올려놓자 헬트의 모습이 왠지 더 추하고 초라해 보였다. 바로 얼마 전만 해도 그토록 생기 가득한 생명체였는데.

기렌은 스카프를 헬트의 몸 위에 펼쳤다. 스카프의 한가운데가 헬트의 시체 모양으로 부풀어 올랐다. 기렌은 두툼한 손을 펼쳐 스카프 위에서 헬트의 몸을 어루만지며 뭔가를 중얼거리기 시작했다. 와타루는 알아들을 수 없는 다른 나라 말 같았다.

와타루는 눈 한 번 깜빡이지 않고 기렌을 응시했다. 올리브 나뭇가지의 잘린 부분에서 풍기는 향긋한 냄새가 방 안 가득 퍼져 나갔다. 오감이 예민해진 것을 알 수 있었다. 앞으로 무슨 일이 벌어질지 전혀 예상할 수 없었다.

아니, 사실 알고 있었을지도 모른다. 긴장감 때문에 온몸이 뻣뻣했다.

그때 불현듯 기렌의 손 아래에서 스카프가 봉긋 솟아오르는 것처럼 보였다. 꿈틀하고 스카프가 움직였다. 소스라치게 놀란 와타루는 비명을 지르지 않으려고 두 손으로 입을 틀어막았다. 분명 움직였다. 마치 헬트가 몸을 일으킨 것처럼. 무거운 머리 때문에 균형을 잡지 못하고 반대로 비틀거리는 헬트를 기렌이 한 손으로 받쳐 줬다.

헬트는 코를 킁킁거렸다. 평소에도 헬트는 그렇게 콧소리를 내며 애교를 부리곤 했다. **살아 있었을 때는**. 싱그러운 올리브 냄새가 더 강해져 방 안 가득 퍼져 나갔다.

"자, 이리 오렴."

기렌이 다정하게 말을 건넸다.

"얼른 다시 돌아오렴. 괜찮으니까. 어서!"

그러자 컹 하고 헬트가 짖는 소리가 들렸다. 그리운 그 소리가.

기렌이 천천히 스카프를 벗기자 헬트의 갈색 털이 보였다. 조금 전만 해도 빳빳했던 털이 뽀송뽀송했다. 스카프 아래에서 헬트가 슬금슬금 기어

나왔다. 와타루는 눈을 휘둥그레 떴다.

"살아났어!"

무심코 소리치고 말았다.

"죽었는데!"

아오토도 만족스럽게 씩 웃었다. 헬트의 몸 아래에서는 올리브 나뭇가지가 말라 가고 있었다. 앙상한 가지에 시든 잎사귀가 붙어 있다. 마치 헬트에게 자기 생명을 나눠 준 것처럼.

"죽어도 영혼은 아직 이곳에 있었지."

기렌은 차분하게 설명했다.

"그래서 되돌아올 수 있었던 거야. 너희 곁으로. 함께 있고 싶었겠지."

헬트가 와타루에게 다가왔다. 와타루는 허리를 숙여 강아지를 들었다. 씨그러졌던 미리가 원래대로 돌아와 있었다. 와타루는 조심스럽게 헬트를 꼭 껴안았다. 헬트의 부드러운 근육과 단단한 뼈가 느껴졌다. 헬트는 앞다리를 버둥거리며 와타루의 가슴에 파고들었다. 아오토에게 헬트를 넘겨주자 아오토도 기쁜 듯이 헬트를 들어 올리며 얼굴을 비볐다. 헬트는 아오토의 뺨을 핥아 줬다.

그날 이후 헬트는 아오토의 집에서 키우게 됐다. 동물병원에 가서 진찰을 받고 이상이 없음을 확인했다. 도모코는 헬트를 집에서 키우는 대신 헬트가 새들에게 가까이 가지 않게 조심해 달라고 한 듯했다.

기렌은 죽은 존재를 되살리는 능력을 가지고 있었다.

와타루는 그 사실 역시 누구에게도 말하지 않았다.

가오가 선물한 자전거는 탑승감이 최고였다.

"어머. 비싸 보이는 자전거네."

자전거를 타고 히라누마 정육점에 출근하자 이나다 씨가 눈치 빠르게 자전거를 알아봤다.

"새로 샀니?"

무슨 일인지 자세히 설명하기 귀찮아서 와타루는 "네"라고만 했다.

"외제 같은 데 비싸지 않아?"

이나다 씨의 그 말에는 '네가 받는 월급으로는 못 살 텐데'라는 뜻이 담겨 있었다. 와타루는 대답 없이 가게 안으로 들어갔다. 오늘은 주인아주머니가 보이지 않았다. 이나다 씨와 또 다른 파트타임 아르바이트생인 무카이 씨가 주방에서 일하고 있었다. 도시유키는 평소처럼 등을 돌린 채 말없이 튀김을 튀기고 있다. 인사를 받지 않는 것도 여느 때와 똑같았다.

이나다 씨가 무카이 씨에게 와타루의 자전거 이야기를 하며 떠들기 시작했다. 무카이 씨는 음식을 만들다가 잠깐 밖에 나가 자전거를 구경했다.

"이야, 이탈리아제네."

무카이 씨가 돌아와 신이 난 것처럼 말했다. 아들이 자전거에 관심이 많아 조금은 안다고 한다.

"광고 전단에서 봤는데 가격이 아마 20만 엔은 할걸? 아니, 그보다 더 비쌀지도."

"어머? 그렇게나 비싸다고?"

이나다 씨가 깜짝 놀랐고 도시유키는 고개를 돌려 와타루를 힐끗 째려봤다. 와타루도 가게에 오기 전 스마트폰으로 자전거 가격을 검색해 봤다.

같은 모델을 찾지는 못했지만 수십만 엔이나 되는 가격을 보고 놀랐다.

나이가 지긋한 두 아르바이트생은 바쁘게 손을 움직이면서도 쉴 새 없이 떠들었다.

"보기보다 화끈하네, 우리 와타루. 대체 무슨 바람이 분 거니?"

"자물쇠는 확실히 채웠지? 저런 곳에 세워 뒀다가 누가 훔쳐 갈 수도 있어."

사실 그 점은 와타루도 신경 쓰고 있었다. 집에서도 빌라 자전거 보관소에 세워 두기 불안해 집 안에 들여놓았다. 커다란 바퀴가 현관을 벗어나 부엌까지 닿았다.

"저런 걸 도둑맞으면 밤에 잠도 안 오겠지."

무카이 씨가 그렇게 말했을 때 도시유키가 튀김용 젓가락을 내려놓았다.

"와타루. 너, 설마 훔친 건 아니겠지?"

이나다 씨와 무카이 씨가 대번에 입을 다물었다. 주방 분위기가 얼어붙었다. 도시유키 앞에 있는 냄비에서 기름이 지글거리는 소리가 거슬릴 만큼 크게 들렸다.

"아니에요."

그렇게 대답할 수밖에 없었다. 와타루는 화가 나서 떨리는 손으로 배추를 들어 싱크대에 쿵 내려놨다.

"아무리 그래도 그건 좀 심하잖아."

이나다 씨가 도시유키에게 한마디를 했다.

"그러게. 와타루가 꼭 나쁜 짓이라도 한 것처럼."

무카이 씨도 옆에서 거들었지만 목소리는 작고 힘이 없었다.

그날 와타루는 하루 종일 기분이 가라앉았다. 주인아주머니는 끝내 모습을 보이지 않았고 파트타임 아르바이트 아주머니들도 마음이 불편해 보였다. 무카이 씨가 저녁 당번을 맡아 가게에 남았고 배달을 마치고 돌아온 와타루는 무카이 씨의 말에 따라 일을 끝내기로 했다. 도시유키는 이미 2층으로 올라간 상태였다.

"너무 신경 쓰지 마렴."

뒷문을 지나는 와타루에게 무카이 씨가 말했다. 와타루는 그 말에 대답하지 않고 "먼저 들어가 보겠습니다" 하고 밖으로 나갔다.

아침에 세워 둔 자전거가 그대로 있어서 가슴을 쓸어내렸다.

심호흡을 한 번 하고 자전거에 올라탔다. 그리고 힘차게 달리기 시작했다. 눈 깜짝할 사이에 속도가 붙었다. 주행성이 뛰어나 어디든 갈 수 있을 것 같지만 일단 오이마치역까지 힘차게 달렸다. 앞장서 가던 자전거보다 더 일찍 역에 도착해 자전거를 밀고 갔다. 자전거 보관소 옆을 천천히 지나쳤지만 역시나 예전에 타고 다니던 자전거는 없었다.

가오가 잠들어 있던 벤치도 비어 있었다. 애초에 이 벤치에 사람이 앉아 있는 모습을 본 기억도 없다.

가오는 대체 어떤 사람일까. 이런 곳에서 술에 취해 곯아떨어지다니. 무방비한 것에도 정도가 있다. 심지어 그는 처음 만난 사람의 집에 가서 아무렇지 않게 코를 골았고, 지갑을 도둑맞았는데도 얼마 안 돼 이렇게 비싼 자전거를 사 왔다.

돈은 많은 사람인가 보다. 그렇게 보이지는 않았지만.

앞으로도 이대로 자전거를 타고 다녀도 되는 걸까. 와타루는 안장을 쓰다듬으며 생각했다. 도둑을 뒤쫓아 준 대가로는 너무 과분하다. 심지어 도둑을 놓치기도 했다.

와타루는 자전거를 돌려 역 쪽으로 걸어갔다. 차도에 내려가 사뿐히 자전거에 올라탔다. 가벼운 페달은 인간의 힘을 거의 필요로 하지 않는 듯했다. 순식간에 속도가 붙었다. 하늘을 나는 기분을 만끽하며 힘차게 달려가 모퉁이를 돌았다. 어디를 달리는지 알 수 없지만 신경 쓰이지 않았다.

어느새 게이힌운하 앞에 가서 모노레일과 나란히 달렸다. 해안가 도로 일대에서 지그재그를 그렸다. 길을 헤매더라도 즐거웠다. 숨이 턱에 차오를 때까지 페달을 밟다가 간신히 땅에 발을 내디뎠다.

난 지금 뭐 하는 걸까. 새 자전거를 선물 받아서 신난 어린아이 같다. 하지만 열심히 자전거를 타다 보면 도시유키와의 불쾌한 기억이 잊혔다. 좋지 않은 일이 전부 뒤로 날아가는 것 같았다. 그 무서운 꿈까지.

어딘지 알 수 없는 역 앞 전광판에 나타나는 글을 읽었다. 중국의 오지에서 기묘한 병이 돌고 있다는 소식이었다.

그 뉴스를 보며 가오가 중국계 미국인이라는 걸 새삼 떠올렸다. 이런 값비싼 자전거를 대수롭지 않게 선물해 준 사람. 그는 오늘도 어딘가에서 술에 취해 있을지 모른다. 자전거를 받은 사람이 어린아이처럼 신나게 타고 다닌다는 사실을 모르고.

가오에게 다시 연락이 온 건 그로부터 한 달 정도 더 흘렀을 때였다. 12월이 어느새 절반을 지나 '나카노부 스킵로드'에 인파가 늘었다. 히라누마 정육점도 파트타임 아르바이트생을 한 명 더 늘려 대응했다.

주인아주머니는 1층에 거의 내려오지 않았다. 몸이 아파 누워 계시다는 이야기를 뒤늦게 이나다 씨에게 들었다. 도시유키는 한결같이 무뚝뚝했고 주로 이나다 씨와 무카이 씨가 중심이 되어 가게를 꾸려 가도 우중충한 분위기는 사라지지 않았다. 이나다 씨는 '우리는 앞으로 어떻게 될까?'라는 말을 더 이상 입에 담지 않았다.

와타루도 이제는 자발적으로 가게에 늦게까지 남아서 일을 돕지 않았다. 배달을 마치면 특별한 일이 없는 이상 그대로 퇴근했다. 이탈리아산 자전거를 타고 시내를 질주하다가 집에 갔다. 리셋을 위한 기분 전환이 필요했다. 이럴 때 쾌적하게 타고 다닐 교통수단이 있다는 걸 진심으로 감사했다.

그래서 가오의 권유를 받아들였을까. 어쩌면 적막한 주방에서 나이 든 사람들끼리 나누는 대화에 진절머리가 났을지도 모른다.

히라누마 정육점에 매일 출근하는 것은 와타루에게 안정감을 줬다. 무엇보다 주인 부부는 와타루에게 친절했고 일상의 루틴을 제공해 줬다. 매일 반복되는 삶을 몸에 새겨 넣는 것이 중요했다. 걱정과 고민 없이 마음을 죽인 채 하루하루를 반복하는 것. 동물과 비슷한 삶의 방식을 몸에 익히는 것.

그러나 지금은 잘되고 있다고 말하기 어려웠다. 남편이 세상을 떠난 후 시름시름 앓는 주인아주머니의 부재와 도시유키와의 사소한 갈등 때문에 흔들리는 자신이 지긋지긋했다.

— 같이 밥 한 끼 해.

꼭 어제 막 헤어진 사람처럼 태연하게 전화를 걸어 온 남자에게 무심코 마음이 움직였다.

술에 취해 길가에서 곯아떨어진 주제에 돈에 쪼들리지 않는 듯한 그의 배경에도 관심이 생겼다. 지금껏 누구에게 마음을 열지 않은 탓에 누군가가 먼저 다가온 적도 없었다. 와타루는 어느새 그런 삶이 몸에 배어 있었고 이제는 삶의 방식에 약간의 변화를 원했다.

가오가 가자고 한 곳은 가구라자카에 있는 식당이었다. 전화를 끊고 부자들이나 가는 고급 레스토랑이나 가이세키* 음식점이면 어쩌나 걱정했다. 그러나 가오가 와타루를 기다리고 있던 곳은 가구라자카 한가운데의 골목길에 들어서면 나오는 작은 술집이었다.

그는 많은 사람들이 오가는 길목에 쪼그려 앉은 채 와타루를 반갑게 맞아 줬다. 카운터와 테이블이 네 개밖에 없는 지극히 서민적인 가게였다. 카운터 너머에서 닭꼬치를 굽는 매캐한 연기가 피어올랐다.

"길을 좀 헤매서요."

와타루는 조금 늦은 이유를 설명했다.

"그래. 괜찮아. 어차피 먼저 한잔하고 있었어."

와타루는 카운터 끝에 있는 가오의 옆자리에 앉았다. 가오 앞에는 소주잔과 꼬치구이가 담긴 접시가 놓여 있었다.

"뭐 마실래? 그리고 너도 이제는 말 편하게 해."

와타루는 맥주를 시키며 "술을 잘 못 마셔서" 하고 나직이 중얼거렸다.

* 주연(酒宴)용 일본식 코스 요리.

가오의 귀에 들리기는 했을까. 가게 안은 사람들이 떠드는 소리와 TV 소리, 음식을 만드는 소리로 가득했다.

"일은 끝났어?"

가오가 무슨 일을 하는지 몰라도 일단 물었다.

"일? 뭐, 그렇지."

가오는 벽면 가득 붙은 메뉴를 보며 안주를 하나씩 주문했다. 고기 경단과 배추 크림찜, 가리비 튀김, 만두, 물냉이 샐러드, 소금 볶음국수. 통일감이라고는 없는 메뉴 선택이었다. 다행히 맛은 전부 괜찮았다.

"나도 결국 자전거를 샀는데 아직 두어 번밖에 못 탔어."

"그렇구나."

"넌?"

가오는 "아, 참. 이름이 와타루라고 했지?"라고 다시 물었다.

"앞으로는 와타루라고 부를게."

솔직히 '앞으로'가 있을지 의문이었다. 말을 놓기는 했지만 이 사람과 계속 친하게 지낼 수 있을 것 같지 않았다. 와타루의 그런 마음을 아랑곳하지 않고 가오는 나온 안주들을 맛있게 먹어 치웠다.

"너도 날 가오라고 불러."

가오는 '제이슨'이나 '제이'로 불리는 게 싫다고 했다. 어떻게 봐도 얼굴은 동양인이기 때문이다.

"응."

그 뒤로도 두 사람의 대화는 활기를 띠지 않았다. 와타루는 충동적으로 이곳에 온 것을 후회했다.

와타루의 맥주가 나오자 가오는 잔을 들어 올렸다. 와타루도 잔을 살짝 들어 건배했다.

"난 잘 타고 다녀. 매일 자전거로 출퇴근해."

자전거가 없으면 불편했을 거라고 덧붙였다. 반찬 가게에서 일하는 것도 털어놓았다. 어떤 계기로 그곳에서 일하게 됐는지와 히라누마 부부와의 교류, 현재의 가게 상황 등도 설명했다. 가오는 의외로 진지하게 이야기를 들어주는 것 같았다.

"그래서? 가오는……."

가오라는 이름을 부르기 어색했지만 어쩔 수 없었다.

"무슨 일을 해? 일을 하기는 하지?"

"나? 난 뭐, 그래. 하긴 하지."

가오는 코를 긁적이며 말했다.

"난 투자 관련 일을 하고 있어."

가오는 중국계 미국인이지만 자란 곳은 일본인 듯했다. 자영업을 하는 부모님이 돌아가신 후 물려받은 유산을 밑천으로 주식 매매를 시작해 자금을 불려 갔다고 했다.

"그렇게 투자가로 꽤 잘 나갔어. 돈이 쑥쑥 들어와서 처음에는 재미있었지만 집 안에서 모니터 몇 대만 가만히 들여다보고 있는 게 좀 지겨워졌다고 할까."

그래서 부동산 투자를 해야겠다고 떠올렸다. 앞으로 일본에서는 부동산이 매력적인 투자처가 될 거라 예측했다. 특히 재개발이 진행 중인 도쿄는 시시각각 변화하므로 땅값과 건물 가치가 급증할 거라고 판단했다.

"그런 쪽으로 감이 있나 보네."

와타루가 툭 내뱉자 가오는 기쁜 듯이 웃으며 자기 잔에 소주를 따랐다.

"감이 아니라 정보야. 여기저기 돌아다니면서 정보를 수집하거든. 특히 부동산은 발로 직접 뛰어야 해."

가오는 영어와 일본어, 중국어를 구사할 수 있는 것도 자신의 강점이라고 했다.

자신의 뿌리는 지린성에 있다고 했지만 그곳이 어떤 곳인지는 잘 모른다고 했다. 미국에서 태어났기 때문에 자신을 중국인이라고 생각하지도 않는다고 했다.

"그런데 역시 일본에 있는 게 가장 마음 편해. 왠지 알아?"

갑작스러운 질문에 와타루는 당황했다. 손에 든 잔을 탁자에 내려놓고 고개를 흔들었다.

"일본인은 배타적이니까. 외부에서 유입된 사람이나 큰돈을 버는 투자자를 일단 색안경을 끼고 보지. 얼굴은 웃고 있지만 마음으로 받아들이지는 않는 거야."

가오는 바로 그런 점이 편하다고 했다.

"어쩌면 순수하고 정직하다고도 할 수 있지. 난 어디에도 속하지 않는 인간이라 받아들여지지 않으면 오히려 안심이 돼."

놀랍게도 가오의 사고방식에 동조하는 자신이 느껴졌다. 그렇다. 나도 그렇게 살아오지 않았나. 그런 삶의 방식을 이토록 거침없이 말로 표현하는 사람이 있었다니. 가오는 손에 든 젓가락을 흔들었다.

"난 애정이나 신뢰, 유대감 같은 걸 믿지 않아. 배려 같은 단어는 들으면 닭살이 돋을 정도야."

"그럼⋯⋯."

와타루는 무심코 입을 열었다.

"뭘 믿어?"

"돈."

가오는 한 치의 망설임도 없이 대답했다.

"물론 돈이 전부는 아니야. 그건 나도 알아. 그렇지만 거의 전부에 가까운 역할을 하지. 믿을 만한 역할을."

가오는 "그래서 나도 열심히 돈을 버는 거고" 하고 장난스럽게 덧붙였다.

와타루는 소주를 단숨에 들이켜는 남자를 빤히 쳐다봤다. 받아들여지지 않는 것을 좋아하고, 그런 모습을 숨기지도 않는 중국계 미국인. 이 남자에게는 제 발로 이단의 길을 택할 강인함이 있는 걸까.

와타루는 사회에 처음 발을 내디뎠을 때 그런 식으로 튕겨 나가는 상황이 두려워 소심하게 살았다. 마음을 죽인 채 살았다. 그런 내가 멀리서 현재의 나를 바라보고 있는 것 같았다.

처음 만났을 때 왠지 밤에서 태어난 것 같았던 이 남자 또한 어둠 속에 우두커니 서 있었다. 그곳에서 바깥세상에 냉철한 시선을 던지고 있었다. 와타루는 그런 가오에게서 낯섦보다는 친근감을 느꼈다.

가오는 그 뒤로도 안주와 술을 계속 주문했다. 그리고 쉴 새 없이 떠들었다. 부동산을 매수할 때는 일부러 수천만 엔이 든 가방을 들고 다닌다는 이야기. 그럼 상대는 눈앞의 현금에 마음을 빼앗겨 괜찮은 가격에 물건을 내놓는다. 또 그렇게 확보한 부동산을 다시 좋은 가격에 팔아 이익을 얻는 법도 가르쳐 줬다. 믿을 건 돈밖에 없다는 사람답게 수완이 대단했다. 토지와 건물 가격의 상승과 하락을 파악하는 예측력도 뛰어났다.

와타루가 감탄하며 칭찬하자 가오는 한쪽 입술을 올리며 빙긋 웃었다.

"그런데 사실 부동산도 오래전에 하기는 했어. 흔히 땅 투기라고 하지. 그걸로 다시 주식에 투자할 돈을 만들었고."

흥에 겨워 말을 이어 가는 가오를 와타루는 지그시 쳐다봤다. 아직 30대 남짓으로 보이는 이 남자는 지금껏 얼마나 많은 경험을 한 걸까. 부모의 유산을 물려받았다는 말이 사실일까. 혹시 반사회적인 업종에 종사한 것은 아닐까. 그야말로 정체를 알 수 없는 남자지만 조금씩 가오에게 마음이 끌리는 내가 의식됐다. 성격도 삶의 방식도 자신과 전혀 딴판인 그에게 끌렸다.

"그 뒤로도 돈이 꽤 잘 벌려서 이제는 혼자는 힘들 것 같아 사무실을 차렸어. 그런데 직원을 고용하자마자 또 부동산 투자가 지겨워지더라."

걸핏하면 싫증을 내는 성격인 듯했다. 게임의 요령을 터득해서 점수를 딸 수 있게 되면 게임 자체에 흥미를 잃는 타입 같았다. 어쨌든 엄청나게 똑똑한 사람인 것만은 확실했다.

"뭐 그래서 지금은 부동산 투자 쪽은 다른 사람한테 노하우를 알려 주고 일임하고 있어. 그리고 유망해 보이는 연구 개발이나 신기술에 투자를 시작했지. 좋은 아이디어와 기술이 있지만 자금난에 허덕이는 기업을 찾아서 돈을 대는 거야."

연구 개발 투자는 일본에서 가장 뒤처진 분야라고 가오는 말했다. 기업에 연구나 기술 개발 관리 부서가 있어도 경영 사업 전략에 문제가 있는 탓에 좋은 제품을 만들지 못하고 이익으로도 연결되지 않는다. 그래서 눈에 띄는 연구 개발이 있으면 우수한 경영 컨설턴트를 투입해 기업 자체를 혁신하는 일이 재미있다고 했다. 가오는 자신이 관여하면 반드시 성공해 왔다고 열정적으로 말했다.

왜 이런 이야기를 잘 알지도 못하는 자신에게 들려주는지 와타루는 도통 이해할 수 없었다. 그래도 가오의 뛰어난 행동력과 흔들리지 않는 자신감 때문인지 자연스레 이야기에 집중하게 됐다. 어느새 맥주와 하이볼을 너무 많이 마셨다. 가오는 차가운 사케로 주종을 바꿔 마시기 시작했다.

가오 때문에 와타루도 덩달아 반찬 가게에 오기 전까지의 경력과 아동 보호 시설에서 자란 이야기 등을 했다. 가오와 비교하면 그야말로 하찮은 삶의 궤적이었다.

"그렇구나!"

가오의 반응은 의외였다.

"재밌네."

지금껏 내 인생이 재미있다는 생각을 한 번도 해 본 적이 없었다. 그래서 남에게 이야기하지도 않았다. 히라누마 부부에게조차 아주 조금만 설명했다. 성장 배경은 나를 비하할 소재가 될 뿐이라고 믿었다.

그러나 이 남자는 그런 내 이야기가 흥미로운 걸까. 가오에게는 자연스럽게 상대의 마음을 여는 힘이 있었다. 무엇이든 일단 달려들어서 직접 경험한 후 가치를 판단하는, 생전 처음 만나 보는 타입의 사람이었다.

가오가 발산하는 열기 때문에 맨정신을 유지하기가 힘들었다. 주변 소음이 이상하리만치 크게 들리고 머릿속이 울렸다. 이대로 가다가는 이번에는 내가 길가에 쓰러져 잠들 것 같았다. 술집이 있는 이곳 일대는 영역권도 아니었다. 와타루는 술을 그만 마시기로 했다.

화장실에 다녀오자 가오도 몸을 일으켰다.

"재밌었어. 오늘은 이 정도로 끝내자."

내심 안도했다. 하마터면 지켜 온 영역에서 조금 벗어날 뻔했지만 유쾌한 술자리였다. 계산대에 선 두 사람 앞에 TV 뉴스가 흘렀다.

중국 신장 위구르 자치구에 정체불명의 전염병이 퍼지고 있다는 소식이었다. 예전에 전광판에서도 본 뉴스 같았다. 와타루는 TV를 켜도 집중해서 보는 편이 아니라 이후 정보를 아는 바가 없었다. 가오는 움직임을 멈추고 TV를 가만히 응시했다. 와타루도 덩달아서 화면을 봤다.

병의 증상은 특이했다. 환자는 우선 고열과 두통, 근육통을 호소하고 온몸에 습진이 퍼질 즈음부터는 근육이 위축되기 시작한다. 거기까지 대략 사흘에서 일주일 정도 걸린다. 그 후 환자는 눈에 띄게 쇠약해지고 살이 빠져 팔다리가 앙상한 나뭇가지처럼 변하고 근육이 자기 의지와 상관없이 움직이기 시작한다. 그리고 마지막에는 극심한 경련을 일으키다가 대다수 사망에 이르는 기이한 병이었다. 전염력도 몹시 강하다고 했다.

그러나 중국 정부의 공식 발표는 없었고, 감염 확산을 우려한 의료진과 일반 시민들이 인터넷에 정보를 확산시키고 있다고 뉴스는 전했다. 지역 내부 사정도 있어 자세한 건 전해지지 않았지만 그들은 이 병을 가칭 '전염성 발열 질환'이라 불렀다. 사망자들은 하나같이 피부가 검게 변하고 팔다리가 기이하게 뒤틀리는 것이 특징이라고 했다.

계산대 안에 있던 직원이 헛기침을 하자 가오는 지갑에서 카드를 꺼냈다. 뉴스 아나운서는 이미 다음 소식을 전하고 있었다.

가오는 잠시 생각에 잠긴 듯 보였다. 그는 이렇게 세상에서 일어나는 모든 일에 안테나를 세워 투자나 사업으로 연결시키는 걸까. 가오에게는 어쩌면 세상 모든 일이 '재미있는 것'일지 모른다. 그렇게 살아오지 않은 와타루는 그런 가오가 신기했다.

직원이 가오에게 카드를 돌려주며 "감사합니다!" 하고 외쳤다. 고개를 돌린 가오가 조금 전의 중국 관련 뉴스에 대해 말할 줄 알았지만 그러지는 않았다.

가게를 나와 와타루는 가오에게 잘 먹었다며 고마움을 표했다.

"그럼 다음에 또 보자, 와타루."

그 말을 끝으로 가오는 다시 밤의 어둠 속으로 사라졌다.

③
기억은 때로
무서운 거짓말을 한다.

새해가 밝았다. 연말연시에도 와타루는 딱히 갈 곳이 없었다.

히라누마 정육점의 주인아저씨가 살아 있을 때는 종종 하쓰모우데* 행사에 함께 갔지만 지금은 아니었다. 가오가 준 자전거를 타고 멀리 나가 봐도 도쿄는 어디를 가나 혼잡했다. 집에 와도 할 일이 없어서 TV를 켰다. 모든 방송국이 엇비슷한 설 특집 프로그램을 방송하고 있었다. 빌라에 사는 다른 주민들도 고향에 갔는지 거의 보이지 않았다.

뭔가를 사러 가기도 귀찮아 점심으로 컵라면을 먹으려고 물을 끓였다.

낮 뉴스에서 또다시 중국에서 유행한다는 전염성 발열 질환 소식이 나왔다. 중국 신장 위구르 자치구 내에 있는 카슈가르 지역 소식이었다. 이름은 들어봤지만 그저 먼 곳이라는 인식 정도만 있었다. 화면에 중국 지도가 표시된 후 아나운서가 위치를 설명하기 시작했다. 중화 인민 공화국 서쪽 끝자락에 있는 지역이며 타클라마칸 사막 서쪽의 톈산산맥 기슭에 위치해 있다. 고도가 천이백 미터에 달한다는 설명을 와타루는 막연하게 들

* 정월의 첫 참배.

었다.

작은 주전자 속 끓는 물을 컵라면에 부었다.

TV에서는 카슈가르 시내 병원에 환자가 실려 오는 짧은 영상이 나왔지만 아나운서의 말투에 긴박감 같은 건 없었다. 인구가 그리 많지 않고 위치상으로도 중국 대도시와 멀리 떨어져 있기 때문일 것이다. 다만 아나운서는 2002년 중국에서 발생해 전 세계로 퍼진 SARS의 사례가 있으니 앞으로도 예의주시해야 한다고 덧붙였다.

신장 위구르 자치구는 예전처럼 변방이 아니었다. 오아시스 도시였던 카슈가르는 예로부터 교통의 요충지였고 지금은 카라코람 고속도로와 난장 철도도 깔렸다고 아나운서는 설명했다. 장엄한 자연 풍경을 감상하려고 중국 내는 물론 해외에서도 관광객들이 몰려든다고 했다.

SARS는 바이러스성 호흡기 질환이었다. 와타루는 컵라면을 먹으며 당시 기억을 더듬었다. 그때 와타루는 아동 보호 시설에 있어서 관련 소식을 잘 알지 못했다. 컵라면을 빠르게 비우고 스마트폰으로 관련 정보를 검색해 봤다.

중국 남부 광둥성에서 첫 발생한 SARS는 교통 발달의 영향으로 빠르게 확산됐다. 총 29개 국가와 지역에 퍼져 약 8천 명이 감염됐고 그중 8백여 명이 사망했다. 중국에서 발생한 이 전염병은 발생 몇 주 만에 베트남, 캐나다, 대만으로 확산했다. 항공기와 고속 도로, 자동차 등 대중교통 시스템이 발달한 현대에는 언제든 이런 일이 일어날 수 있었다.

SARS는 2003년 7월에 종식이 선언됐다. 제대로 규명되기도 전에 갑작스럽게 인류 앞에서 사라져 버렸다. 편리함과 경제성을 지나치게 추구하며 그런 것을 당연히 향유하는 인류를 향한 경고처럼.

병원균이나 바이러스는 아직 알려지지 않은 것이 많고 앞으로도 새로운 게 출현할 가능성은 얼마든지 있다는 전문가의 의견도 나왔다. 그 밖에도 많은 정보가 검색됐지만 더는 보고 싶지 않았다.

히라누마 정육점은 1월 4일부터 다시 영업을 시작했다.

출근하고 보니 이나다 씨와 무카이 씨가 주방에서 준비하면서 뭔가를 소곤거리고 있었다. 도시유키는 보이지 않았다.

"안녕하세요."

"오, 와타루 왔구나."

이나다 씨가 하얀 장화를 신고 마찰음을 울리며 다가왔다.

"주인아주머니께서 오늘 입원하셨대. 도시유키가 병원에 모셔 갔어."

"네? 어디 다치기라도 하셨어요?"

"당뇨가 악화했다고 해. 연말연시라 병원도 쉬었잖아. 상태가 영 좋지 않아서 오늘 모시고 갔더니 의사 선생님이 바로 입원하라고 했대."

"많이 안 좋나 보던데."

무카이 씨가 냉장고를 열며 말했다.

"아무튼 오늘은 우리 셋이 열심히 하자. 연휴가 끝나 바쁘겠지만."

"사 놓은 재료도 별로 없는 것 같으니 다양하게는 못 만들겠어."

무카이 씨는 냉장고 안을 들여다보며 고개를 흔들었다.

"종류는 줄여도 주문받은 도시락들만큼은 제대로 만들어야지."

이나다 씨가 메모를 살피며 말했다.

"자, 얼른 시작하자."

무카이 씨가 등을 밀어서 와타루는 싱크대 앞에 섰다.

"오늘은 네가 튀김을 맡아 줄래?"

무카이 씨는 냉장고에서 밑간을 한 닭고기를 산더미처럼 꺼내 왔다.

"괜찮겠니? 민스 커틀릿이랑 크로켓. 시간에 맞출 수 있겠지?"

그렇게 묻는 두 고령 아르바이트생들은 이미 바쁘게 움직이고 있었다. 10시가 조금 지나 도시유키가 돌아왔지만 어머니의 입원용 옷가지들만 챙겨서 나갔다. 주인아주머니의 안부가 궁금했지만 정신없이 바쁜 나머지 조리에만 몰두했다. 11시가 돼서야 겨우 반찬을 매장에 진열할 수 있었다.

와타루는 하얀 앞치마를 두른 채 밴을 타고 배달을 나갔다. 차를 운전하니 비로소 머리가 조금씩 돌기 시작했다. 도시유키는 주인아주머니의 입원 소식과 음식 준비 지시를 정직원인 와타루가 아닌 파트타임 아르바이트생인 이나다 씨에게 전했다.

내게는 의지할 수 없다는 걸까. 신뢰받지 못한다는 뜻일까.

그런 생각을 하는 자신이 왠지 비굴하게 느껴졌다.

지금껏 어디에서 일하든 이런 피해의식 때문에 누구와도 친하게 지낼 수 없었다. 사이비 종교 시설에서 나와 아동 보호 시설에서 자란 이야기, 가족이 없다는 이야기 등을 다른 사람 앞에서 설명하기 고통스러웠다. 성장 과정에서 느낀 고뇌와 비밀을 털어놓는 게 끔찍했다.

우연히 만나서 알고 지내게 된 가오에게도 그런 건 털어놓지 않았고 앞으로도 그럴 일은 없을 것이다. 고독에는 이미 익숙했다. 가슴 한가운데가 뻥 뚫린 듯한 허무라는 구멍에서 눈을 돌리는 요령을 누구보다 잘 알고 있었다. 그러나 여전히 오늘처럼 스스로에게 실망할 때도 있었다.

다음 날에는 도시유키가 다시 가게에 나왔다. 주인아주머니는 상태가 안정적이라고 했다. 그는 그 말만 전하고 평소와 다름없이 무뚝뚝한 얼굴로 작업에 임했다.

— 정성을 다해서 만든 음식은 사람을 행복하게 해 주지. 맛을 떠나.

그런 주인아주머니의 말이 떠올랐지만 도시유키에게는 바랄 수 없었다. 누구와도 눈을 마주치거나 입을 열지 않고 오로지 기계적으로 손만 움직이는 그에게는 어떤 말을 해도 가닿지 않을 것 같았다. 우울한 주방에서 만들어지는 반찬은 맛도 들쭉날쭉했다.

"요새 여사장님이 통 안 보이던데 무슨 일이야? 지난번 오징어 조림이 너무 맵더라고."

단골손님의 지적에 와타루가 "죄송합니다"라고 하자 도시유키가 와타루를 째려봤다. 손님을 맞는 아르바이트생 아주머니들의 얼굴에서도 미소가 사라졌고 팔리지 않는 반찬이 늘기 시작했다. 도시유키도 예전과 다른 점을 느꼈겠지만 별다른 조치를 취하지 않았다. 주인아주머니가 퇴원하고 가게가 다시 바쁘게 돌아가기 시작하면 반찬 맛이 돌아오고 발길을 끊은 손님들도 가게를 찾아 줄 거라고 모두가 믿는 듯했다.

그러던 어느 날 가오가 히라누마 정육점을 불쑥 찾아왔다. 1월 중순이 지날 무렵이었다.

"이 근처에 볼일이 있어서."

낮 1시가 넘어 가게에 들른 가오는 도시락을 하나 샀다.

"감사합니다."

도시락이 든 봉지와 거스름돈을 받아도 가오는 가지 않고 반찬이 진열

된 테이블을 신기한 것처럼 훑어봤다.

"맛있겠네."

점심 손님들이 슬슬 빠질 무렵이라 와타루는 가오를 보며 그대로 서 있었다.

"중국에서는 난리가 난 것 같던데."

무슨 말을 꺼내야 좋을지 몰라 일단 그런 화제를 언급했다.

"어. 그런 것 같더라."

가오는 큰 관심을 보이지 않았다. 중국계 미국인이라고 하지만 그에게 중국은 별 상관없는 나라인 걸까.

신장 위구르 자치구에서 전염성 발열 질환이 점점 더 확산하는 듯했다. 아직 중국 정부의 공식 발표는 없지만 SNS 등지에는 '이건 바이러스성 질환이다', '고통을 호소하는 환자가 늘고 있다', '의료진에게도 전염되고 있다'라는 등의 정보가 범람했다. WHO를 비롯한 주변국 정부 기관이 일제히 정보 수집에 나서기는 했어도 '카슈가르 시내에서 원인 불명의 고열 환자 확인, 사망자 발생'이라는 발표만 나왔을 뿐이었다.

그 직후 중국 당국은 갑자기 신장 위구르 자치구에 사람들의 출입을 제한했다. 사막을 품은 그곳에서 어떤 일이 일어나고 있는지 전혀 알 수 없게 됐다. SARS의 재림이라 부를 만한 미지의 전염병이 퍼지는 건 확실하다는 식의 뒤숭숭한 소문만 전해졌다.

"오늘은 사무실에서 이 도시락을 먹어야겠어."

가오는 그러면서 봉지를 살짝 들어 보였다.

"맛이 괜찮으면 또 사러 올게."

그 말을 끝으로 가오는 돌아섰다. 정말 어디로 튈지 모르는 사람이었다.

"누구? 친구?"

무카이 씨가 신기한 것처럼 물었지만 와타루는 "네, 뭐 그렇죠"라고 대답할 수밖에 없었다. 속으로는 저 독특한 남자가 내 친구라고 생각하지는 않았다.

와타루의 삶에서 친구라고 부를 수 있는 사람은 오직 한 사람, 아오토뿐이었다.

지금은 더 이상 만날 수 없는 친구. 어느새 여동생은 물론 친한 친구와도 멀어져 버렸다. 하지만 그런 상황이 더 이상 외롭지 않았다. 지금껏 그런 유의 감정을 억누르며 살아왔기에 나는 지금 여기 있는 거라고 생각했다. 그게 진정한 내 삶이라고 할 수 있을지와는 별개로.

와타루는 상점가를 오가는 사람들을 멍하니 지켜봤다.

그로부터 사흘 뒤 가오에게서 도시락 주문이 대량으로 들어왔다.

— 지난번에 먹은 게 맛있어서.

가오는 그렇게만 말하고 사무실에 도시락 배달을 부탁했다. 딱히 거절할 이유도 없어 와타루는 주문을 받았다. 그는 회의 때 점심으로 먹을 거라고 했고 시험 삼아 시켜 보는 느낌은 있었지만 15개라는 숫자에 이나다 씨는 고마워했다. 도시유키는 무반응이었다.

가오의 사무실은 요쓰야에 있었다. 평소에는 거의 배달을 가지 않는 지역이었다. 소토보리 길에서 조금 더 들어가면 나오는 빌딩의 2층에 있었는데 혹시 입구에서부터 들어가기 망설여지는 고층 빌딩 같은 곳이 아닐까 걱정했지만 다행히 그렇지는 않았다. 와타루는 건물 앞에 밴을 세우고 도시락이 담긴 상자를 들고 계단을 올라갔다.

가오에게 들은 '포밸리 기획'이라는 문패가 달린 문을 두드린 후 조심스레 열었다. 가오가 "포밸리, 즉 요쓰야*지"라고 한 말이 떠올랐다. 깊이 고민하고 지은 이름은 아닌 듯했다. 회사라는 곳 또한 그에게는 단지 돈을 벌기 위한 도구 아닐까.

그리 넓지 않은 심플한 구조의 사무실이었다. 접수 창구 너머에 배치된 책상 앞에서 컴퓨터로 작업하는 몇몇 직원의 모습이 한눈에 들어왔다. 여직원 한 명이 와타루를 보고 일어섰다.

"저…… 도시락 배달 왔습니다."

와타루는 주눅 든 목소리로 조용히 입을 열었다.

"네. 회의실까지 부탁드려요."

여자가 안쪽에 있는 문을 열었다. 일곱 명 남짓한 직원은 도시락 가게 직원에게 관심이 없는지 아무도 고개를 들지 않았다. 와타루는 종종걸음으로 문을 붙잡고 기다리는 여직원에게 다가갔다. 회의실에는 'ㄷ' 자 모양의 긴 책상이 있었다. 앞쪽에는 가오 혼자 앉아 있는데 노트북을 들여다보던 그는 와타루를 눈치채고 "여어" 하고 입을 열었다.

"이제 곧 거래처 회의가 있어서 말이야. 그전에 격려 차원의 점심 모임이라고 할까."

"감사합니다."

---

* 요쓰야(四谷)는 네 개의 계곡을 뜻한다.

책상에 도시락을 두고 가 달라는 말에 도시락 상자를 책상에 내려놨다. 여직원이 도시락을 나누는 일을 도왔다. 도시락 하나를 가오 앞에 두자 그는 투명한 도시락 용기 뚜껑 속 내용물을 기쁜 듯이 들여다봤다. 가오는 이곳의 사장일 테지만 차림새는 스웨터에 청바지로 수수했다. 그러고 보니 다른 직원들도 양복 같은 건 입고 있지 않았다.

"나루세. 여기 도시락 맛이 괜찮아. 내가 전에 먹어 봤거든."

가오가 여직원을 향해 말했다. 나루세라고 불린 여직원이 빙긋 웃자 그녀의 두 볼에 보조개가 또렷이 잡혔다. 그 얼굴을 본 순간 와타루의 온몸에 전율이 흘렀다. 그전까지는 여직원의 얼굴을 제대로 보지 못했다.

설마…… 마리나?

하얀 볼에 선명하게 잡힌 보조개는 예전 마리나의 볼에 있던 것과 똑같았다. 아니, 그걸 넘어 여자의 얼굴은 어머니와도 많이 닮았다. 왜 몰라봤을까.

헤어질 때 어머니의 얼굴이 지금도 뇌리에 새겨져 있었다. 흐릿하기는 해도 '시온의 빛'에 들어가기 전의 활기찬 모습도 조금은 남아 있었다.

콧노래를 부르며 음식을 만들 때의 즐거운 얼굴, 유치원에 와타루를 데리러 와서 이름을 부를 때의 환한 얼굴, 와타루의 책가방을 고를 때의 진지한 얼굴. 쌍꺼풀이 있는 큰 눈과 약간 뾰족한 턱, 도톰한 입술. 그리고 곱슬기가 있는 가는 머리카락을 와타루는 생생히 기억했다. 그 모든 것을 고스란히 물려받은 여자가 지금 내 눈앞에 있었다.

굳어 버린 와타루를 뒤로하고 가오는 나루세에게 도시락값을 계산하라고 했다.

"얼마죠?"

그 말에 과연 대답을 했을까. 와타루는 머릿속이 새하얘진 채 넋이 나가 있었다.

돈을 가져와서 내민 나루세의 오른손을 응시했다. 엄지손가락 뿌리 부분에 있는 상처 자국. 하얗고 매끈한 피부와 전혀 어울리지 않는 흉터. 그 상처가 처음 생겼을 때를 떠올리며 와타루는 몸을 부르르 떨었다.

"저기요."

돈도 받지 않고 눈을 부릅뜨고 있는 와타루를 보며 나루세는 고개를 살짝 기울였다. 그런 몸짓과 목소리도 어머니를 똑 닮았다.

틀림없다. 이 여자는 마리나다. 다시 관찰하니 나이도 엇비슷해 보였다.

"뭐야. 왜 그래? 와타루."

"아, 그게……."

식은땀이 흘렀다. 설마 이런 곳에서 마리나를 만나게 될 줄이야. 그동안 얼마나 보고 싶었는데. 얼마나 찾았는데. 하지만 그런 생각은 금세 날아갔다. 갑작스러운 만남에 어쩔 줄 몰라 하면서도 와타루는 일단 말없이 돈을 받았다.

"그럼 오늘은 이만. 앞으로 또 주문할 수도 있어."

가오의 말이 아득히 멀리서 들리는 것 같았다.

뭐라고 인사하고 '포밸리 기획'을 떠났는지는 잘 기억나지 않는다. 밴에 올라타 시동을 걸 때까지 와타루는 심장이 계속 쿵쾅거렸다.

마리나는 혼신의 힘을 다해서 외쳤다.

그 작은 몸을 총동원해 아픔과 공포, 항의를 표현했다. 마리나가 지르는 소리가 와타루의 두개골 속에서 울려 퍼졌다. 자각은 못 했지만 자신도 함께 뭔가를 외치고 있었을지 모른다.

"신의 자녀에게는 징표가 필요하다. 이 아이가 진정 선택받은 아이라는 징표가."

교주는 그렇게 말하며 마리나의 오른손에 불에 달군 부젓가락을 갖다 댔다.

차마 말릴 새도 없었다. 치익 하는 소리가 났던 것 같다.

그 뒤로 들린 마리나의 비명과 울음소리. 하얗고 포동포동한 단풍잎 손에 새겨진 끔찍한 화상 자국.

와타루는 울면서 아우성치며 교주에게 달려들었다. 이를 드러내고 용수철처럼 튀어 나갔을 것이다. 그런 와타루를 어머니가 붙들었다. 힘이 대단했다. 예배실 바닥에 사정없이 얼굴이 짓눌렸는데도 와타루는 계속 날뛰었다.

"진정하렴, 와타루. 마리나는 지금 어르신께 축복을 받고 있어."

고개를 들어서 본 어머니의 얼굴은 묘한 도취감으로 가득했다. 눈물과 침, 땀으로 범벅이 된 와타루는 계속 팔다리를 휘저으며 어머니의 손을 뿌리치려고 했다. 고야마가 어머니를 도왔다. 그가 입을 틀어막는 바람에 와타루는 고야마의 손을 깨물었다.

그 와중에도 마리나의 울음소리는 계속됐다. 손이 물린 고야마는 화를 내며 그 손으로 와타루의 뺨을 때렸다. 기쿠치 형제에게 얻어맞으며 지내온 와타루에게는 큰 타격도 아니었다. 고야마의 옆구리에 발차기를 날리자 고야마가 신음하며 두 무릎을 와타루의 등에 얹었다. 일어서기 위해 몸부림을 쳤지만 등을 파고드는 무릎 탓에 어쩔 도리가 없었다.

그동안 마리나의 울음소리가 점점 작아졌다. 부조리한 폭력에 저항하며 울던 아기의 몸에서 조금씩 힘이 빠져나가는 듯했다. 그와 동시에 생명까지 사라지는 것 같아 와타루는 몸을 덜덜 떨었다.

"이 아이는 신의 자녀로 인정받았다."

교주는 마치 연기하는 것처럼 엄숙한 목소리로 말했다.

몸을 일으킨 에리코가 비틀거리며 아기에게 다가가는 모습이 보였다. 교주 옆에 서 있던 교주의 아내가 마리나의 손에 난 상처에 흰 연고를 바르는 모습이 보였다. 상처에 손이 닿자 몸을 움찔하는 마리나가 애처롭고 가여웠다. 저 작은 몸에 가해진 끔찍한 행위를 곱씹으며 와타루는 전율했다.

고야마가 무릎을 떼자마자 몸을 일으켜 쏜살같이 여동생에게 달려갔다. 교주가 두 손에 든 아기를 옆에서 어머니가 낚아챘다. 울어서 얼굴이 엉망진창이 된 마리나가 안쓰러웠다. 마리나는 오빠의 얼굴을 보며 또다시 "우, 우" 하는 소리를 냈다.

"감사합니다."

어머니가 교주를 향해 깊숙이 고개를 숙였다.

신성한 의식을 거행해서 마리나가 특별한 지위를 받았다고 믿는 듯했다. 제 자식 하나 지키지 못하는 멍청한 여자 같으니.

무력, 절망, 허무. 와타루는 여동생을 꼭 끌어안고 예배실을 나섰다.

이곳에 있는 이상 무사할 수 없다. 교주가 하는 일을 아무도 말리지 않고 그걸 넘어 해롭다고 여기지도 않는다. 이곳에 있는 사람들은 전부 정신이

나갔고, 어머니는 이곳만이 유일한 의지처라고 생각한다. 자신이 구원받았다고 믿어 의심치 않지만 그것은 착각이다. 와타루는 더는 이곳에 있고 싶지 않았다.

어머니에게는 더 이상 의지할 수 없다는 것도 분명히 인식했다.

아무리 시간이 흘러도 마리나의 상처는 아물지 않았다. 어머니는 매일 교주가 줬다는 수상한 연고를 마리나의 상처에 발랐다.

"엄마. 병원에 가야 해. 마리나가 아파하고 있어."

"괜찮아. 이것만 바르면 금세 나을 거야. 다른 걸 쓰면 더 안 좋아."

세뇌된 에리코에게는 무슨 말을 해도 소용없었다.

와타루는 고민 끝에 학교 담임선생님을 찾아가 호소했다. 머릿속에 떠오른 **제대로 된** 어른은 학교 선생님뿐이었다. 선생님이면 마땅한 기관에 연락을 취해 줄 거라고 믿었다. 동생이 교단에서 끔찍한 일을 당하고 어머니는 그런 상황을 간과하고 있다며 어떻게든 도움이 필요하다는 취지를 설명했다.

와타루의 이야기를 다 들은 중년의 여자 담임선생님은 이맛살을 찌푸렸다. 그리고 이렇게 말했다.

"그건 너희 집안 문제잖니. 어차피 너희 집에는 가정 방문도 못 하는데."

그 뒤로도 상황은 전혀 나아지지 않았고 그럴 기미도 없었다. 와타루는 결국 나를 구할 사람은 나뿐이라는 것을 뼈저리게 배웠다.

봄방학이 끝나 초등학교 3학년에 올라가서도 주변을 둘러싼 환경은 변하지 않았다. 어머니는 여전히 '시온의 빛'에 푹 빠져서 예배에 참석하고 기이한 주문을 외며 교주에게 조종당했다.

마리나만은 쑥쑥 자랐다. 잘 때는 몸을 뒤척이고 기쁠 때는 소리 내어 웃었다. 오빠의 얼굴을 기억해서 와타루가 쓰다듬어 주면 기뻐서 팔다리를 바둥거렸다. 화상은 아물었지만 오른쪽 엄지 아래에 보기 흉한 자국이 남았다. 그것을 보면 와타루는 가슴이 찢어질 것처럼 아팠지만 교단에 있는 모든 이들은 신이 내려 주신 각인이라며 기뻐했다.

어디에서도 구원의 손길은 내려오지 않았다. 담임은 바뀌었지만 예전 담임선생님이 언질을 줬는지 정년퇴임을 앞둔 나이 든 남자 선생님은 와타루의 복잡한 집안 사정에 관여하려 하지 않았다.

그나마 다행인 것은 또 아오토와 같은 반에 배정됐다는 점이었다. 두 사람은 여전히 반에서 고립된 채 기쿠치 일당에게 쫓겨 다녔다. 인적이 드문 곳에서는 아오토가 그 능력을 구사해 그들에게서 도망쳤다.

어느 날부터 기쿠치의 형은 잘 보이지 않았다. 고등학교에 올라갔지만 학교에는 거의 가지 않고 매일 어딘가에서 노는 것 같았다. 아무래도 동네에서 멀리 떨어진 곳에 자리를 잡은 듯했다. 6학년이 된 기쿠치와 친구들도 저학년 학생들을 쫓아다니며 괴롭히는 빈도가 전보다 줄었다. 그날 강가에서 기절할 정도로 와타루를 심하게 때린 걸 반성하는 걸까. 아니면 중학생이 되면 더 이상 전처럼 놀 수만은 없으니 미리 대비하는 걸까.

비교적 평온한 나날이 이어졌다. 와타루는 늘 그러듯 아오토와 함께 다녔다. 아오토의 집에 가서 헬트와 놀기도 했다. 헬트는 아오토와 와타루를 잘 따랐다. 도모코는 헬트를 피하는 것 같았지만 원래 개를 별로 좋아하지 않는 듯했다. 영리한 헬트는 집 안에서 자기 위치를 잘 알아서 정원에서 새와 함께 노는 도모코에게 다가가지 않았다.

그러던 어느 날, 그 일이 일어났다. 와타루가 어머니, 마리나와 함께 살아갈 터전을 잃고 아오토와도 결별하게 된 결정적인 사건. 그날 이후 와타루는 더 큰 고립 속에 살게 됐다.

5월의 연휴 기간이었다. 마리나가 갑자기 열이 펄펄 끓었다. 이제는 자기 힘으로 어느 정도 앉을 수도 있을 만큼 자란 마리나를 보며 와타루는 갈수록 사랑스럽게 크는 여동생이 있을 곳으로 슬슬 교단을 인정하고 있었다. 다만 언젠가 이곳을 떠나 셋이 함께 살 날도 꿈꿨다.

고열 때문에 힘들어하는 마리나를 보며 와타루는 불안에 떨었지만 어머니는 태연했다.

"어르신께 부탁드려야겠어."

그러면서 마리나를 안고 방을 나가려고 해서 와타루는 어머니의 팔을 붙잡고 매달렸다.

"안 돼. 제대로 된 병원에 가서 진찰을 받아야 해. 많이 아파 보이잖아. 해열제 같은 걸 먹어야 해."

"아니, 그럴 필요 없어. 마리나는 신의 자식이니까. 병원에서 주는 약 따위 효과가 없어."

와타루는 포기하지 않았다. 오빠로서 마리나를 지켜야 했다. 이 안에서 그럴 수 있는 사람은 나뿐이었다. 복도에 나가서도 계속 어머니를 따라가며 말리는 와타루의 목소리를 듣고 다른 방에 있던 신도들이 나왔다. 그들은 금세 상황을 파악하고 어머니를 두둔했다.

"괜찮아, 와타루. 걱정하지 마렴."

"어르신께서 기도해 주시면 금방 나을 거야."

임신한 에리코가 이곳에 처음 왔을 때처럼 그들은 입을 모아 말했다. 하지만 그런 건 더 이상 위로가 되지 않았다. 와타루에게는 기만과 거짓일 뿐이었다.

그러는 동안에도 마리나의 상태는 점점 나빠졌다. 마리나는 몸을 축 늘어뜨린 채 짧은 호흡을 반복하고 있었다. 어머니는 와타루의 팔을 뿌리치고 1층으로 내려가려고 했다.

"안 돼! 안 돼!"

필사적으로 어머니를 붙잡고 늘어지는 와타루를 다른 신도들이 제압했다.

"와타루. 조용히 좀 하렴."

"너도 신의 자식의 오빠잖니?"

등골이 오싹했다.

계단을 빠르게 내려가는 어머니의 품에서 마리나는 더 이상 울지도 않았다.

와타루는 강제로 방에 끌려갔다. 나카노 씨가 옆에서 와타루를 감시했다. 문 너머에도 몇 사람이 서 있는 것 같았다. 잠시 후 1층 예배실에서 쿵쿵거리는 북소리가 들렸다. 거기에 섞여 주문을 외는 교주의 목소리가 희미하게 들렸다.

교단 건물에서 사는 사람들은 몸이 아파도 병원에 가지 않았다. 교주가 만드는 약인지 뭔지 모를 정체불명의 고체나 액체를 기꺼이 받아먹었다. 외부에서 다니는 신도들은 비싼 값을 지불해야 그것을 받을 수 있지만 상주하는 신도들에게는 무료였다. 그들은 그런 사실도 자랑스러워하는 것 같았다.

와타루는 언젠가 감기에 걸렸을 때 자신이 마셨던 액체를 떠올렸다.

그런 걸 마리나에게도 먹이려는 걸까. 아기라서 시키는 대로 말을 듣지 않을 테니 어쩌면 약 없이 기도만 하고 끝낼 수도 있다. 마리나가 돌아오면 상태를 잘 살피다가 조금이라도 이상하다 싶으면 무슨 수를 써서라도 마리나와 이곳을 나가 다른 사람에게 도움을 청하자. 학교 선생님은 믿을 수 없다. 아오토의 집으로 가야 할까. 그들이라면 왠지 뭐라도 해 줄 것 같았다.

어머니가 돌아온 건 저녁이 다 돼서였다.

"마리나는?"

부리나케 뛰어와서 묻는 와타루를 어머니는 성가신 것처럼 내려다봤다.

"조금 더 걸릴 거야. 어르신께서 예배실에 두고 상태를 지켜보신다고 하셨어."

"나아졌어?"

"그래. 완전히 나아졌어. 열도 떨어져서 곤히 잠들어 있어. 금방 돌아올 거야."

왜 그런 말을 믿었을까. 시간이 흐르고서야 와타루는 그때의 자신을 저주하고 싶었다.

"잠깐 보고 와도 돼?"

당연히 그런 건 허락되지 않았다. 신도들은 밝은 얼굴로 저녁을 준비하기 시작했다.

식욕이 없었다. 마리나가 신경 쓰여서 아무것도 손에 잡히지 않았다. 얼마 후 교주의 아내가 와서 어머니에게 마리나가 잠들어 있으니 앞으로 한 시간 후에는 데려가도 된다고 귀띔했다.

그 한 시간이 너무나도 초조했다. 그러나 한 시간이 지나고 두 시간이 지나도 마리나는 돌아오지 않았다. 교주를 믿어 의심치 않는 어머니는 방 안에서 편히 쉬었고 그 옆에서 와타루 혼자 불안에 떨었다. 어머니는 와타루에게 먼저 자라고 했지만 도저히 그럴 수 없었다.

방 밖 복도를 오가는 분주한 발소리가 들렸을 때는 불길한 예감이 들어 구역질까지 났다.

고야마가 문을 열어 어머니를 불렀다. 아무래도 뭔가 낌새가 이상했다. 어머니가 문을 닫고 나가는 것을 확인한 와타루는 몰래 그 뒤를 좇았다. 같이 가자고 해 봐야 안 된다고 할 게 뻔했다.

"죽었다."

예배실 제단 앞에서 교주는 그렇게 말했다. 와타루는 살짝 열린 문틈으로 그 말을 들었다. 무슨 뜻인지 알 수 없었다.

죽었다고? 누가?

"숨을 쉬지 않는다."

에리코는 바닥에 주저앉아 있었다. 단상 앞에는 교주와 그의 부인, 고야마, 어머니 외에 아무도 없었다.

교주가 손을 뻗어 제단에 놓인 작은 몸을 안아 들었다. 마리나였다. 풍선 무늬 수건이 마리나의 몸을 감싸고 있다. 마리나는 평소 좋아하는 그 수건의 끝부분을 자주 쭙쭙거리며 빨았다. 그렇게 좋아하던 수건에 싸여 있는데도 지금은 꼼짝도 하지 않았다.

다다미에 놓인 아기를 네 어른이 멍하니 내려다봤다.

"이상하기도 하지. 평소 먹던 약을 먹었을 뿐인데. 그 약은 어떤 병이든 고치는 약이고."

교주의 목소리가 넓은 예배실에 울려 퍼졌다. 죽은 사람이 마리나라고? 와타루는 자신의 귀를 의심했다. 그리고 어머니처럼 바닥에 털썩 주저앉았다. 몸에 힘이 들어가지 않았다.

마리나가 죽었다.

그런 현실을 받아들일 수 없었다. 울고 싶은데도 눈물이 나지 않았다. 소리치고 싶은데 소리칠 수 없고 화를 내고 싶은데 화를 낼 수 없었다. 모든 감정이 단절된 채 내 몸이 어디론가 사라져 버린 것 같았다. 마리나가 없는 세상은 더는 내가 있을 곳이 아니었다.

에리코가 비틀거리며 딸 쪽으로 갔다. 두려움에 떨며 조심스럽게 손을 뻗어서 마리나의 얼굴을 만진다. 손가락으로 코와 입을 더듬는다.

"마리나. 대체 왜……?"

각도 때문인지 순간 마리나의 머리가 문 뒤쪽에 있는 오빠를 향했다. 핏기 없는 피부. 감긴 두 눈. 입 주변에는 검푸른 액체가 묻어 있다. 마리나는 액체를 끝내 마시지 않고 뱉어냈다. 저렇게 작은 아기가. 슬픔이 아직 현실을 따라잡지 못했지만 와타루의 눈에서는 눈물이 뚝뚝 흘러내렸다.

왜 어머니를 막지 못했을까. 열이 펄펄 끓는 마리나와 함께 방을 나가려 했을 때, 이상한 예배에 참여시키려 했을 때, 다니던 학교를 옮기려고 했을 때 자신은 얼마든지 어머니에게 맞설 수 있었다.

시모타카이도역 앞에서 어머니가 고야마의 전단을 받지 못하게 막을 수도 있었다. 그러나 나는 그저 우두커니 서서 그 모습을 바라보기만 했다. 아직 어리니까. 아이는 아무것도 할 수 없다고 생각했다. 무기력했다. 그런 것이 쌓이고 쌓여 결국 여동생의 목숨까지 앗아 가고 말았다.

에리코는 무표정한 얼굴로 풍선 무늬 수건을 들어서 마리나의 입가를 닦았다.

어리석은 엄마가 아이에게 해 줄 수 있는 유일한 일이었다.

"아이를 이대로 여기 둘 수는 없어."

지극히 현실적인 말을 꺼낸 사람은 교주의 아내였다.

"여기서 사람이 죽은 게 알려지면 우리는 끝이야."

옆에서 교주와 고야마가 깜짝 놀라는 듯했지만 에리코는 풀린 눈으로 마리나를 멍하니 바라보기만 했다. 눈앞에 있는 싸늘한 시신이 내 아이인 게 아직 믿기지 않는 듯했다.

"에리코 씨."

결국 교주의 아내가 앞장서서 사태를 수습하러 나섰다. 에리코는 천천히 고개를 들었다.

"이 이야기는 아무한테도 하면 안 돼요."

에리코는 공허한 눈빛으로 교주의 아내를 봤다.

"알겠죠?"

교주의 아내가 윽박지르듯 묻자 에리코는 힘없이 고개를 끄덕였다.

"당신 아기는 신께서 부르신 거예요. 신의 자녀는 역시 하늘에 있어야 하니."

에리코가 또다시 고개를 끄덕였다. 눈물 때문인지 어머니의 모습이 흐릿해 보여 와타루는 눈을 비볐다.

"당신은 신의 자녀의 어머니인 만큼 지금 이 상황을 자랑스러워해도 돼요. 하지만 오늘 이곳에서 일어난 일은 아무에게도 말해서는 안 돼요. 알겠어요? 이번 일은 철저히 비밀로 해야 하는 거예요. 그러지 않으면 마리나도 하늘에서 신을 모실 수 없게 돼요."

에리코는 교주의 아내가 시키는 대로 비틀거리며 예배실을 나갔다. 고야마가 어머니를 따라와서 와타루는 재빨리 복도의 으슥한 곳에 몸을 숨겼다. 어머니는 2층에 올라갔고, 고야마는 사무실로 들어갔다. 일분일초라도 빨리 마리나에게 가고 싶었다. 충격을 잊고 지금 내가 동생을 위해 뭘 할 수 있을지 궁리했다. 우선 동생이 정말 죽었는지 확인하고 싶었고, 만약 죽었다면 꼭 안아 주고 싶었다. 꼭 안은 채로 도망치고 싶었다. 더 일찍 그래야 했다.

"와타루!"

2층에서 어머니가 와타루를 불렀다.

"와타루, 너 어딨니?"

그때 누군가 복도에 나와서 어머니와 대화를 주고받았다. 어떡해야 할까. 예배실에 뛰어 들어가서 마리나를 데려갈까. 아니면 2층에 올라가 더러운 교주가 어떤 짓을 했는지를 모두에게 알려야 할까.

고민하고 있을 때 사무실에서 고야마가 나왔다. 손에 작은 플라스틱 상자를 들고 있다. 그는 종종걸음으로 예배실에 들어갔다. 너무 서두른 탓인지 예배실 문이 반쯤 열렸다. 상자를 가져오라고 한 사람은 교주의 아내인 듯했다. 그녀는 서둘러 풍선 무늬 수건과 함께 마리나를 플라스틱 상자에 넣었다. 꼭 쓰레기를 상자에 담는 것처럼 손놀림이 거칠었다.

"어떡해야 하는지 알지?"

고야마는 긴장한 얼굴로 고개를 끄덕이더니 상자를 들고 밖으로 뛰어나갔다.

문 뒤에 선 와타루는 전혀 눈치채지 못했다. 외부로 나가는 문이 쾅 닫히자 와타루는 그제야 정신이 들었다.

마리나를 어디로 데려가려는 걸까. 쫓아야 한다. 쫓아가서 마리나를 되찾아야 한다.

그 생각이 머리를 가득 채웠다. 와타루는 고야마를 따라 어둠 속으로 뛰어들었다. 고요한 주택가에서 저 멀리 고야마의 뒷모습이 보였다. 가로등 불빛에 잠깐 모습을 드러낸 그는 옆구리에 플라스틱 상자를 끼고 있었다. 와타루는 멀어지는 그의 뒷모습을 쫓아 뛰었다.

고야마의 목적지가 조금씩 눈에 들어왔을 때 가슴이 철렁 내려앉았다. 고야마는 마리나를 아라카와강에 던져 버릴 작정이다. 조금 전까지만 해도 신의 자녀라고 추앙한 아이를. 아마 교주 아내가 지시하지 않았을까. 자신들이 실수로 죽인 아기를 강에 버린 후 없던 일로 만들려는 것이다.

절대 그런 일이 일어나서는 안 된다.

와타루는 뛰었다. 속으로 여동생의 이름을 외쳤지만 입에서는 신음밖에 나오지 않았다. 또다시 눈물이 왈칵 쏟아졌다. 아라카와강 제방을 오르는 고야마의 모습이 보였고, 와타루가 그곳에 도착했을 때는 이미 빛이 닿지 않는 어둠 속으로 사라진 상태였다. 와타루는 제방을 네 발로 올랐다. 풀을 움켜쥐고 기어 올라갔다. 싱그러운 풋내가 어둠을 가득 채웠다. 제방 위에서 강을 내려다봤지만 주변이 캄캄해서 고야마가 어디 있는지 알 수 없었다. 어두운 강물이 양쪽 강변의 가로등과 건물 불빛을 반사하며 흐르고 있을 뿐이었다.

절망을 느끼며 넓은 강변을 둘러봤지만 움직이는 물체라고는 찾을 수 없었다.

풍덩.

그때 들린 작은 소리. 누군가가 강에 뭔가를 던진 소리다.

보이지는 않지만 소리가 들린 쪽을 가늠하며 제방 아래로 달려갔다. 순간 뭔가에 다리가 걸려 앞으로 넘어질 뻔했다. 다행히 강이 가까워질수록 주위가 환해졌다. 흐르는 강물에 강가의 가로등 불빛이 비쳤고 그 강을 등지고 떠나는 고야마의 모습이 보였다. 그는 금세 어둠에 섞여 사라졌지만 와타루가 찾던 것만큼은 선명하게 보였다.

강물에 둥실 떠 있는 반투명한 플라스틱 상자.

와타루는 고민할 새도 없이 아라카와강에 뛰어들었다.

5월인데도 물이 차서 몸이 좀처럼 움직이지 않았다. 익사 가능성 같은 건 떠오르지도 않았다. 그저 동생을 되찾고 싶다는 일념으로 강물에 휩쓸려 물을 마시고 고함을 치며 울부짖었다. 그렇게 간신히 플라스틱 상자를 따라잡을 수 있었다.

이제 막 초등학교 3학년이 된 여덟 살 소년이 강둑까지 상자를 끌어 올렸다. 추운 건지 두려운 건지 떨림이 멎지 않았다. 그래서 상자 뚜껑을 여는 데도 애를 먹었다.

마리나는 여전히 예쁘고 귀여웠다. 하지만 숨을 쉬지 않았다. 이토록 사랑스러운데도, 죽었다. 죽임을 당했다. 그 자식들에게. 그 자식들 중에는 어머니도 포함돼 있다. 어머니는 그런 곳에 제 발로 기어들어 가 자기 배로 낳은 아이를 죽이는 일에 가담했다.

"마리나!"

싸늘하게 식은 몸은 죽음의 기운을 생생히 전하고 있었다. 두 번 다시 이런 추악한 세상에 돌아오지 않겠다고 선언하는 것 같았다.

몸을 일으켰다. 포기할 수 없었다.

젖은 몸으로 젖은 아기를 품에 안고 와타루는 뛰기 시작했다.

"기렌!"

무심코 와타루도 그를 이름으로 불렀다. 아오토의 집 앞이었다.

한밤의 방문객에게 문을 열어 준 사람은 야스오였다.

"와타루? 무슨 일이지?"

그는 그렇게 묻자마자 놀란 것처럼 숨을 멈췄다. 뒤에서 아오토가 나타났고 두 사람의 눈길이 인형 같은 갓난아이에게 쏠렸다. 와타루는 둘을 밀치고 신발도 그대로 신은 채 집 안에 들어갔다. 발걸음을 뗀 바닥에 검은 물얼룩이 생겼다. 안에서 나온 헬트가 와타루 주변을 뱅글뱅글 돌았다.

"기렌!"

노인은 평소와 다름없이 소파에서 눈을 떴다. 그는 마리나를 보고도 놀라지 않았다.

"기렌. 제발 부탁이에요. 여동생을 살려 주세요!"

부엌에서 나온 도모코가 말없이 그 자리에 멈춰 섰다.

"제발 부탁이니⋯⋯."

뒷말이 이어지지 않았다. 기렌은 천천히 손을 뻗어 마리나를 안았다.

"와타루. 넌⋯⋯."

현관에서 다가온 야스오가 입을 열자 기렌이 손을 들어 제지했다. 그러고는 흠뻑 젖은 마리나의 머리카락을 쓰다듬었다.

"대체 무슨 일이야?"

와타루는 마리나에게 일어난 일을 짧게 설명했다. 기렌은 이야기를 듣는 동안에도 줄곧 마리나의 몸을 쓰다듬거나 가슴에 귀를 갖다 댔다. 흰 눈썹을 가운데로 모아 얼굴을 잔뜩 찌푸리더니 다시 고개를 들어 와타루와 아오토를 번갈아 봤다. 아오토는 고개를 숙여 시선을 피했다.

"제발! 기렌!"

와타루는 그 자리에서 발을 동동 굴렀다.

"마리나의 영혼을 다시 불러 주세요!"

기렌은 마리나의 가슴에 손을 갖다 대고 꾹 눌렀다. 마리나의 입에서 물이 조금 흘렀지만 창백한 얼굴에는 변화가 없었다. 기렌은 와타루에게 잠시 기다리라고 하고 아오토만 데리고 자기 방에 갔다. 도모코가 수건을 들고 다가와 와타루의 몸을 닦아 줬다.

"걱정 마렴. 기렌이 잘해 줄 거야."

도모코는 바닥에 주저앉은 와타루에게 허리를 숙여 속삭였다. 야스오는 그 어느 때보다 굳은 얼굴로 제자리에 서 있었다. 와타루에게 뭔가 할 말이 있는 듯했지만 잠시 후 체념한 것처럼 고개를 흔들었다. 와타루는 옆에 있는 헬트를 껴안았다. 헬트는 차가운 혓바닥으로 뺨을 핥아 줬다.

"올리브 나뭇가지가 필요하죠?"

도모코에게 물었다. 마리나를 위해서라면 뭐든 하고 싶었다. 마리나가 되살아날 수 있게.

"그래. 아마도……."

도모코의 말이 채 끝나기도 전에 와타루는 정원으로 뛰어갔다. 올리브 나무가 향긋한 냄새를 풍기며 서 있었다. 집 창문에서 나오는 빛에 의지해 손을 뻗어 가지를 꺾었다. 그리고 창문 너머에 있는 도모코에게 가지를 건네고 그대로 흙바닥에 주저앉았다. 몸을 웅크린 와타루 옆에 아오토가 다가와서 말없이 앉았다. 차가운 흙 위에서 두 사람은 조용히 기다렸다. 헬트에게도 일어났던 기적을.

얼마나 시간이 흘렀을까. "으앙" 하는 울음소리가 들렸다. 분명 마리나의 울음소리였다.

살아났다! 기렌이 마리나를 다시 살려 줬어!

와타루는 참지 못하고 기렌의 방에 뛰어들었다.

마리나가 소리 내어 울고 있었다. 미약하기는 해도 확실히 울고 있다. 몸은 진홍색 스카프에 감싸여 있었다.

"마리나!"

와타루는 기렌의 품에서 여동생을 받았다. 체온이 돌아오고 있었다. 여동생의 볼에 볼을 갖다 대고 비볐다. 마리나가 오빠의 얼굴을 향해 따스한 숨을 내쉬었다. 정말 살아 있다. 기렌과 아오토는 남매를 가만히 지켜보고 있었다. 아오토의 가족을 알고 있어서 다행이었다. 알지 못했다면 마리나는 그대로 목숨을 잃었을 것이다.

도모코가 아기 옷을 들고 왔다.

"젖은 옷을 갈아입혀야지. 이런 것밖에 없지만."

도모코가 내민 옷은 고풍스러운 디자인의 아기 옷이었다. 서양에서 입을 법한 하늘하늘한 레이스가 달린 드레스였다. 매끈한 천에 작은 새 그림이 새겨진 고급스러운 디자인이었지만 오랫동안 입지 않고 보관했는지 누렇게 변색된 상태였다.

도모코는 익숙하게 마리나의 젖은 옷을 벗기고 드레스를 입혔다.

"정말 귀엽네."

옷을 다 갈아입힌 뒤에는 아기를 꼭 안아 줬다.

"아오토. 와타루에게는 네 옷을 빌려줄래?"

야스오가 그렇게 말해 준 덕에 와타루도 젖은 옷을 갈아입었다. 그 와중에도 헬트는 와타루 옆을 떠나지 않았다.

헬트. 다시 살아난 개. 옷을 갈아입으며 와타루는 곰곰이 떠올렸다. 이개는 지금 이곳에서 살고 있다.

아오토와 함께 아래층에 내려갔다. 야스오와 도모코, 기렌이 거실에서 기다리고 있었다.

"마리나를 이곳에서 키워 주시면 안 될까요?"

와타루의 갑작스러운 제안에 어른 세 명이 눈을 휘둥그레 떴다.

"그곳에 데려가면 마리나는 또 죽을 거예요. 그러니."

여덟 살 어린아이가 떠올린, 여동생을 지키기 위한 최선의 방법이었다.

마리나가 어떤 과정을 거쳐 목숨을 잃게 됐는지 설명했다. 교단에서 태어난 마리나는 '신의 자녀'로 특별대우를 받았고 기이한 의식의 희생양이 되었다는 것도 이야기했다.

야스오와 도모코 부부는 얼굴을 마주 봤다. 아오토는 와타루를 응시했다. 아오토의 눈동자는 드넓고 푸른 호수를 연상케 했다.

"괜찮겠지."

기렌이 입을 열었다.

"되살아난 아이와 그러지 않은 아이는 어차피 언젠가 헤어져야 하니까. 너와 네 여동생도."

꼿꼿이 서 있는 아오토가 흠칫 놀라는 기색이 전해졌다.

"넌 앞으로 어떡할 거야?"

야스오의 질문에 와타루는 "전 괜찮아요. 집에 가야죠"라고 대답했다.

집. 그 시설이 집이라고 부를 곳은 아니지만 지금은 그저 마리나를 구한 것만으로도 만족스러웠다.

"감사합니다."

와타루는 마지막으로 마리나를 꼭 껴안았다. 마리나는 평온을 되찾았는지 꾸벅꾸벅 졸고 있다. 동생의 얼굴, 무게, 냄새. 그 모든 것을 기억하기 위해 오랫동안 마리나를 안고 있었다. 오른손 엄지 아래에 있는 저주스러운 흉터까지 머리에 새겼다.

마리나가 살아서 이곳에 맡겨진 게 교주와 어머니에게 알려지면 어떻게 될까. 거기까지는 생각이 미치지 못했지만 그런 일이 일어나면 그때 생각하기로 했다. 무슨 수를 써서라도 마리나를 위험으로부터 지켜 줄 거라 다짐했다.

와타루는 야스오와 함께 집을 나섰다. 마리나는 도모코의 품 안에서 쌔

근쌔근 잠들어 있었다. 동생의 숨소리를 끝까지 듣고 발걸음을 뗐다. 아오토가 슬픈 얼굴로 현관 앞에 서 있었다. 그때 아오토는 이미 알았을 것이다. 이것이 영원한 이별이 되리라는 것을. 그러나 와타루는 그렇게까지 깊이 생각하지 못했다. 다음에 이곳을 찾으면 아오토와 여동생을 만날 수 있을 거라고 믿었다.

집 안의 불빛을 등지고 선 가족은 검은 실루엣으로 와타루를 배웅했다. 마지막으로 돌아본 풍경은 지금도 뇌리에 선명히 남아 있다.

교단 건물이 슬슬 보이기 시작해서 야스오에게 이제는 가도 괜찮다고 했다.

"와타루. 마리나는 걱정하지 마. 잘 지내야 해."

그 말을 남기고 야스오도 떠났다.

그가 어둠 속으로 사라진 후 와타루는 교단 건물에 등을 돌렸다.

교단에 돌아가지 않고 밤새 거리를 배회했다. 와타루가 할 수 있는 유일한 저항이었다. 지금은 마리나가 안전한 곳에 있다는 안도감이 와타루를 그렇게 이끌었다. 밤늦게 돌아다니는 초등학생이 있다는 주민의 신고를 받고 경찰이 와타루를 파출소에 데려갔다. 경찰이 자초지종을 묻자 '시온의 빛'에서 일어난 일을 솔직히 털어놓았다. 미친 교주의 비상식적인 교리. 수상한 신앙에 근거한 의식 때문에 여동생이 살해당했다는 이야기. 시신이 아라카와강에 버려졌다는 이야기.

곧장 수사가 시작됐다. 교주 부부와 고야마는 실수로 마리나를 죽였다고 자백했다. 고야마의 진술로 아라카와강 하류 일대를 수색했지만 아기의 시신은 발견되지 않았다. 사람들은 시신이 바다로 떠내려갔을 것으로 추측했다.

그렇게 사이비 종교인 '시온의 빛'이 해체됐다. 당시에는 언론에 연일 관련 소식이 보도되며 화제가 됐다.

— 이제야 안심이 되네요. 어쩐지 희한한 곳이었어요. 처음부터 수상했죠. 실상을 알고 나니 더 겁나네요. 죄 없는 아기만 딱하지.

이웃 주민의 그런 인터뷰가 뉴스에 나오기도 했다.

와타루는 어머니인 에리코와 헤어졌다. 아동 상담소는 에리코의 양육 능력에 문제가 있다고 판단했다. 와타루 또한 어머니에게 돌아가기를 거부했다. 그렇게 아동 보호 시설에 맡겨졌다.

사실 마리나가 아오토의 할아버지인 기렌의 신비한 능력 덕에 되살아나 그들과 함께 살고 있다는 건 누구에게도 말하지 않았다. 그것만큼은 비밀로 해야 했다. 언젠가 어른이 되면 마리나를 다시 데려오겠다고 결심했다. 그전까지는 신기한 능력을 가진 일족의 이야기를 다른 사람에게 해서는 안 된다고 마음을 굳혔다.

마리나가 보고 싶었다. 임시 보호 시설에서는 학교에 다니지 못해 아오토에게 마리나의 안부를 물을 수도 없었다. 얼마 후 와타루는 정식 보호 시설에 들어가게 됐고 학교도 시설 근처로 전학을 갔다. 기타센주 초등학교에 미련은 없었지만 아오토를 만나고 싶었다.

"학교에 가서 친구들에게 작별 인사를 하고 싶어요."

담당 공무원에게 간절히 호소했다. 결국 시설 직원의 도움을 받아 기타센주 초등학교로 향했다. 교단에서 탈출한 지는 한 달이 지났다. 냉담한 선생님과 반 친구들의 반응은 개의치 않았지만 교실에 아오토의 모습이 보이지 않았다. 선생님은 "아오토도 전학 갔단다"라고만 알려 줬다.

시설 직원이 교장 선생님과 대화하는 틈을 타 와타루는 학교를 빠져나갔다. 그리고 급하게 뛰어 아오토의 집으로 향했다.

그곳에는 아무도 없었다. 집은 아오토의 가족이 들어와 살기 전 빈집으로 돌아가 있었다. 현관문도 잠겨 있었다.

"아오토!"

소용없다는 걸 알면서 외쳤다. 집 안은 고요했다. 현관 옆 창문으로 들여다보니 커튼 사이로 보이는 내부가 가구 하나 없이 휑뎅그렁했다. 얼마 전만 해도 깔끔하고 쾌적한 공간이었지만 지금은 사람이 산 흔적조차 보이지 않았다.

"마리나!"

그들과 함께 사라진 여동생의 이름을 불렀다. 물론 그들이라면 마리나를 소중하게 돌봐줄 거라고 믿어 의심치 않았지만 외로웠다.

마당 앞마당에는 여름 풀이 무성히 자라 있었다. 도모코가 오르가네트를 연주하던 곳이 어딘지도 이제는 분간이 안 됐다. 풀숲 너머에서는 기렌이 죽은 자를 되살릴 때 쓴 올리브 나무가 푸른 잎을 피우고 있었다. 그때 문득 나뭇가지가 움직였다. 유심히 보니 아라카와강 쪽에서 날아온 듯한 개개비 한 마리가 가지에 앉아 있었다. 새는 가지에서 몸을 뻗어 와타루를 봤다.

"아오토네 가족이 어디 갔는지 모르니?"

도모코와 친하게 지내던 새라면 그들의 행방을 알고 있을 것 같았다.

개개비는 "개개개, 개개개" 하고 탁한 소리를 내며 울었다. 와타루는 결

국 황량한 빈집을 뒤로했다. 그리고 이런 상황을 이해하는 자신을 알아차
렸다. 마리나를 맡겼던 날 밤 현관까지 배웅 나온 가족의 모습을 돌이켜보
니 징후가 있었음을 뒤늦게 깨달았다.

그 신비로운 일족이 갑작스럽게 출몰했다가 다시 갑작스럽게 자취를 감
추는 게 당연하게 느껴졌다. 아오토는 어딘가에서 또 학교에 다니고, 야스
오가 보석을 팔아서 가족을 부양한다. 도모코는 작은 새와 대화하고, 기렌
은 죽은 존재들에게 생명을 불어넣을 것이다.

그런 자들이 한곳에 계속 머물러 있을 리 없다.

집 문을 나설 때 또다시 개개비의 울음소리가 들렸다.

그날 이후 와타루는 아오토, 마리나를 만나지 못했다. 어머니와도 인연
을 끊었다.

와타루는 시설에서도 친구를 사귀지 못해 외롭게 지냈다. 가끔은 견디
기 힘들어 마리나만이라도 만나고 싶다고 간절히 바랐다. 그러나 동생이
살아 있다고는 누구에게도 말할 수 없었다. 말한다 해도 누가 믿어 줄까.
사이비 종교 집단에서 살해돼 몰래 버려진 아기가 되살아나 지금 어딘가
에 살고 있다는 걸.

'시온의 빛' 교주 부부와 고야마는 재판을 받아 형을 살았다. 마지막에
그들은 서로에게 죄를 덮어씌웠다고 한다. 교주는 애초에 교단을 설립해
서 돈을 벌자고 제안한 사람이 아내였다고 주장했다. 아내는 남편이 음흉
한 술수를 써서 아기를 죽였다고 했고, 고야마는 자신은 그런 두 사람의
지시에 따라 시신을 아라카와강에 버렸을 뿐이라고 잡아뗐다.

교단 시설에서 신도로 살던 하세베 에리코에게는 아이가 두 명 있었는데, 그중 태어난 지 반년 정도 된 아이가 사라진 것만은 사실이었다. 시신은 발견되지 않았지만 정황상 그들이 아기 살해에 가담했다고 법원은 판단했다. 하지만 그런 이야기는 와타루의 귀에 들어오지 않았고 아동 보호 시설을 나온 뒤 직접 찾아봐서 알게 됐다. 사건이 일어난 지 이미 10년이 흐른 뒤였다.

헤어진 어머니를 비롯해 그들의 이후 소식은 알지 못했고 알고 싶지도 않았다.

그러나 마리나만큼은 줄곧 마음에 담아 뒀다. 만날 수만 있으면 만나고 싶었다. 한때는 열심히 찾아다니기도 했다. 단서는 그 신비한 일족이었지만 아오토 일가의 행방은 묘연했다.

세상 어딘가에 여동생이 살아 있다. 그것만이 와타루를 지탱하는 버팀목이었다. 극심한 외로움 때문에 몸서리가 쳐질 때는 마리나의 얼굴을 떠올렸다. 여동생 사진 한 장 없는 와타루의 안타까운 습관이었다. 멀리 떨어진 여동생을 떠올리는 것만이 무미건조한 일상을 버티는 방책이었다. 그렇게 하루를 보내고 또 같은 내일을 맞이했다.

그러다가 마리나가 불쑥 눈앞에 나타났다. 와타루는 그날 일을 마치고 집에 가서 차분히 떠올렸다. 아무리 생각해도 그 여자는 마리나가 맞다. 물론 세상에 마리나를 닮은 사람은 몇몇 있을 것이다. 그러나 오른손에 있는 흉터까지 일치하는 사람은 없다.

물론 그쪽은 와타루를 보고 이름을 들어도 친오빠임을 모를 것이다. 헤어질 당시 마리나는 아직 생후 6개월이었기 때문이다. 와타루는 집 안을 빙빙 돌아다니며 어떡해야 좋을지 고민했다.

그 후 또다시 '포밸리 기획'에 도시락을 배달할 기회가 생겼다. 가오는 와타루를 생각해 도시락을 주문해 주는 듯했다. 그날은 사무실에 가오가 부재중이었고 도시락을 받으러 '나루세 씨'가 나왔다. 짧은 대화를 주고받는 동안 와타루는 여자의 모습을 유심히 관찰했다. 그리고 이 여자가 여동생이 맞다고 확신했다. 손에 있는 흉터는 어떻게 봐도 화상이었고, 가끔 잊고 지냈던 어머니의 그림자가 문득문득 느껴졌다.

그래도 와타루는 마리나에게 말을 걸지 못했다. 무엇을 어디서부터 어떻게 설명해야 좋을지 알 수 없었다. 그러지 않아도 말솜씨가 부족한지라 그 복잡하고도 특별한 사연을 오롯이 전달할 수 없을 것 같았고, 그걸 떠나 진지한 이야기를 하겠다며 그녀를 어딘가에 따로 불러낼 수도 없는 노릇이었다. '포밸리 기획'의 직원인 '나루세 씨'가 일개 도시락 배달원의 권유에 응할 리 없었다.

멍한 상태에서 일하다 보니 몇몇 실수를 저질렀다. 고등어구이를 까맣게 태웠고, 다른 주소지로 배달을 가기도 했다. 도시유키는 짜증을 부렸고 가끔 감정 섞어 화를 냈다. 주인아주머니는 퇴원을 했지만 2층에 틀어박혀 가게에 내려오지 않았다. 어머니의 좋지 않은 몸 상태와 가게의 매출 하락이 도시유키의 마음을 더 병들게 하는 듯 보였다. 나이 든 아르바이트생 아주머니들도 더는 두 사람의 일에 끼어들지 않았다. 히라누마 정육점은 편치 않은 장소가 됐지만 마리나에게 모든 정신이 쏠려 있는 와타루에게는 별문제가 되지 않았다.

일이 끝나면 자전거를 타고 시내를 쏘다니거나 집 안에서 가만히 생각에 잠기곤 했다.

TV를 켜면 중국에서 발생한 전염성 발열 질환 뉴스가 나왔다. 신장 위구르 자치구라는 오지에서 발생한 전염병이 자치구 안에 있는 쿠얼러, 투루판 등지로 퍼져 나간 듯했다. 그리고 얼마 후 중국 주요 도시에까지 확산됐다. 충칭, 시안, 상하이, 베이징에서 감염 사례가 확인됐고 사망자도 나왔다고 했다. 이에 중국 정부는 미지의 바이러스에 의한 전염병의 중국 내 확산을 마침내 공식 인정했다.

그리고 중국 보건 당국과 세계 보건 기구(WHO) 회원국은 이 바이러스가 지금까지 발견된 적 없는 새로운 종임을 확인했다. 즉, 누구도 면역이 없다는 뜻이었다.

WHO의 기자 회견도 방송됐다.

WHO 사무국장은 "이 바이러스는 동물에서 유래한 것으로 신장 위구르 자치구에서 극소수의 사람을 감염시킨 후 지난해 12월부터는 사람 간 감염이 계속되고 있다"라고 운을 떼고 "이 미지의 바이러스는 독감 바이러스보다 분명히 전염력이 강하다"라고 하며 중국 정부에 신속한 정보 공개와 확산 방지를 위한 노력을 요구했다.

와타루가 마리나 문제로 고민하는 동안 세상에는 새로운 사건이 잇달아 일어나고 있었다. 그러나 와타루에게는 여동생이 훨씬 중요했다.

고민 끝에 가오에게 전화를 걸었지만 몇 번을 걸어도 받지 않았다. 우울한 날이 계속됐다.

— 미안. 해외 출장을 다녀오느라.

가오에게서 전화가 온 건 그로부터 일주일 뒤였다.

— 네가 먼저 전화한 건 처음 같은데.

무슨 일이냐고 물어서 순간 말문이 막혔다. 그러나 혼자 고민하는 것도 이제는 한계였다.

"나루세 씨 말인데⋯⋯."

— 나루세? 우리 회사의?

식은땀이 흘렀지만 어떻게든 기운을 내서 이야기를 이어 갔다. 그녀에 대해 알고 싶다고 하자 가오는 "아, 그렇구나. 나루세 씨가 미인이긴 하지" 하고 수화기 너머에서 웃음을 터뜨렸다. 이런 오해를 살 줄은 예상했지만 굳이 가오에게 진실을 말할 필요는 없기에 바로잡지 않았다.

— 사실 나도 잘 몰라. '포밸리 기획'을 처음 세울 때 직원 채용은 다른 사람한테 맡겼거든. 머릿수만 채우면 되겠다 싶어서. 거래처의 신뢰를 얻기 위해 일단 회사 체제를 갖추는 게 목적이었어.

가오는 "어차피 내 지시 없이는 돌아가지 않는 회사니까"라고 덧붙였다. 유능하기는 해도 오만하고 독선적인 경영자의 면모가 엿보였다.

— 나루세는 오랫동안 외국에서 살다가 귀국했다고 들었어. 지금은 회사 근처 아파트에서 혼자 살고 있어. 즉, 독신이라는 말.

와타루는 잠자코 가오의 말에 귀를 기울였다.

"언제 한번 만날 수는 있을까?"

— 오.

가오는 유쾌한 것처럼 반응했다.

— 넌 여자에 관심이 없을 줄 알았는데.

뭐라고 대답해야 좋을지 알 수 없었다. 어쨌든 마리나를 만나서 이야기하고 싶다. 그녀가 내 동생이라는 확신이 필요했다. 다른 건 생각하지 않 았다.

— 나루세에게는 투자할 부동산을 사전 답사하는 일을 맡기고 있어. 조사 능력과 판단력이 제법 괜찮은 편이거든. 게다가 노력파지. 지금은 택지 건물 거래사 자격 취득을 목표하고 있다고 해. 회사에서도 다른 직원들과 어울리지 않는 편이라 네가 만나자고 해도 순순히 만나 줄지 모르겠네.

"아니, 난 그런 의도로 만나고 싶다는 게 아니라……"

— 그리고 나도 그런 쪽으로는 경험이 없고 관심도 없어서. 미안.

가오는 사과하고 전화를 끊었다. 당연한 결과라고 해도 과언이 아니다. 가오에게 의지하려 한 것이 실수였다.

앞으로 그곳에 도시락을 배달하러 간다 해도 마리나와 사적인 대화를 나눌 기회는 없을 것이다. 어떻게든 밖에서 만나야 했다. 그로부터 몇 시간 후 가오에게서 다시 전화가 걸려 왔다. 그는 회사 인사팀 서류를 보고 나루세의 이름이 아사코라는 걸 알게 됐다고 했다. 그러면서 주소를 알려 줬다.

— 내가 해 줄 수 있는 건 여기까지야. 나머지는 알아서 잘해 봐.

그 말을 끝으로 가오는 곧장 전화를 끊었다.

'포밸리 기획'의 퇴근 시간은 파악해 두고 있었다. **나루세 아사코**가 회사를 마치고 곧장 집에 갈지는 알 수 없지만, 와타루는 일찍 정육점에서 나와 그녀가 사는 아파트 앞에 가서 기다렸다. JR 시나노마치역에서 북쪽으로 조금 더 가면 나오는 작은 맨션 아파트였다. 깊숙한 골목길 끝에 사찰이 여러 곳 있고 서민적인 분위기가 물씬 풍기는 동네였다. 평소 신주쿠구에 거의 와 보지 못해서 속으로 '도쿄에 이런 곳이 있구나'라고 막연히 생각했다.

아파트 바로 앞에서 기다리다가는 다른 주민의 의심을 살 것 같아 정문이 보이는 곳으로 이동했지만 주민 같은 사람은 드나들지 않았다. 해가 길어지기는 했어도 어느새 해 질 녘의 어둠이 주변을 천천히 감싸고 있었다. 아파트 현관 로비에 뿌연 조명이 켜졌다. 그곳에서 샌 불빛이 앞에 있는 호랑가시나무를 비췄다.

그때 어떤 중년 여자가 현관 유리문을 밀고 들어갔다. 자동 잠금 장치가 없는 걸 보니 지은 지 오래된 아파트로 보인다. 마리나는 이런 곳에서 혼자 소박하게 살고 있는 걸까. 가오는 마리나가 외국에서 자랐다고 했는데 그 뒤로 어떻게 살아왔을까. 아오토의 가족과는 헤어졌을까. 마음이 점점 조급해졌지만 마리나를 만나면 가장 먼저 뭐라고 운을 떼야 할지 아직 알 수 없었다.

날이 완전히 저물자 기온도 내려갔다. 차들이 눈앞을 오갔지만 인도를 지나는 사람은 별로 없었다.

그때 JR 시나노마치역으로 향하는 길 끝에서 누군가 걸어오는 소리가 들렸다. 마침 주변에 차량 통행이 끊겼다. 어둠 속에서 낯익은 얼굴이 나타났다. 코트 깃을 세우고 목에 두른 회색 머플러에 턱을 파묻은 마리나가 보였다.

마리나는 어둠 속에 있는 와타루를 알아보지 못하고 아파트 현관문을 밀고 들어갔다. 와타루는 종종걸음으로 아파트에 다가갔다. 유리문 너머에서 우편함을 확인하는 마리나가 보였다.

"저기⋯⋯."

와타루의 목소리에 마리나는 화들짝 놀라 고개를 돌렸다. 순식간에 얼굴에 경계심이 퍼졌다.

"아, 그냥 지나가고 있었는데 우연히 나루세 씨가 보여서."

숨어 있었던 걸 들키지 않으려고, 그리고 가오가 개인 정보를 유출한 것을 감추기 위해 즉흥적으로 거짓말을 떠올렸다. 가오에게는 딱히 그런 배려가 필요 없을 것 같지만.

"아⋯⋯."

마리나는 애매모호하게 미소 지으면서도 경계를 늦추지 않았다. 그러더니 우편함에 꽂힌 전단을 하나둘 꺼냈다. 그런 행동으로 마음을 진정시키려는 것 같았다.

"잠깐 이야기 좀 나눌 수 있을까요?"

"아뇨. 지금은 곤란해요."

당연한 반응이었다. 마리나는 겁먹은 것처럼 엘리베이터를 곁눈질했다. 얼른 이곳을 떠나 안전한 장소로 도망치고 싶은 기색이 역력했다.

돌려 말할 여유가 없을 것 같았다.

"당신 말이야. 혹시 진짜 이름이 마리나 아니야?"

"네? 아니에요."

마리나는 딱 잘라서 부인했다. 목소리와 몸짓에서 와타루를 이미 수상한 사람으로 판단했다는 것이 전해졌다.

"제 이름은 나루세 아사코예요."

"내가 지금 이상한 소리를 하는 것 같지? 하지만 제발 들어줘. 넌 모를 수도 있겠지만 사실 넌 내 여동생이야."

마리나의 표정이 굳었다.

"가 주세요."

"믿어 줘. 사실이야. 우린 남매였지만 어떤 사정 때문에 그동안 떨어져 살아야 했어."

"말도 안 되는 소리 하지 마세요."

마리나는 와타루를 보며 두어 걸음 물러섰다.

"단다 아오토. 내 친구야. 그의 가족에게 널 맡겼어."

그러자 마리나의 눈빛이 아주 살짝 흔들리는 것 같았다.

"전 그런 사람 몰라요."

마리나가 또 한 걸음 뒤로 물러섰다.

"그들이 어딘가 먼 곳으로 널 데려가 잘 키워 줬을 거야."

"모른다고 했잖아요! 자꾸 이러면 경찰 부를 거예요!"

분노를 머금은 목소리가 인기척 없는 현관 로비에 울려 퍼졌다. 그래도 도망치지 않고 계속 말을 들어주는 것에 힘을 얻어 와타루는 이야기를 이어 갔다.

"계속 찾았어. 가오는 네가 외국에서 자랐다던데 그러니 지금껏 못 만났던 거겠지. 맞아. 아오토는 다른 나라에서 살아도 별문제 없이 잘 살았을 거야. 파란 눈을 가졌으니."

마리나는 입술을 덜덜 떨며 손에 든 전단을 꼭 쥐었다.

"무슨 말씀을 하시는지 모르겠어요. 전 계속 독일에서 살았어요."

독일. 또다시 아오토와 이어지는 기억이 되살아났다.

"헬트."

순간 그 이름이 튀어나왔다.

"아오토가 키우던 개 이름이야. 독일어로 '용사'라는 뜻이었어."

그 말을 듣고는 마리나도 눈에 띄게 당황하는 듯했다. 이 여자는 알고 있다. 헬트를. 보드라운 헬트의 털을 쓰다듬을 때의 감촉이 떠올랐다.

"그 손……."

와타루는 전단을 쥔 여자의 오른손을 가리켰다.

"그 손에 있는 상처도 낯익어. 그것도 네가 내 여동생이라는 증거야."

핏기가 가신 마리나는 힘은 없지만 명백한 혐오가 담긴 목소리로 말했다.

"이건 어렸을 때 제 실수로……. 울타리에서 튀어나온 못에 긁혀서 생긴 거예요."

"아니, 그럴 리 없어. 그건 화상 자국이야."

마리나가 숨을 들이마시는 소리가 들렸다.

"그곳에 불에 달군 부젓가락을 갖다 댔어. 네가 갓난아기였을 때."

그 순간 마리나는 재빨리 몸을 돌려 뛰기 시작했다. 엘리베이터를 기다리는 짧은 시간 동안에도 이곳에 머물고 싶지 않은지 계단을 뛰어오르는 소리가 들렸다.

와타루는 아파트 현관에 홀로 남았다.

2월에 접어들자 중국 정부는 해외 단체 여행을 금지했다. WHO도 '국제 공중 보건 비상사태'를 선포했으며 WHO 연구 센터에서는 유전자 분석

등을 통해 바이러스의 특성 연구와 진단 검사법, 백신 개발을 시작했다.

동시에 중국의 연구 기관은 바이러스의 기원이 확실하지 않지만 다람쥐를 닮은 설치류인 타르바간에게서 인간에 전염된 것으로 보인다는 추측을 발표했다.

타르바간은 마멋의 일종으로 다람쥐와 비슷하게 생겼지만 몸길이가 50센티미터나 되는 동물이다. 초원이나 평원 지대에 구멍을 파서 둥지를 지어 산다. 중국 서부 고원 지대에서는 예로부터 식용으로 쓰였으며 현재는 포획량이 급증한 나머지 개체 수가 많이 줄었다고 했다. TV 화면에 타르바간의 모습이 나왔는데 다람쥐라기보다 대형 쥐 같은 모습이었다.

"타르바간을 포획해 몸을 해체하거나 고기를 섭취할 때 바이러스가 사람에게 전염된 것으로 추정됩니다. 인수 공통 전염병의 특징입니다."

NHK 아나운서는 담담하게 뉴스 원고를 읽었다.

그러나 타르바간을 포획해서 식용으로 쓰는 건 오래된 관습으로 최근 들어 시작된 것은 아니었다. 이 설치류는 13세기부터 14세기에 걸쳐 해당 지역에 페스트가 창궐했을 때도 자연 숙주가 됐다고 했다.

아나운서는 학자들의 견해도 설명했다. 최근 지구 온난화로 톈산의 빙하가 녹아내리며 빙하 호수에서 물이 빠져나가는 일이 종종 발생하게 됐다. 이런 현상은 홍수로 이어져 주민과 가축의 희생을 초래했다.

"많은 학자들은 수천, 수만 년 전 탄생한 전염성 바이러스가 빙하와 영구 동토층에 잠들어 있었을 가능성을 지적하고 있습니다."

단정한 외모의 아나운서는 조금 심각해 보이는 얼굴로 말했다.

"지금까지는 유해 세균이나 바이러스가 대기에 방출되어 인체에 영향을 미치는 것으로 알려졌지만, 이번에 타르바간을 통해 확산됐다는 것은…….”

아나운서는 미국인과 영국인 학자의 이름을 거론했다. 그들의 견해는 초원에 흘러든 빙하수를 타르바간이 지금껏 마셔 온 게 아니냐는 것이었다. 잠들어 있던 바이러스가 생물의 몸에 들어가 되살아난 것이다.

바이러스는 스스로 생존하지 못해 다른 동식물의 세포를 점령해야 한다. 그러면 해당 생명체는 바이러스의 숙주가 된다. 숙주가 죽으면 바이러스도 죽음을 맞는다. 따라서 바이러스는 자기 보존과 번식을 위해 숙주에게 최대한 해를 입히지 않고 공생하는 삶의 전략을 택했다.

그렇게 숙주의 몸에 자리 잡은 바이러스는 오랜 시간 변이를 일으킨다. 혹은 다른 생명체의 몸으로 옮겨가 교잡 바이러스가 되기도 한다. 그 후 동식물의 세계에서만 전염되던 바이러스가 인간에게도 전파돼 인간에서 인간으로 전염을 반복하게 된다.

이번에 중국에서 발생한 바이러스성 전염병도 인간이 알지 못하는 사이 그런 과정을 거쳐 탄생했다. 타르바간이 매개인 바이러스인 관계로 ‘타르바간 바이러스’라고 불리게 됐다.

현재 신장 위구르 자치구 정부는 전 지역에 걸쳐 타르바간을 포획해서 퇴치 중이라고 했다.

그동안 대수롭지 않게 생각한 중국발 타르바간 바이러스 소식에 와타루가 귀 기울이기 시작한 것은 가오가 이 신종 전염병 바이러스를 이용해 돈을 벌려는 계획을 세우고 있다는 걸 알게 되고부터였다.

와타루는 롯폰기에 있는 가오의 집에서 그 이야기를 들었다. 가오는 최고급 입지에 세워진 타워 맨션에 살았다. ‘포밸리 기획’과 백팔십도 다른,

눈이 휘둥그레질 정도로 호화로운 집이었다.

"타르바간 바이러스는 돈이 될 거야."

가오가 이탈리아산 소파에 앉아 입을 열었다.

"어때. 네가 날 좀 도와줄래? 와타루."

와타루는 전혀 마음이 끌리지 않았다. 가오의 집에도 관심이 없었다. 가오의 집에 온 것은 오로지 마리나 때문이었다.

마리나가 사는 아파트에 갔던 다음 날 가오에게 전화가 걸려 왔다.

— 큰일이야. 나루세가 갑자기 회사를 그만두겠대.

"뭐?"

— 꼬시려면 제대로 꼬셨어야지.

와타루가 침묵하고 있자 가오는 말을 이었다.

— 나루세는 널 무서워하고 있어. 걔가 사는 아파트에 불쑥 들이닥쳤다며? 너 때문에 회사를 그만두고 싶대. 널 다시 만날까 봐 두렵다면서.

"그런 의도로 접근한 것도 아닌데……."

— 어쨌든 나루세는 지금 널 무서워하고 있어.

심정은 이해가 됐다. 아무것도 모르는 마리나의 눈에 와타루는 이해할 수 없는 말을 지껄이는 수상한 사람으로 보였을 것이다. 가오가 오해해도 어쩔 수 없다. 여동생을 만난다는 생각에 마음이 들떠 불쑥 찾아가 횡설수설한 게 후회스러웠지만 이제는 돌이킬 수 없었다.

— 그런데 뭐, 어떻게든 설득해 말리기는 했어. 나루세 같은 훌륭한 인재는 쉽게 구할 수 없으니까.

가오는 "대신 너희 가게에서는 앞으로 더 이상 도시락을 시킬 수 없게 됐어"라고 덧붙였다.

— 일단 나루세한테는 내가 너와 그렇게 가까운 사이가 아니니 신경 쓰지 말라고 했어. 앞으로는 따라다니지 말라고 따끔하게 한마디 하겠다고도 했고.

"그렇구나."

가오의 말은 틀릴 게 없었다. 와타루가 가오를 알게 된 것은 지극히 우연한 계기 때문이었다. 그때 가오가 지갑을 도둑맞는 걸 목격하지 않았다면 말을 주고받을 일도 없었을 것이다. 이후 펼쳐진 일도 대부분 가오의 충동 때문에 비롯된 것이었다. 잃어버린 자전거를 보상받았고 가구라자카에 있는 선술집에서 술과 음식을 얻어먹었다. 지갑 도둑을 쫓아다니다가 집에 하룻밤 묵게 해 준 대가로는 충분했다.

그러나 마리나를 찾은 이상 와타루는 가오와 '포밸리 기획'을 떠날 수 없게 됐다. 그래서 가오의 권유에 따라 그가 사는 아파트를 찾았다.

야경이 내려다보이는 넓은 거실에서 가오는 타르바간 바이러스로 어떻게 돈을 벌 수 있는지 설명했다.

이 바이러스는 전염력이 상당하다고 했다. 자칫 잘못하면 과거 대유행해 수많은 이들의 목숨을 앗아 간 콜레라나 스페인 독감에 버금가는 규모로 전 세계에 퍼져 사람들의 목숨을 위태롭게 할 수 있다고 했다.

"설마."

"아니, 사실이야. 그 바이러스는 정말 위험해. 안이하게 대처하다가는 큰일 날 거야."

의료인이나 학자도 아닌 주제에 어떻게 단언할 수 있을까. 와타루는 가오가 허세를 부린다고 생각했다. 그걸 떠나 지금 와타루의 관심은 오로지 마리나에게 쏠려 있었다.

"기존 치료법도 통하지 않아."

가오는 와타루의 마음을 아랑곳하지 않고 계속 떠들었다.

현재 타르바간 바이러스의 특징이 조금씩 밝혀지는 중이다. 감염 경로는 접촉과 비말 감염이 주를 이루는데 타르바간 바이러스의 무서운 점이 바로 거기에 있다고 했다. 비말은 공기 중을 떠돌아다닌다. 그리고 한번 감염돼 발병하면 눈 깜짝할 사이에 중증으로 발전하는데 그동안에도 감염자는 주변에 있는 사람들에게 바이러스를 계속 퍼뜨린다.

에볼라 출혈열 같은 것은 전염 경로가 오직 접촉뿐이라 감염된 사람이나 동물의 혈액, 체액에 닿지 않는 한 전염되지 않는다. 그에 비해 타르바간 바이러스는 재채기나 기침으로 공기에 퍼진 바이러스가 감염을 퍼뜨려서 더욱 까다롭다. 2차, 3차 감염이 발생해 감염 경로를 추적하는 데도 애를 먹고 있다고 했다.

가오는 SNS에 올라온 환자의 사진과 영상도 보여 줬다. 고열 때문에 눈빛이 기이하게 번뜩이는 사람, 통증을 견디지 못해 몸부림을 치는 사람, 미라처럼 뼈와 살갗만 남은 몸을 기이하게 비튼 채 누워 있는 사람, 시커멓게 변색된 시신까지 하나같이 보는 순간 눈을 돌리고 싶을 정도로 끔찍한 모습이었다.

거기에 아직 효과적인 치료제가 없는 탓에 대증 요법으로 경과를 지켜볼 수밖에 없는 상황이었다.

타르바간 바이러스 감염증은 치사율도 높았다. 아직 잠정적이기는 해도 증상이 나타난 환자의 절반 가까이가 사망에 이르는 것으로 보고되고 있다. 이는 강독성 에볼라 출혈열이 발생했을 때의 치사율 50퍼센트에서 90퍼센트에 육박한다. 운 좋게 회복되더라도 관절과 근육의 경화, 피부 변색은 회복되지 않는다. 시청각 능력에 이상이 생겼다는 보고도 있지만 아직 전염 초기라 자세한 연구 결과가 나오지 않았다. 의료진은 치료에만 쫓기는 게 현실이라고 했다.

어쨌든 아직 모르는 게 더 많다. 그런 미지의 바이러스를 확신에 차서 단언하는 가오의 말을 믿을 수 없었다.

"난 제약사와 연구 기관에도 투자하고 있어. 신약 개발에 탁월한 능력이 있는 곳에."

와타루를 보는 가오의 눈빛에서는 서늘한 불길이 이글거리는 듯했다. 이 자신감은 어디서 오는 걸까. 와타루는 순간 섬뜩함을 느껴 몸을 움츠렸다.

"만약 네 말대로 전 세계에 그 병이 퍼진다면 세상 모든 제약사가 혈안이 되어 치료제를 개발하지 않을까? 네가 투자한 곳이 얼마나 대단한 곳인지는 모르겠지만 승산이 그리 높지 않을 것 같은데."

와타루는 애써 침착하게 말했다. 가오의 이런 터무니없는 이야기를 진지하게 들을 사람은 얼마 없을 것이다. 하지만 가오는 와타루의 반박을 듣고 빙긋 웃었다.

"나한테는 비장의 카드가 있어. 이길 수밖에 없는 카드가."

그러더니 그는 소파 등받이에서 허리를 떼며 말했다.

"그러려면 네 도움이 필요해."

가오의 일에 더 이상 관여해서는 안 된다. 와타루의 본능이 그런 경종을 울렸다.

"솔직히 아직 잘 이해가 안 돼."

와타루는 들으라는 듯이 한숨을 내쉬었다.

"너무 뜬구름 잡는 이야기 같아서 말이야. 그리고 왜 하필 나지? 난 그냥 일개 반찬 가게 직원일 뿐인데."

가오는 소파에서 몸을 일으켰다.

"와타루. 넌 좀 더 과감해질 필요가 있어. 여자를 꼬실 때도, 돈을 벌 때도. 왜 그렇게 사람이 소심해?"

가오는 맞은편 소파에서 굳어 있는 와타루에게 다가와 와타루의 머리에 한 손을 얹고 머리카락을 살짝 헝클어뜨렸다.

"어리석은 인간이 망설이는 동안 행운은 달아나는 법이야."

왜일까. 문득 전에도 누군가가 이렇게 머리카락을 만진 것 같은 기분이었다. 아무리 기억을 되짚어도 가오처럼 특이한 사람과 알고 지낸 적은 없는 것 같지만.

그러나 기억은 때때로 지독한 거짓말을 했다.

4

완만한 삶은
완만한 죽음만큼
견디기 힘들다.

그날 이후 '포밸리 기획'에서는 더 이상 도시락 주문이 들어오지 않았다. 가오에게서도 연락이 끊겼다. 그 수상한 제안에 응하지 않아서 인연을 끊으려는 걸까. 그래도 상관은 없었다. 와타루는 다시 반찬 가게에서 일하는 일상으로 돌아갔다.

물론 가오와 인연이 끊긴다고 해도 마리나는 포기할 수 없었다. 퇴근 후 '포밸리 기획'에 가서 마리나를 감시했다. 마리나는 일을 마치면 대부분 곧장 혼자 사는 아파트에 돌아갔다. 가끔 서점에서 책을 사서 카페에서 읽기도 했다.

마리나에게 친한 친구나 사귀는 사람은 없는 듯했다. 와타루는 그런 삶이 자신과 닮았다고 느꼈다. 마음을 죽인 채로 하루를 보내며 감정에 휩쓸리거나 고독을 괴로워하지 않고 그저 흘러가는 대로 시간에 몸을 맡기는 삶. 다가가서 말을 걸고 싶었지만 상대해 줄 것 같지 않았다. 그걸 떠나 자신이 쫓아다닌다는 것을 알게 되면 더 경계할 게 뻔했다.

마리나를 감시하는 게 다른 사람의 눈에 띄어 신고를 당할까 봐 겁이 나기도 했지만 거리를 오가는 이들은 대부분 남의 일에 무관심했다.

그러는 동안에도 타르바간 바이러스는 전 세계로 퍼져 가고 있었다. 중국 정부가 해외 단체 여행을 금지하기는 했어도 개인 여행은 자유로웠다. 마침 춘절이라는 대형 연휴가 시작돼서 수억 명의 사람이 해외로 떠났다.

처음에는 주로 그런 중국인 여행자들 사이에서 발병 사례가 생겼다. 감염은 특히 남반구에서 두드러지게 확산됐다. 따뜻한 지역에서 바이러스가 활성화된다는 것은 지금까지의 상식을 뒤엎는 일이었다. 호주와 뉴질랜드에서 환자가 폭발적으로 증가하는 것으로 알려졌고 유럽과 미국, 동남아시아 등에서도 산발적으로 감염자가 나왔다.

일본에서도 중국인 관광객의 발병을 계기로 몇 명의 환자가 나왔다. 또 일본에 거주하던 중국인이 춘절을 맞아 고향에 다녀와서 주변을 전염시킨 사례도 있었다. 그럴 때마다 후생 노동성은 분주히 방역에 나섰다. 정부는 환자들을 즉시 격리 조치했다고 알리며 침착하게 일상생활을 하라고 국민들에게 당부했다. 그러나 얼마 지나지 않아 환자를 진료한 의료 기관 직원의 감염이 확인됐다. 알려진 대로 전염력이 상당한 것으로 보였다.

결국 일본 정부는 중국과의 왕래를 금지했다. 2월 말 타르바간 바이러스는 거의 전 세계로 퍼졌다. 일본은 다른 국가와 비교하면 환자가 많지 않았지만 위생 관념이 발달한 만큼 모두 신경을 곤두세우는 듯했다.

그러나 시정에는 아직 긴장감이 없었고 와타루의 생활도 평소와 별반 다르지 않았다. 히라누마 정육점에서 일을 마치면 매일 마리나를 찾아가고 싶었지만 그러지는 못했다. 회사 주변을 어슬렁거리다 눈치 빠른 가오에게 들킬 수도 있었다. '포밸리 기획'은 주말에 일을 쉬었고 히라누마 정육점도 일요일이 휴무라 주로 일요일에 마리나가 사는 아파트에 갔지만 마리나는 일요일에는 거의 온종일 집에서 나오지 않았다.

그러던 어느 날 마리나가 평소와 다르게 요쓰야에서 JR 전철을 탔다. 와타루는 서둘러 같은 전철에 올라탔다. 어쩌면 어느 지점에서 말을 걸 기회가 있을지도 모른다며 기대했다. 마리나는 나카노역에서 내렸고 와타루는 조금 거리를 두고 그녀를 뒤따라갔다. 마리나는 역에서 서쪽으로 걷다가 간선 도로에서 옆길로 접어들었다. 구불구불한 좁은 골목길이었다. 주택가 안에서 이상할 정도로 길이 꺾이는 걸 보면 전에는 좁은 강이었을지 모른다.

인적이 드물어서 마리나가 뒤를 돌아보면 금세 들킬 것 같았다. 그래도 마리나는 한 번도 돌아보지 않고 거침없이 앞으로 나아갔다. 목적지가 따로 있는 듯 보였다. 길 양옆으로 코인 세탁소와 작은 어린이 공원 등이 보였다. 밝게 칠해진 주차 블록이 눈앞을 가로막기도 했다.

차가 들어올 수 없을 정도로 좁은 골목길 앞에 연립형 목조 주택이 있었다. 상당히 오래된 건물처럼 보였다. 판자벽이 휘어진 건물에 네 개의 미닫이문이 줄지어 있고 각 현관문 앞에는 자전거와 실버카가 보였다. 어느 집 앞에는 형형색색의 꽃이 심긴 화분이 있고 물조리개로 물을 주는 사람이 보였다.

눈앞에서 등을 돌린 사람은 나이 든 여자로 보였다. 그녀의 뒷모습을 향해 마리나가 말을 걸었다.

"엄마."

그 말을 듣고 와타루는 순식간에 몸이 굳어 버렸다. 숨 쉬는 것도 잊은 채 그 자리에 멈춰 섰다. 고개를 돌린 여자는 마리나의 얼굴을 보고 환하게 미소 지었다. 그 후 뒤에 서 있는 와타루를 보자마자 미소가 다시 썰물처럼 사라졌다. 마리나는 여자의 시선을 따라 고개를 돌렸다가 와타루를 알아보고 얼굴에서 핏기가 가셨다.

나이 든 여자는 에리코였다. 머리에 흰머리가 섞였고 야윈 탓에 키가 한 뼘은 더 작아진 듯 보이지만, 그곳에 서 있는 사람은 틀림없이 예전에 자식을 내다 버린 어리석은 어머니였다.

에리코가 들고 있는 물조리개에서 물이 줄줄 흘러내렸다.

"와타루······."

목소리가 들리지 않지만 입 모양으로 알 수 있었다.

에리코는 물조리개를 바닥에 던지더니 황급히 미닫이문을 열고 집 안에 들어갔다. 마리나가 화난 것처럼 와타루에게 다가왔다.

"여기서 잠깐 기다리세요. 금방 다시 돌아올 테니."

그 말을 남기고 마리나는 어머니를 따라 집에 들어갔다. 그리고 얼마 후 집에서 나와 반대쪽 골목길을 걷기 시작했다. 와타루가 상황을 파악하지 못하고 멍하니 서 있자 마리나는 고개를 돌려 눈짓으로 따라오라고 지시했다. 와타루는 주뼛거리며 여동생을 따라갔다. 마리나는 주저 없이 좁은 골목길을 빠져나갔다. 평소에도 자주 찾는 듯했다. 어머니를. 와타루는 가슴이 두근거렸다.

마리나는 나루세 아사코라는 가명으로 살고 있지만 자신의 진짜 이름을 알고 있다. 어머니도 만나고 있다. 그런데도 와타루가 내가 네 오빠라고 해도 인정하지 않았다. 그런 여동생의 속내를 알 수 없고 동시에 화도 났다. 어머니가 자신에게 어떤 짓을 했는지도 모르고 마리나가 어머니를 만나고 있다는 사실에. 그리고 뻔뻔하게도 에리코도 딸을 만나고 있었다는 사실에.

세상 어딘가에 여동생이 살아 있을 거라는 작은 희망 하나가 지금껏 자신을 지탱해 줬다. 그러나 또 하나의 버팀목도 있었다. 어머니, 즉 에리코를 향한 증오다. 두 개의 상반된 감정 사이에서 흔들리기 싫어서 지금껏 억지로 감정을 억누른 채 살아왔다. 특히 에리코를 떠올리지 않으려고 노력했다. 평온한 일상을 위해서는 그렇게 해야 했다. 와타루가 오랜 시간 터득해 온 서글픈 삶의 기술이었다.

그러나 마리나를 찾자마자 공교롭게 어머니도 만나고 말았다. 지금껏 억누르며 살아온 추한 감정이 가슴에서 고개를 드는 게 느껴졌다.

비교적 넓은 도로로 나갔다. 그곳에는 아담한 카페가 있었다.

마리나는 유리문을 밀고 카페에 들어가 가장 안쪽 테이블 자리에 앉았다. 와타루도 어쩔 수 없이 맞은편에 앉았다. 손님은 카운터석에 자리를 차지한 노인 한 명뿐이었다. 손님과 비슷한 연배의 부부가 운영하는 카페인지 주문을 받으러 온 사람도 70대쯤 돼 보이는 여자였다. 와타루와 마리나는 뜨거운 커피를 주문했다. 여자가 사라지자 마리나는 와타루를 향해 고개를 숙였다.

"미안. 사실 엄마한테 와타루라는 이름의 오빠가 있다고는 들었어."

'오빠'라는 단어에 담긴 낯선 기운에 와타루는 전율했다. 그에 반해 '엄마'에는 친근감이 담겨 있는 것 같았다.

"하지만 지난번에 아파트에서 말을 걸었을 때는 당신이 어디 살고 어떻게 생겼는지도 몰랐어. 정말이야."

이번에는 '당신'이다. 마리나가 갓난아기였을 때 말을 할 수 있게 되면 나를 어떻게 부를지 상상하던 시절이 떠올랐다. 문득 감정이 북받쳐 올랐다.

"엄마를 계속 만나고 있었구나."

와타루는 그 여자에게 '엄마'라는 단어를 입에 올린 자신에게 실망했다.

"만나고 싶었으니까. 날 낳아 준 진짜 엄마를."

마리나는 섬세한 소녀 시절로 돌아간 것처럼 말했다.

"당신이 내가 사는 곳에 와서 나더러 여동생이라고 했을 때는 당황스러웠어. 설마 그런 식으로 만나게 될 줄은 꿈에도 몰랐거든. 그래서 곧장 엄마에게 가서 확인한 거야. 엄마는 오래된 사진을 꺼내서 나한테 보여 줬어. 당신이 초등학생이었을 때의 사진. 그걸 보고 당신 말이 사실인 걸 알게 됐어. 얼굴이 그대로더라. 그리고 당신은 날 마리나라고 불렀어. 그 이름을 아는 사람은 오빠인 당신밖에 없겠지."

와타루는 무릎 위에서 주먹을 꾹 쥐었다. 나에게는 어릴 적 사진이 단 한 장도 없다. 있는 것이라고는 아동 보호 시설에 입소한 이후 사진뿐이다.

어머니는 몇 장밖에 없을 내 아이의 사진을 지금껏 소중히 간직해 온 걸까. 마리나의 사진도 있을까. 있다면 아마 '시온의 빛'에서 찍은 사진일 것이다. 그 저주스러운 곳에서.

커피가 나왔다. 와타루는 마음을 진정시키려고 향긋하고 따뜻한 커피를 입에 넣었다.

수증기 너머에서 똑같이 입에 잔을 갖다 대는 여동생을 봤다. 이 아이는 어디까지 알고 있을까. 불분명한 게 너무나 많았다.

"물론 엄마한테도 당신 이야기를 했어. 하지만 엄마는 이제 와서 와타루를 만날 수 없고, 정말 만난다면 어떤 얼굴로 만나야 할지 모르겠다며 울음을 터뜨리더라."

당연한 반응이다. 누군가에게 의지하지 않으면 살아갈 수 없을 정도로 생활력이 전무한 여자였다. 그리고 의지한 곳이 하필이면 수상한 사이비 종교였다. '시온의 빛'에 있었다는 이유로 와타루는 학교에서 심각한 괴롭힘을 당했다. 그리고 마리나는 살해되어 강물에 버려졌다. 그곳에만 가지 않았어도 세 식구가 오순도순 살 수도 있었을 것이다.

모든 게 어머니의 실수였다. 와타루는 성장하며 더더욱 어머니를 용서할 수 없게 됐다. 아동 보호 시설에 있는 동안 어머니에게 들어오는 모든 권유와 제안을 거부했다. 아들에게 미움받고 있다는 게 충분히 전해졌을 것이다.

그런데도 마리나는 친어머니를 찾아 그녀와 함께하고 있다. 혈연 따위, 의미도 없는데. 이 아이는 어렸을 때 자신이 당한 그 끔찍한 행위, 그리고 그것을 묵묵히 받아들인 어머니를 알지 못한다. 딱하고 애처로웠다.

죽었어야 할 딸이 다시 눈앞에 나타났을 때 에리코는 어떤 생각을 했을까. 두려움에 떨며 후회에 사로잡혔을까. 아니면 깊게 생각하지 않고 기뻐했을까. 강물에 빠져 죽기 일보 직전이었던 아이를 우연히 누군가가 발견해 살려 줬다는 식으로 자신에게 유리하게 해석했을까. 마리나가 살아 있는 이유를 진정으로 아는 사람은 와타루와 아오토의 가족뿐이었다.

그러나 그런 건 이제 중요하지 않았다.

"대체 왜 다른 사람인 척하며 사는 거야?"

와타루는 오래전 봄날 밤에 헤어진 여동생의 모든 것을 알고 싶었다.

"이 세상에 하세베 마리나라는 사람은 없으니까. 난 죽은 것으로 돼 있어."

"왜 그렇게 됐는지 엄마한테 물어본 적은 있어?"

와타루는 분노가 담긴 목소리로 물었다.

마리나는 고개를 흔들었다. 둥글게 말린 머리카락이 마리나의 얼굴 주변에서 흔들렸다. 그 머리카락을 쓰다듬던 촉감을 와타루는 여전히 기억하고 있었다.

"아니. 알베르토에게 물어봤어."

"알베르토?"

"일본에서는 아오토라는 이름을 썼대."

순간 들고 있던 커피잔을 떨어뜨릴 뻔했다.

"아오토?"

목구멍 안쪽에서 쉰 목소리가 나왔다. 마리나는 역시 아오토의 가족과 계속 함께 살았던 것이다.

"걔가 그랬어. 가혹한 환경에서 자라던 날 당신이 구해서 우리 가족에게 맡겼다고. 일본에서 난 이미 죽은 것으로 돼 있다고. 그러니 다른 사람으로 살아가야 한다고."

"그럼 독일에서 계속 아오토의 가족과 함께 산 거야?"

그러자 마리나는 고개를 흔들었다.

"아니. 그들과 살다가 여섯 살이 됐을 때 독일에 영주하는 일본인 부부에게 입양됐어. 정말 좋은 분들이었어. 내 새 이름도 그분들이 지어 주셨고."

그제야 마리나는 힘없이 미소 지었다. 두 뺨에 보조개가 선명하게 잡혔다.

그때도 나이가 많았던 부부여서 현재는 두 분 다 세상을 떠났다고 했다.

"그리고 열아홉 살 때부터 독일에서 혼자 살았어. 한동안 그곳에 있었지. 외롭지는 않았어. 가끔 알베르토의 가족들을 만났으니까."

"기렌은? 아오토에게는 할아버지가 있었는데."

22년 전에도 그는 몹시 나이 들어 보였다. 지금도 살아 있을 리 없다.

"기렌? 응. 그분도 날 정말 예뻐해 주셨어."

마리나는 커피잔을 천천히 받침에 내려놨다. 흙을 반죽해 만든 듯한 단단하고 따스한 느낌의 잔이다. 그런데도 마리나의 손이 떨려서인지 받침대에 커피가 조금 흘렀다.

마리나는 잔을 옆으로 밀었다. 그러고는 테이블 위에서 허리를 숙였다.

"알베르토…… 아니, 아오토를 만나고 싶어?"

마리나는 수수께끼 같은 미소를 지어 보였다. 와타루는 마리나의 두 뺨에 잡힌 보조개를 빤히 응시했다. 내 여동생이 분명하다는 증거다. 그리고 여섯 살까지 그들과 함께 살았다면 마리나는 그들의 특별한 능력도 알고 있을 가능성이 크다.

"오빠."

마리나는 그렇게 입을 떼더니 순간 자기 말에 놀란 듯했다.

"오빠라고 불러도 돼?"

"아, 응."

조금 전만 해도 그 단어에서 위화감을 느꼈는데 지금은 가슴이 뜨거워졌다. 마리나의 페이스에 완전히 휘말리고 있다. 마리나는 이제 아주 중요한 말을 꺼낼 것이다. 그런 예감이 들어서 떨렸다.

"아오토는 말이지. 아직 여덟 살 그대로야. 그 사람들은 늙지 않아. 왜냐하면……."

온몸의 털이 주뼛 섰다.

"그들은 우리와 다르거든. 완전히 다른 종족이야. 그들은…… 마족이야."

주변에서 소리가 사라졌다.

뒷이야기는 마리나의 집에서 듣기로 했다.

카페 안이 붐비기도 했고 마리나는 무엇보다 놀란 어머니가 걱정된다고 했다. 와타루도 혼란스러워서 마음을 가라앉힐 시간이 필요했다. 마리나의 집에 갈 약속을 잡았지만 그날이 정말 기다려지는지 두려운지는 분간할 수 없었다.

와타루는 갈 곳을 잃은 사람처럼 자전거를 타고 거리를 돌아다녔다. 머리를 비우기 가장 좋은 방법이었다.

그러다가 느닷없이 가오에게서 연락이 왔다.

— 혹시 마음이 바뀌었나?

무슨 말인지 알 수 없었다. 잠시 기억을 되짚어 투자 이야기라는 걸 깨달았다. 타르바간 바이러스 감염증 치료약을 만든다는 연구 기관이 떠올랐다. 가오는 연구소의 이름을 댔다.

— 이미 연구에 착수했어.

이해되지 않았다. 날씨가 따뜻해지자 유럽과 북미 지역에서 타르바간 바이러스에 감염된 환자가 늘어났다. 감염자 수도 가파르게 증가하고 있다. 모든 국가는 발병 초기 효과적인 방역 조치를 하지 않은 중국 정부를 비난했다. 제법 공격적인 메시지를 내며 몰아붙인 정부도 있었다. 감염자들에게 나타나는 심각한 증상과 치사율을 보면 그럴 수밖에 없을 것이다.

WHO는 6단계로 나눈 유행 단계 중 타르바간 바이러스의 감염 현황을 5단계로 지정했다. 5단계는 팬데믹 이전 단계 중 가장 높은 단계에 해당했다.

— 우리에게 행운이 찾아온 거야.

와타루는 가오가 말하는 '우리'에 자신은 포함되지 않기를 바랐다. 이 자유분방하고 대범한 남자의 성향을 어렴풋하게나마 알 것 같았다. 지금까지 가오에게 휘둘려 온 사람이 나 말고도 많을 것이다. 그 안에 들고 싶지 않았다.

"내가 말했잖아. 널 도울 수는 없다고. 애초에 나한테는 그런 능력도 없어."

— 너만 깨닫지 못할 뿐이지. 내 계획에는 네 도움이 필요해.

"미안하지만 힘들 것 같아."

더 적절한 거절 방법이 떠오르지 않아 곤혹스러웠다.

— 이봐, 와타루.

가오는 목소리에 힘을 넣었다.

— 잘 생각해 봐. 지금 온 세상이 미지의 바이러스 때문에 애를 먹고 있어. 남반구에 국한되지 않고 유럽과 미국도 비참한 상황이야. 이미 감염자

가 수천 명이나 나왔다고. 사망자도 폭발적으로 늘어나 이대로 가다가는 조만간 의료 기관이 궁지에 몰릴 거야. 이럴 때 치료제 개발로 연결될 단서를 하나라도 찾으면 어떻게 될 것 같아?

물론 거액을 벌 수 있겠지만 굳이 입 밖에 꺼내지 않았다. 가오는 왜 이토록 나를 끈질기게 설득하는 걸까. 문득 그게 더 궁금했다. 와타루는 마른 입술에 침을 묻혔다. 가오는 더 기세가 오른 듯이 말했다.

— 이대로 가만있다가는 장의사들 좋은 일만 시킬걸.

그 말은 역시나 귀에 거슬렸다. 그래서 무심코 생각도 못 한 말이 입에서 튀어나왔다.

"그래. 치료제를 개발할 수 있다면 좋은 일이겠지. 넌 투자를 통해서 전 인류를 구한 셈이 될 테고. 그런데 그걸로 충분하지 않아? 돈을 버는 건 그다음 일이잖아. 실제로는 너도 그렇게 생각하지?"

그렇게 물으며 문득 '이 사람에게는 가족이나 소중한 사람이 없는 걸까' 하는 의문이 들었다.

— 흥.

와타루의 말을 들은 가오는 코웃음을 쳤다.

— 전 인류를 구한다고?

스마트폰을 귀에 대고 있을 가오의 표정이 눈에 선했다. 분명 한쪽 입가를 일그러뜨리며 으스스하게 웃고 있을 것이다.

— 엿이나 먹으라고 해.

그러더니 낮은 목소리로 속삭였다.

— 내 목적은 오로지 돈이야. 돈보다 더 확실한 건 없어.

"돈을……."

와타루는 발끈해서 받아쳤다.

"돈을 그렇게 많이 벌어서 대체 어디에 쓸 건데? 그래. 만약 네 계획이 정말 성공한다면 너에게 엄청난 돈이 쏟아져 들어오겠지. 그걸로 뭘 할 거야? 혼자 다 쓸 수도 없을 텐데."

가오가 사는 곳은 그와 어울리는 차갑고 건조한 느낌의 집이었다. 와타루는 그 공간을 떠올리며 말을 이어 갔다.

"가족을 만들 거야? 아니면 소중한 사람을 행복하게 해 줄 거야?"

그러자 수화기 너머에서 실소하는 소리가 들렸다.

— 와타루. 인간에게 기대하지 마. 인간은 언젠가 반드시 뒤통수를 치게 돼 있어.

가슴이 철렁했다. 그 말이 맞다. 나도 누구보다 그걸 잘 알고 있다.

— 하지만 돈은 배신하지 않지.

가오는 꼭 와타루의 마음을 읽은 것처럼 말했다.

— 돈으로 딱히 뭘 하겠다는 계획 따위 세우지 않아도 돼. 그것도 장점 중 하나지. 소유하는 데 의미가 있는 거야. 안 그래?

마치 세상만사에 달관한 자의 말투였다.

— 전에도 내가 말했지? 애정이니 신뢰니 유대감 같은 것에 얽매이지 말라고. 형체를 갖추지 못한 것들은 없는 거나 마찬가지야. 그렇게 생각하면 이보다 편할 수 없지. 자유롭고 편하게 강해질 수 있어. 너도 얼른 그 경지에 도달해야 해.

머릿속이 징징 울렸다. 수십 년 만에 만난 어머니가 떠올랐다. 나는 가오처럼 할 수 없으니 고통받고 있다. 그런 사람에게 지금껏 얽매여 있다니, 이보다 바보 같을 수 있을까.

"내가 뭘 할 수 있는데?"

자기도 모르게 묻고 말았다. 가오는 역시 다른 사람을 끌어당기는 천부적인 소질이 있었다.

— 좋아! 와타루.

혀를 날름거리는 짐승이 떠올랐다. 가오는 다음에 다시 연락하겠다며 전화를 끊었고, 와타루는 한참 동안 스마트폰을 그대로 쥐고 있었다.

마음이 여전히 뒤숭숭한 상태에서 마리나의 집을 찾았다.

전에는 매정하게 오빠를 쫓아냈지만 이번에는 5층에 있는 자기 집에 순순히 들여보내 줬다. 깔끔하게 정돈된 곳이었지만 여자가 사는 집치고 가재도구나 물건 같은 게 너무 적은 느낌도 들었다. 물론 보통 여자들의 집이 어떤지는 알지 못했다.

"엄마는 지금도 계속 힘들어해."

마리나는 코코아가 담긴 머그잔을 내밀며 말했다. 그런 몸짓 하나에도 마음이 움직였다. 이렇게 성인이 된 여동생과 다시 마주하게 될 줄은 몰랐다. 나의 가족 이야기에 뒷이야기가 있을 줄은 상상도 못 했다.

"어디까지 들었어?"

와타루는 최대한 감정을 죽이고 물었다.

"뭘?"

순수하게 되묻는 여동생의 속내를 가늠할 수 없었다. 코코아의 단맛이

혀에 퍼졌다.

"우리가 떨어져 살게 된 이유에 대해, 엄마는……."

마리나는 하늘색 물방울무늬가 그려진 잔을 입에 가져갔다.

"엄마는 아빠가 바람을 피워서 집에서 쫓겨났잖아. 그러다가 어떤 종교 시설에 의지하게 됐고, 만약 그곳에 가지 못했다면 길에서 객사했을 거라고 했어."

"제대로 된 곳이 아니었어."

"그래? 난 기억이 없어서."

와타루는 머그잔의 손잡이를 꾹 쥐었다.

"하지만 오빠가 그렇게 말한다면 그게 맞겠지. 오빠는 그곳에서 날 데리고 나와서 알베르토의 가족에게 맡겨 줬으니까."

"그 후 엄마는 아동 학대에 가담한 게 됐고 난 아동 보호 시설에 입소했어."

최대한 감정을 억누른다고 믿었지만 말끝이 떨렸다. 와타루는 코코아를 한 모금 더 마셔서 마음을 가라앉혔다.

"아무튼 그래서, 아오토네 가족은 어디로 갔어?"

"내가 철이 들 무렵에는 독일에 있었어. 독일의 여러 도시를 옮겨 다니며 살았어."

"그들은 왜……."

"오빠도 알지 않아? 그들과 친하게 지냈으니까. 그야말로 드문 일이야. 마족은 어디에 살든 주변 사람들과 깊이 교류하지 않거든. 전에 내가 왜 그러냐고 한번 물은 적이 있는데, 친하게 지내다 보면 자신들이 나이를 먹지 않는 게 밝혀질 수 있기 때문이라고 했어. 그래서 어느 한곳에 머물러 있지도 못해. 영원히 떠돌아다니며 살아야 하는 종족인 거야."

어린 시절 와타루에게는 뭔가 신비한 힘을 가진 가족이라는 인식 정도밖에 없었다. 어린아이의 지식으론 그게 한계였다. 다만 그들의 능력을 비밀로 해야 한다는 건 본능적으로 알고 있었다.

"그런데도 알베르토 아니, 아오토는 오빠에게만 마음을 연 거야. 그러지 않았다면 그들이 인간의 아이를 떠맡는 그런 위험한 짓을 할 리도 없었을 테니까."

먹을 게 없을 때 숲속에서 호두를 찾아다녔다는 아오토의 말이 떠올랐다. 어느 시절의 이야기일까. 아오토의 가족은 전쟁이나 기근 때도 살아남았을까. 그들이 영원한 생명을 가진 종족이라는 이야기를 듣고서야 비로소 이해가 됐다.

"내가 여섯 살이었을 때도 아오토는 여덟 살이었어. 그리고 점차 성장하면서 아는 게 많아지자 프랭크는 날 놓아 줘야겠다고 결심했을 거야. 더 이상 우리와 함께할 수 없다는 말을 들었을 때 얼마나 슬펐는지 몰라."

프랭크는 아마 야스오를 지칭할 것이다. 그는 신원이 확실한 일본인 부부를 찾아서 마리나를 맡겼다. 그리고 일가족과 함께 다시 자취를 감췄다.

"바로 그게 프랭크의 능력이었어. 어딘가 슬그머니 들어가 자리를 잡은 후 의심받지 않을 환경을 조성하는 것. 호적을 취득하고 굶어 죽지 않을 정도로 동료들을 먹여 살리는 것."

"동료?"

마리나는 고개를 숙여 미소 지었다. 긴 속눈썹에 코코아의 김이 닿았다.

마리나는 눈을 위로 뜨고 오빠를 봤다.

"그래. 동료. 그들은 가족이 아니야. 그저 이능력을 가진 사람들이 한곳에 모였을 뿐. 스스로를 지키기 위해."

그래서 닮지 않았던 걸까. 이제야 모든 앞뒤가 맞아떨어졌다.

아오토의 푸른 눈동자는 누군가에게 물려받은 게 아니었다. 물려받을 수 없었다. 야스오는 중동 사람처럼 인상이 짙었고, 도모코는 새하얀 피부에 칠흑같이 검은 머리카락을 가진 동양 미인이었다. 기렌은 너무 나이가 들어서 구분할 수 없었지만 분홍빛이 도는 피부에 솜털이 빛났고 체격이 좋고 손가락도 굵었다. 굳이 꼽자면 러시아인 농부 같은 느낌이었다.

집 안에서는 기렌을 모두 존칭 없이 그대로 '기렌'이라 불렀다. 당시는 그들이 가족이라고 믿었기에 이상했다.

와타루는 자신이 그들을 알고 지내던 당시에는 프랭크의 이름이 야스오였다고 마리나에게 알려 줬다. 도모코와 기렌에 대해서도. 마리나는 그 이름을 한 번 더 읊었다.

"기렌은 어디를 가도 기렌이야. 이제는 이름을 바꾸기 귀찮다더라."

마리나는 웃음을 터뜨렸다. 선명하게 잡히는 두 개의 보조개에 시선을 빼앗겼다. 예나 지금이나 변함없이 같은 곳에 나타나는 기적의 각인.

마리나가 일본인 부부에게 입양된 뒤에도 아주 가끔 아오토가 부부를 찾아와 마리나의 안부를 묻곤 했다. 더 이상 마리나를 만나려 하지 않아서 말을 주고받지는 못했다.

"언제나 멀리서 날 지켜보는 남자애가 있었어. 그 애가 알베르토라는 건 알았어. 하지만 내가 다가가려고 하면 금세 다시 어디론가 사라져 버렸어."

그것이 바로 아오토의 능력이다. 짧은 거리를 순간 이동하는 능력. 그 능력을 구사해 기쿠치 일당에게서 도망치던 시절이 떠올랐다. 기타센주에는 좋은 추억이 없지만 아오토의 가족만은 그리웠다.

"그들은 늘 그렇게 세상 어딘가에서 그곳에 걸맞은 얼굴로 살아가는 거야. 하지만 그들도 그저 나이 드는 속도만 무서울 만큼 느릴 뿐이지 불멸의 존재는 아니라고 했어."

"놀랍네. 뭔가 신기한 사람들이라는 건 알았지만 어떻게 그렇게 오래 살 수 있는 걸까."

"살 수 있는 게 아니고, 살아야 하는 거야."

마리나는 얼굴을 살짝 찌푸렸다.

"저주를 받았다고 했어. 아주 오래전. 거의 천 년도 더 전에."

저주?

마리나의 입에서 나오는 이야기를 전부 소화할 수는 없었다.

하지만 한때 그들과 시간을 보냈던 사람으로서 어쩐지 이해가 되기도 했다. 그들의 모습, 개개인이 가진 신비한 능력을 목격했기 때문이다.

가오 같은 사람이면 아마 코웃음을 쳤겠지만.

어린 아오토는 지금껏 얼마나 오래 살아온 걸까. 그리고 앞으로 얼마나 더 살아야 하는 걸까. 만약 저주가 빚어낸 수명이라면 삶은 고통 자체일 것이다. 일정 나이가 되면 성장이 멈추고 그 이후부터는 숨 막힐 정도로 긴 시간을 보내야 한다. 완만한 삶은 완만한 죽음만큼이나 견디기 힘들다.

아직 초등학생인데도 묘하게 매사에 달관한 듯했던, 체념한 듯했던 아오토가 떠올랐다. 생각해 보면 그럴 만도 하다. 아오토는 당시 살아 있는 성인들보다 더 오래 살아왔다. 시시한 괴롭힘을 일삼는 기쿠치 형제 같은 아이들은 그야말로 하찮은 존재로 보이지 않았을까.

'살아야 한다'라는 마리나의 말이 계속 머리를 맴돌았다. 그들은 저주 때문에 그런 운명을 짊어지게 된 걸까. 거기에는 어떤 사연이 있을까. 저주를 살 무슨 죄라도 저지른 걸까. 하지만 마리나도 그 정도만 전해 들었을 뿐 자세한 사정은 알지 못한다고 했다.

"난 여섯 살 때 그들과 헤어졌어. 그 나이대에 이해할 수 있는 건 많지 않잖아."

어린 마리나도 초등학교 3학년이던 와타루처럼 어린아이의 유연한 감각으로 모든 걸 받아들였을 것이다. 고리타분한 상식이나 분별력 같은 것에 얽매이지 않고.

어른이 된 지금도 와타루는 그들이 나와 다른 이방인 같지 않았다. 영혼은 늘 연결돼 있다는 느낌마저 들었다. 그들과 함께 보낸 밀도 높은 시간. 아오토와 그 가족들과는 가깝고도 깊은 관계를 맺었고, 그들도 와타루를 편안히 대해 줬다. 특히 기렌. 그가 마리나에게 해 준 일을 생각하면 그들이 이방인이건 저주받은 자들이건 감사할 따름이었다.

마리나는 자신이 기렌 때문에 되살아났다는 것을 모른다. 그걸 넘어 자신에게 어떤 일이 있었는지도 알지 못한다. 그러니 생모가 그리워 일본에 돌아와서 에리코를 찾아 나섰다.

"외톨이가 된 나에게 아오토는 조용히 다시 다가와 줬어. 아주 잠깐이었지만 동료들과도 만났고. 프랭크, 아니 야스오는 내가 일본에 가서 엄마를 만나고 싶다고 하니 엄마를 만나게 해 주기도 했어."

"아오토가 뭐라고 하지는 않았어?"

"뭐라고 하다니?"

"엄마를 만나면 안 된다고."

강물에 빠진 마리나를 안고 아오토의 집에 달려갔을 때 와타루는 그들에게 설명했다. 내 여동생이 목숨을 잃은 이유를. '시온의 빛'에서 어떤 일이 있었는지를. 어머니는 자기 딸을 지킬 생각도 없이 교주가 하는 대로 그냥 내버려 두고 있었다는 것을.

그날 밤 차가웠던 물, 깊은 어둠을 떠올리자 몸이 부르르 떨렸다.

네가 찾아야 할 가족은 나였는데. 하나뿐인 오빠를 먼저 찾아야 했는데. 와타루는 그 말을 가슴에 꾹꾹 눌러 담은 채 여동생을 빤히 봤다. 눈앞에서 마리나는 천진난만하게 고개를 흔들었다.

"아니, 그런 말은 안 했어."

사정을 다 아는 아오토가 마리나의 소원을 들어준 것도 충격이었다. 어린아이가 아닌 아오토. 저주받은 일족의 일원. 와타루에게는 둘도 없는 친구였지만 그들에 대해서는 아직 모르는 게 많았다.

자연스럽게 배에 힘이 들어갔다. 새삼 에리코가 저지른 잘못을 도저히 용서할 수 없었다. 그런 어머니에게 마리나가 먼저 다가간 것에도 화가 치밀었다.

"어머니랑은 앞으로 만나지 않는 게 좋아."

"왜?"

마리나는 여전히 어머니를 사랑하는 게 확연히 느껴졌다. 오랫동안 외국에서 두 집안을 오가며 산 마리나에게는 혈육이 그토록 소중한 걸까.

"그 사람은 어머니라 할 수도 없어. 그런 여자는……."

순간 감정이 격해져 말문이 막혔다.

커피잔을 든 마리나의 오른손. 화상 자국.

— 신의 자녀에게는 징표가 필요하다. 이 아이가 진정 선택받은 아이라는 징표가.

슈욱 소리를 내며 피부에 닿았던 뜨거운 부젓가락. 그 뒤로 살점 타는 냄새가 코를 자극했고 아기는 몸을 비틀며 온 힘을 다해 저항했다.

— 마리나는 지금 어르신께 축복을 받고 있어.

너무나도 어리석었던 엄마. 그리고 그 어리석음은 결국 자식의 몸에 돌이킬 수 없는 상흔을 남겼다.

와타루는 눈을 감고 마음을 가라앉혔다. 그리고 최대한 차분히 마리나의 몸에 화상이 생긴 이유를 설명했다.

"물론 그때 어머니는 살아갈 의욕도, 돈도 없었어. 아이를 키울 자질도 부족했지. 하지만 아무리 그래도 그런 종교 시설에 의탁해서는 안 됐어. 다른 선택지도 많았을 거야. 갈 곳을 잃은 모자를 도와줄 기관도 있었을 거고. 그런 데가 어딘지 모르면 구청이나 경찰서를 찾아갈 수도 있었어. 하지만 어머니는 그 모든 것을 포기하고 사이비 종교 같은 곳에……."

시모타카이도역 앞에서 어머니가 고야마에게 받은 전단을 떠올렸다. 왜 그런 걸 보고 마음이 움직였을까. 단 한 장의 전단 때문에 자신과 마리나의 운명이 바뀌었다는 생각에 와타루는 이를 꽉 깨물어 감정을 삭였다.

그러나 과거를 바꿀 수는 없다. 지금의 나 자신과 마주하기 위해 와타루는 말을 이어 갔다.

"바로 그게 어머니가 우리에게 저지른 중죄야. 차라리 우리를 버리는 게 나았어."

"됐어. 그만해!"

마리나가 벌떡 몸을 일으키며 외쳤다.

"그런 건 이제 됐어! 난 지금까지 정말 외롭게 살았어. 물론 아오토의 가족과 날 거둬 준 일본인 부부는 하나같이 다정했어. 그래도 난 늘 내가 누군지 알고 싶었어. 내 뿌리를 모르고 사는 걸 견딜 수 없었어. 내가 누구의 배에서 태어나 어떤 사랑을 받았는지……."

"사랑하지도 않았어. 그 여자는."

무심코 섬뜩한 말이 튀어나왔다. 마리나는 화들짝 놀라 눈을 크게 뜨고 오빠를 봤다. 머그잔을 붙잡은 손이 떨리고 있다. 와타루는 싸늘하게 식은 코코아가 잔 속에서 물결치는 모습을 차갑게 내려다봤다.

"교단이 나와 네게 저지른 끔찍한 짓이 그 밖에도 많아. 그것도 용서할 수 없어. 당연히."

어느새 나도 모르게 마리나에게 냉정하게 굴고 있다. 어머니와 분리해야 한다는 조급함이 이렇게 만들었을까. 와타루는 잠시 말을 끊고 숨을 크게 들이마셨다.

"넌 혈연에서 의미를 찾으려고 했던 것 같지만, 정작 널 낳은 그 여자는 네가 무슨 짓을 당해도 가만히 지켜보고만 있었어. 그 미친 교단에서 도망쳐 나와 널 안전한 곳에 데려갈 수도 있었지만 그러지 않았어."

목이 메었다. 솟구치는 뜨겁고 쓴 감정을 간신히 집어삼켰다.

"아니, 지켜보고만 있었던 것도 아니야. 기꺼이 갖다 바친 거야. 아무것도 모르고 울기만 하는 자기 딸을."

"그만해!"

마리나는 소리치며 머그잔을 탁자에 탁 내려놨다.

"전에 우리가 살았던 그 종교 시설 이야기는 엄마한테 이미 들었어. 엄마는 나한테 사과했어. 그런 곳에 데려가서 미안하다고. 그때는 엄마가 어떻게 됐었던 것 같다고. 임신한 상태에서 아버지와 헤어져 제대로 된 판단을 하지 못했다고."

"어떻게 됐다?"

와타루는 말꼬리를 붙잡았다.

"대체 사람이 어떻게 돼야 다른 사람들이 자기 애를 죽이는 걸 가만히 지켜볼 수 있지? 죽여서 아라카와강에 버리는 걸……."

"죽여서……?"

마리나는 두 손을 입에 가져갔다.

사실 여기까지 말할 생각은 없었다. 그러나 어머니를 극구 감싸는 마리나를 보며 진실을 전할 수밖에 없겠다고 판단했다. 그 여자의 본성을 정확히 알게 하려면.

"그래. 아오토가 너한테 그건 숨겼나 보네. 하지만 엄연한 사실이야. 넌 그 교주가 만든 정체불명의 약을 먹고 목숨을 잃었어. 그걸 숨기려고 그들은 죽은 널 아라카와강에 버렸고. 작은 플라스틱 상자에 담아서. 꼭 필요 없어진 쓰레기를 버리는 것처럼."

"거짓말."

"아니, 사실이야. 그리고 그런 널 내가 강물에서 건졌어. 죽은 널 품에 안고 아오토의 집에 달려갔어. 그리고 기렌에게 부탁했어."

"다시 살려 달라고……?"

마리나의 목소리가 거의 속삭이는 수준으로 작아졌다. 마리나 역시 기렌의 능력을 알고 있다. 그렇다면 이야기가 빠르다. 와타루는 기세를 몰아 말을 이었다.

"그래. 기렌은 내 부탁을 들어줬어. 그리고 그 능력으로……."

그러자 마리나는 갑자기 고개를 숙여 눈물을 터뜨렸다. 영문을 알 수 없었다.

"왜 그래?"

마리나는 카펫 위 쿠션에 얼굴을 파묻고 오열했다.

"아무튼 그렇게 해서 다행히 모든 게 잘 풀렸어. 넌 다시 살아났어. 그러니 지금 여기 있는 거잖아. 어른이 되어 일본에 돌아올 수 있었어."

마리나가 몸을 벌떡 일으켰다. 눈물에 젖은 창백한 뺨에 머리카락이 한 가닥 붙어 있다. 충혈된 마리나의 눈을 보고 와타루는 덜컥 겁이 났다.

"당신은 아무것도 몰라."

"뭐?"

"그래서 지금껏 아오토를 친구라고 믿은 거야? 웃기지도 않은 소리. 당신은 정말 아무것도 몰라. 그 마족에 대해, 아무것도."

열리려던 마리나의 마음의 문이 눈앞에서 탁 닫히는 게 느껴졌다.

"가 버려."

"잠깐만, 마리나."

"앞으로 두 번 다시 날 찾아오지 마."

"왜 그래? 힘들게 다시 만났는데."

마리나는 현관 앞까지 와타루를 밀고 갔다.

"역시 만나지 말았어야 했어."

문 앞에서 마주한 마리나의 얼굴은 눈물로 얼룩져 있었다.

"왜 우는 거야? 이유라도……."

집 문을 연 마리나에게 등을 떠밀려 와타루는 바깥 복도로 나갔다. 마리나는 그대로 문을 닫으려고 했다. 간신히 문을 붙잡고 틈새로 얼굴을 집어넣었다.

"넌 되살아났어. 기렌 덕분에. 그러니 이렇게 우리가 다시 만날 수 있었던 거야."

그러자 문틈 너머에서 마리나는 세차게 고개를 흔들었다.

"되살아난 게 아니야!"

문이 쾅 닫혔다. 자물쇠를 채우는 소리가 들렸다. 문을 계속 두드리며 마리나의 이름을 불러도 문은 열리지 않았다. 이미 집 안 깊숙이 들어간 것 같았다. 방 안에서 또 울고 있을 것이다. 도무지 이유를 알 수 없었다.

한참을 문 앞을 서성이다가 결국 포기하고 계단 쪽으로 걸어갔다. 밖에 나가서 올려다본 하늘에는 하얀 달이 걸려 있었다.

마리나를 품에 안고 달린 그날 밤도 이런 달이 떴던 것 같다.

아오토.

와타루는 달을 향해 그의 이름을 외쳤다. 대답은 없다. 기이하리만큼 밝게 빛나는 달 아래에서 허리를 숙인 채 걸었다.

되살아난 게 아니라는 마리나의 마지막 말이 내내 마음에 걸렸다.

3월에 접어들자 나카노베 상점가에는 손님들의 발길이 조금씩 끊겼다. 면역력이 약한 노인과 민감한 가족 단위 손님들이 되도록 외출을 삼가기 시작한 탓이었다.

일본에서도 타르바간 바이러스 감염자가 본격적으로 늘기 시작했다. 정부는 발열, 통증 등 몸에 이상이 생기면 즉시 의료 기관을 찾으라고 호소했다. 다만 유럽이나 미국처럼 감염이 폭발적으로 확산되지는 않았다. 증세가 나타난 환자들은 곧장 특정 병원에 격리됐다. 열심히 치료한다고 하지만 첫 사망자도 나왔다. 상대는 눈에 보이지 않는 미지의 바이러스이고 아직 뚜렷한 치료제가 없다. 마스크를 쓰고 다니면 어느 정도 감염을 예방할 수 있다는 둥, 별로 효과가 없다는 둥 확실하지 않은 정보들까지 마구잡이로 확산됐다.

타르바간 바이러스가 전 세계에 퍼진 건 교통망의 발달로 인한 사람들의 이동이 원인으로 꼽혔다. 페스트나 콜레라가 유행하던 시절과 달리 물류의 양, 속도, 거리가 비약적으로 발전한 현대에는 전염병의 전파 속도와 감염자 수의 차원이 다르다. 비행기, 고속 철도, 자동차 같은 고속 대량 운송 시스템 덕분에 사람들의 이동도 매우 빠르다. 일부 지역에서 발생한 전염병이 순식간에 전 세계로 퍼져 갔다.

사람들은 이번 타르바간 바이러스도 중국 내에서의 인파 이동 때문에 감염이 확산된 것으로 여겼다. 바이러스에 감염돼 발병한 사람이 외출한 곳에서 비말, 접촉 전염을 일으켰다는 견해가 지배적이었다.

그러나 미국의 어느 연구 기관이 새로운 전염 원인을 찾았다. 철새였다. 중국 신장 위구르 자치구의 초원에서 흐르는 영구 동토층의 물을 마신 것은 비단 타르바간만이 아니었다. 북반구와 남반구를 오가는 철새인 백조, 기러기, 청둥오리, 두루미 등도 이 빙하 호수의 물을 마셨다. 지구 온난화가 본격적으로 진행되기 시작한 최근 몇 년간 인간은 모르는 사이 그런 일은 계속 벌어지고 있었다.

새나 타르바간의 몸속에서 바이러스는 인간에게 전염되기 쉬운 바이러스로 변이됐다. 그렇게 인간 사회에 처음 모습을 드러냈을 때는 이미 인간에서 인간으로의 전파력을 획득한 상태였다.

— 일단 인간에게 전염되는 바이러스로 진화하면 인간과 인간 사이 전파력도 비약적으로 증가합니다.

미국 학자가 뉴스에서 견해를 제시했다. 그는 눈을 번뜩이며 턱을 괴고 목소리에 힘을 주었다.

— 오래전부터 예견된 일이었습니다. 미지의 바이러스에 맞설 면역력이 없는 인류가 바이러스를 마주하게 되리라는 것. 그리고 이는 현실이 되었습니다. 우리는 스위치를 눌렀습니다.

일본 정부는 타르바간 바이러스가 대유행하는 모든 국가로부터 입국을 허용하지 않겠다는 방침을 내놨다. 해당되는 국가가 상당해 항공기 운항 횟수가 급감했다. 그러나 이런 대책이 얼마나 효과가 있을지는 미지수였다. 철새들에게는 국경이 없기 때문이다. 날개를 단 바이러스 운반책들이 바다로 둘러싸인 일본에 계속 신종 바이러스를 유입하고 있었다.

와타루는 다른 생각을 하며 뉴스를 보고 있었다. 마리나가 그날 왜 그렇게 흥분했는지 여전히 이해할 수 없었다. 마리나는 오빠를 거부했지만 어머니는 만나러 갔다. 그런 사실이 와타루를 혼란스럽게 하고 분노를 초래하며 계속 괴롭혔다. 에리코가 마리나에게 어떤 짓을 했는지, 그 여자가 얼마나 어리석은지 그토록 상세히 설명했는데도 마리나는 고집스럽게 어머니의 손을 붙들고 있다. 그런 현실이 충격적이었다.

내내 외로웠다는 마리나의 말이 머리를 맴돌았다. 마리나는 진짜 가족을 계속 찾았다. 와타루는 가족과 연을 끊고 살았다. 자신은 그런 상황에 익숙했지만 만약 내가 평범한 가정에서 자랐다면 어땠을까 하는 상상을 해 본 적은 있었다.

어머니를 증오하면서도 무의식중에 안식처로서의 '집'을 원하고 있었다. 그래서 히라누마 정육점의 주인 부부를 유사 가족처럼 느꼈던 게 아닐까. 그중 남편이 세상을 떠나고 친아들 도시유키가 나타나자 지금 나는 어린아이처럼 토라져 있는 게 아닐까.

하지만 피로 이어진 어머니, 여동생과도 꼭 마음이 통하는 건 아니라는 것을 와타루는 뒤늦게 깨달았다. 갓난아기였던 여동생을 강물에서 건지고 마족 노인에게 간청해 목숨을 살려 준 오빠보다 자신을 죽이는 일에 가담한 어머니를 더 가까이하려는 마리나의 마음을 이해할 수 없었다. 답답해서 견디기 힘들었다.

이럴 거면 차라리 만나지 않는 게 편했을지 모른다. 가족이나 애정 같은 것에 굶주려 있었기에 애틋한 마음도 컸다. 하지만 그런 건 손으로 붙잡으려 해도 붙잡을 수 없는 것들이다. 이렇다 할 형체가 없기 때문이다. 모호하며 알기 어렵고 부조리하다. 그런 걸 비로소 깨달았다.

와타루는 타들어 가는 심정으로 하루하루를 보냈다. 전에는 느끼지 못한 감정에 마구 휘둘리고 있었다.

일할 때도 의욕이 생기지 않았다. 나이 많은 아르바이트생 아주머니들은 가게에서 오로지 타르바간 바이러스 이야기만 했다.

"병원에 가기도 무서워서."

이나다 씨는 새로 들어온 후쿠오카 씨에게 말했다. 후쿠오카 씨는 살집이 약간 있는 40대 여성인데 그녀가 이혼하고 친정으로 돌아왔다는 걸 이나다 씨는 이미 알고 있었다.

"대기실에 앉아 있는 사람들이 다 **타바르간** 바이러스에 걸린 것 같아서 말이야."

이나다 씨는 몇 번을 지적해도 '타르바간' 바이러스를 '타바르간' 바이러스라고 했다. 후쿠오카 씨는 대답 없이 나무젓가락으로 닭고기와 양파를 볶았다. 커다란 중화 냄비 속 재료들이 점점 먹음직스러운 색으로 변했다. 후쿠오카 씨는 다 만든 볶음 요리를 접시에 옮겨서 식혔다.

"기침이라도 하는 사람이 있으면 더 최악이지."

이나다 씨는 말없이 일에 집중하는 후쿠오카 씨에게 "당신도 그렇지 않아?"라고 물었다.

"전 평소에 병원을 잘 안 가서요."

무뚝뚝한 후쿠오카 씨의 대답이 이나다 씨는 마음에 들지 않는 듯했다. 나중에 무카이 씨에게 '사람이 저러니까 이혼을 당하지'라며 험담하지 않을까. 미지의 바이러스 때문에 사회 분위기도 점점 날이 서는 느낌이었다.

"오늘은 도시락 배달 없나?"

도시유키가 커다란 소쿠리를 싱크대에 내려놨다.

"주문이 안 들어와서."

와타루가 대답하자 도시유키는 쳇 하고 혀를 찼다. 회의나 모임이 크게 줄고 상점가에 장을 보러 오는 사람도 급감해 반찬이 잘 팔리지 않았다. 잔반을 없애기 위해 만드는 양도 줄였다.

"아무리 불황이어도 반찬은 잘 팔렸는데."

가끔 가게에 내려오는 주인아주머니도 포기한 것처럼 고개를 절레절레 흔들었다. 주인아주머니는 더 이상 주방 일을 하지 않았다. 오랜만에 만났는데 지치고 야윈 기색이 역력했다. 주방에서 늘 발산하던 활기찬 기운은 온데간데없고 한없이 작아 보였다. 아주머니는 가게를 대충 훑어보고 금방 다시 2층으로 올라갔다. 그 걸음걸이도 왠지 힘이 없었다.

"이대로는 안 되겠네."

도시유키는 계속 언짢아 보였다. 그는 소쿠리 내용물을 냄비에 부었다.

"열심히 만들어도 팔리지 않으니 원."

짜증 내며 일을 해서 그런지 하얀 토란들이 바닥에 떨어졌다. 도시유키가 또 혀를 찼다. 와타루가 서둘러 손을 뻗자 그는 냄비를 내버려 두고 밖에 나가 버렸다. 담배를 피우러 가는 듯했다. 와타루는 바닥에서 주운 토란을 다시 씻어 냄비에 넣고 삶기 시작했다.

반찬이 어느 정도 완성돼 매장에 진열했지만 역시나 예전만큼 잘 팔리지는 않았다.

다행히 낮 2시경까지 만든 도시락은 거의 팔렸다. 반찬이 몇 가지 남았지만 이 정도면 괜찮은 편이었다.

"오, 다행이다. 아직 하나 남았네."

귀에 익은 목소리가 들렸다. 가오였다. 그는 도시락을 손에 들고 이나다 씨에게 계산을 하고 있었다. 안쪽 주방에 있는 와타루와 눈이 마주치자 "여어" 하고 아는 척을 했다.

"잠깐 괜찮나?"

전에 도시락을 주문했던 사람이라는 걸 아는 이나다 씨가 눈빛으로 고개를 끄덕였다. 아직 돌아오지 않은 걸 보니 도시유키는 아마 파친코를 하러 갔을 것이다. 요즘 들어 일하다가 파친코를 하러 가서 가게를 비울 때가 많았다.

와타루는 앞치마와 모자, 마스크를 벗고 뒷문으로 나갔다. 그곳에도 도시유키는 보이지 않았다. 도시락 봉지를 손에 든 가오를 따라 걸었다.

"저런 허름한 도시락 가게에 언제까지 있을 작정이야?"

전에는 이런 말을 들으면 발끈했겠지만 지금은 별 자극이 없었다. 히라누마 정육점에 집착하는 이유를 나도 잘 알 수 없었다. 한때는 집과 가족이 없는 나에게 가장 편한 곳이라 생각했지만 그런 느낌도 사라진 지 오래였다.

상점가 밖 길가에 테이크아웃 전용 카페가 있었다. 가오는 작은 창 너머로 뜨거운 커피 두 잔을 주문했다. 와타루는 커피 한 잔을 건네받고 가게 옆 벤치에 앉았다. 가오도 나란히 앉아서 도시락을 벤치에 내려놨다. 가오는 오늘 또 뭔가 할 이야기가 있어서 가게를 찾은 것 같았다. 왜 이토록 나에게 끈질긴 걸까.

"나루세는 열심히 일하고 있어."

그는 묻지도 않았는데 대뜸 그런 이야기부터 꺼냈다.

"그렇구나."

한 모금 마신 커피는 예상보다 맛있었다.

"뭐, 그건 그렇고."

가오도 커피를 한 모금 마셨다. 와타루는 두 손으로 일회용 커피 컵을 감싸 쥐었다.

"철새가 타르바간 바이러스를 전파한다는 사실을 밝혀낸 곳은 전도가 아주 유망한 연구 기관이야. 당장 투자하려고 해."

와타루가 고개를 숙인 채 대답하지 않아도 가오는 아랑곳하지 않고 말을 이었다. 가오는 박학다식했다. 투자에 실패하지 않으려면 무엇보다 지식이 중요할 것이다.

바이러스는 지구상에서 가장 작은 생명체다. 조용히 30억 년 이상을 살아왔다. 인류가 약 20만 년 전에 지구에 처음 출현한 것을 고려하면 바이러스가 훨씬 오래전부터 지구에서 산 선주민이라 할 수 있다. 숙주에게 해를 입히지 않고 공생하며 더 멀리 퍼져 가는 것이 바이러스의 현명한 생존 전략이다. 가오는 막힘없이 그런 것들을 설명했다.

"바이러스는 동물의 몸을 옮겨 다니며 변이를 반복하지. 백신을 빨리 개발해야 하는 이유가 바로 거기에 있어."

와타루는 가오의 지식과 행동력에 혀를 내둘렀다.

"실은 눈에 들어오는 벤처 기업이 있어서 말이야."

어린아이의 손을 붙잡은 젊은 엄마가 눈앞을 지나갔다. 엄마와 아이 모두 마스크를 쓰고 있다. 엄마는 호흡할 때마다 꼭 독소를 들이마시는 것처럼 눈살을 찌푸리며 빠르게 걸었다. 아이는 그런 엄마에게 뒤처지지 않으려고 안간힘을 쓰는 듯했다.

"이번에 도쿄대 의대를 졸업한 후 의사가 되지 않고 회사를 창업한 사람을 알게 됐어. 그는 AI를 활용해 전 세계의 학술 논문을 읽으며 유망한 연구를 찾아낸다고 해. 최신 연구부터 아주 오래된 연구까지. 그가 개발한 AI는 관련 연구 기관과 연구자들을 연결해 주는 역할도 한다더군. 학자들은 의외로 시야가 좁은 데다가 이상하게 고집이 세거든. 협력해서 연구 개발을 더 잘하면 좋을 텐데 그러지 않지. 그런 이들을 원활하게 엮어 주는 사람이야."

무슨 의도로 내게 이런 이야기를 하는 걸까. 그러나 가오는 항상 이런 식이었다.

"즉, 독립적으로 행해지는 연구를 하나로 모아 성과를 내는 거야. 혹은 과거에 하고 이미 잊힌 연구를 발굴해서 제공하기도 하지. 하지만 업무 방식은 영 형편없어. 그도 실무에 능한 건 아니거든. 아직 이렇다 할 성과를 못 내고 있지. 내가 거기에 합류하면 연구 결과를 실현할 기술을 가진 기업, 자금을 댈 투자자를 찾아서 매칭해 주려고 해. 그런 노하우는 얼마든 있어."

가오가 "어때? 흥미롭지 않아?" 하고 물었지만 여전히 마음이 동하지 않았다. 가오는 신이 난 것처럼 설명을 계속했다.

"사실 그 사람을 설득해서 얼마 전에 회사를 통째로 인수했어. 녀석은 앞으로 돈 걱정을 하지 않아도 되겠지. 작은 회사인데 그의 눈썰미가 좋으니 앞으로 급성장할 거야. 그는 현재 타르바간 바이러스 감염증의 치료제 개발에 효과가 있을 만한 연구를 뒤지고 있어. 바이러스 연구는 비교적 새로운 분야지만 어쩌면 과거 사례에서 이번 바이러스를 퇴치할 힌트를 찾을 수 있을지도 모르니까. 예를 들어 바이러스를 전파한다는 철새에 대한 연구. 그리고 아주 오래전에 톈산의 영구 동토층에 잠들어 있던 바이러스를 연구한 기관도 있다고 하니 그때 묻힌 연구가 현대에 와서 뭔가를 만들어낼 수도 있겠지. 그런 것들을 발표하면 세계 유수의 제약 회사들이 우리를 주목할 거야."

와타루는 고개를 들어 옆에 있는 가오를 봤다. 회사를 인수하다니, 돈이 많은 건 알고 있었지만 대체 얼마나 자산가란 말인가. 지금까지는 가오에 대해 '포밸리 기획'의 경영자, 타워 맨션에 혼자 사는 독신남 정도로 인식했다. 나름대로 성공한 사람 같았지만 그동안 어렴풋이 상상해 온 수준을 훨씬 뛰어넘는 게 아닐까.

가오는 와타루의 어깨를 툭 쳤다.

"우리는 시대의 총아가 될 수 있는 거야. 돈은 자연히 거기에 딸려 올 거고."

와타루가 느끼기에는 그야말로 어처구니없는 이야기였다. 자신은 지금 눈앞에 나타난 여동생 때문에 정신이 팔려 있는데 이 중국계 미국인은 세상을 바꿀지도 모를 약 이야기를 하고 있다. 아니, 실제로는 그것을 통해 벌어들일 엄청난 돈에 눈이 멀어 있다.

문득 가오가 부러웠다. 자기 뜻대로 되지 않을 모호한 것에는 눈길조차 주지 않고, 명확히 계산 가능한 것들만을 바라는 태도가 차라리 속 시원했다.

— 난 애정이나 신뢰, 유대감 같은 걸 믿지 않아. 배려 같은 단어는 들으면 닭살이 돋을 정도야.

전에 가오가 그렇게 말했을 때도 딱히 반감이 들지는 않았다. 지금은 오히려 가오의 말이 진리처럼 느껴졌다. 그런 종류의 감정을 버리고 살다 보면 가오처럼 가벼우면서도 강인한 삶의 방식을 익힐 수 있을 것 같았다.

마리나와 에리코를 향한 개운하지 못한 감정 때문에 늘 답답했다. 차라리 몰랐다면 편하게 지낼 수 있었을 텐데 지금은 그들을 떠올릴 때마다 마음에 날이 섰다. 그리고 이런 감정에서 자유로운 눈앞의 남자가 눈부셨다. 가오는 결혼하지 않았고 가족이나 친구도 딱히 없어 보인다. 이 고독한 중국계 미국인은 혈연이나 지연, 사람 사이의 정 같은 것에 얽매이지 않는다. 가오가 스스로 선택한 삶의 방식일까. 와타루는 점점 더 가오에게 빠져드는 자신을 의식했다.

그 뒤로도 가오는 인수한 벤처 기업 이야기를 열정적으로 들려줬다.

잘 될지는 미지수다. 하지만 그런 점이 오히려 가슴을 두근거리게 한다고 가오는 말했다. 나름의 승산도 있어 보였다.

"요쓰야의 그 투자 회사는?"

문득 마리나가 신경 쓰여서 물었다.

"'포밸리 기획'은 그냥 개인 투자 사무실이니까. 열 명 남짓한 직원도 다들 그렇게 인식하고 있어. 그들은 내가 시키는 대로만 움직여. 쓸데없이 욕심을 부리거나 나보다 앞서가려는 녀석은 내가 용납하지 않지."

가오는 다 마신 커피 컵을 꾹 쥐었다.

"내가 바라는 건 나와 거사를 함께할 내 오른팔이야. 어때? 와타루."

와타루는 이번에는 '왜 내가?'라고 생각하지 않았다.

"무지막지한 돈이 들어올 거라고 장담해. 네가 생전 보지도 못한 거금을 계좌에 꽂아 줄게.”

'인류를 구하기 위해서'라거나 '우연히 만난 네가 계속 눈에 밟혀서' 같은 정에 얽매이는 말을 일절 하지 않는 것도 좋았다. 돈이 모든 걸 해결해 주리라 생각하지는 않지만 세상 무엇보다 확실히 계산할 수 있는 것이라는 사고방식에도 공감할 수 있다. 상상이나 고민 따위가 끼어들 여지가 없는 명확하고도 명료한 것. 지금껏 그런 것들만을 추구해 온 가오의 말에는 무게감이 있었다.

와타루는 대답하지 않았지만 눈치 빠른 가오는 와타루의 마음이 움직인다는 걸 감지한 듯했다. 그는 만족스러운 듯 고개를 끄덕이고 “그럼 또 연락할게”라는 말을 남기고 떠났다.

도시락이 담긴 봉지를 든 그의 뒷모습이 몇 안 되는 사람들 사이로 사라졌다.

가오는 어떻게 늘 자신감이 넘칠 수 있을까. 조금 전 이야기도 다른 사람이 했다면 사기꾼의 수작 정도로 여기며 경계심을 드러냈을 것이다. 그러나 가오가 나를 속이려 하는 것 같지는 않고, 그걸 떠나 나를 속여서 가오가 이득을 볼 요소가 단 하나도 없다. 자신은 재산이 없고 이렇다 할 뒷배나 재능도 없기 때문이다.

와타루는 가오가 있다고 호언장담한 '비장의 카드'가 무엇일지 어렴풋이 떠올렸다. 그는 그 비장의 카드를 쓰려면 반드시 네 협조가 필요하다고도 했다.

역시 보통 사람이 아니다. 하지만 와타루는 그런 가오가 이제는 무섭지 않았다.

가오의 제안에 응할지 말지 고민하는 사이 와타루를 둘러싼 주변 환경이 크게 변화하기 시작했다. 도시유키가 다니던 파친코 가게 손님 중에서 타르바간 바이러스 감염자가 나왔다. 공교롭게도 도시유키 바로 옆에서 게임을 하던 손님이었다. 가게에 있을 때부터 몸이 좋지 않아 보였고 가게에서 나가자마자 고열로 쓰러졌다고 했다.

도시유키는 밀접 접촉자 중 한 명으로 검사를 받았다. 당뇨병을 앓는 주인아주머니가 걱정됐다. 기저 질환이 있는 사람이 감염되면 중증으로 악화한다는 사실이 널리 알려졌기 때문이다. 검사 결과, 와타루를 포함한 정육점 직원들은 모두 음성 판정을 받았다. 그러나 보건소 지침에 따라 도시유키와 주인아주머니는 한동안 밖에 나가지 못하고 집 안에서만 지내야 했다.

히라누마 정육점도 문을 닫았다. 가게에서 감염자가 나왔다는 소문이 순식간에 퍼진 탓이었다. 이나다 씨와 무카이 씨는 처음에는 열심히 소문을 부인했지만 결국 자신들도 감염자라는 이야기가 돌자 입을 걸어 잠갔다.

소식을 들은 주인아주머니는 큰 충격을 받은 듯했다. 도시유키와 함께 문을 닫은 가게 2층에 틀어박혀 매일 한탄한다고 했다. 가게를 꾸려 갈 마음이 아예 사라진 듯한 도시유키는 와타루에게 가게 문을 다시 연다고 해도 더는 널 직원으로 쓸 수 없다고 선언했다.

불 꺼진 주방에서 이나다 씨와 무카이 씨는 망연자실해 있었다. 후쿠오카 씨는 이미 다른 일을 찾았다고 했다.

"이제는 끝이야."

무카이 씨가 힘없이 내뱉었다. 아무도 대답하지 않았다.

"와타루, 넌 어떡할 거니?"

와타루는 대답을 망설였다. 아직 이렇다 할 계획이 없었다.

"이런 일이 없었어도 어차피 예전처럼 장사가 잘될 수는 없었을 거야."

이나다 씨는 현실적인 이야기를 했다.

"매출이 떨어져서 점점 답이 안 나오는 상황이었으니까."

"하지만 우리는 괜찮아."

이나다 씨의 말을 받아 무카이 씨가 입을 열었다.

"여기서 일하며 용돈을 벌고 몸도 움직일 수 있었으니까. 일을 그만둬도 어떻게든 버틸 수 있겠지."

두 사람의 시선이 와타루에게 쏠렸다.

"와타루. 넌 얼른 다른 곳을 찾아보렴. 도시유키한테도 들었지?"

파트타임으로 일하던 아주머니들은 히라누마 정육점의 단 한 명의 직원을 걱정해 줬다.

하지만 세 사람은 결국 아무 결론을 내리지 못한 채 말없이 해산했다.

중국 오지에서 시작된 전염병은 들불처럼 세계로 퍼져 나갔다.

전 세계 감염자 수가 어느새 2만 명에 육박했다. 사망자가 8천 명을 넘어서자 마침내 WHO는 경보 단계가 6단계인 팬데믹 단계에 돌입했다고 발표했다.

타르바간 바이러스의 확산으로 국가 간 왕래가 끊겨 유통, 제조, 관광업이 큰 타격을 받았다. 거의 모든 나라에서 실업자가 속출했다. 상대적으로 감염자가 적은 일본의 앞날도 불투명해졌다.

얼마 전 가오가 설명해 준 바이러스와 인류의 관계에 대한 이야기가 뉴스나 시사 정보 프로그램에 여러 번 나왔고 인터넷에서도 정보가 돌았다. 지금은 신종 전염병 중 하나로 타르바간 바이러스 감염증이 유행하고 있지만 알려지지 않은 바이러스의 출현은 앞으로도 계속될 거라는 학자의 견해도 언급됐다.

얼마 전 미국의 학자가 "우리는 이미 스위치를 눌렀다"라고 한 말을 되새기게 하는 견해였다. 온난화가 진행될수록 영구 동토층이 녹아내린다. 숲이 벌목돼 야생 동물의 서식지가 줄어든다. 그리고 빙하와 야생 동물의 체내에서 조용히 숨죽이고 있던 바이러스는 면역력이 없는 무방비 상태의 인류를 공격한다.

어디선가 들어본 적 있는 이야기 같았다. 이미 수십 년 전에.

— 현재의 삶이 영원할 거라고 믿어서는 안 된다. 인류에게는 조만간 끔찍한 재앙이 들이닥칠 거다.

예전에 '시온의 빛' 교주는 그렇게 말했다.

그는 신도들의 불안감을 부추기며 그들의 주머니를 털기 위해 인간의 어리석음을 과장되게 설파했다. 산림 벌채나 환경오염의 악영향을 들먹이기도 했다. 아이러니하게도 그런 교주의 말이 전부 현실이 돼 버린 걸까.

— 온칼리마칼리, 온칼리스메라, 토조노리마스칼리, 온칼리온칼리.

기이한 주문을 지금도 잊지 못하고 있는 자신에게 아연실색했다.

그 무렵 마리나에게서 연락이 왔다. 전에 휴대폰 번호를 거의 강요하듯 알려 주고 헤어졌지만 설마 다시 연락이 올 줄은 예상 못 했다.

잔뜩 가라앉은 여동생의 목소리에 덜컥 겁부터 났다. 설마 타르바간 바이러스 감염증에 걸린 거냐는 와타루의 물음에 마리나는 힘없이 부인했다. 그러더니 만나서 할 이야기가 있다고 해서 불안이 더 증폭됐다. 그토록 오빠를 거부하던 마리나에게 무슨 일이 생긴 걸까.

"왜 그래? 혹시 엄마랑 무슨 일 있었어?"

"오늘 밤에 올 수 있어?"

질문에는 대답하지 않고 얼버무리는 것도 신경 쓰였다.

밤이 오기를 기다렸지만 두렵기도 했다. 소중한 사람이 생기는 게 얼마나 버거운 일인지 서른 넘어서야 알게 됐다. 지금까지는 나 자신만 걱정하면 됐지만 이제는 전혀 다른 세상에 발을 들인 것이다. 돌이킬 수 없었다.

마리나의 집을 찾은 뒤부터는 더 괴로워졌다. 마리나는 눈에 띄게 초췌해져 있었다. 뭔가 심각한 고민이라도 있는 게 틀림없었다. 이렇게 살이 빠졌으면 직장에서도 눈에 띄었을 테지만 가오는 별말 하지 않았다. 아니, 말할 리 없다. 그는 마리나가 와타루의 여동생이라는 사실을 모르기 때문이다.

"오빠."

와타루가 집 안에 들어가자마자 마리나는 바닥에 털썩 주저앉았다. 내부 풍경도 지난번 왔을 때와 미묘하게 달라져 있었다. 전에는 깔끔하게 정돈돼 있었는데 지금은 어딘가 어수선했다. 삶 자체가 흐트러져 있다는 게 느껴졌다.

"혹시 엄마한테 무슨 일이라도."

"아니, 엄마랑은 상관없어."

마리나는 대번에 와타루의 말을 잘랐다.

"요즘은 잘 만나러 가지도 않아. 마음이 복잡해서."

마리나의 시선이 허공을 맴돌았다. 눈빛에서는 강한 의지도 엿보였지만 여전히 혼란스러워하는 듯했다.

"무슨 일이야? 내가 도울 수 있는 일이면……."

목소리가 떨렸다. 마리나는 세차게 고개를 흔들었다.

"아니. 없어. 오빠가 할 수 있는 건 아무것도 없어."

무력감에 휩싸였다. 성인이 된 동생에게 아무것도 해 줄 게 없다니. 아기였던 마리나는 모든 것을 오빠에게 의지했다. 마리나의 웃음소리, 울음소리, 보조개, 분유 향. 머릿속에서 과거 영상이 환각처럼 떠올라 가슴이 벅찼다.

그러나 먼저 눈에 눈물이 맺힌 사람은 마리나였다.

"그냥 들어주기만 해. 마족인 그들에 대해 아는 오빠가 내 이야기를 들어줬으면 좋겠어. 고민하고 또 고민했지만 말해야겠다고 결심했어."

심장이 쿵쾅거리기 시작했다. 마리나는 지금 내가 모르는 뭔가를 알려주려 하고 있다. 아오토와 그의 가족과 얽힌 신비한 이야기의 전말을. 마리나를 이토록 힘들게 하는 걸 보면 듣기 편한 이야기일 리 없다.

"그들 한 명 한 명에게 특수한 능력이 있다는 건 나도 알아."

와타루는 그제야 자리에 앉아서 마리나와 눈높이를 맞췄다.

"마족이라는 건 몰랐지만 다들 그런 능력을 하나씩 가지고 있다는 건 알았어. 그 덕에 아오토에게 이런저런 도움을 받기도 했고."

구체적인 사례를 언급해 볼까 하다가 그만뒀다. 마리나의 어두운 눈빛이 허락하지 않았다.

마리나는 바닥에 있는 쿠션을 들어 꼭 안았다. 베이지색 쿠션 위에 턱을 없는다. 그러지 않으면 당장에라도 무너져 내릴 것 같았다.

"그들의 힘은……."

마리나의 눈빛이 더욱 어두워졌다.

"전부 눈속임이야. 가짜야."

순간 무슨 뜻인지 알 수 없어 당황했다. 침묵하는 오빠를 향해 마리나는 분노에 찬 언어의 돌팔매질을 멈추지 않았다.

"일반적인 상식으로는 이해하기 힘든 능력을 가지고 있는 건 맞아. 하지만 오빠가 생각하는 정도로 그렇게 대단한 건 아니야."

마리나는 쿠션을 감싸고 있던 손을 입에 가져가 손톱을 물어뜯었다.

"무슨 말인지 잘 모르겠어."

와타루는 간신히 그 말만 입에 담았다.

"예를 들어 아오토는 짧은 거리를 순간 이동하는 능력이 있었어. 손을 잡고 있는 사람과 같이. 그래서 오빠도 괴롭히는 친구들에게서 벗어날 수 있었던 거고."

"응, 맞아. 그래서……."

"그런데 그게 뭐? 그냥 그 자리에서 아주 조금 이동했을 뿐이잖아."

"하지만 그걸로도 난 충분했어."

기쿠치 일당의 폭력에서 몸을 피할 수 있다는 것. 그 자체로도 당시 와타루에게는 큰 의미가 있었다. 저항 못 하는 아이들을 괴롭히며 기뻐하는 극악무도한 녀석들에게서 벗어날 수 있었다. 그때는 어디도 도망칠 곳이 없었다. 있을 곳이라고는 학교와 교단 건물뿐이었다. 아오토의 능력 덕에 와타루는 구원을 받았다.

그리고 마리나도.

손톱을 깨무는 여동생을 돌아봤지만 마리나는 여전히 생각이 바뀌지 않은 듯했다.

"아오토는 그런 식으로 자신을 지켜 온 거야. 오빠는 그 덕을 조금 본 거고."

화가 났다. 이단으로 낙인찍힌 아이가 아이들의 사회에서 살아남는 게 얼마나 어려운지 마리나는 알지 못했다.

"야스오가 파는 보석도 수십 년이 지나면 그냥 돌로 돌아간다고 해. 도모코는 새를 부르는 기술 정도만 있을 뿐이고. 다 시시한 마술 같은 거고 그들이 인간 사회에서 살아가기 위한 자기 방어술에 불과한 거야."

"아니야. 내가 말했지? 기렌은……."

기렌의 능력 덕분에 마리나는 되살아났다. 그것은 절대 눈속임이 아니다. 위대한 능력이다.

"헬트."

마리나는 섬뜩할 만큼 낮은 목소리로 중얼거렸다.

"기억하지? 기렌이 살렸다는 그 개."

"당연히 기억하지. 그때도 난 헬트가 되살아나는 걸 두 눈으로 봤어. 그래서 너도……."

"헬트가 그 후에 어떻게 됐는지 알아?"

"뭐?"

"녹아내렸어."

"뭐라고……?"

간신히 쥐어짠 목소리가 떨렸다.

"되살린다는 건 터무니없는 허풍이고 이미 죽은 존재를 그저 잠시 살아 있는 것처럼 보이게 할 뿐이야. 원래 상태로는 절대 돌아갈 수 없어."

마리나는 더 세게 쿠션을 껴안았다.

"헬트는 죽었어. 죽었는데도 시체 상태로 강제로 살아나게 됐어. 그러니 몇 년이 흘러 다시 썩은 시체로 돌아간 거고."

어느 날 갑자기 집 안에서 썩는 냄새가 진동했고, 헬트는 그 자리에서 쓰러져 팔다리가 분리되고 머리도 떨어져 나갔다고 했다. 순식간에 살이 썩어 문드러져 흉측한 주검이 됐다. 그 광경에 기절초풍한 마리나에게 기렌은 말했다.

"헬트는 이미 몇 년 전에 죽었대. 그러니 이렇게 되는 게 당연하다고. 기렌은 내가 할 수 있는 건 죽은 존재를 되살리는 게 아니라 잠시나마 산 것처럼 보이게 하는 것뿐이라고 했어."

그것이 얼마나 오래 지속될지는 알 수 없다. 하지만 언젠가 반드시 원래 상태로 돌아간다. 죽은 자는 죽음의 세계로. 헬트의 시체를 치우며 기렌은 설명했다.

"그 일이 있고 얼마 지나지 않아 그들과 헤어졌어. 야스오가 찾아 준 일본인 부부에게 입양된 거야. 더 이상 나와 함께 있어선 안 된다고 판단했던 것 같아. 그 마족들은."

왜냐하면 마리나도 언젠가 결국 헬트와 같은 운명을 맞이할 것이기 때문이다. 그들은 죽은 마리나가 기렌의 능력 때문에 되살아났다는 사실을 당사자에게 알리지 않은 채 자취를 감췄다.

"말도 안 돼. 어떻게 그런 일이⋯⋯."

와타루는 말문이 막혔다. 머릿속이 새하얬다.

"난 교단에서 살해된 후에 강에 버려졌지?"

마리나가 확인하듯 물었지만 와타루는 대답할 수 없었다.

"날 왜 강에서 건져 준 거야? 날 왜 기렌에게 데려갔어? 날 왜 죽게 내버려 두지 않은 거야?"

"난⋯⋯."

마리나는 다시 손톱을 물어뜯기 시작했다. 문득 마리나의 엄지 아랫부분에 있는 흉터가 번쩍이며 빛나는 것처럼 보였다. 그곳에서부터 온몸이 녹아내리는 마리나를 상상했다. 이렇게 생기 있게 살아 있는데 정말 언젠가 그런 날이 오는 걸까. 죽은 자를 되살리는 건 역시 무리한 일이었을까. 기렌은 그때 왜 거절하지 않았을까. 불행한 아이의 간절한 소망을 딱 잘라 거절하기에는 마음이 아팠을까.

— 되살아난 아이와 그러지 않은 아이는 어차피 언젠가 헤어져야 하니까. 너와 네 여동생도.

그것은 언젠가 끔찍한 모습으로 돌아갈 마리나를 와타루에게 보여 주지 않기 위한 당부였나.

"이제는 알겠어? 난 살아도 산 게 아니야. 그냥 시체가 말만 하는 거야."

"아니. 헬트가 그렇게 됐다고 해서 너까지 그렇게 될 거라는 보장은 없어."

와타루는 마리나에게 다가섰다. 마리나는 쿠션을 껴안은 채로 뒷걸음질 쳤다.

"오지 마. 오빠도 그들과 똑같아. 자연의 섭리를 거스르는 이상한 술수를 부리는 마족과."

마리나는 단호하게 말했다. 세월이 흘러 몸은 자랐지만 어차피 눈속임, 즉 마술이 보여 주는 짧은 순간의 환영일 뿐이다. 언젠가 죽음의 신의 날카로운 발톱에 갈가리 찢길 날이 반드시 온다.

"기다려 줘. 아오토를 찾아볼게. 기렌에게도 직접 확인해 볼게. 그러니……."

마리나는 격렬하게 고개를 흔들었다.

"됐어. 내가 앞으로 언제 그렇게 될지 차라리 모르고 사는 게 나아. 그때까지 난 엄마랑 함께 있을 거야."

사랑하는 여동생을 구했다고 믿었다. 차디찬 강물을 울며 거슬러 가던 때가 떠올랐다. 눈을 감고 축 늘어진 동생의 몸을 껴안았을 때의 느낌. 아오토의 집으로 달려갈 때의 비참한 마음. 하나부터 열까지 동생을 위해서 한 일이었다. 그러나 그 모든 게 정작 동생에게는 무도하기 그지없는 처사였다.

지금까지 수없이 꾼 무서운 꿈은, 진정한 악몽이었다.

그러나 와타루는 포기할 수 없었다.

"괜찮아. 네가 두 번 다시 날 안 만날 거라고 해도 상관없어. 난 반드시 아오토를 찾아내서 진실을 밝힐 거야."

"소용없어. 지금 어딨는지도 모르잖아. 아마 세상의 빈틈에 파고들어 쥐 죽은 듯이 살고 있을 거야. 불로장생의 능력을 감추기 위해. 온 세상을 샅샅이 뒤져도 못 찾을 거야."

와타루가 아오토와 함께한 시간은 고작 몇 개월에 불과했다. 6년을 그들과 함께 살아온 마리나가 그들에 대해 더 잘 알 게 뻔하다. 마리나의 말이 맞을 것이다. 마리나는, 내 가엾은 여동생은 태어난 지 1년도 되지 않아 목숨을 잃었다.

그러나 와타루도 이대로 아무것도 하지 않은 채 모든 걸 운명에 맡길 수 없었다.

'시온의 빛'에서 태어나 미친 교주 때문에 목숨을 잃은 여동생이 지금 성장해서 내 눈앞에 있다. 그런 동생을 또다시 허망하게 놓칠 수는 없었다.

마리나의 두 손을 잡았다. 마리나가 품에 안은 쿠션이 바닥에 떨어졌다. 붙잡은 손에서는 온기 있는 살갗과 단단한 뼈가 느껴졌다. 이게 어떻게 환각이라는 말인가. 마리나는 몸을 비틀며 오빠의 손을 뿌리치려고 했지만 와타루는 손을 놓지 않았다.

꿈속에서는 매번 마리나가 든 플라스틱 상자를 놓치고 말았다. 그렇게 깨어났을 때의 절망감과 상실을 더 이상 맛보고 싶지 않았다.

"마리나. 난 앞으로도 몇 번이든 널 구할 거야."

"그냥 내버려 둬."

마리나의 두 눈에서 눈물이 뚝뚝 떨어졌다. 따스한 눈물이다. 죽은 사람의 것이 아니다. 체온을 품고 있다. 와타루는 다시 한번 힘을 실어 마리나의 두 손을 끌어당겼다.

"그냥 내버려 둘 수 없어. 절대 포기하지 않아."

"왜?"

마리나의 목소리는 잔뜩 잠겨 있었다.

"내 동생이니까. 넌 내 소중한 가족이야. 내가 외톨이가 아닌 것을 증명할 수 있는 단 한 명의 가족."

마리나는 울면서 몸을 일으켜 오빠를 집 밖으로 내보냈다.

⑤
**모든 것을 아는 것보다
슬픈 일은 없다.**

'나카노부 스킵로드'에는 셔터가 종일 내려가 있는 가게가 눈에 띄게 많아졌다.

히라누마 정육점의 뒷문을 지나 안에 들어가자 소독약 냄새가 코를 찔렀다. 누군가 가게 창문을 부수고 정체 모를 오수를 뿌리고 갔다고 했다. 헛소문에 휩쓸린 괴한의 소행이었다. 도시유키는 업자를 불러서 가게 내부를 소독했다.

어두운 주방 한가운데에서 이나다 씨가 멀뚱히 서 있었다. 아직 격리 중인 도시유키를 대신해 소독 작업을 옆에서 지켜봤다고 했다.

"고생하셨습니다."

와타루의 말에 그녀는 힘없이 미소 지었다.

"작업자 셋이 와서 곳곳을 소독하고 갔어."

와타루는 철제 간이 의자를 꺼내 와서 이나다 씨와 함께 앉았다.

"뭐랄까, 이제는 정말 숨통이 끊긴 느낌이네."

이나다 씨가 무슨 말을 하려는지 알 수 있었다. 그저 가게 내부를 한 번 소독했을 뿐이지만 앞으로 이곳이 타르바간 바이러스에 오염됐다는 이미

지가 더 확고해질 것이다. 소독약으로 꼼꼼히 닦은 곳들이 유독 싸늘한 빛을 발산하고 있다. 이제는 이곳 주방의 싱크대에서 물이 흐르거나 가스레인지에 불이 붙고 냄비에서 김이 피어오를 일은 없어 보였다.

오수를 뿌린 자의 목적이 충분히 달성된 셈이다.

"헬로 워크*에 가 봤니?"

"아뇨."

이나다 씨는 깊숙이 한숨을 내쉬었다.

"그럼 어디 다른 일할 곳이라도 있어?"

순간 가오가 떠올랐다. 그는 대체 나에게 무슨 일을 시키려는 걸까. 뭔가에 이용할 목적이라면 거기에 올라타는 것도 괜찮겠다는 생각이 들었다. 정체를 알 수 없는 그의 계획을 직접 확인해 보고 싶은 욕구도 고개를 들었다.

와타루가 천천히 고개를 흔들자 이나다 씨는 멍한 얼굴로 와타루를 잠시 바라봤다.

"난 이만 가 볼게."

이나다 씨는 꿈에서 깬 사람처럼 천천히 자리에서 일어섰다.

그러더니 주인아주머니가 평소 쓰던 붉은 달마 인형 열쇠고리가 달린 열쇠를 꺼냈다. 뒷문 열쇠다. 이나다 씨가 뒷문을 열고 나갈 때까지 와타루는 그대로 간이 의자에 앉아 있었다. 보아하니 문 너머에서 이나다 씨가 누군가와 대화를 나누고 있었다.

---

* 일본의 공공 직업소개소.

"와타루. 널 만나고 싶대."

마리나다. 분명 마리나다. 급하게 일어나는 바람에 의자가 쓰러졌다.

바깥으로 열리는 문을 힘껏 밀었을 때 하마터면 그 앞에 서 있던 이나다 씨 등에 문이 부딪힐 뻔했다. 와타루의 이탈리아산 자전거 옆에는, 에리코가 서 있었다.

"이분이."

와타루가 이글거리는 눈빛으로 에리코를 바라보자 이나다 씨도 돌아서서 에리코를 힐끗 봤다. 눈치 빠른 그녀는 더 이상 묻지 않고 차분하게 뒷문을 잠그더니 와타루에게 "그럼 가 볼게" 하고 인사하고 서둘러 자리를 떠났다.

"와타루."

설마 에리코가 여기까지 찾아올 줄은 몰랐다. 와타루는 허를 찔린 채 제자리에 우두커니 서 있었다.

"마리나가 알려 줬어. 네가 일하는 곳이라면서."

에리코는 불안한 것처럼 손에 든 천 가방 입구를 만지작거렸다. 몇 년을 썼는지 닳고 헤진 가방이다. 몸에 걸친 옷도 고급스럽다고 하기 어렵다. 보풀이 눈에 띄는 스웨터에 싸구려 퀼팅이 들어간 재킷. 목에 두른 얇은 스카프도 색이 바랬다.

"뭐 하러 왔어?"

억눌러 온 목소리가 마침내 터졌다.

"화를 내는구나. 그래. 어쩔 수 없겠지. 난 정말 한심한 엄마였으니까."

와타루는 그 말을 무시하고 자전거 쪽으로 돌아섰다. 에리코는 아들의 뒷모습을 향해 말을 이어 갔다.

"널 시설에서 데려가려고 해도 네가 계속 거부한다고……."

자전거의 자물쇠를 풀자 철컥 소리가 났다.

"사실 계속 널 만나고 싶었단다."

혐오와 분노로 얼굴이 달아올랐다. 와타루가 자전거에 올라타자 에리코는 자전거 핸들에 손을 얹었다.

"네게 사과하고 싶었어. 고맙다는 말도 꼭 전하고 싶었고. 네가 마리나를 구해 줬다는 이야기는 마리나한테 들었어. 다른 집에 마리나를 맡겨 대신 키우게 했다고도."

거칠게 방향을 틀었지만 에리코는 겁먹은 기색도 없이 핸들을 꽉 붙들었다.

"그전까지 마리나가 죽은 줄로만 알았으니 걔가 처음 날 찾아왔을 때는 정말 기뻤어. 날 엄마라 불러 주는 것도."

마리나는 한 번 죽었다가 되살아난 사실을 어머니에게 말하지 않았다. 어깨에 짊어진 그 무시무시한 운명을 어머니에게는 털어놓지 않기로 결심한 걸까. 모든 원인을 만든 장본인이 바로 이 여자인데도.

"마리나는 지금 나와 함께 살고 있어."

에리코는 들뜬 목소리로 말을 이었다.

"사흘 전부터. 앞으로도 계속 같이 살고 싶다며 짐도 조금씩 옮기고 있어."

페달을 밟으려 해도 다리에서 급속도로 힘이 빠져나갔다.

"오랫동안 떨어져 살았으니 이제는 함께 살고 싶다고 해."

자신의 운명을 깨달은 마리나는 죽음이 덮쳐 올 때까지 어머니 곁을 지키기로 결심한 걸까. 그렇게나 엄마의 품이 그리운 걸까. 바보 같은 마리나.

"너도 와서 함께 살지 않을래? 모처럼 우리 가족이 다 만났으니까."

가족. 이 여자의 입에서 그 단어만큼은 나오지 않기를 바랐다.

"낡고 오래되기는 했지만 꽤 넓은 집이야. 방도 세 개나 있고."

사람이 대체 어디까지 어리석고 뻔뻔할 수 있을까. 이 여자는 마리나가 진정 어떤 심정일지, 그리고 나와 마리나가 어떤 삶을 살아왔는지 알지도 못한다.

"우리 셋이 함께 산 건 아주 짧은 시간이었잖아."

'시온의 빛' 시설에 있던 방 한 칸. 그곳에 정착하자마자 에리코는 게을러졌고 아이에게 관심을 끊었다. 와타루가 학교에서 아무리 괴롭힘을 당해도 못 본 척했다. 그리고 세상의 빛을 본 마리나를 교단에 바쳤다. 그런 걸 함께 살았다고 할 수 있을까. 에리코의 가족은 오히려 그 교주와 신도들 아닐까. 그러나 이런 말을 해 봐야 이 여자의 귀에는 들리지 않을 것이다.

"우리는 가족이 아니야."

와타루의 서슬 퍼런 한마디에 에리코가 입을 다물었다. 핸들을 붙잡고 있던 손을 천천히 떨어뜨린다.

"당신은 마리나와 함께 살 자격이 없어."

아들의 얼굴에 시선을 못 박은 채 에리코는 한 발짝 뒤로 물러섰다. 바짝 마른 얇은 입술이 희미하게 떨리고 있다.

"당신이 마리나를 버렸어. 아라카와강에."

와타루는 감정을 최대한 억누르려고 말을 한 번 끊고 숨을 들이마셨다.

"아라카와강에 떠내려가는 마리나를 보고도 못 본 척했어."

"그렇지 않아. 나는……."

"당신은 마리나와 함께 살 자격이 없어. 당신은 엄마가 아닌 건 물론이고 우리한테 아무것도 아닌 존재야."

에리코는 입을 다물고 다시 한 발짝 물러섰다.

이 여자는 숨을 쉬지 않던 아기가 어떻게 성장해 다시 눈앞에 나타났는지에도 아무런 의문을 가지지 않는다. 그뿐만 아니라 죄의식이 없어서 마리나의 고통을 이해하려 하지 않는다. 안이하게도 '가족'이라는 단어를 입에 담는 에리코가 증오스러웠다.

또 손에 잡히는 행복만 골라서 누리려는 태도를 용서할 수 없었다. 세상에는 절대 부모가 돼서는 안 되는 사람이 있다. 바로 눈앞에 있는 이 여자다.

"마리나한테는 내가 말할 테니 더 이상 그 아이한테 접근하지 마."

그러자 에리코는 갑자기 바닥에 무릎을 꿇었다. 두 손을 내밀고 이마를 땅에 갖다 댔다.

"미안하다, 와타루. 네 말이 다 맞아. 그러니 제발 마리나만은 데려가지 말아 주렴."

무릎을 꿇고 호소하는 초로의 여자를 길을 지나던 행인이 뚫어져라 쳐다봤다. 고개를 든 얼굴에 눈물이 그렁그렁하다. 몸에 걸친 옷과 나이보다 늙어 보이는 얼굴도 초라하기 그지없어 와타루는 무심코 고개를 돌렸다.

"난 정말 외로웠어. 지금껏 내내 혼자였어. 그러니······."

에리코는 마리나와 똑같은 말을 했다.

"당신만 그런 게 아니야!"

와타루는 자기도 모르게 크게 외쳤다. 지나가던 중년 부부가 깜짝 놀라 발걸음을 멈췄다.

"혼자만 불행한 척하지 마! 나도 마리나도 마찬가지야! 아니, 마리나는 당신보다 훨씬 외롭고 힘들게 살아왔어. 그리고 앞으로도 그런 삶이 계속 될 거야! 다 당신 때문에!"

이번에는 정말 페달에 발을 올려서 힘껏 박찼다. 무릎을 꿇고 있는 에리코를 뒤로 한 채 자전거를 출발했다.

정신없이 달리다 보니 어느새 눈물을 흘리고 있는 자신을 발견했다.

왜 우는지 스스로도 알 수 없었다. 왼팔로 눈물을 닦고 속도를 더 높였다. 거리 풍경이 극채색의 뭉텅이가 되어 뒤로 흘러갔다.

눈물이 마른 뒤에도 와타루는 계속 자전거를 타고 달렸다.

목조 주택에서 마리나가 나왔다.

놀랍게도 표정은 밝았다.

"오빠."

전에는 거부했던 오빠에게 편하게 말까지 건넨다. "들어올래?"라는 제안에 와타루는 고개를 흔들었다. 집 안에는 에리코가 있을 것이다.

마리나는 눈치 빠르게 집에서 나와 앞장서서 걷기 시작했다. 와타루는 머뭇거리면서도 뒤를 따랐다.

"오빠가 그랬지?"

"응?"

"나더러 소중한 가족이라고."

"그래."

마리나는 기쁜 듯이 웃으며 고개를 숙여 발끝을 봤다.

"그때부터 나도 생각해 봤어. 오랫동안 떨어져 산 가족이 지금 여기서 다시 만난 것의 의미를."

마리나가 무슨 말을 하려는지 종잡을 수 없어 불안했다.

"심지어 난 전에 한 번 죽었는데도 여기 있잖아."

고개를 들어 오빠를 보는 마리나의 눈빛이 가슴을 아프게 했다.

"아기인 상태에서 죽었다면 엄마도 오빠도 만나지 못했을 거야. 하지만 지금은 이렇게 오빠 옆을 걷고 있어."

와타루가 대답 한마디 하지 않아도 마리나는 말을 계속했다.

"이런 게 바로 진정한 행복 아닐까 싶더라. 그리고 기렌한테도 감사하기로 했어. 날 다시 살려 준 그 마족에게."

와타루는 아연실색하며 마리나를 돌아봤다. 마리나가 사는 아파트를 찾아갔던 게 바로 얼마 전이다. 그때 마리나는 자신에게 들이닥친 비참한 운명에 치를 떨었다. 그로부터 불과 며칠 지나지 않았다. 그 며칠 동안 이렇게까지 생각하게 된 걸까. 마음이 복잡해서 어머니에게도 가지 않겠다고 우울하게 선언한 마리나는 어떻게 다시 마음을 추스르게 되었을까.

지금은 그야말로 밝고 쾌활한 모습이다. 그 간극에 와타루는 당황했다.

분명 그날 이후 매일 고민을 거듭하며 울면서 밤을 지새웠을 것이다. 그렇게 마리나가 내린 결론은 에리코의 곁에 있는 것이었다. 아는 것이라곤 없는 그 어리석은 어머니 곁에.

"그래서 엄마한테 간 거야?"

나름대로 냉정하게 물으려 했지만 잘되지 않았다. 지금 가슴을 뒤덮은 감정이 여동생을 향한 연민인지 어머니를 향한 분노인지 자신도 잘 구분할 수 없었다.

마리나는 가볍게 고개를 끄덕였다.

"사실 오랫동안 가족이라는 개념을 잘 이해하지 못했어."

마리나는 혼잣말처럼 중얼거렸다.

"나에게 친절한 사람들이 곁에 있으면 그걸로 충분하다고 생각했으니까."

마리나는 "하지만" 하고 힘주어 말했다.

"그래도 역시 외롭더라."

다시 발끝에 시선을 떨어뜨린다.

"왜일까?"

와타루는 대답하지 못했다.

"그건 분명 내가 누군지 정확히 몰랐기 때문일 거야."

답은 마리나의 입에서 나왔다. 이런 걸 줄곧 혼자서 고민하고 있었구나 하는 생각에 또다시 가슴이 쓰렸다.

"아, 예쁘다."

작은 공원에는 만개한 벚나무가 있었다. 절정이 조금 지난 나무가 마리나에게 연신 꽃잎을 흩뿌렸다. 와타루는 그 풍경을 조금 떨어진 곳에서 바라봤다. 꽃잎에 파묻혀 소중한 여동생이 사라져 버리지 않을까 두려웠다. 봄날의 햇살 속에 서 있는 마리나의 모습은 너무도 덧없었다. 이제야 붙잡았다고 믿었던 게 모두 환상이었다. 나는 지금 오래전에 죽은 동생의 환영을 보고 있는 것이다. 와타루는 무심코 마리나에게 성큼성큼 다가갔다. 와타루의 어깨에도 벚꽃잎이 떨어졌다.

"아오토의 가족을 생각했어."

마리나는 손바닥을 위로 향한 채 떨어지는 꽃잎을 받았다.

"나한테는 비교 대상이 없으니까."

꽃잎 너머에서 활짝 웃는 마리나의 보조개가 보였다. 가슴이 먹먹했다.

"피 한 방울 섞이지 않은 사람들과 부대끼며 살았어. 세월이 무색할 정도로 오랜 시간 동안."

그들은 가족이 아닌 동료였다. 하지만 행복하게 서로에게 의지하며 살았다. 혈연 같은 건 상관없을지 모른다.

"실은 그들도 외로울 거야. 우리는 미처 헤아릴 수 없을 만큼."

와타루의 속마음을 읽은 것처럼 마리나가 말했다.

나이를 먹지 않고 영원한 삶을 강요당하는 마족과, 자신에게 죽음이 다가온다는 걸 아는 마리나. 와타루는 압도적인 운명의 힘에 전율했다.

"그러니 나와 헬트에게도 다정했어. 그들은 진짜 외로움을 알고 있으니까."

외로움. 지금껏 일부러 외면하며 살았다. 못난 가족과 함께 있는 것보다 차라리 외로운 게 낫다고 생각했다.

어렸을 때 와타루가 교단 시설에서 사는 것을 놀리는 기쿠치에게 아오토는 말했다.

— 신 같은 건 없어.

그것은 어린아이가 말로 표현할 수 있는 최대한의 절망 아니었을까.

"입양 간 뒤에도 가끔 아오토가 찾아왔다고 했지?"

"응."

"그것도 다 날 걱정해서였을 거야. 특히 아오토는. 아이의 모습인 아오토는 역시 어린아이가 맞아. 누구보다 아오토가 가장 외로워하고 있어."

어느 누구와도 깊은 관계를 맺지 않고 숨죽인 채 살아온 마족이지만 아오토는 친구를 원했다. 그는 반에서 고립돼 괴롭힘을 당하던 와타루를 도와줬다. 그의 가족도 와타루를 거부하지 않았다. 와타루의 소원을 들어 마리나를 살려 주고 돌보기도 했다. 언젠가 마리나에게 들이닥칠 끔찍한 결과를 알면서도 소원을 냉정하게 뿌리치지 않았다.

마리나는 손바닥 위에 있는 분홍 꽃잎을 꼭 쥐었다.

"그런 게 친절일까?"

그게 정말 정답이었을까. 마족들이 한 행위는 단지 와타루의 만족을 위한 것이었다. 그저 눈속임이었다. 그래도 마리나는 망설임 없이 고개를 끄덕였다.

"응. 그들은 내가 엄마를 만나고 싶다고 하니 원하는 대로 날 일본에 보내 줬어. 누구보다 내 마음을 잘 알고 있었던 거야. 그리고 조용히 다시 떠났어."

바람이 불어 벚나무 가지를 흔들었다. 마리나 위에 또다시 분홍색 꽃잎이 흩날렸다.

"날 가족 품으로 돌려보내 줬어. 잠시나마 행복할 수 있게 해 준 거야."

잠시나마. 그 기간은 어느 정도일까. 10년? 아니면 열흘? 마리나는 이미 스스로 그런 질문을 몇 번이나 했을 것이다. 그리고 그 잔인한 운명을 마리나에게 알려 준 사람은 바로 와타루 자신이었다.

나는 대체 어떡해야 하는 걸까.

"헬트가 시체로 돌아가기 전에 어떤 조짐이 있었어. 목부터 가슴에 걸친 부분에 나뭇잎이 달린 나뭇가지 같은 문양이 보이기 시작했어."

올리브 나뭇가지다. 기렌이 의식에 썼던 초록빛 나뭇가지가 떠올랐다. 가지의 생기가 그대로 헬트의 생명이 되었다. 그래서 시들어 버렸다. 생기가 헬트의 몸에 흡수된 것이다. 그 후 대상이 죽음의 형태로 돌아가기 전에 가지 문양이 다시 몸의 표면에 떠오르는 걸까.

"문양이 나타난 후 헬트는 조금씩 기운을 잃고 반응도 둔해졌어. 늘 활기차고 영리한 개였는데. 그게 바로 죽음의 징표였던 거야."

담담하게 말하는 마리나의 눈을 똑바로 쳐다볼 수 없었다.

"만약 그 징표가 나에게도 나타나는 날에는, 오빠."

뒤에 이어질 말을 예측하며 와타루는 겁에 질렸다.

"날 어디론가 데려가 줬으면 해. 엄마도, 그 누구도 날 볼 수 없는 곳으로."

마리나는 블라우스 옷깃을 살짝 들었다. 하얀 목덜미에서 와타루는 눈을 돌렸다. 그곳에 죽음의 징표가 나타나는 모습을 상상했다. 너무도 끔찍한 광경이다. 간신히 만난 동생이 다시 사라지게 될 거라는 징표.

바람이 불었다. 와타루는 분홍빛 꽃잎 커튼을 헤치며 마리나에게 다가가 조심스럽게 동생을 꼭 껴안았다. 잠자코 있는 마리나의 몸에서는 죽어 간다고는 믿을 수 없는 육체가 확실히 느껴졌다.

"난…… 내가 한 일은……."

그야말로 무도한 짓이었다. 그런데도 지금껏 나는 마리나를 구했다고 착각하고 있었다.

에리코보다 훨씬 어리석고 뻔뻔했다.

"괜찮아."

마리나는 힘주어 말했다.

"태어나서 1년도 안 되어 죽어 버리는 것보다는 훨씬 나아."

그래서 어머니 곁에 있기로 한 걸까. 죽기 전에 평생의 외로움을 채우려는 걸까. 동생의 그런 심정이 너무나 안타깝고 애처로워 와타루는 눈물을 흘렸다. 사랑하는 가족을 위해 울었다.

근처에 있는 초등학교에서 종소리가 들렸다. 어릴 때 자주 들은 그리운 소리다. 그때는 가혹한 환경에서 살아남기 위해 안간힘을 썼지만 지금보다는 나았다.

어른이 되어 모든 것을 알게 된다는 것은, 그야말로 슬픈 일이었다.

도시유키는 히라누마 정육점에서 일하던 사람들을 가게로 불러 모았다. 흰머리가 조금 는 도시유키는 외모는 별반 달라진 게 없었지만 삶에 대한 의욕이 땅에 떨어진 듯 보였다. 그는 히라누마 정육점의 문을 닫겠다고 선언했다.

이나다 씨와 무카이 씨가 눈빛을 교환했다. 그 후 두 사람의 시선이 와타루를 향했다. 예상했던 일이라 셋 다 놀라지 않았다. 어차피 가게를 열어도 장사가 될 것 같지 않았다. 도시유키는 와타루에게 이번 달 월급은 주겠지만 퇴직금은 줄 수 없다고 했다. 그 역시 예상했다.

"사모님 몸 상태는 좀 어때?"

이나다 씨가 묻자 도시유키는 "별로 좋지 않아요"라고 짧게 대답했다. 그러고는 등을 휙 돌려 계단을 올라갔다.

"아무래도 어머니 병세가 나아지지 않아서 더 우울한가 봐. 아내와 아이들과 헤어져 어머니만이 유일한 가족일 테니."

주방에 남은 세 사람이 동시에 한숨을 내쉬었다. 말없이 싱크대를 보며 서 있다. 가게 문에 셔터가 내려가 있어 어두컴컴했다.

"이제 두 번 다시 이곳에 돌아올 일은 없겠지."

무카이 씨의 그 말을 끝으로 세 사람은 함께 뒷문으로 나갔다.

"와타루. 혹시 힘든 일이라도 생기면 연락하렴. 내 휴대폰 번호, 알지?"

이나다 씨는 애써 밝게 말했고 무카이 씨는 와타루의 등을 툭툭 두드렸다. 그동안 서민 동네의 식탁을 지키던 나이 든 아주머니들이 나란히 걸어가 사라졌다. 상점가에 인적이 드물어서 그런지 멀어지는 모습이 훤히 보였다.

와타루는 고개를 돌려 자전거를 봤다. 24단 변속, 카본 프레임, 얇은 검정 타이어가 멋스럽다. 결국 이 자전거 하나만 남았다는 생각이 들었다. 재킷 주머니에서 스마트폰을 꺼내 가오에게 전화를 걸었다.

— 와타루?

가오가 반갑게 전화를 받았다.

"도시락 가게가 망했어."

— 오, 이런!

목소리에서는 역시나 반가운 기분을 감추지 못하는 기색이 전해졌다.

— 지금 어디야?

"망한 가게의 뒷문."

수화기 너머에서 크게 웃는 웃음소리가 들렸다.

— 지금 당장 우리 집으로 와. 한잔하자.

"대낮부터 웬 한잔?"

— 마침내 네가 내 파트너가 된 것을 기념해서.

와타루는 알겠다고 했다. 그리고 전화를 끊기 직전에 가오는 문득 떠오른 것처럼 덧붙였다.

— 아, 참. 나루세는 일을 그만뒀어.

마리나는 철저히 엄마 옆에 붙어 있기로 결심한 것이다. 죽은 자신이 원래 모습으로 돌아갈 때까지.

— 아쉽겠어. 그런데 앞으로 우리에게는 연애보다 훨씬 설레는 일이 많이 생길 거야.

"걔는 내 여동생이야."

— 오, 그렇군.

이제는 별 관심도 없을 것이다. 가오의 반응은 담담했다.

그래도 와타루가 집에 가겠다고 하자 가오는 기뻐했다. 가오의 머릿속에는 그려 둔 청사진이 있을 것이다. 거기에 자신도 끼어야겠다고 와타루는 결심했다.

마리나가 죽음에 다가서는 모습을 보고 싶지 않았다. 마리나가 어떻게 변할지 상상만 해도 두려웠다. 그리고 마리나에게 그런 운명을 짊어지운 사람은 다름 아닌 나다.

— 날 왜 죽게 내버려 두지 않은 거야?

오빠에게는 그렇게 따져 물었지만 정작 자신에게 목숨을 잃을 계기를 제공한 어머니와 함께 살기를 선택한 여동생의 심정을 떠올리면 가슴이 아파 견딜 수 없었다. 흔들리는 마음을 감당하기 어려웠다.

입을 모아 '외로웠다'라고 한 모녀는 지금 행복할까. 우스웠다. 문득 이 모든 게 희극 같았다. '가족'이라는 이름 아래에 모이면 모든 것이 용서되고 구원받는 걸까. 아니, 그런 건 환상이다. 환상에 매달려 행복한 연기를 하는 것이다. 그 안에 가담할 것을 상상하니 섬뜩했다.

그래서 무자비할 정도로 계산적이고 자기 욕망에 충실한 가오 옆에 있으면 오히려 안심이 됐다. 이유는 알 수 없지만 내 도움을 바라며 열심히 자기 계획을 설명하는 남자에게 와타루는 더 친근감을 느꼈다. 가오처럼 살면 고민할 게 아무것도 없다. 자신은 여동생을 사랑하니 더 안타까워하고, 동시에 어머니를 증오한다. 그래서 괴로운 것이다.

한 시간 후 와타루는 가오의 집 바닥 카펫에 앉아 있었다. 가오는 늘 그러듯 와타루에게 투자, 인수 회사, 신약 개발 가능성을 설명했지만 그중 절반도 머리에 들어오지 않았다.

와타루는 조금 전 가오와 건배했던 술잔을 만지작거렸다. 브랜디인지 위스키인지 모르겠지만 값비싼 술일 것이다. 맛도 잘 알 수 없지만 가오는 그 술을 잔 두 개에 가득 따랐다. 가오 역시 술의 가치 같은 건 모르는 듯했다. 와타루는 손에 든 잔을 보며 떠올렸다. 지금은 이렇게 가오가 나를 환대해 주지만 얼마 안 돼 쓸모없다는 걸 깨달으면 금세 등을 돌리고 외면할 것이다.

하지만 그럼 나도 곧장 가오 곁을 떠나면 되는 것이다. 그야말로 알기 쉬운 관계다. 그런 명료함이 와타루는 편안했다. 가족에게는 그런 걸 기대할 수 없다. 오랫동안 꿋꿋이 살아왔는데도 가족을 접한 순간 감정이 흔들렸다. 이기적인 어머니를 보며 화가 나면서도 나도 모르게 눈물을 흘리는 나 자신이 싫었다.

"자, 앞으로 많이 바빠질 거야"

대략 설명을 마친 가오가 밝게 말했다. 그는 전에도 언급한, 벤처 기업을 설립한 남자를 만나게 해 주겠다고 했다. 도쿄대 의대를 졸업한 사람이 아동 보호 시설에서 자라 간신히 고등학교만 졸업한 사람을 만나 득 될 게 뭐가 있을까. 와타루는 단숨에 술잔을 비우는 가오의 하얀 목덜미를 바라봤다.

물론 가오도 지금까지 살아온 이력이 불분명하다. 머리는 똑똑해 보이지만 자라온 환경과 학력 등 신상에 대해서는 무엇 하나 아는 게 없는 남자를 자신은 지금 도우려 하고 있다. 하지만 그토록 무계획적이고 무모해도 마음이 편했다. 가오와 함께하다 보면 나도 바뀔 수 있지 않을까. 근거도 없이 그렇게 생각했다. 와타루도 술잔을 단숨에 비웠다. 뜨거운 덩어리가 목구멍을 달구고 위장으로 내려갔다.

가오가 몸을 일으키더니 안쪽 방에 가서 뭔가를 가져와 와타루 앞에 있는 유리 탁자에 툭 내려놨다. 돈다발이었다. 은행 띠지에 묶인 백만 엔 두

덩이.

"그거면 충분하겠어?"

와타루는 고개를 들어 가오를 봤다.

"이제는 사는 곳도 좀 괜찮은 데서 살아야지. '포밸리 기획' 직원한테 물건을 찾아보라고 할게. 그게 빠를 거야. 만약 여동생과 함께 살고 싶다면 그것도."

"아니."

와타루는 서둘러 말을 잘랐다.

"걔는 어머니랑 같이 살아서."

거기까지 말할 생각은 없었는데 나도 모르게 튀어나왔다. 가오는 한쪽 눈썹을 살짝 치켜세웠다. 와타루는 예전 그에게 자신은 아동 보호 시설 출신이며 가족이 없다고 했다. 이제 와서 여동생과 어머니 이야기를 꺼내도 가오는 깊이 캐묻지 않았다. 그에게는 별 상관없는 일인 듯했다.

가오는 오직 와타루 개인에게 관심이 있고 이용 가치가 있다고 보고 있다. 그렇다면 나도 결말이 어떻게 되건 끝까지 이 남자와 함께해 보기로 마음을 굳혔다.

와타루는 돈뭉치 두 덩이를 오래된 배낭에 쑤셔 넣었다. 가오는 만족스러운 얼굴로 그 모습을 지켜봤다.

"가구나 옷 같은 것도 사. 부족하면 말하고."

가오는 자신의 차림새를 내려다보며 "어차피 양복 같은 건 입을 일이 없겠지만" 하고 씩 웃었다. 도통 정체를 알 수 없는 사람. 그러나 이제는 가오와의 만남 자체에 뭔가 의미가 있는 듯한 느낌이 들었다.

와타루는 고토구 미나미스나마치에 있는 아파트로 이사했다.

'포밸리 기획'의 젊은 직원이 알아봐 준 집 중에서 적당한 월셋집을 계약했다. 솔직히 어디든 상관없었지만 에리코와 마리나가 사는 나카노, 좋지 않은 기억이 있는 기타센주에서 최대한 떨어지고 싶었다.

가오는 "왜 그런 변두리로 가?"라고 물었지만 더 이상 사적인 이야기는 하지 않았다. 도자이선 지하철을 타고 여섯 정거장, 약 11분 정도면 오테마치까지 갈 수 있으니 교통이 그렇게 불편한 것도 아니었다. 일대에는 원래 소형 아파트 단지가 많았는데 대형 타워 맨션이 들어서면서 가족 단위 거주자가 늘어났다. 그러나 정작 대형 쇼핑몰에는 가족 손님이 거의 보이지 않았다. 타르바간 바이러스의 확산 때문이다. 나카노부 상점가처럼 셔터를 내리고 휴업한 가게도 많이 눈에 띄었다.

이사 준비는 간단했다. 짐이랄 게 거의 없어 가오에게 받은 자전거가 가장 큰 짐이었다. 자전거를 집에서 빼고 들이는 상황을 고려해 일부러 아파트 1층을 선택했다.

가오는 요쓰야의 '포밸리 기획' 외에 회사를 하나 더 차릴 거라고 했다. 가오가 말했던 벤처 기업이 스이도바시에 있는 관계로 편의성을 고려해 근처 사무실을 따로 얻을 계획인 듯했다. 그가 통째로 인수했다는 벤처 기업의 이름은 '파나케이아'였다. 그리스 신화에 나오는 치유의 여신을 뜻한다고 도쿄대 출신 창업자는 말했다. 고이케라는 이름의 그는 두꺼운 안경을 낀 통통한 남자로 한눈에 봐도 연구자 같은 분위기였다. 가오의 자금과 경영 능력, 행동력이 뒷받침되지 않으면 기업인으로 살아갈 수 없을 타입처럼 보였다.

회사 경영은 고사하고 생활력이 있는지도 의문이었다. 그는 늘 구겨진 폴로셔츠에 무릎이 불거진 면바지를 입고 다녔다.

"다, 당신 이야기는 가, 가오한테 들었어."

와타루를 처음 만났을 때 고이케는 더듬거리며 인사를 건넸다. 의사 일을 포기한 것도 어쩌면 이런 핸디캡 때문일지 모르지만 정작 본인은 크게 신경 쓰지 않는 듯했다.

"우리 셋이 곧 세상을 깜짝 놀라게 할 성과를 만들 거야. 그리고 대부호가 돼야지."

가오가 들뜬 목소리로 말하자 고이케도 조용히 웃음을 터뜨렸다. 왠지 웃음소리까지 더듬대는 느낌이었다.

"그, 그래. 자, 잘됐으면 좋겠네."

"잘될 거라니까."

가오가 와타루의 어깨를 붙잡고 흔들었다.

"이 녀석이 옆에 있으면 저절로 행운이 따라오게 돼 있어. 전에 내 지갑을 훔쳐 가는 사람을 목격하기도 했지."

"결국 지갑은 돌아오지 않았지만."

와타루가 말을 보태자 가오는 유쾌하게 웃었다.

"세상에 출몰한 타르바간 바이러스 퇴치를 위해 힘을 합치게 된 세 사람. 이건 거의 숙명이군."

고이케가 어깨를 살짝 들썩였다. 숙명이니 뭐니 하면서 일개 반찬 가게 직원에 불과한 자신을 동료로 끌어들인 가오의 속내를 알 수 없지만 이상하게 납득이 되기도 했다. 만약 그날 밤 내가 오이마치역에 가지 않았다면 가오를 만나지도 못했을 것이다.

와타루는 고이케와 가오의 얼굴을 번갈아 봤다. 이 두 사람은 현재 전 세계를 휩쓰는 그 무서운 전염병을 퇴치할 약을 개발할 수 있다고 진정 믿는 걸까. 이 말더듬이 남자는 정말 천재일까. 보기에 따라서는 사회성이 부족하고 자기만의 세계에 빠져 사는 사람 같기도 하다. 와타루의 가슴에 한동안 억눌려 있던 불안과 망설임이 고개를 들었다.

한숨을 내쉬었다.

이제는 고민하는 것도 귀찮았다. 나는 이미 가오의 배에 올라타기로 결심했다. 고이케도 아직 알쏭달쏭한 사람이지만 그냥 똑똑한 괴짜라고 생각하기로 했다.

이제부터 할 일은 '포밸리 기획'과 '파나케이아'를 오가며 가오와 고이케의 일을 돕고, 가오의 지시에 따라 새 회사 설립 절차를 밟는 것이다. 딴생각할 겨를 없이 바쁘게 지내고 싶었다.

마리나는 지금 어머니 에리코와 나카노에 있는 허름한 목조 주택에서 살고 있다. 그곳에서 조용히 죽음을 맞을 준비를 하고 있다. 그걸 아는데도 오빠인 내가 해 줄 수 있는 일은 아무것도 없었다.

와타루는 마리나를 찾아가 가오 밑에서 일하기로 했다고 알렸다. 그리고 자신과 함께 살지 않겠냐고 제안했다. 자신이라면 에리코와 달리 여동생에게 이상 징후가 나타나는 걸 즉시 알아채고 도울 수도 있었다. 무엇보다 여동생과 함께 지내고 싶었다.

그러나 마리나는 고집스럽게 어머니와 함께 살기를 원했다. 몇 번을 찾아가 설득해도 소용없었다. 그런 현실이 와타루를 초조하고 무기력하게 만들었다. 어머니라는 존재가 그토록 소중할까. 자신을 내다 버린 어머니 여도.

마리나가 내린 결론에 허무함이 밀려왔다. 지금껏 자신은 어머니를 증오하며 살았고 그게 삶을 지탱하는 연료이기도 했다. 반대로 마리나는 기억도 못하는 어머니를 줄곧 그리워했다. 같은 배 속에서 태어난 남매의 감정은 완전히 상반된 형태로 성장했다. 자석처럼 서로를 끌어당기는 엄마와 딸 사이에 자신이 끼어들 여지는 없었다.

와타루는 스스로를 학대하듯 일에 매진했다. 마리나가 떠난 '포밸리 기획'에 새 회사 설립을 위한 부서를 따로 만들어서 가오가 지시하는 업무를 수행했다. 한마디로 가오의 비서 같은 역할이었다. 전직 반찬 가게 직원을 망설임 없이 그런 자리에 앉힌 것도 충동적인 가오다웠다. 와타루는 서류 하나를 작성할 때도 애를 먹었지만 가오는 별로 신경 쓰지 않는 듯했다.

"익숙해지면 돼."

가오가 재계나 의료계 인사, 정치인의 비서를 만나러 갈 때 항상 와타루가 차를 운전했다. 일개 투자자에 불과한 사람이 고지식해 보이는 고위급 인사를 만나 스스럼없이 대화를 나누고, 상대도 그런 가오를 협상 상대로 인정하는 모습을 보며 가오가 가진 무소불위의 능력을 새삼 깨달았다. 어디서 어떻게 이런 사람들을 만나서 알고 지내는지도 궁금했다.

"그, 그런 건 궁금해하지 않는 게 좋아. 뭐, 뒤가 구린 녀석이니까. 괘, 괜히 파고들었다가 후회할걸."

고이케는 염려했다. 그러나 말은 그렇게 해도 가오를 든든한 비즈니스

파트너로 인식하는 듯했다. 아무리 나쁜 녀석이어도 괴짜 연구자에게는 훌륭한 파트너인 것이다. 가오는 엄청난 자산가다. 유명 인사들을 만날 수 있는 것도 다 돈의 힘일 거라고 와타루는 추측했다. 그는 투자라는 명목을 들어 자신에게 유리한 방향으로 일이 진행되도록 사방에 돈을 뿌리고 있다. 고이케도 가오의 자금력을 믿으며 눈감을 부분은 눈감아 주고 있는 것이다.

꼭 고이케의 조언 때문은 아니지만 와타루도 가오의 진짜 정체나 본성 같은 건 신경 쓰지 않기로 했다. 무엇보다 가오를 만나지 않았다면 마리나를 만날 수도 없었다.

가오는 두둑한 보수를 챙겨 줬다. 히라누마 정육점에서 일할 때는 상상도 할 수 없는 액수였다. '포밸리 기획'에서 속을 터놓고 지내는 직원이 없었기에 자신이 특별대우를 받는지는 알 수 없었다.

첫 월급을 받고 며칠 후 나카노를 찾아가 월급의 절반을 에리코에게 건넸다. 그녀는 눈을 휘둥그레 떴다.

"이러지 않아도 돼."

에리코는 청소 용역 회사에서 청소부로 일하며 그 돈으로 마리나와 둘이 먹고살 수 있다고 했다.

"그냥 받기라도 해."

와타루는 무뚝뚝하게 말하고 에리코에게 억지로 돈을 쥐여 줬다. 온 김에 마리나의 안부도 확인했다. 에리코와 마리나 둘 다 와타루를 집 안에 들이려고 했지만 그건 거부했다.

"그럼 밖에서 차라도 한잔 살게."

마리나가 밝게 말하고 카디건을 걸쳤다.

"그래. 둘이 잘 다녀오렴."

에리코의 말은 무시했다.

"오빠. 앞으로도 가끔 이렇게 들러 줘."

간선 도로 길가에 있는 세련된 카페에 들어가 마주 보고 앉자 마리나는 그렇게 입을 뗐다. 커피잔을 들어 올린 손이 멈췄다. 다른 사람 귀에는 그저 절친한 남매의 대화처럼 들릴 것이다. 하지만 이 말에 감춰진 진짜 뜻을 알면 몸서리를 치지 않을까. 마리나는 자신의 상태 변화를 오빠가 알아차려 줬으면 하는 마음에 한 말이었다. 이미 20여 년 전에 죽은 그때 모습으로 돌아갈 징조가 나타나는지를.

"가오 씨 밑에서 일하는 건 어때?"

마리나는 자연스럽게 화제를 돌렸다.

죽음의 징조와 관련된 이야기는 더 이상 하고 싶지 않은 듯했다.

"아직 잘 모르겠어. 그 녀석이 대체 뭘 하려는지."

"그건 아마 아무도 모를걸. 그냥 내키는 대로 움직이는 사람이니까."

"날 왜 고용했을까?"

"그것도 신경 쓰지 마. 오빠만이 아니야. 전에도 그렇게 충동적으로 사람을 데려올 때가 많았어."

마리나 역시 다른 회사에서 일하다가 가오에게 스카우트됐다고 했다.

"증권사에서 일하던 사람이나 개인 투자자처럼 경제 쪽에 밝은 사람도 있었지만 전혀 아닌 사람도 있었어. 심지어 어떨 때는 고리 대금업을 하던 조폭 같은 사람을 데려왔을 때도 있었고. 그래도 신기하게도 일은 잘 풀렸어. '포밸리 기획'은."

가오는 주식과 부동산 매매에서 무시무시한 직감을 발휘해 거액의 수익을 올렸다고 했다. 직원들은 그 옆에서 관련 절차나 법률적인 부분만 도왔다. 가오는 오래전 땅 투기로 돈을 벌었다고도 했다. 버블 시대에 횡행하던 방식이라고 하는데 요새도 그런 방식이 통할지는 의문스러웠다.

마리나도 가오의 신비한 매력과 수완만큼은 인정하는 듯했다. 한마디로 '포밸리 기획'은 괴짜지만 유능한 사장의 1인 기업이라고 했다.

"엄마랑 사는 게 즐거워?"

와타루는 마침내 준비한 그 질문을 꺼냈다.

"응. 즐거워."

마리나는 한 치의 망설임도 없이 대답했다.

"왜지? 이유가 뭐야?"

"나와 함께 살면서 엄마가 즐거워하는 것 같으니까. 그러니 나도 즐거워."

와타루는 침묵했다.

"엄마는 오빠랑도 같이 살고 싶어 해. 우리가 어릴 때 자기가 저지른 죄를 갚고 싶다고."

그 말에도 대답하지 않았다.

"하지만 불가능하겠지. 원하는 걸 한 번에 얻을 수는 없으니까. 조금씩 이뤄 가면 된다고 생각해."

와타루는 마리나의 두 뺨에 잡힌 보조개를 쓸쓸한 심정으로 바라봤다.

많은 것을 바라지 않기로 결심한 사람은 마리나 자신일 것이다. 마리나는 '현재'만을 바라보며 하루하루를 살고 있다. 동생의 작은 소망은 일분일초라도 더 어머니 옆에서 시간을 보내는 것이다. 그렇다면 와타루도 지금은 그 소망에 발맞춰 주기로 했다.

둘은 카페 앞에서 헤어졌다. 헤어지기 전 와타루는 앞으로도 가끔 이렇게 만나러 오겠다고 약속했다. 해 줄 게 그것밖에 없는 자신이 한심했지만 마리나 앞에서는 감정을 숨겼다.

마리나가 입은 겨자색 카디건이 인파 속으로 사라지는 모습을 허무한 심정으로 지켜봤다. 그 후 등을 돌려서 발걸음을 뗐다. 미나미스나마치로 이사 온 이후부터 자전거를 거의 타지 않았다. 히라누마 정육점에 자전거로 출퇴근할 때는 주로 후드티에 청바지, 운동화 차림이었지만 지금은 재킷에 면바지, 가죽 구두를 신고 다닌다.

그동안 패션에는 무관심했기에 무엇이 좋을지 몰라 무작정 들어간 가게에서 직원이 골라 주는 대로 샀다. 그리고 그 옷들을 돌려 가며 입고 있다. 가오가 양복을 입지 않아도 된다고 해서 다행이었고, 가오도 늘 옷차림이 수수했다. 그래도 값은 꽤 나가는 옷들일 텐데 와타루는 그런 방면은 문외한이었다.

오랫동안 바뀌지 않았던 것이 한꺼번에 움직이는 듯한 느낌이 들었다.

얼마 전만 해도 타르바간 바이러스가 이토록 전 세계에 널리 퍼질 줄은 아무도 예상하지 못했다. 세상이 크게 요동치는 상황에서 와타루는 가오를 알게 됐고, 마리나와 에리코를 만났다. 그뿐만 아니라 마리나가 짊어진 서글픈 운명과 아오토 가족의 정체도 알게 됐다. 앞으로는 또 무엇이 어떻게 변할까.

상황이 몹시 급격하게 변화해서 깊이 생각할 겨를도 없었다.

마족. 와타루는 그들을 떠올렸다. 그들은 왜 나에게 손을 내밀었을까. 조용히 숨죽인 채 세상을 살아야 했던 그들은 누구와도 깊이 교류하지 않으며 여러 시대를 거쳐 왔을 것이다. 한 명 한 명이 보유한 그 작은 능력을 활용해.

아오토의 푸른 눈동자가 떠올랐다. 아오토는 수업 시간에 늘 조용했고 반 친구들이 말을 걸어도 묵묵부답이었다. 그러다 결국 반에서 소외당했지만 신경 쓰지 않았다. 그렇게 학교든 사회에서든 누구와도 깊이 교류하지 않고 살아가는 것이 아오토 일족의 삶의 방식이었다.

그런데도 와타루에게는 마음을 열었다. 심지어 자신들의 집에도 초대했다. 아마 학교에서 심한 괴롭힘을 당하고 교단 시설에서 지내는 와타루가 안타까워 그전까지 지켜 온 규율을 어겼을 것이다. 친절한 사람들이었다.

그러나 상황은 예상치 못한 방향으로 흘러갔다. 어느 날 와타루가 교단에서 죽은 여동생을 기렌에게 데려가 살려 달라고 부탁했다. 와타루는 기렌의 능력이 눈속임에 불과하다는 것을 몰랐다. 죽은 존재를 그저 일정 기간 동안만 살아 있는 것처럼 보이게 하는 술법일 줄은 꿈에도 상상하지 못했다.

필사적으로 애원하는 가엾은 아이를 앞에 두고 기렌은 당황했을 게 분명하다. 그전에 헬트에게 능력을 한 번 쓰고 만 것을 후회했을 것이다. 아오토와 기렌. 그들이 평소 신조에 어긋나는 행동을 했을 만큼 당시 와타루는 궁지에 몰린 비참한 아이였다.

— 죽어도 영혼은 아직 이곳에 있었지.

기렌은 헬트를 살리며 그렇게 말했다. 육체에서 빠져나가려는 영혼을 죽은 육체로 되돌리는 게 그가 할 수 있는 최선의 방책이었다. 비록 평생 계속되지는 않더라도 당장 눈앞에 있는 아이를 슬프게 하고 싶지 않았을 것이다.

그러나 그런 임시방편 때문에 마리나는 끔찍한 운명을 짊어지게 됐다. 그들의 친절이 오히려 마리나를 지옥에 떨어뜨렸다. 만약 그때 기렌이 내 부탁을 거절했더라면. 이기적인 생각이라는 건 알지만 와타루는 그렇게 생각하지 않을 수 없었다. 한때의 눈속임이더라도 눈앞에 있는 아이를 위로하고자 한 마족의 심정이 이해되는 것 같으면서도 원망스러웠다.

그들은 왜 마리나에게 죽음의 형태로 돌아간 헬트를 보여 줬을까. 같은 운명을 짊어진 마리나에게는 너무 잔인한 처사 아니었을까. 마리나를 조금 더 일찍 놓아 줬어야 했다. 일본인 부부에게 입양된 마리나를 가끔씩 찾아와 멀리서 지켜보고 있었다는 것도 몸에 이상 징후가 나타나는지 살필 목적이었을까. 그렇다면 지금도 역시 그들은 마리나와 가까운 곳에 있지 않을까.

와타루는 조심스레 주변을 둘러봤다. 제비가 전선에 떼 지어 앉아 힘차게 지저귀고 있다. 정원에 새를 부르던 도모코가 떠올랐다. 그때 도모코의 표정은 한없이 다정했다. 마족들은 선한 걸까. 아니면 인간은 헤아릴 수 없는 냉정함을 내포하고 있는 걸까. 와타루는 그들의 본질을 좀처럼 가늠할 수 없었다.

마족은 완만한 속도로 영원히 살고 있고, 마리나는 완만한 죽음을 눈앞에 두고 있다.

갓난아기였던 마리나가 되살아난 날 밤에 와타루는 마족들에게 여동생을 맡기고 그 집을 떠났다. 어두운 문 앞에서 검은 실루엣으로 와타루를 배웅한 그들의 모습은 선명한 영상이 되어 머릿속에 반복해서 재생됐다.

또 그 꿈을 꿨다.

아라카와강에서 부들부들 떨며 떠내려가는 플라스틱 상자를 쫓는 꿈. 강물 위에서 출렁이는 상자로 손을 뻗자 반쯤 가라앉은 상자에 손이 닿는다. 모서리를 붙잡아서 힘껏 끌어당겨 두 팔로 끌어안았다.

그대로 물살을 갈라 강변으로 걸어간다. 마침내 단단한 지면에 플라스틱 상자를 밀어 올렸다.

"마리나!"

얼음장 같은 손으로 뚜껑에 달린 잠금장치를 풀었다. 날려 버릴 기세로 뚜껑을 열자 눈에 비친 낯익은 풍선 무늬 목욕 타월. 물에 젖은 수건을 벗기자 안에는 썩어 문드러진 마리나의 작은 몸이 있었다. 새카만 피부는 찢긴 채 녹아내렸고 끈적끈적한 피와 체액으로 범벅된 몸이 형체를 잃어 가고 있다. 머리카락이 다 빠진 머리. 오직 두 개의 눈구멍만 뻥 뚫린 얼굴로 오빠를 보는 마리나.

"히익!"

와타루는 작게 비명을 지르며 잠에서 깼다.

순간 자신이 어디 있는지 알 수 없었다. 조금 전까지 꾼 꿈의 여운이 아직 가시지 않았다. 삭막한 천장을 한 번 둘러보고 자리에서 일어나도 정수리에 아직 둔탁한 통증이 남았다. 눈썹 사이를 손으로 문질렀다. 입안이

끈적끈적했다. 침대 옆 탁자에 있는 생수병의 뚜껑을 따서 한 모금 마셨다. 미지근한 물 때문에 또다시 얼굴을 찡그렸다.

지금까지 살았던 집 중 가장 좋은 집인데도 이 아파트에는 여전히 적응되지 않았다. 어딘지 모르게 나와 동떨어진, 현실감이 없는 장소처럼 느껴졌다. 이런 낯선 느낌을 받을 때마다 가오를 돕는 것이 정말 옳은 선택이었나 하는 의문이 머리를 스쳤다. 점점 내가 나 자신이 아닌 것처럼 느껴졌다.

일본 내 타르바간 바이러스 감염자는 약 3백 명. 다른 나라들과 비교하면 매우 적은 편이다. 의료진의 대처도 훌륭해서인지 치사율 또한 30퍼센트 수준에 그치고 있다. 그럼에도 불구하고 어디서 그 흉악한 바이러스의 공격을 받을지 몰라 두려움에 떠는 사람이 많다. 그런 이들은 여행이나 야외 행사, 기타 취미 생활 등을 자제하며 조심스레 살아가고 있다.

반면 가오는 이 신종 전염병을 이용해 한탕 하려는 계획을 세우고 있다.

스이도바시에서 '파나케이아'가 쓰는 빌딩의 사무실 한 곳이 비어서 그곳에 새 회사 사무실을 내기로 했다. 가오의 호출을 받아 와타루는 처음 그곳에 발을 들였다. '포밸리 기획'처럼 이렇다 할 특징이라고는 없는 수수한 공간이었다. 텅 빈 곳에 와타루와 가오만 서 있었다.

이런 휑한 곳에서 세상을 구할 신약의 실마리를 찾을 수 있을까. 창가에서 말없이 바깥 풍경을 내려다보는 가오의 옆얼굴을 훔쳐봤다. 오똑한 콧날과 가는 눈썹. 그 아래로 보이는 예리한 눈매. 거의 매일 마주치다 보니 이제는 익숙해졌지만 유심히 보니 가오가 늘 미간을 살짝 찌푸리고 있다는 것을 깨달았다.

꼭 뭔가를 견디면서 사는 금욕적인 수행자 같은 모습이다. 평소 무슨 생각을 하는지 도통 알 수 없는 이 오만방자한 독불장군에게도 힘든 일이 있는 걸까.

그때 복도에서 쿵쿵거리는 발소리가 들리더니 열린 문을 지나 고이케가 들어왔다. 머리카락이 헝클어졌고 안경알이 기름때로 번들거리고 있다.

"저, 정말 새 회사를 만드는 거야?"

고이케는 놀란 듯이 물으며 별로 넓지 않은 공간을 둘러봤다.

"포, 포밸리 기획으로 충분할 텐데. 내 시, 신약 개발에 투, 투자만 하는 거면······."

"아니. 이번 일이 성공하면 천문학적인 돈이 들어올 거야."

가오는 와타루의 어깨를 툭 쳤다.

"믿을 만한 녀석이 우리와 함께하고 있기도 하고."

고이케와 와타루 둘 다 불안한 표정을 지었다.

"어, 얼마 전에 설명한 시, 신약 논문은 아, 아직 연구 단계야."

"그럼 다른 걸 찾아봐. 네가 자랑하는 그 AI의 엉덩이를 때려 가며."

고이케는 오만상을 짓더니 다시 쿵쿵거리며 사무실을 나갔다.

가오는 문을 향해 흥 하고 코웃음을 쳤다. 와타루는 여전히 불안한 얼굴로 가오를 마주했다. 가오는 늘 그러듯 자신감이 넘쳤다.

"새 회사 이름은 이미 정해 놨어."

"응"

"'크로마'로 하려고."

"'크로마'? 무슨 뜻이지?"

가오는 빙긋 웃었다.

"뜻 같은 건 없어. 그냥 즉흥적으로 지은 거야."

"흠."

"괜찮지?"

"뭐, 그런 것 같네."

어차피 가오의 속을 알기는 어렵다. 와타루는 내심 '마음대로 해'라고 중얼거렸다. 무엇보다 이곳은 가오의 회사다.

"그리고……."

그때 가오의 가슴 주머니에서 스마트폰이 울렸다. 가오는 한 손으로 스마트폰을 꺼내 화면을 힐끗 보더니 천천히 귀에 갖다 댔다.

"이따 다시 전화할게."

전화를 건 사람이 '포밸리 기획'의 직원인지 가오는 무뚝뚝하게 말하고 곧장 전화를 끊었다.

"그리고 널 이사로 올릴 거야."

가오는 스마트폰을 다시 주머니에 넣으며 태연히 말했다. 와타루는 순간 잘못 들은 줄 알았다.

"뭐?"

"난 대표 이사 사장이고, 넌 이사."

"어째서……?"

말문이 막힌 와타루가 우스운지 가오는 허리를 젖혀 웃었다.

"어차피 나, 너, 고이케 셋뿐인 회사야. 겁먹을 거 없어."

놀리는 거라고 생각했다. 별로 유쾌하지 않았다.

"장난이지?"

"아니, 진심이야."

가오는 대번에 웃음기를 지우고 진지한 얼굴로 말했다. 시도 때도 없이 뒤바뀌는 가오의 감정을 따라잡기 힘들었다. 와타루는 눈앞에 있는 충동적이고 무계획적인 사장을 지그시 바라봤다. 가오도 눈 한 번 깜빡이지 않고 와타루를 봤다. 매서운 겨울바람이 떠오르는 눈빛이다. 가오는 이따금 이런 눈빛으로 상대를 봤다.

결국 와타루는 참고 있던 한숨을 푹 내쉬었다.

"전부터 물어보고 싶었어."

"뭘?"

"날 왜 고용한 거야?"

그러자 가오는 웃음을 풋 터뜨렸다.

"이제 와서 뭘 새삼스럽게. 네가 잘할 것 같으니까."

"내가? 대체 뭘? 지금도 제대로 하는 건 하나도 없잖아. 우왕좌왕할 뿐이지."

말문이 한번 터지자 멈출 수 없었다.

"이런 사람을 새 회사의 이사로 앉히겠다고? 무능한 날 세상에 내놓아 구경거리로 만들기라도 하려는 거야?"

"설마."

가오는 팔짱을 끼고 차분하게 대답했다. 적어도 장난치거나 조롱하려는 의도는 아닌 것 같다. 그렇다면 정말 진지하게 이런 제안을 하는 걸까.

"전에도 말했지만 난 일개 도시락 가게 직원이었어. 제대로 된 경력을 쌓지 못하고 가족도 없이 아동 보호 시설에서 혼자 자랐지. 학교도 제대로 못 다녀서 다른 사람들은 있을 법한 일반적인 상식이나 지식 같은 것도 없어. 그런 내가 네 일을 도울 수 있을 것 같아?"

가오는 팔짱을 낀 채 창가로 다가갔다. 한동안 바깥을 내다보다가 창틀에 살짝 걸터앉아 와타루 쪽으로 고개를 돌렸다.

"어라?"

가오는 여유로운 목소리로 입을 열었다.

"근데 너한테는 여동생이 있잖아. 전에 나루세가 여동생이라고 하지 않았나? 어머니도 계시지?"

가오의 기억력에 혀를 내둘렀다. 상대가 한 말을 흘려들은 것 같으면서도 전부 기억하고 있다.

"여동생과 어머니와는 지금껏 떨어져 살았어. 부모님이 이혼하고 이런저런 사정이 있어서……."

뒤로 갈수록 목소리가 작아졌다. 성장 배경을 털어놓을 생각은 없었다. 어차피 가오도 듣고 싶지 않을 것이다.

"뭐, 됐어."

아니나 다를까 가오는 화제를 돌렸다.

"내가 널 고용한 건 이 회사를 일으켜 세우기 위해서야. 말했지? 난 내 오른팔을 원한다고."

"하지만."

"이미 결정했어. 넌 이사가 될 거야. 보수도 지금의 두 배를 줄게."

와타루는 입을 반쯤 벌리고 가오를 봤다. 지금도 놀라울 정도로 많은 돈을 받고 있다. 일한 만큼 받는다고 절대 말할 수 없을 정도다.

"알겠지?"

가오는 와타루에게 손가락을 내밀었다.

"여기 보스는 나야. 내가 결정하면 그대로 따르면 돼. 잔소리하지 마."

와타루는 완전히 기가 죽어서 입을 다물었다.

가오가 또다시 웃음을 터뜨렸다. 이번에는 등골이 오싹했다. 이 정도면 속내가 불분명한 수준이 아니다. 이 녀석은 어쩌면 제정신이 아닐지도 모른다. 처음 만났을 때 느낀 섬뜩함이 다시 밀려왔다.

가오가 등을 돌려 사무실을 나가자 와타루 혼자 남았다. 고개를 돌리니 창문 너머로 우거진 빌딩 숲이 보였다. 그 위에는 청회색 하늘이 펼쳐져 있다. 그리고 하늘을 비스듬하게 가르는 것처럼 비행기구름이 한 줄기 뻗어 있었다.

가오 곁을 떠날 생각을 하지 않은 건 아니었다. 딱히 돈이 필요하지도 않고 회사를 그만두고 마리나와 에리코와 함께 사는 삶도 고려했다. 물론 에리코는 아무리 시간이 지나도 용서할 수 없을 것이고 용서할 생각도 없지만, 앞으로 살날이 얼마 남지 않은 여동생 곁에 있어 주고 싶었다. 아르바이트를 하면 생활비 정도는 벌 수 있었다.

그러나 와타루는 여전히 가오 밑에서 일했다.

타르바간 바이러스는 더 강한 독성과 전염력을 보이며 세계에서 맹위를 떨치는 듯했다. 바이러스에 감염된 사람은 순식간에 증상이 악화해 고열에 시달렸다. 그리고 온몸에 붉은 습진이 생기기 시작하고 습진을 긁으면 고름이 배어났다. 비 오듯이 땀을 흘리다가 탈수, 탈진 상태에 빠져 팔다리를 자유롭게 움직일 수 없게 된다. 심지어 아침에는 멀쩡하던 사람이 밤이 되어 위독해진 경우도 있다고 뉴스 기자는 보도했다.

온몸을 방호복으로 뒤덮은 채 완전 무장한 의료진의 모습도 나왔다. 에볼라 출혈열처럼 먼 나라 일인 줄만 알았던 무서운 질병이 바로 우리 곁에 있다는 공포가 여실히 느껴졌다.

전 세계 감염자 수는 어느새 3만 명을 넘어섰다. 아프리카 대륙 같은 개발도상국이나 내전이 빈발하는 지역에서는 충분한 조사가 이뤄지지 않고 의료진의 손길도 닿지 않아 사망자가 계속 늘고 있다고 했다. 선진국도 자국민을 보호하는 데 급급해 개발도상국을 도울 형편이 아니었다.

일본에서도 감염자가 나올 때마다 숫자가 보도됐다. 동시에 사람들 사이에서 감염 예방책도 퍼졌다. 감염자에게 가까이 가지 않는 이상 전염되지 않는다는 정보와 비말이 공기를 떠다니는 범위도 계산되어 보도됐다. 애당초 서로 간의 신체 접촉이 드문 국민성 때문인지 다행히도 일본에서는 확산 방지 정책이 먹혀드는 것처럼 보였다. 그럼에도 불구하고 뉴스를 볼 때마다 감염자는 차근차근 늘어났다.

반면 방어할 방법이 없고 눈에 보이지도 않는 바이러스에게 기죽지 않고 살아가는 이들도 많았다. 주로 젊은 세대였는데 가오도 그중 하나였고 와타루도 마찬가지였다. 다만 정확히 말하면 와타루는 마리나를 걱정하느라 바이러스 같은 걸 신경 쓸 여력이 없었다. 세상 모든 사람이 다 죽어도 마리나만은 구해 주고 싶었다.

방법은 알지 못했다. 하지만 마리나의 의향은 알고 있다. 마리나는 최대한 어머니 곁에서 시간을 보내고 싶어 한다. 그저 자신을 낳아 주기만 한 여자 곁에서. 와타루가 찾아가도 거부하지는 않지만 함께 살자는 말은 더 이상 꺼내지 않았다. 와타루를 오빠인 동시에 비밀을 공유하는 동료로 생각하는 것 같았다. 시간이 흘러 자신이 어떻게 될지를 아는 유일한 동료.

반면 그런 역할을 억지로 떠맡게 된 와타루는 고통스러운 나날을 보냈다. 무기력한 자신을 저주했다.

가오의 새 회사인 '크로마'는 문제없이 설립됐다. 회사를 창업하는 게 이토록 쉬운 일인 줄 몰랐다. 생각해 보면 가오는 이미 투자 회사를 한 번 세워 본 경험이 있기에 누구보다 요령을 잘 알고 있었다.

자본금 걱정도 없었고 상호와 소재지도 정해졌다. 정관은 투자 회사의 정관을 기반으로 대필을 의뢰했다. 발기인에는 가오와 와타루, 고이케가 이름을 올렸다. 이름만 빌려 달라는 가오의 말을 듣고 안심한 것은 아니었다. 평사원에서 이사 직함을 달았다고 해서 기쁘지도 않았다. 오히려 헤어 나올 수 없는 함정에 빠진 게 아닌가 하는 의심이 들었다.

가오는 늘 기분이 좋아 보였다. 법무국에서 법인 등록을 마치고 '주식회사 크로마'가 정식으로 설립됐다. 와타루는 텅 빈 곳에 사무실의 면모를 갖추는 일에 몰두했다. 철제 가구를 들이고 전화기, 컴퓨터, 팩스 등 사무 기기를 구입했다. 비용이 얼마가 들든 가오는 상관하지 않았다. 새로 만든 법인 계좌에는 적지 않은 액수가 들어 있었다.

"회사 모양새만 갖추면 돼. 인간도 회사도 외양이 중요하지."

가오는 와타루가 주문한 사장 의자는 불편하다며 폐기했고 새로 주문한 값비싼 인체 공학 의자에 앉아서 말했다. 등받이가 높은 의자에 몸을 파묻고 있자 제법 사장티가 났다.

애정이나 신뢰, 유대감 같은 감정은 환상에 불과하다고 잘라 말하는 사람. 늘 냉정하고 자유분방하면서도 고고한 사람. 가오를 보며 그런 점에서 매력을 느꼈던 것 같은데, 새 회사의 사장이 된 가오는 가끔 섬뜩할 정도로 무시무시한 위엄을 발산하기도 했다.

가오에게 뭔가 심상치 않은 기운을 느낀 건 그가 고이케를 몰아세우는 모습을 봤을 때였다.

"어이. 이제 슬슬 타르바간 바이러스를 공략할 방법을 내놔야 하지 않겠어? 대략적으로라도."

꼭 게임 공략법이라도 구하는 듯한 사람의 말투였다.

고이케는 힘없이 고개를 흔들었다. '크로마'의 사무실. 책상 맞은편에 앉은 가오는 자신이 즐겨 쓰는 하이백 체어에 앉아 다리를 포개고 있고 와타루와 고이케는 손님용 소파에 앉아 있었다. 물론 갓 설립한 회사에 아직 손님이 찾아온 적은 한 번도 없었다. 적당히 고른 사무용 책상과 의자가 한가운데에 모여 있다. 세 사람만 있는 공간이 지나치게 넓고 허전했다.

와타루는 이미 알고 있었다. 이중 의학 지식이 있는 사람은 고이케뿐이다. 이런 작은 회사가 세계의 구세주가 될 신약이나 치료법 따위를 발견할 리 없다. 그렇다면 가오의 진짜 목적은 무엇일까.

가오는 이미 이탈해 버린 궤도일지라도 망설임 없이 질주했다.

"고이케. 난 지금껏 너한테 온갖 지원을 퍼부었어. 네가 원하는 건 뭐든 구해 줬지. 컴퓨터, 의료 장비, 인력. 그것들은 다 내 선행 투자였어. 지금 네가 고를 수 있는 선택지는 결과를 내거나, 아니면 지금껏 '파나케이아'

에 투자한 내 자금을 돌려주거나 둘 중 하나야."

그러더니 그는 하이백 체어에서 천천히 상반신을 뗐다.

"아, 하나 더 있군. 산 채로 바닷물에 빠지는 방법. 사실 그런 걸 전문으로 하는 조직을 알고 있거든. 어떤 바다에 빠질지는 직접 고르게 해 줄게."

고이케는 순식간에 얼굴이 새파랗게 질렸다.

"자, 잠깐. 지, 지금 이, 이런저런 방법을 동원해서 차, 찾고 있어."

말더듬이 더 심해졌다.

"지, 지난번에 말한 타, 타르바간 바이러스의 저, 정확한 기원을 규, 규명하려고."

땀을 뻘뻘 흘리며 말하지만 와타루의 귀에도 고이케의 설명은 잘 들어오지 않았다.

20여 년 전 러시아와 중국의 합동 연구팀이 톈산과 쿤룬산맥 영구 동토층의 얼음 표본에서 추출한 몇 가지 바이러스를 분석했다. 고이케는 거기에 타르바간 바이러스와 비슷한 바이러스가 있을지도 모른다고 추측했다. 와타루도 가오에게 전해 들었다.

"그래서? 결과는 어땠지?"

가오가 짜증 섞어 물었다.

"그, 그때도 디, 디엔에이 분석은 하, 한 것 같아. 하, 하지만 결과는 고, 공개되지 않았어. 러, 러시아와 중국이 한 거니까. 다, 당시 자료를 이, 입수하기가 아, 아주 어려워."

고이케는 그 연구 결과만 찾으면 타르바간 바이러스의 기원을 밝혀낼 수도 있을 거라고 했다.

"그때 채취한 시료가 어딘가에 보관돼 있지 않을까?"

가오는 끈질기게 물었다.

"그, 그건 몰라. 무, 물론 어딘가에 있을 수도 있지만 주, 중국 정부가 그런 걸 수, 순순히 내놓을 리 없지."

고이케는 지극히 당연한 말을 했다.

"그 합동 연구팀에 대해 더 알아봐."

"이, 이미 20년도 더, 더 된 일이야. 아, 알아보라고 해도……."

"알아봐."

가오는 반론은 용납하지 않겠다는 듯이 고이케에게 지시했다. 고이케는 고개를 절레절레 흔들며 빠른 걸음으로 사무실을 나갔다. '파나케이아'에 있는 자기 자리로 돌아갈 것이다.

고이케의 뒷모습을 빤히 지켜보고 다시 고개를 돌린 와타루에게 가오는 씩 웃어 보였다.

"원래 공산권 국가에는 의외로 돈이 잘 먹히거든."

가오는 무슨 음모를 꾸미고 있는 걸까. 와타루는 질문을 꾹 집어삼켰다.

그 후 와타루는 그 프로젝트에서 제외됐다. 고이케는 '파나케이아' 사무실에 틀어박힌 채 뭔가를 찾아내 가오에게 보고한 듯했지만 자세한 내용은 와타루에게 전해지지 않았다. 어차피 들어도 이해하지 못할 테고 관심도 없었다. 와타루는 가오가 시키는 잡무에 전념했다.

그러는 동안에도 마리나를 만나러 갔다. 짐짓 밝고 활기차게 행동하는 마리나가 안쓰러웠다.

비용을 줄 테니 조금 더 괜찮은 곳으로 이사하라고도 했지만 마리나는 이곳이 좋다며 고집을 부렸다. 각오를 굳힌 여동생을 볼 때마다 와타루는 허무감에 휩싸였다.

어쩌면 지금 일본 어딘가에 살고 있을 그 마족을 찾을 방법도 없다. 마리나도 도저히 모르겠다고 고개를 흔들었다. 그걸 떠나 그들을 만나 봐야 소용없다고 체념한 듯했다.

가오와는 또다시 일주일 정도 연락이 두절됐다. 내키는 대로 움직이는 그의 행방을 좇을 기운이 없었다. 와타루는 자신이 무엇을 해야 하고 뭘 하고 싶은지도 떠올리기 귀찮았다. 모든 것이 그저 물 흐르듯 눈앞을 스쳐 지나갔다.

'크로마'에 돌아온 가오는 역시나 자신감이 넘쳤다. 그는 다시 고이케를 불러 뭔가를 상의했다. 그러더니 며칠 후 와타루에게 말했다.

"드디어 우리 '크로마'가 본격적으로 나설 차례가 왔어. 불꽃을 화려하게 쏘아 올려야지."

가오는 와타루에게 도내 유명 호텔의 대강당을 예약하라고 지시했다.

"기자 회견을 열 거야."

"뭐?"

가오는 이해 못하고 되묻는 와타루의 엉덩이를 툭 쳤다. 준비를 마치면 모든 언론사에 회견을 알리는 공문을 팩스로 보내라고도 했다.

"기자 회견이라니."

"타르바간 바이러스의 기원을 밝혀냈어. 중대 발표야. 치료제 개발로 이어질 위대한 발걸음이지."

가오의 말을 도무지 이해할 수 없었다. 와타루가 이것저것 물어도 가오는 대답을 얼버무리고 바쁘게 자리를 떠났다. 당황한 와타루는 곧장 다른 층에 있는 '파나케이아'의 고이케를 찾아갔다. 좀처럼 사무실 밖에 나올 생각이 없어 보이는 그를 겨우 불러냈다.

가오가 기자 회견을 열려고 한다는 말을 꺼내자 고이케는 눈에 띄게 동요했다.

"아, 안 돼. 대, 대체 왜 그렇게까지?"

"저야 모르죠. 고이케 씨가 뭘 발견했다고 하던데요?"

고이케는 고개를 푹 숙였다. 더듬거려서 알아듣기 어려운 고이케의 설명을 찬찬히 들었다. 고이케는 갖은 방법을 동원해 톈산의 영구 동토층에서 발견된 미지의 바이러스를 조사했다고 했다. 가오가 그토록 옥박지르기도 했으니 관련 자료를 필사적으로 뒤지는 고이케의 얼굴이 자연스럽게 머리에 떠올랐다.

"다, 당시에는 벼, 별로 연구 가치가 없다고 묻힌 것 같아. 워, 원래 지하 자원 채굴을 위한 연구였다고 하니까. 러, 러시아 연구진도 얼마 안 돼 철수했고 주, 중국 정부도 그, 그런 작은 바이러스 따위에는 과, 관심이 없었어."

고이케는 거기까지의 경위를 가오에게 보고했다고 했다. 그럼 당연히 가오도 포기할 거라고 예상했다.

"그래서요?"

와타루는 자기도 모르게 자신도 조금씩 가오를 닮아 가고 있다는 것을 느끼며 고이케에게 뒷이야기를 재촉했다. 이후에는 AI에 관련 자료 탐독을 맡긴 채 방치한 상태이고, 가오도 포기하기로 결정했을 거라 믿었다.

가오는 다른 업무에 집중하는지 한동안 소식이 없었다. 그러던 중 AI가 작은 정보 하나를 찾아냈다.

"해, 해산된 연구팀의 바, 바이러스 관련 자료를 저, 전직 연구원이었던 사람이 가져가 어딘가에 파, 팔았다고 해."

"어디요?"

"어, 어딘가에."

당시 중국 지역지 기사에 따르면 자료를 유출한 공산당원은 징계를 받았다고 했다. 그는 바이러스 연구 자료를 원하는 사람에게 팔아넘겼다. '공산권 국가에서는 의외로 돈이 잘 먹힌다'라는 가오의 말이 들어맞은 셈이다.

"그, 그 뒤로는 어, 어떻게 됐는지 밝혀지지 않았어."

고이케가 침을 꿀꺽 삼키자 작은 목울대가 위아래로 움직였다. 이후 뭔가 더 있다는 게 느껴졌다.

"그, 근데 어찌 된 연유인지 가, 가오가 그 연구 자료를 입수한 거야."

"중국의 고대 바이러스 자료를?"

고이케는 구겨진 손수건을 꺼내서 땀을 닦았다.

"어, 어떻게 입수했는지는 모르겠어. 아, 알고 싶지도 않고."

정식 경로로 입수하지는 않았을 것이다. 눈앞에 있는 초라한 남자를 보며 와타루는 그렇게 떠올렸다. 가오는 고이케를 바다에 빠뜨리겠다고 위협까지 했다. 가오의 주변에서 반사회적 세력의 냄새가 점점 짙게 풍겼다.

"그걸 발표하려고 기자 회견을?"

"그, 그렇겠지. 하, 하지만 그, 그건 바람직하지 않은 방법이야."

와타루도 알고 있었다. 그런 발표는 일반인의 눈을 피해 조용히 하는 것이 옳다. 보통 연구자들에게 먼저 공개해 검증 절차를 거친다. 하지만 '크로마'에는 연구자가 없고 정식 절차를 밟지도 않았다. 그렇다면 가오의 의도는 뭘까. 의문은 늘 같은 곳으로 귀결됐다.

고이케도 비슷한 의문을 품었겠지만 그는 가오의 계획을 거부할 수 없었다. '파나케이아'는 더 이상 고이케의 것이 아니다. 보스는 가오라는 이름의 중국계 미국인이다. 와타루와 고이케는 어쩔 수 없이 기자 회견을 위한 준비를 했다.

"아, 아마 가오는 최, 최대한 화려하게 기자 회견을 열어서 이, 이번 발견에 부, 부가 가치를 만들려는 거겠지."

고이케는 그렇게 결론 내렸다.

나름 전문적으로 학술 논문들을 분석하는 고이케는 이 발견이 대단한 게 아님을 잘 알고 있다. '톈산의 영구 동토 속에 잠들어 있던 미지의 바이러스'라고 이름 붙이면 전 세계가 주목할 테지만 이것이 꼭 타르바간 바이러스와 관련 있다는 보장이 없다. 가오가 입수한 연구 자료도 출처가 의심스러운 믿을 수 없는 자료였다.

하지만 그것을 원하는 기관이 있을 수 있고 현재 타르바간 바이러스의 DNA 분석도 한창 진행 중일 테니 오래전 바이러스와 비교하려는 과학자나 제약 회사가 나타날 수도 있다. WHO가 조만간 중국에 조사단을 파견해 바이러스의 기원과 감염 발생 상황을 조사할 예정이라고 하는데 조사단이 자료에 주목하고 있다는 불확실한 정보도 있었다.

눈치 빠른 가오는 실제 그것이 유용한 자료인지 아닌지를 떠나 일단 선수를 쳐서 값어치를 올리려는 속셈일 것이다. 기자 회견까지 열려고 한다는 게 그 증거다. '크로마'처럼 티끌만 한 회사가 할 수 있는 가장 큰 도박이고 자신과 고이케는 바람잡이에 가까운 역할인 것이다.

이미 모든 것을 체념한 듯한 고이케는 가오가 시키는 대로 기자 회견에 나가 설명할 거라고 했다.

엉터리 연극 같은 기자 회견에 동석해 달라는 가오의 말에 와타루도 마음을 굳혔다. 고이케는 이제 자신의 커리어가 끝날 수 있다며 한탄했지만 어차피 자신은 잃을 게 없으니 별반 아쉬울 것도 없었다.

장소는 도쿄의 유명 호텔. 모든 언론사에 빠짐없이 팩스를 보냈다. 현재 모든 관심이 집중되고 있는 타르바간 바이러스, 그것도 특효약 개발로 이어질 가능성이 있는 방법을 발견했다는 소식에 언론은 앞다투어 회견장에 달려들었다.

호화로운 카펫이 깔린 대강당이 취재진으로 가득 찼다. TV 방송국의 카메라도 들어와 주최자가 나타나기만을 기다렸다. 그러나 한편으로 여느 뉴스 취재와 양상이 조금 다르기도 했다. 물론 뉴스 방송의 이름이 적힌 장비도 반입됐지만 회견장에 모인 이들은 대부분 시사 정보 프로그램이나 주간지 기자, 리포터들인 것 같았다.

한마디로 의료 기관이나 학회, 정부 관계자 등은 이번 회견에 큰 관심이 없다는 뜻이었다. 꼭 행사장에 들어가지 않아도 그런 분위기가 느껴졌다. 가오의 자금력이면 아무리 엉터리 기자 회견이어도 열기는 식은 죽 먹기일 것이다. 경호원을 여럿 배치하고 엄숙하게 회견을 진행하기 위해 꽤 이름난 사회자까지 동원했다.

이토록 거창한 무대를 마련한 가오의 진짜 목적이 뭘까. 강당 입구에서 으스스하게 미소 짓는 가오의 옆얼굴을 보며 와타루는 떠올렸다. 도무지 정체를 알 수 없는 느낌이 더 강해졌다. 시선을 옆으로 돌리자 가오 옆에 선 고이케는 몸을 덜덜 떨며 간신히 버티고 있는 듯했다.

호텔 직원이 하얀 장갑을 끼고 문을 열자 수수한 차림새의 가오를 선두로 세 사람이 행사장으로 들어섰다. 일제히 쏟아지는 플래시 세례에 와타루는 순간 눈앞이 하얘졌다.

자리에 앉자 사회자가 세 명을 소개했다. 가오가 몸을 일으켜 정중하게 인사를 했다.

조준을 마친 포신처럼 TV 방송국 카메라가 세 사람을 향했다. 고이케는 포탄에 맞은 사람처럼 벌벌 떨었다. 문득 천장을 올려다보니 높은 천장에 화려한 샹들리에가 달려 있었다. 사회자가 능숙하게 인사를 마친 후 이번 발표가 인류를 위해 얼마나 중요한지 강조했다. 그러나 정작 사회를 보는 본인도 전혀 믿지 않는 듯했다.

프로젝터 스크린에 고이케가 공들여서 제작한 파워포인트 자료가 표시됐다.

가오가 고개를 돌려 눈짓해도 고이케는 한동안 굳어 있었다. 애초에 고이케는 이런 자리에 부를 만한 인재가 아니었다. 그는 '파나케이아' 사무실에 쥐처럼 틀어박혀 컴퓨터로 누군가가 써 놓은 논문밖에 읽을 줄 모르는 사람이다. 새로운 뭔가를 발견하는 데는 어느 정도 재능이 있을지 몰라도 다른 사람들 앞에 나서서 발표하거나 사람들을 설득하는 건 그에게 무리였다.

고이케는 간신히 몸을 일으켜 고장 나기 일보 직전의 꼭두각시 인형처럼 부들부들 떨며 스크린 쪽으로 다가갔다. 예상은 했지만 설명은 엉망진창이었다. 말을 더듬지 않으려 할수록 더 심하게 더듬는 느낌이었고, 손에 든 레이저 포인터가 스크린을 향할 때도 녹색 불빛이 계속 지그재그로 움직이는 바람에 뭘 가리키는지 전혀 알 수 없었다.

타르바간 바이러스가 처음으로 확인된 신장 위구르 자치구 뒤쪽에 자리한 톈산산맥은 남쪽으로 파미르고원이 이어진다. 둘 다 5천 미터급 봉우리가 어깨를 맞대고 늘어선, 눈과 얼음으로 뒤덮인 험준한 산악 지대다. 그곳에 전염성 병원성 바이러스가 갇혀 있었다고 고이케는 설명했다.

거기까지 설명하고서야 고이케는 조금 차분해진 듯했고 청중들도 고이케의 더듬거리는 말을 알아듣는 데 어느 정도 익숙해진 것 같았다.

자세한 사항은 함구했지만 고이케는 중국의 환경 바이러스 학자가 이끄는 학술 단체가 20여 년 전 영구 동토층에서 채취한 빙하 중심부에서 미지의 바이러스를 확인했다는 것, 그것이 타르바간 바이러스일 가능성이 크다는 것, 그리고 현대의 기온 상승으로 빙하와 영구 동토가 녹는 바람에 바이러스가 대기에 방출돼 용해수가 되어 초원에 흘렀다는 가설을 내놓았다.

거기까지는 와타루도 이미 들어서 아는 내용이었다. 고이케는 또 관련 문헌을 찾아본 결과 한때 타클라마칸 사막에 흩어져 있던 오아시스 국가 중 한 곳이 역병의 창궐로 멸망한 적이 있다고도 했다. 그 사실을 기록한 문헌은 많지 않지만 병의 증상 등이 타르바간 바이러스 감염증과 유사하다고 했다.

설명을 들은 청중들이 수군거렸다. 그러다가 누군가 손을 들어 정보의 출처를 묻자 고이케는 크게 당황했다.

"그, 그건 저, 제 영역을 버, 벗어나는 문제입니다. 여, 역사상의 일이라 자, 잘 모릅니다."

행사장을 가득 메운 언론 관계자들에게서 냉소를 넘어 실소가 터졌다.

고이케는 갑자기 또 초조해하더니 말도 덩달아 어눌해져 이제는 거의 어느 나라 말을 하는지 알아들을 수 없는 지경이 됐다. 잔인하게도 카메라는 그런 고이케의 모습을 계속 모니터에 비췄다. 와타루는 영상을 멍하니 보고 있었다.

지식이 부족한 와타루도 이번 발표가 얼마나 엉터리인지 대략 짐작이 됐다. 본래 과학적인 발견은 이런 식으로 공개되지 않는다. 수많은 검증을 거쳐 명백한 증거를 확보한 후 학회지 등에 발표하는 게 통상이다. 그런데도 가오는 마치 연예인의 약혼 발표처럼 호텔 대강당을 빌려서 기자 회견을 열었다.

말을 심하게 더듬는 고이케에게 이런 역할을 맡긴 것도 연출 중 하나다.

고이케가 스스로 예측한 대로 그의 경력은 오늘로써 끝났다. 앞으로 고이케가 어떤 훌륭한 발견을 해도 아무도 진지하게 상대해 주지 않을 것이다. 그리고 가오의 평가 또한 땅에 떨어졌다. 투자자로서 회사를 이끄는 유능한 젊은 사업가는 대번에 세상의 웃음거리로 전락했다. 앞으로 가오가 성공해서 부자가 되더라도 사기꾼이라는 꼬리표가 계속 붙어 다닐 것이다.

와타루는 차분하게 언론 관계자들을 마주 보고 앉아 있었다. 머리에 있는 건 오로지 가오에 대한 생각뿐이었다.

땀에 흠뻑 젖어서 말을 제대로 잇지도 못하는 고이케를 아랑곳하지 않고 태연히 앉아 있는 가오. 그가 발산하는 불온한 기운은 마치 역병처럼 행사장을 에워쌌다. 그것을 느끼고 있는 사람은 아마 자신이 유일할 것이다. 약삭빠른 가오는 의도적으로 연출이 과한 이벤트를 개최했다.

가오의 진짜 목적은 타르바간 바이러스 감염증의 치료법을 발표하는 것이 아니었다. '크로마'의 기치를 내걸어 사람들의 머리에 화려하게 인식시키려는 것도 아니었다. 가오의 목적은 따로 있다. 그것만은 분명히 알 수 있었다. 이미 오래전부터 머릿속에 울려 퍼지던 본능의 경종이 또다시 크게 울렸다.

가오와 더 이상 깊이 엮이면 안 된다는 경종.

가오가 기자의 질문에 대답했다. 기자는 주로 의학적인 부분을 집요하게 캐물었고 가오는 "그건 아직 말씀드릴 수 없습니다"라며 퉁명스럽게 튕겨냈다. 누가 들어도 상대를 우습게 보는 말투였다. 안일하기 그지없는 가오의 대답에 당황해서 자리를 떠나는 사람도 있었다.

두 시간에 걸친 기자 회견이 끝나 행사장을 나가자마자 고이케는 그 자리에 털썩 주저앉았다. 그 모습도 카메라에 찍혀 TV 시사 정보 프로그램에 방영됐다. 이날 행사를 다룬 매체는 정규 뉴스가 아닌 주로 현재 화제되는 토픽을 흥미 위주로 다루는 시사 정보 프로그램과 스포츠 신문들이었다. 그들이 내놓은 기사가 SNS를 통해 전 세계로 퍼져 온갖 조롱이 쏟아졌다.

그래도 가오는 전혀 개의치 않는 모습이었다.

걱정이 되었는지 마리나에게서 연락이 왔다. 마리나는 오빠에게 왜 그런 기자회견에 참석했느냐고 따져 물었다.

— 설마 나 때문이야?

마리나가 침울하게 물었다.

— 나랑 엄마의 생활비를 벌려고 가오가 시키는 대로 하는 거야?

와타루는 그런 건 아니라고 대답했다. 마리나는 한참을 고민하다가 잠시 후 "난 괜찮아"라고 짧게 중얼거렸다. 먹고사는 문제를 걱정할 수준은 아니라는 걸까. 아니면 몸에 아직 이상이 없다는 걸까.

— 전에 엄마랑 같이 쇼핑을 갔어.

와타루가 대답하지 않자 어색한 분위기가 감돌았다. 어머니 이야기를 꺼내면 오빠가 불쾌해한다는 걸 알면서도 마리나는 이야기에 늘 어머니를 등장시켰다.

— 엄마 핸드백이 낡아서 새 핸드백을 사 드렸어. 비싼 건 아니지만.

마리나는 조심스레 말했다.

'와타루, 이거 어떠니? 멋지지? 색은 검정이 좋으려나?'

팔리지 않은 재고품 가방을 들고 돌아보던 어머니의 얼굴이 떠올랐다. 그때는 그래도 행복했다. 가방을 등에 메 주고 "멋지네, 우리 와타루" 하고 웃던 젊은 어머니의 얼굴을 생생히 기억하고 있다. 꾸깃꾸깃한 지폐를 꺼내 한 장 한 장 세던 어머니의 손놀림도. 바겐세일 중인 가방을 사려고 어렵게 모은 돈이었다.

그때만 해도 에리코는 자기 아들이 세상 그 누구보다 소중했을 것이다.

그 후 운명의 장난 때문에 모자의 삶은 철저히 망가졌다.

— 오빠.

마리나의 목소리를 듣고 와타루는 정신을 차렸다.

— 또 보러 올 거지?

"그래. 갈게."

짧게 대답하고 통화를 끝마쳤다. 간신히 만난 여동생이 지금 견디고 있는 운명의 무게에 비하면 내 시시한 고집 같은 건 티끌에 불과했지만 그래도 역시 어머니를 용서할 수는 없었다.

마리나가 눈앞에서 죽음의 형태로 돌아간다면 그 여자는 후회할까.

나는 가오 옆에 있을 수밖에 없다. 가오는 혈연에 얽힌 감정 따위 믿지 않는다. 섬뜩할 만큼 냉정하고 때로는 무자비하기까지 한 그의 모습은 흔들리는 와타루에게 용기를 북돋아 줬다.

기자 회견 후 '크로마'를 향한 사람들의 항의, 불만, 비방, 조롱이 끊이지 않았다. 스이도바시 사무실은 매일 전화통에 불이 났고 웹디자이너가 만든 홈페이지 게시판은 사람들의 항의 글로 도배됐다. 가오는 전화선을 뽑고 컴퓨터도 켜지 않은 채 방치했다. 같은 건물에 있는 '파나케이아'도 엇비슷한 상황이었다. 고이케는 어디론가 자취를 감췄고 그의 조수도 출근하지 않았다. 묻지는 않았지만 아마 '포밸리 기획'도 비슷한 상황이 틀림없었다.

가오의 스마트폰도 스물네 시간 내내 울렸지만 그는 전화를 받지 않았다. 일찌감치 사기꾼으로 낙인찍힌 가오를 카메라 앞으로 끌어내기 위한 기자들의 접촉 전화였다. 주로 자극적이고 선정적인 뉴스를 보도하는 삼류 언론이나 잡지 기자들이었다.

그들은 가오와 와타루의 집 주소를 알아내서 들이닥치기도 했다. 그럴 때는 둘이 함께 신주쿠에 있는 고급 호텔로 도망쳤다.

"언제까지 이런 상황이 계속될까?"

최고층 라운지에서 거리를 내려다보며 와타루는 중얼거렸다. 어느 정도 예상은 했지만 이렇게 심할 줄은 몰랐다. 사람들의 시선을 피해 호텔 방에서 숨어 지내게 될 줄이야.

마리나를 만나러 가지도 못하게 됐다. 나루세 아사코라는 이름으로 사는 마리나가 와타루의 여동생으로 언론에 노출될 리는 없겠지만 그래도 조심스러웠다. 한정된 시간을 살아가는 여동생과 함께 있어 주고 싶었다.

"점점 재밌어지네."

가오에게서 역시나 동요하는 기색이라곤 찾아볼 수 없었다. 고이케를 닦달해 다음 수를 쓸 생각도 없이 지금은 그저 느긋하게 사태의 추이를 지켜보는 듯했다.

"전 세계 인터넷 뉴스에 '크로마'의 기자 회견이 보도됐어."

가오는 태블릿 PC로 뉴스를 읽으며 킥킥 웃음을 터뜨렸다. 기자 회견 영상은 세간의 이목을 집중시켰다. 타르바간 바이러스 감염증의 치료법이 주제라면 전 세계의 언론사가 달려들 게 뻔했다. 그러나 방송 후 채 몇 시간도 되지 않아 그저 사람들의 관심을 끌기 위한 악의적인 날조 기자 회견이라는 평가가 나왔다.

와타루는 느긋하기 짝이 없는 눈앞의 괴짜 보스를 암담한 기분으로 바라봤다. 가오는 정말 그저 주목받고 싶었던 것일까.

제이슨 가오에 대한 취재도 이뤄졌지만 결국 세계 유수의 언론사도 끝내 정체를 밝히지 못한 인물이라는 결론이 나와 수상함만 더해졌다. 가오가 태어난 미국과 뿌리가 있다는 중국에서도 그의 가족이나 친척은 찾을 수 없었고 그동안의 행적도 불분명했다.

"결국 고이케가 찾은 자료는 타르바간 바이러스 치료에 아무 도움도 안 되는 것으로 결론 났잖아. 애써 '크로마'라는 회사까지 만들었는데 온 세상에 헛바람만 집어넣고 끝나게 됐어."

나도 모르게 그런 말이 입에서 튀어나왔다. 가오를 비난할 생각은 없었다. 어차피 가오에게는 세상의 상식 같은 건 통하지 않는다는 것도 알고 있었다.

"아니, 끝난 게 아니야."

가오는 눈을 가늘게 떴다.

"이제 시작이지."

뭐가 시작이냐고 묻기가 왠지 모르게 두려웠다.

"내가 말했지? 널 부자로 만들어 주겠다고. 이게 그 시작이야."

이제는 돌아갈 수 없는 지점까지 왔다고 생각했다. 거대한 소용돌이 속에 깊숙이 빨려 들어가 바닥으로 떨어진 후 하늘을 올려다봤을 때 비로소 모든 걸 깨닫게 되지 않을까.

6

**피를 나눠
증오는 더 커진다.**

이나다 씨에게 전화가 왔다.

히라누마 정육점의 주인아주머니께서 돌아가셨다는 연락이었다. 어느새인가 다시 입원을 했다고 했다. 한때 여러모로 신세를 진 와타루는 미처 병문안도 가지 못했다. 후회해도 이미 늦었다. 당뇨병 합병증으로 돌아가셨다고 하는데 동네에는 타르바간 바이러스에 감염돼 죽었다는 소문이 돌고 있다고 이나다 씨는 말했다.

도시유키는 낙담해 거의 폐인이 됐고, 주인아주머니의 시신은 그대로 화장터에 직송돼 화장을 마쳤다.

— 유골함이 집 안에 안치돼 있다고 해. 요새 분위기가 하도 험해서 장례식은 꿈도 못 꾸고 오늘 저녁에 간단히 스님을 불러서 경만 읽어 달라고 할 거야. 그동안 신세를 졌으니 나랑 무카이 씨는 잠깐 들르려고 하는데 와타루, 넌 어떡할 거니?

지금 당장 가겠다고 했다. 호텔 아래에 있는 매장에 가서 검정 양복을 사서 갈아입었다. 조의금 봉투를 들고 나카노부 상점가로 향했다.

'나카노부 스킵로드'에 매일 출근하던 것이 벌써 아득히 먼 옛날처럼 느껴졌다. 아동 보호 시설에서 나온 이후 처음으로 제대로 자리를 잡고 일하던 곳이었다. 모든 게 히라누마 정육점 주인 부부 덕분이었다. 외지에서 온 와타루를 따스하게 맞아 준 주인아주머니와 이런 식으로 이별하게 될 줄은 몰랐다.

익숙하던 상점가의 컬러 포장길과 줄줄이 늘어선 간판이 왠지 모르게 낯설었다. 저녁이 가까워 오는 상점가는 인적이 드물어 스산했다. 히라누마 정육점 정문에는 셔터가 내려가 있어 주인아주머니를 조문하러 왔는데도 뒷문으로 몰래 들어가야 했다. 와타루는 허리를 숙여 가게로 들어갔다.

텅 빈 주방을 지나자 2층으로 올라가는 계단 밑에 신발 몇 켤레가 가지런히 놓여 있었다. 스님이 신는 승려화도 보였다. 와타루는 발소리를 죽이며 계단을 올랐다. 가장 넓은 다다미방에 조촐한 제단이 차려졌고 그 위에 비단에 싸인 유골함이 안치돼 있었다. 스님과 조문객이 제단을 마주 보며 앉아 있다. 조문객이라고 해 봐야 상주인 도시유키와 세 명 정도 되는 친척, 그리고 이나다 씨와 무카이 씨뿐이었다.

와타루가 들어서자 모두 뒤를 돌아봤다. 이나다 씨가 눈짓으로 신호해서 와타루는 가장 뒷자리에 앉았다. 말없이 바라보는 도시유키의 얼굴에서는 명백한 분노가 묻어났다. 잠시 후 스님의 독경이 시작됐다.

제단에 있는 주인아주머니의 영정 사진이 눈에 들어왔다. 이런 전염병만 없었어도 가시는 길을 더 따스하게 배웅해 드릴 수 있었을 텐데. 육수 만드는 법을 친절히 알려 주던 아주머니의 얼굴이 떠올랐다. 이곳에서 배워서 해먹은 음식이 와타루에게는 집밥의 맛이었다. 고개를 숙인 채 독경을 들으며 그런 것들을 떠올렸다.

방에 모인 이들은 주인아주머니의 부조리한 운명에 안타까움을 금치 못했다. 타르바간 바이러스 감염증은 여전히 종식될 기미가 없다. 참석자들은 모두 '크로마'의 기자 회견도 봤을 터였다.

그럴 때 그곳의 이사 직함을 단 와타루가 장례식에 왔으니 얼마나 놀랐을까. 반찬 가게를 그만두고 뜬금없이 그런 곳에 이사로 취직한 와타루를 보며 어떤 생각을 했을까. 게다가 그 기자 회견은 아무리 좋게 봐 줘도 제대로 된 회견이 아니었다. 더욱이 받아들이는 사람에 따라서는 세상을 우롱하는 기자 회견이기도 했다. 현재 가장 주목도가 높은 타르바간 바이러스의 기원 발견 등을 캐치프레이즈로 내건 회견에 감염 당사자와 가족들은 희망을 품었을 것이다. 그리고 보기 좋게 뒤통수를 맞았다.

그때 주인아주머니가 위독한 상태였다는 것을 떠올리면 가슴이 쓰렸다. 도시유키가 원망해도 어쩔 수 없다. 충분히 비난받을 만한 행동을 했다고 생각했다.

인원이 적다 보니 분향도 금세 끝났다. 도시유키가 무뚝뚝하게 참석자들에게 감사 인사를 전했다. 내일 납골을 한다고 했다. 조촐한 식사 자리가 마련됐지만 와타루는 애도의 뜻만 전하고 자리를 떴다.

가게 뒷문으로 나가자 이나다 씨가 쫓아왔다.

"와타루, 새로운 일을 금방 구했더구나. 다행이야."

비꼴 의도 같은 건 없다는 걸 아는데도 왠지 모르게 움츠러들었다.

"주인아주머니께서 계속 걱정하셨어. 가게 문을 닫으면 네가 갈 곳이 없어질까 봐. 우리 가게에서 열심히 일해 줬는데 아쉽게 돼서 너한테 면목이 없다고도 하시더라. 이렇게 쓸쓸하게 세상을 떠나게 될 줄은 본인도 모르셨을 거야."

이나다 씨는 "그러니" 하고 와타루에게 다가와 손을 잡았다.

"네가 꼭 그 **타바르간** 바이러스 치료법을 찾아 줘야 해. 알겠지?"

와타루는 대답 없이 고개를 푹 숙인 채 등을 돌렸다.

일부러 가로등이 드문 어두운 길을 걸었다. 별생각 없이 가오 옆에 앉아 기자 회견에 참석한 자신에게 독설을 퍼붓고 싶었다. '크로마'는 직원이 총 세 명뿐이니 다 함께 회견을 해야 한다는 가오의 의견에 순순히 따랐다.

이제 와서 후회해 봐야 소용없는 일이지만 그곳에 왜 내가 있어야 했는지 이유를 알 수 없었다. 그곳에서 떠든 사람은 가오와 고이케뿐이었고 딱히 들러리를 세울 이유도 없었다. 사회자가 와타루의 이름과 직책을 소개한 후 와타루는 회견 내내 그저 **허수아비**처럼 앉아 있기만 했다.

역 앞을 지나 정처 없이 걸었다. 양복을 살 때 같이 산 가죽 구두 끝부분이 어딘지 모를 집 창문에서 새는 불빛을 받아 희미하게 빛났다.

"와타루."

왠지 누군가가 이름을 부른 것 같아 문득 고개를 들었다.

조금 떨어진 곳의 가로등이 만드는 희뿌연 빛의 고리 속에 한 아이가 서 있었다.

"아오토."

목구멍 안에서 뜨거운 뭔가가 솟구치며 자연스럽게 옛 친구의 이름이 입 밖에 흘러나왔다.

나는 지금 환상을 보고 있다고 생각했다.

주인아주머니의 죽음 때문에 마음이 흐트러져 현실에서는 볼 수 없는 영상이 뇌에서 절로 떠오른 것이다.

잠시 걸음을 멈추고 가로등 불빛 속 환영이 사라지기를 기다렸다. 그러나 아오토는 사라지지 않았다. 파란 눈동자와 갈색빛이 감도는 머리카락도 기억 속 그대로의 아오토였다.

아오토는 와타루가 다가오기만을 기다리고 있다. 가까이 가도 친구의 모습은 예전과 똑같았다.

"아오토."

와타루는 다시 한번 그의 이름을 불렀다. 아오토는 턱을 살짝 들어 반응했다. 전에도 아오토는 버릇처럼 이런 몸짓을 보였고 그때마다 아오토가 왠지 어른스럽게 느껴졌다.

"정말 아오토, 너 맞아?"

그제야 아오토가 빙그레 미소 지었다. 머리 위로 비치는 불빛이 친구의 뺨에 속눈썹 그림자를 드리웠다. 믿지 못할 광경인데도 반가운 나머지 감격했다. '내가 이토록 이 친구를 보고 싶어 했구나' 하고 새삼 깨달았다. 그래서 그 마음을 고스란히 입에 담았다.

"두 번 다시 못 만날 줄 알았어."

그러자 아오토는 다소 쓸쓸해 보이는 미소를 지었다.

"두 번 다시 만나지 않아야 했어."

그러고는 말을 끊고 어린아이처럼 잠시 망설였다.

"기렌을 비롯해서 다들 널 만나지 말라고 했거든. 그래도 오늘은 이렇게 와야 했어. 너한테 꼭 전할 말이 있어서."

"그래?"

전에는 매일 들은 목소리인데도 반가운 나머지 하마터면 눈물을 쏟을 뻔했다. 역시 꿈이나 환상이 아니었다. 아오토가 맞았다.

"마리나에게 너희 일족 이야기를 들었어."

감정이 마구 용솟음쳐서 어디서부터 이야기해야 좋을지 알 수 없었다.

"응. 그 마리나 말인데."

아오토는 차분하게 다시 입을 열었다.

"마리나는 한 번 죽었다가 되살아난 게 아니야."

"뭐?"

와타루의 표정이 굳었다.

"그날 네게 정확히 말해 줬어야 했는데."

기억이 홍수처럼 밀려왔다. 그날의 기억은 떠올리려 할수록 말보다 감각과 감정이 앞서는 바람에 순서가 잘 정돈되지 않았다.

꼭 껴안았던 여동생의 싸늘한 몸. 물에 젖은 옷이 피부에 달라붙는 불쾌감. 한밤의 냄새. 풀의 풋내. 자신이 내뱉은 숨결과 격렬히 요동치던 심장 박동. 그런 것들에 정신없이 휘둘렸다.

"그날 마리나는 죽지 않았어. 물론 이상한 약을 먹고 물에 빠져서 가사 상태이긴 했대. 나중에 기렌이 알려 줬어. 기렌은 그날 마리나가 먹은 약과 물을 전부 토하게 하고 응급 처치를 했을 뿐이야."

"그럼……."

이번에는 아오토가 고개를 크게 끄덕였다.

"기렌은 능력을 쓰지 않았어. 그러니 걱정할 필요 없어. 마리나는 헬트처럼 되지 않을 거야."

"정말?"

와타루도 어느새 어린아이 같은 말투로 돌아가 물었다. 아오토와 함께 기타센주 거리를 나란히 걷던 시절처럼. 아라카와강 강변에서 헬트와 함께 놀던 시절처럼.

그 시절에서 언제 이렇게 멀어져 버렸을까. 아오토에게는 멈춘 시간이 내게는 무자비하게 흐르고 있다. 그야말로 부조리했다.

와타루는 한 발짝 앞으로 다가갔다. 그러자 아오토가 살짝 뒤로 물러섰다.

"널 만나지 말라고 했어."

아오토는 조금 전에 했던 말을 되풀이했다.

"우리가 변하지 않는다는 게 드러나니까. 전에 알고 지냈던 사람을 두 번 다시 만나면 안 되는 거야."

"그래도 와 줬구나."

"그래. 마리나가 너무 힘들어하니 그것만 알려 주려고 왔어. 네가 대신 괜찮다고 전해 줘."

"응. 고마워. 마리나가 정말 기뻐할 거야. 요즘 들어 많이 우울해 보였거든."

"미안. 그때 정확하게 알려 줬어야 했는데……. 헤어질 때만 해도 마리나가 아직 어려서."

"괜찮아. 그걸로 충분해."

그 끔찍한 곳에서 마리나를 데리고 나올 수 있게 된 것만으로도 이들에게 감사해야 한다.

"아오토."

와타루는 목이 메었다.

"널 만나서 정말 기뻐."

"나도."

힘찬 대답이 돌아왔다. 아오토의 얼굴이 뿌옇게 보였다. 와타루는 손으로 거칠게 눈을 비볐다.

"너와 마리나뿐이야. 이토록 깊은 관계를 맺은 건."

주황색 불빛 아래에서 하얀 얼굴의 아오토가 말을 자아냈다. 그리고 다시 슬그머니 뒤로 물러섰다.

뭔가 더 말해야 해. 그러나 와타루는 머릿속이 혼란스러웠다.

"넌 내 가장 소중한 친구야. 지금도 변함없어."

조금 망설인 후에 덧붙였다.

"네가 아무리 마족이라고 해도."

그러자 아오토는 싱긋 웃었다.

"지금 어디 살아? 일본에 다시 온 거야? 그동안 계속 마리나를 걱정했지?"

물으면 안 된다는 걸 알면서도 묻지 않을 수 없었다. 이대로 헤어지고 싶지 않았다.

아오토는 천천히 고개를 흔들었다. 갈색 머리카락이 덩달아 흔들린다.

"또 만나러 와 줄 거야?"

그 물음에도 아오토는 대답하지 않았다. 대신 눈을 크게 떴다. 파란 눈동자에 빨려들 것 같았다.

"와타루."

"응."

"잊지 않을게, 널."

그 말만을 남기고 아오토는 재빨리 등을 돌려 빛의 고리 밖으로 뛰어나 갔다. 작고 검은 그림자가 어둠 속에 녹아들었다.

"아오토!"

와타루는 그림자를 뒤쫓았다. 그러나 아오토는 한 번도 돌아보지 않고 바람처럼 뛰었다. 익숙하지 않은 양복과 가죽 구두 때문에 애먹으면서도 와타루도 달렸다. 검은 그림자는 모퉁이를 돌 때쯤 어느새 시야에서 사라 졌다.

"기다려! 아오토!"

초등학생 시절로 돌아간 것처럼 와타루는 애처롭게 소리쳤다.

하지만 모퉁이 끝에는 아무도 없었다. 그저 일직선으로 뻗은 길만 있을 뿐 개미 새끼 한 마리 보이지 않는다. 그곳에 멈춰 서서 멍하니 허공을 바 라봤다.

잊고 있었다. 아오토의 그 소소한 능력을. 약간의 거리를 순간 이동하는 능력. 정신을 차린 와타루는 주변을 두리번거리며 아오토를 찾았다. 길 건 너편. 골목 안쪽. 가로수 그늘. 건물과 건물 사이. 편의점 안. 코인 주차장 에 세워진 차 뒤쪽. 아파트 입구.

그러나 어디에도 아오토의 모습은 보이지 않았다. 와타루는 숨을 헐떡 이며 인도 한가운데에 서서 주위를 둘러봤다. 다섯 명 정도 되는 남녀가 밝게 웃으며 옆을 지나갔고, 앞에서는 초로의 부부가 걸어와 와타루를 지나쳤다. 그 누구도 와타루에게 눈길을 주지 않았다.

그런 사람들을 보내고 와타루는 고개를 숙인 채 걷기 시작했다.

어디에도 의지할 곳이 없었던, 여덟 살의 어린 소년처럼.

"정말?"

눈물이 그렁그렁한 마리나의 두 눈을 와타루는 지그시 바라봤다.

"그래. 정말이야. 넌 죽은 게 아니었어. 가사 상태였던 널 기렌이 구해 준 거야."

마리나는 온몸에서 힘이 풀렸는지 탁자에 엎드렸다. 오랜만에 찾아간 나카노 집에서 마리나를 데리고 나왔다. 에리코는 일 때문에 집을 비운 상태였다. 암거 위 좁은 길을 지나 카페로 들어섰다.

원래는 목욕탕이었던 건물을 개조한 곳으로 타일 욕조와 세면장, 테이블과 의자가 나란히 놓여 있었다. 마리나는 고개를 들어 벽에 그려진 후지산을 봤다. 눈물이 뺨을 타고 흘러내렸다.

"정말이야?"

마리나는 눈물을 흘리며 한 번 더 확인했다.

"정말이라니까. 아오토한테 들었어."

마리나는 "그렇구나" 하고 손수건을 꺼내 눈물을 닦았다.

"그래. 그럼 믿을 수 있어. 아오토는 거짓말을 하지 않으니까."

옆에 앉은 초로의 남성이 읽고 있던 문고본 책 너머로 두 사람을 쳐다봤다. 이별 이야기를 하는 연인처럼 보였을까. 그렇게 생각하니 와타루도 문득 기분이 좋아졌다. 목욕탕의 돔형 천장이 손님들의 말소리를 반사해 부드러운 음악처럼 잔잔하게 퍼뜨리고 있었다.

"줄곧 널 신경 쓰고 있었을 거야. 가까운 곳에서 널 지켜봤겠지."

"그럼 지금도 우리 주변에 있는 거야? 일본에서 살고 있을까?"

"아마도."

"엄마를 만나게 하려고 물심양면 도와주던 때부터 일본에 왔을 수도 있겠지."

그들에게는 그야말로 위험한 도박이었을 것이다. 나이를 먹지 않는 그들이 짧은 주기로 같은 장소에 나타나는 것. 아오토는 그런 위험을 무릅쓰고 마리나에게 진실을 전하러 왔다. 아오토의 이야기는 진실이 틀림없다.

"가사 상태에서 살렸다는 걸 조금만 더 일찍 알려 줬으면 좋았을 텐데. 내가 오빠를 만나 예전에 한 번 죽었다는 이야기를 들으면 충격을 받을 것도 다 알았을 거잖아."

마리나가 어린아이처럼 토라진 듯이 말했다. 헬트의 몸에 생긴 무시무시한 변화를 목격한 아이에게 그것이 끔찍한 처사라는 걸 그들도 알았을 것이다.

적어도 그 점만큼은 와타루도 전적으로 동감이었다.

강물에서 처음 건졌을 때 마리나는 분명 숨을 쉬지 않았다. 와타루는 기렌을 찾아가 마리나를 살려 달라고 간절히 부탁했다. 기렌은 왜 그때 나에게 마리나는 죽지 않았다고, 숨이 다시 돌아왔다고 알려 주지 않았을까.

그때부터 '시온의 빛'에서 구출한 아이를 자신들 손으로 직접 키우려고 한 걸까. 그렇다면 적어도 나에게만이라도 솔직히 이야기해 줬으면 좋았을 텐데. 남매를 갈라놓기가 미안했을까.

하지만. 그때 기렌은 말하지 않았나.

— 되살아난 아이와 그러지 않은 아이는 어차피 언젠가 헤어져야 하니까. 너와 네 여동생도.

그러니 와타루도 마리나가 한 번 죽었다가 다시 살아났다고 믿었다.

그 말은 무슨 뜻이었을까. 기렌은 마리나가 살아 돌아왔다고 믿게 하려고 일부러 그런 말을 한 걸까.

대체 왜.

아무리 생각해도 이해할 수 없었다.

마리나는 빨대로 아이스티를 휘젓고 있다. 오른손 엄지 아래에 있는 화상 자국에 자꾸만 시선이 갔다. 얼음이 톡톡 소리를 내며 녹자 마리나는 행복한 표정으로 빨대를 입을 물고 아이스티를 마셨다. 언젠가 헬트처럼 추한 시신으로 돌아갈지도 모른다는 공포에서 해방된 것이다. 마리나가 그동안 간절히 바랐듯이 지금은 엄마 곁에서 살고 있기도 하다. 평범한 행복을 만끽 중인 여동생을 가만히 내버려 두고 싶었다.

오빠가 쳐다보고 있는 것을 알아차린 마리나가 싱긋 웃었다. 두 뺨에 보조개가 잡힌다. 이 아이는 이제 죽음과 결별했다. 오른손의 상처도 찬란한 미래를 거머쥔 징표가 됐다.

에리코는 어리석었지만 이제 딸에게 위해를 가할 힘도 의지도 없다. 사이비 종교인 '시온의 빛'은 해체됐고 교주와 신도도 모두 사라졌다. 마리나를 상처 입힐 존재는 더는 없다.

"오빠는 왜 가오 밑에서 일해?"

마리나가 다시 그 이야기를 꺼냈다.

"엄마도 걱정하셔."

"걱정할 필요 없어."

에리코가 언급될 때마다 와타루는 마음이 뾰족해졌다.

마리나에게 가오와의 첫 만남과 정육점을 그만둔 후 가오 밑에서 일하게 된 경위를 간략하게 들려줬다.

"흐음."

마리나는 생각에 잠겼다.

"사람들은 그런 부류를 오해하고는 해. 냉혹하고 무자비하며 다른 사람에게 일절 마음을 열지 않는다는 식으로. 하지만 그렇게 젊은 나이에 회사를 창업해 크게 키워 나가는 인재에게는 그런 면도 어느 정도 필요하기 마련이야."

자기도 모르게 자꾸만 가오를 두둔하게 됐다. 가오의 고고한 정신세계가 부러웠다. 어디와도 접점을 두거나 누구에게도 기대하지 않고 오로지 자기 힘에 의지하며 살아가는 강인함이 내게도 있다면 아마 인생이 더 잘 풀리지 않았을까.

자신은 어머니를 거부하면서도 사실 마음 깊은 곳에서 가족이 주는 따스함을 갈구하고 있었다. 어리석은 어머니를 경멸하면서도 그녀와 함께한 짧은 기간의 행복한 추억에 매달리고 있다.

먹고 살기도 힘든 형편에서 아들의 책가방을 사 주던 어머니의 모습이 진실이었으면 좋겠다고 바랐다. 나이 들어 가는 어머니를 만날 때마다 와타루는 마음이 흔들렸다. 가오라면 그런 감정에 휘둘리기는커녕 코웃음을 쳤을 테지만 자신은 아직 그 수준에 도달하지 못했다.

"아오토를 다시 만나고 싶어. 기렌도. 마족이어도 상관없어. 그들은 날 소중히 대해 줬으니까."

와타루도 마찬가지였다. 가까운 곳에 있다면 만나고 싶었다.

"하지만 찾을 수는 없겠지."

마리나가 침울하게 말을 이었다.

"그쪽에서 우리를 만나러 오지 않는 이상. 마족들은 숨어 사는 데는 선수니까. 우리가 먼저 접근하려고 하면 금세 다시 멀어지고 말아."

마리나는 "그리고 두 번 다시 못 만나게 되지" 하고 말했다. 조용히 숨 죽인 채 세상의 틈새를 오가며 사는 것. 반영구적인 생명을 짊어지고 사는 그들의 삶의 방식이었다.

그들이 받았다는 저주는 무엇일까. 그들은 어떻게 해서 그런 운명을 짊어지게 된 걸까. 왜 가족도 아닌 이들이 붙어 다니며 슬픈 처지에 안주하고 있는 걸까. 그 해답은 마리나에게도 없었다.

"슬슬 일을 다시 시작해야겠어."

마리나가 밝게 입을 뗐다.

"의욕이 없어서 '포밸리 기획'을 그만뒀지만 엄마만 일하게 둘 수는 없잖아."

"괜찮아. 일하지 않아도 돼. 생활비는 내가 댈게."

"일하고 싶어."

마리나는 단호히 말했다.

"이 앞에 있는."

마리나는 눈짓으로 앞길을 가리켰다.

"빵집에서 아르바이트를 모집한다고 하던데 한번 가볼까?"

"빵집은 왜?"

마리나는 빨대를 물고 후훗 하고 웃었다.

"빵 굽는 냄새가 세상에서 가장 행복한 냄새 같거든. 독일에서 날 키워 주신 엄마도 빵을 자주 구워 주셨어."

와타루는 만나 보지도 못한 마리나의 양어머니에게 감사했다. 박복했던 어린아이를 소중히 키워 준 사람에게.

부모의 사랑을 모르고 자란 마리나에게 양어머니는 빵을 구워 줬고, 히라누마 정육점의 주인아주머니는 와타루에게 육수 만드는 법을 가르쳐 줬다. 그런 사소한 것에서 인간은 살아갈 힘을 얻는다.

이런 친절이 마리나가 앞으로도 오랫동안 발붙이고 살아갈 세상의 밑바탕이 돼 주고 있다는 사실에 다시 한번 감사하지 않을 수 없었다.

일본인은 매사 주의를 기울이며 사는 편이었지만 타르바간 바이러스는 이따금 활활 타오르는 불길처럼 도시 곳곳에 출몰했다. 그리고 순식간에 희생자를 발견해 날카로운 송곳니를 드러냈다. 감염 경로 추적은 잘되지 않았다. 자신도 모르는 사이에 어딘가에서 바이러스를 접촉하고 감염돼 두통이나 근육통 정도의 자각 증상만 있는 감염자가 의료 기관을 찾을 때까지 또 어딘가에서 누군가를 감염시키는 것으로 보였다. 세계 각국의 연구 기관이 발 벗고 나서서 타르바간 바이러스의 구조를 밝히려고 애쓰고 있지만 아직 효과적인 치료제나 백신은 나오지 않았다.

일본 정부는 다른 국가에 비해 일본의 감염자 수가 적고 봉쇄 및 치료가 순조롭게 이뤄지고 있다고 발표했다. 그러면서 국민에게 침착하게 일상을 살아갈 것을 호소했다. 그럼에도 불구하고 높은 사망률과 감염 후 이상 증세가 뉴스에 보도될 때마다 사람들은 불안에 떨었다.

어느 날 NHK에서 타르바간 바이러스를 다룬 다큐멘터리를 방영했다. 환자를 치료하는 병원에 카메라를 들여서 촬영한 르포 방송도 나왔다. 중증 환자가 등장하는 영상에는 역시나 흐릿한 블러 처리가 들어갔다.

그러나 SNS 등지에는 중증 환자들의 사진이 거리낌 없이 돌아다녔다. 피부가 검게 변해 잔뜩 움츠러든 채 죽음을 기다리는 환자들의 사진은 과거 흑사병이라 불리며 사람들을 공포에 떨게 했던 페스트를 연상케 했다. 언론 보도는 사람들의 불안과 공포를 부추기기만 했다.

전 세계에서는 속수무책으로 희생자가 늘었다.

와타루는 호텔을 벗어나 아파트로 돌아갔지만 가오는 호텔 생활이 마음에 들었는지 그곳에 눌러살았다. '파나케이아'에는 고이케가 다시 돌아왔다. 그는 핼쑥해진 모습이었지만 기이한 열정을 발산하며 또다시 수많은 논문을 섭렵했다. 부주의한 기자 회견에서 받은 상처를 다른 누군가의 연구 성과에 파묻힌 채 잊으려는 것 같았다.

"확인되지도 않은 오아시스 국가 이야기 같은 걸 왜 꺼냈죠?"

와타루는 고이케에게 물었다.

"가, 가오가 그렇게 하라고 시, 시켰어."

고이케는 모니터에서 고개를 돌리지 않고 대답했다.

"왜죠? 이미 오래전에 역병으로 멸망한 고대 국가 이야기를 타르바간 바이러스에 접목하는 건 무리 아닌가요?"

"나, 난들 알겠어? 가, 가오한테 가서 무, 물어봐."

고이케에게 더 많은 이야기를 듣는 건 불가능했다.

사실 와타루에게는 별로 중요하지 않은 일이었다. 마리나가 이제 죽음과 무관하게 살아갈 수 있다는 걸 깨달은 이상 다른 건 머리에 들어오지 않았다. 앞으로도 여동생과 함께 걸어갈 인생이 있다고 생각하니 눈에 보이는 모든 게 빛났다. 온 세상이 정체불명의 역병에 시달리고 있더라도.

가오는 신주쿠에서 시오도메에 있는 호텔로 거처를 옮겼다. 그는 내키는 대로 도쿄 시내 호텔을 전전했지만 기자들을 피해 도망치는 건 아니었다. 사기꾼이라는 꼬리표가 붙어도 가오는 언제 어디서나 당당했다.

가오가 묵는 스위트룸은 유리로 된 벽면 전체에서 하마리큐 정원이 내려다보이고 그 너머로 도쿄만의 풍광이 펼쳐지는 곳이었다.

와타루는 가오와 마주 보고 소파에 앉았다. 룸서비스로 나온 커피는 잔의 외양이 너무 고급스러운 나머지 맛을 제대로 느낄 수 없었다. 그런 점이 가오와 비슷하다고 느꼈다. 이곳에 있는 이상 타르바간 바이러스 따위 그에게 알 바 아닐 것이다. 심지어 지금 가오의 모습은 그런 바이러스로 한탕을 하겠다는 계획조차 잊은 것처럼 보이기도 했다. 가오는 커피잔을 입에 가져가며 유리 너머 경치를 감상하고 있었다.

"중국에서 입수한 자료를 민간 유전자 분석 업체에 가져가서 해독을 의뢰했어."

"타르바간 바이러스의 유전자와 일치하는 거야?"

"글쎄."

가오는 별 관심 없다는 듯이 훗 하고 웃었다.

"일치할 수도, 아닐 수도."

그러더니 "하지만 재미있는 일은 생기겠지" 하고 말을 이었다.

"넌 처음부터 이렇게 될 걸 알고 있었지?"

와타루는 무심코 물었다.

"그리고 고이케한테도 기대하지 않았을 거야. 출처가 불분명한 자료도 그저 화제를 끌기 위한 용도였고. 그 엉터리 기자 회견을 대체 왜 한 거야?"

"나루세는 어떻게 지내지?"

가오는 화제를 돌렸다.

"잘 지내나? 나루세 아사코가 그만두는 바람에 부동산 쪽이 요새 영 신통치 않아."

마리나의 이야기가 나오면 괜스레 마음이 불안해졌다.

"원래 이름은 마리나야."

그 말을 듣고도 가오는 눈썹 하나 까딱하지 않았다.

"그렇군."

"마리나를 직원으로 쓴 이유는 뭐야?"

"인재를 찾고 있었으니까. 그러다가 다른 직원이 우연히 발견해서 데려왔지. 실제로도 나루세는 유능했어. 독일어도 할 줄 알았고."

가오는 작게 하품을 했다.

"걔가 '포밸리 기획'에서 일하고 있었기 때문에 우리가 만날 수 있었어. 어렸을 때 헤어져서 따로 살다가 만나게 된 거야."

"그렇군. 내 덕분에 만난 거네. 기쁘다. 우연한 만남을 연출한 것 같아서."

와타루는 눈을 가늘게 뜨고 가오를 봤다. 이 남자의 어디까지가 진실이고 어디까지가 허상인지 알 수 없다. 실상을 잡으려 할수록 손에서 슬쩍 빠져나간다. 나에게 붙잡으려는 마음이 있는지도 확실치 않았다.

가오에게 친근감을 느끼면서도 그의 이면에 숨은 거친 위화감을 동시에 의식하게 됐다. 그의 강인하고 냉철한 면모를 따라잡으려 해도 가오는 근본적으로 나와 다른 종류의 인간 같았다. 묘했다. 가오가 숨기는 핵심은 뭘까. 그는 왜 타르바간 바이러스와 나에게 집착하는 걸까. 점점 깊어지는 수수께끼가 발산하는 강력한 자력이 와타루를 '크로마'에 계속 머물게 하고 있었다.

"앞으로 어떡할 거야?"

와타루는 화제를 되돌렸다. 설립한 지 얼마 안 된 '크로마'가 벽에 가로막히는 바람에 와타루는 따로 할 일이 없이 지내고 있었다. '포밸리 기획'은 지금도 변함없이 영업 중이다. 가오는 호텔 방에서 원격으로 지시해서 출근하지 않아도 지장이 없는 듯했다.

"기다리는 중이야."

알쏭달쏭한 가오의 대답에 '뭘?' 하고 되묻고 싶은 기운마저 사라졌다.

함께 점심을 먹자는 가오의 한가한 권유를 거절하고 와타루는 호텔을 나섰다. 어디로 가야 할지 몰라 무작정 걸었다. 유리카모메가 다니는 고가도로를 따라서 걷다 보니 다케시바 부두가 나왔다. 다케시바 여객 터미널의 보드워크 위에 올라섰다.

눈앞에 도쿄만이 펼쳐졌다. 오가사와라 제도로 향하는 순백의 오가사와라마루호가 정박해 있다. 그 너머에는 도쿄만과 스미다가와강을 유람하는 배들이 오가고 있다. 배 위로 하얀 괭이갈매기가 원을 그리며 날았다. 어느새 한여름이 되었다. 지난 몇 달은 계절의 변화를 느낄 새도 없이 정신 없이 흘렀다.

우두커니 서서 그런 풍경을 보고 있자니 문득 '내가 왜 이런 곳에 있는 걸까' 하는 의문이 들었다. 히라누마 정육점에서 일하던 평온한 몇 년과는 사뭇 다른, 생각지도 못한 곳에 서 있는 것 같았다.

그때 주머니에서 스마트폰이 울렸다. 마리나의 전화였다.

— 엄마가 쓰러졌어.

당황하는 목소리가 귀에 꽂혔다.

"뭐?"

— 엄마가 일하다가 쓰러졌대.

마리나는 반응이 둔한 오빠가 답답한 것처럼 절박하게 호소했다. 하치오지시에 있는 건물을 청소하다가 갑자기 몸이 안 좋아져 구급차로 병원에 실려 갔다고 했다.

하치오지? 그렇게 먼 곳까지 일하러 가다니. 와타루는 처음으로 에리코의 삶을 떠올렸다. 아이들과 떨어져 혼자 지내던 삶. 그래도 일을 하지 않으면 먹고살 수 없었을 것이다.

스마트폰 너머에서 마리나가 병원 이름과 주소를 빠르게 불렀다. 마리나는 지금 당장 갈 거라 하고 와타루에게 얼마나 빨리 올 수 있는지 물었다. 당연히 물을 거라 예상했다.

"그게……."

지금 다케시바 부두에 있다고 했다.

― 알겠어. 그럼 병원에서 봐.

그 말을 끝으로 전화가 끊겼다. 와타루는 손에 든 스마트폰을 응시했다. 바닷바람에 재킷이 펄럭였다. 이런 게 가족일까. 구성원 중에 누군가가 쓰러지면 앞뒤 재지 않고 무조건 달려가는 것이.

가족을 걱정하는 감정이 익숙하지 않았다. 특히 에리코에 대해서는 더욱 그랬다.

하지만 마리나에게 에리코는 소중한 가족이다. 그리고 오빠에게도 그것을 강요하고 있다. 저항하고 싶지만 이미 마리나가 알려 준 병원 이름이 머리에 새겨졌다. 와타루는 돌아서서 가오가 묵는 호텔 쪽을 바라봤다. 분명 가오라면 지금부터 내가 할 행동을 비웃을 것이다.

그런 상상을 떨치고 바다에 등을 돌렸다.

여동생의 감정에 떠밀리듯 하마마쓰초역으로 향했다. 신주쿠에서 하치오지 병원까지 두 시간 가까이 걸렸다. 접수 창구에서 에리코의 이름을 대고 병실을 물었다.

"가족분이신가요?"

살집 있는 중년 여자 간호사의 질문에 와타루는 잠시 말문이 막혔다. 여자는 가느다란 은테 안경을 밀어 올리며 의심스러운 눈빛으로 와타루를 봤다.

"가족분이 아니면 알려드릴 수 없습니다."

"아들입니다."

상태가 얼마나 안 좋은 걸까. 그런 상상이 말을 입 밖에 밀어냈다.

에리코는 응급 처치 후 병실에 옮겨졌다고 했다. 직원이 알려 준 5층 병실로 서둘러 올라갔다. 4인실 창가 침대에 에리코가 누워 있고 마리나가 곁을 지키고 있었다. 와타루를 먼저 알아차린 사람은 마리나였다. 침대 옆 칸이 의자에 앉아 초조한 것처럼 움츠리고 있던 마리나가 고개를 들어 미소 지었다. 에리코는 눈을 감고 있었다. 구급차 안에서 에리코는 비상 연락처로 마리나의 휴대폰 번호를 알려 줬다고 했다. 마리나가 빠르게 그런 것을 설명했다.

"좀 어때?"

"갑자기 빈혈 증세가 심해져서 쓰러졌다고 해. 신장이 안 좋을 수도 있으니 입원해서 검사를 받아 보는 게 좋겠대."

"그렇구나."

왠지 모르게 안도하는 자신이 당황스러웠다. 맞은편 침대에서 상반신을 일으키고 있는 노파가 환하게 웃으며 이쪽을 보고 있다. 쓰러져서 병원에 실려 온 어머니를 걱정하는 남매. 어디에나 있을 평범한 가족처럼 보일 것이다. 복잡한 심경이었다.

"몸이 망가질 정도로 열심히 일한 거야."

그 말에는 침묵을 지켰다. 자신보다 어머니의 몸 상태를 더 걱정하는 마리나에게 한마디 해 주고 싶었지만 그래 봐야 소용없다는 것도 알고 있다. 지금 이곳에 기적처럼 피를 나눈 세 사람이 있다. 불과 몇 달 전만 해도 서로의 행방도 모르고 떨어져 살던 가족이 그중 한 명의 몸 상태를 걱정하고 있다.

맞은편 침대에 있는 노파는 이 가족의 배경을 아마 상상도 못 할 것이다.

잠든 에리코는 두 뺨이 홀쭉하고 눈도 퀭했다. 이마에 닿은 머리카락이 가늘고 윤기가 없어서 원래 나이보다 훨씬 나이 들어 보였다. 와타루에게는 어머니를 향한 증오만이 자신이 살아 있다는 증거였다. 오랜 세월 와타루가 기억에서 만들어낸 어머니의 모습은 무뚝뚝하고 오만한 데다 무식하고 고집스러웠다.

그런 사람이 이렇게 약해졌을 줄이야. 미워하려 해도 도무지 미워할 수 없다.

그런 생각이 머리를 스친 순간 치밀어 오르는 감정에 휩쓸릴 것 같았다. 와타루는 마리나가 눈치채지 못하게 침대에 등을 돌리고 창밖을 내다보는 척했다.

"나, 빵집에서 아르바이트 시작했어. 전에 말했지?"

"응."

빵집에 채용된 그날 마리나가 들뜬 목소리로 전화를 걸었다.

"정말 좋은 분들이셔. 빵집 사장님 부부."

마리나는 잠든 에리코를 보며 말했다. 와타루는 등 뒤로 마리나의 이야기를 들었다.

"식빵 귀가 남으면 마음껏 가져가래. 어떤 날은 비닐봉지 가득 담아 가기도 해."

"그렇구나."

"그럼 엄마가 그걸로 러스크를 만들어 줘. 가게에서 파는 그런 건 아니고 그냥 기름에 튀겨서 위에 설탕을 뿌린 거야."

마리나는 싱긋 웃었다.

"근데 전에는 오빠한테도 자주 그걸 만들어 줬대."

뜨겁게 튀긴 러스크를 입에 넣었을 때의 식감이 떠올랐다. 너무 많이 튀긴 나머지 까맣게 탄 부분이 있어서 가끔 쓴맛이 섞이기도 했지만 맛있었다. 가난해서 과자도 제대로 사 먹일 수 없었기에 에리코가 빵집에 부탁해 빵 귀를 받아 와서 만들어 준 것이었다.

— 와타루. 입가에 설탕이 잔뜩 묻었잖니.

정신없이 러스크를 먹는 와타루를 보며 에리코는 흐뭇하게 미소 지었다. 단 것에 굶주린 아이가 접시를 깨끗이 비우는 모습을 끝까지 지켜보면서 정작 자신은 한 개도 먹지 않았다.

조금 전까지 간신히 억누른 감정이 다시 솟구쳐 올랐다. 고개를 돌려 연신 침을 삼키며 애써 감정을 억눌렀다. 마리나는 눈치 못 채는 듯했지만 맞은편 침대에 누워 있던 노파가 의심스러운 눈빛으로 쳐다보는 게 느껴졌다.

"오빠도 기억해?"

"아니."

마리나의 질문에 와타루는 즉시 고개를 흔들었다.

"기억 안 나."

"그렇구나."

굳이 고개를 돌리지 않아도 어깨를 축 늘어뜨린 마리나의 모습이 눈에 선했다.

"넌 독일에서 양어머니가 더 맛있는 빵을 구워 주지 않았어?"

비겁하게도 그런 질문을 던졌다. 마리나가 돌아보는 기척이 느껴졌다.

"맞아. 물론 그것도 정말 맛있었어. 하지만 엄마가 만들어 주는 러스크는 차원이 달라. 응. 진짜 엄마가 만들어 주는 건……."

와타루는 천천히 고개를 돌려 마리나를 마주 봤다.

"난 이만 갈게. 입원비는 내가 낼 테니 걱정 안 해도 돼."

마리나의 얼굴에 순식간에 실망감이 퍼졌다.

"응."

그래도 힘없이 대답했다.

더 이상 에리코와 마리나 곁에 있기 힘들었다. 피가 이어졌다는 이유 하나만으로 모든 것을 지울 수 있다고 생각하고 싶지 않았다. 마리나가 어머니를 아끼는 마음마저 부정하고 싶지는 않지만, 나는 달랐다.

마리나가 그때 죽지 않았다는 게 밝혀졌다고 해도 에리코가 직접 낳은 갓난아기를 위험에 빠뜨린 어머니라는 점은 변함없다. 마리나는 기렌 덕에 우연히 목숨을 건졌지만 언제 죽어도 이상하지 않을 상황이었다.

와타루는 성큼성큼 병실을 나갔다.

감정에 몸을 맡긴 채 복도를 걷다가 엘리베이터를 기다리지 않고 계단으로 1층 로비에 내려갔다. 자동 유리문을 지나 병원 앞마당에 나갔다. 하치오지역에서 택시를 타고 왔지만 그럴 기분이 아니어서 무작정 걸었다. 오늘은 계속 걸어야 한다. 조금 전에 사로잡힐 뻔한 기이한 감정이 사라지기 전까지 다리를 멈추고 싶지 않았다.

금세 온몸이 땀에 흠뻑 젖었다.

역은 병원에서 멀었다. 걸어서 갈 거리가 아니다. 그래도 발걸음을 옮겼다. 버스 정류장이 일정한 간격으로 있어서 버스 노선을 따라 걷는 것이기도 했다. 어쩌면 지나가는 버스를 잡아탈 수 있을지 모르지만 그전까지는 머리도 식힐 겸 계속 다리를 움직이기로 했다.

눈앞에 펼쳐지는 풍경이 변화무쌍했다. 주택가인 줄 알았는데 갑자기 채소밭이 나타났다. 신사와 대학교 건물 앞을 지나치기도 했다. 삼면이 산지에 둘러싸여 있는데도 도심 쪽 풍경은 유독 흐릿했다. 이곳이 다마 구릉의 일부임을 알 수 있는 풍경이었다.

또 버스 정류장이 나왔다. 지금껏 버스를 한 대도 못 봤으니 배차 간격이 길 것이다. 버스 정류장 맞은편에는 벤치가 있는데 페인트가 벗겨졌고 밑에는 비에 씻겨 온 흙이 쌓여 있었다. 벤치에는 노인이 한 명 앉아 있다. 중절모를 깊숙이 눌러쓰고 두 손을 지팡이에 얹고 있다. 와타루는 그 앞을 지나쳤다.

조금 걷다가 문득 다시 멈춰 섰다. 천천히 고개를 돌려 버스 정류장으로 돌아갔다. 그때까지도 노인은 조금도 움직이지 않았다.

"기렌."

조심스레 말을 건넸다. 노인이 고개를 들었다. 그리고 입을 열었다.

"와타루."

기억 속 그대로의 기렌이었다. 탄탄한 몸, 온화한 빛을 머금은 눈동자, 지나치게 나이 들어 보이는 주름진 피부까지. 기렌은 금빛 솜털이 눈에 띄는 손을 들어 벤치 옆을 툭툭 쳤다.

"앉겠니?"

별생각 없이 그 자리에 털썩 앉았다. 뒤쪽 공원에 우거진 나무들이 보인다. 벤치가 있는 인도 부분이 공원 부지 쪽에 파고드는 형태다. 가지치기를 하지 않아서 무성한 가지가 벤치에 그림자를 드리우고 있다. 간간이 매미 울음소리가 들렸다. 시원한 바람 때문에 땀이 식었다.

기렌은 고개를 돌려 와타루를 봤다.

"아오토가 널 만나러 갔지?"

줄곧 귓가에 남아 있던 쉰 목소리.

"네."

"가지 말라고 했건만."

기렌은 나직이 중얼거리며 희미하게 미소 지었다. 두툼한 입술 끝을 들어 웃는 얼굴도 예전 그대로다.

"너한테 꼭 알려 주고 싶었겠지. 마리나에 대해."

"그게 정말 사실인가요?"

기렌이 고개를 힘차게 끄덕였다.

"마리나는 죽지 않았지. 그 끈적끈적한 약물이 기도를 막은 상태에서 물에 빠져 의식을 잃었을 뿐. 액체를 뱉어내게 했더니 금세 숨이 다시 돌아왔지."

"그런데 왜……."

그러자 기렌은 슬픈 표정으로 눈을 감더니 모자챙을 살짝 들었다.

"미안하다. 제대로 설명해 줬어야 했는데."

"아뇨. 그래도 여러분이 저희를 구해 준 건 사실이니까요. 만약 그날 마리나를 데려가지 않았다면 언젠가 또 비슷한 일이 생겼을 거예요."

"그날 이후 서둘러 네 곁을 떠났지. 이별 인사도 제대로 못 하고 헤어지는 바람에 아오토는 늘 괴로워했단다. 그 녀석은 아직 어린애야. 아무리 오래 살아도 언제까지나 어린아이 그대로지."

얼마 전에 만난 아오토가 떠올랐다. 늦은 밤 가로등 아래에 홀로 서 있던 아이.

"가지 말라고 했건만."

기렌은 다시 같은 말을 중얼거렸다. 그러더니 앞을 향해 고개를 돌렸다. 양산을 들고 걷는 여자가 보이고 차들이 쉴 새 없이 차도를 지나갔다. 거리를 지나는 행인들도 다들 할 일이 있는지 바쁘게 걸었다.

"우리는 세상 어디에서든 쥐 죽은 듯이 살아야 해. 누구의 기억에도 남지 않게. 누구와도 깊이 연관되지 않게."

기렌은 "하지만" 하고 서서히 고개를 흔들었다.

"어째서인지 아오토는 와타루, 네게 깊이 빠져든 것 같았지. 계속 네가 신경 쓰였던 모양이야."

수상한 종교 시설에서 살며 학교에서는 극심한 괴롭힘을 당하던 같은 반 친구에게 마음이 끌린 걸까.

"그 녀석은 아직 어린애야."

기렌이 다시 같은 말을 반복했다.

"사실 친구를 원했던 게지. 우리는 지금까지 그걸 금지해 왔고."

— 잊지 않을게, 널.

지금껏 그런 말은 누구에게도 들어본 적 없었다. 그런 자신도 아직 어린애라고 와타루는 생각했다. 아오토와 자신은 고독을 매개로 연결된 친구 사이였다.

"아오토는 지금 어딨나요?"

기렌은 와타루를 곁눈질하기만 하고 대답하지 않았다.

"여기는 왜 오셨어요?"

대형 오토바이가 굉음을 울리며 눈앞을 지나갔다.

"옛날이야기를 해 주려고."

"기타센주에서 저희가 처음 만났을 때 이야기인가요?"

"아니."

기렌은 고개를 흔들었다.

"그보다 훨씬 오래된 옛날이야기."

기렌은 두툼한 손으로 앞가슴의 옷깃을 붙잡아 펄럭였다. 시원해 보이는 줄무늬 셔츠가 바람을 머금어 부풀었다가 다시 사그라드는 모습을 와타루는 가만히 지켜봤다.

"그래. 대략 천칠백 년 정도 됐겠구나. 우리가 이런 운명을 짊어지게 된 게."

와타루는 고개를 돌려 옆에 있는 노인을 봤다. 굳은 결의 같은 건 느껴지지 않는다. 기렌은 고개를 살짝 숙인 채 이야기를 이어 갔다.

"이 이야기를 다른 사람에게 들려주는 건 처음이다."

"왜 저에게?"

고개를 들어 와타루를 본 기렌의 얼굴에 슬픔의 기색이 짧게 묻어났다.

"아오토가 선택한 친구니까. 천칠백 년 동안 사귄, 단 한 명의."

매미가 지이이이 하고 울더니 뚝 다시 그쳤다.

와타루도 입을 다물고 기렌의 이야기에 귀를 기울였다.

"우리는 가족이 아니란다. 그저 동료일 뿐이지."

"마족 동료 말인가요?"

와타루가 묻자 기렌은 빙그레 웃었다.

"그래. 뭐, 그렇다고 할 수 있겠지."

자신들의 중요한 비밀을 이렇게 먼저 입에 담을 줄은 몰랐다. 와타루는 무심코 몸이 굳었다. 기렌은 손을 뻗어 와타루의 어깨를 툭 두드렸다.

"편하게 들으렴. 늙은이가 들려주는 시시한 이야기이니."

네 사람이 처음 만난 곳은 서기 3백여 년의 타클라마칸 사막이었다.

"당시에는 모래 바다에 작은 오아시스 국가들이 섬처럼 두둥실 떠 있었지."

오아시스 국가? 순간 머리에서 뭔가가 걸리는 느낌이었다. 지금부터 아주 중요한 연결 고리를 듣게 될 것 같아 어깨에 힘이 들어갔다.

"타클라마칸은 위구르어로 '타클리 마칸'이라고 한다. 타클리는 '죽음', 마칸은 '끝없이 광활한 것'을 뜻하지. 끝없이 펼쳐진 광활한 모래 바다. 그곳을 카라반*이 수십, 수백 마리의 낙타들과 함께 걸었어. 언제든 목숨을 잃을 각오를 하고. 섬처럼 떠 있는 오아시스 국가들이 역참처럼 이어져 있지 않았다면 절대 걸을 수 없는 사막이지."

기렌은 뜨거운 모래가 펼쳐진 풍광을 바라보듯 먼 허공을 봤다. 눈앞에는 더위에 지친 듯이 걷는 사람과 배기가스를 뿜으며 달리는 차들만 보인다.

---

* 사막이나 초원처럼 교통이 발달하지 않은 지역에서 낙타에 짐을 싣고 떼 지어 다니며 특산물을 교역하는 상인 집단.

"사막 주변 고산에서 눈이 녹아 생긴 물이 강을 이루지. 그리고 그 강을 따라 녹지대가 만들어진단다. 물이 있기에 인간이 사는 곳. 그곳이 바로 오아시스야."

때로는 강이 모래 밑에 파고들어 지하수 위에 오아시스가 만들어지기도 한다고 기렌은 덧붙였다. 바로 모래 바다 속 녹색 섬이다. 그곳에서 사람들은 땅을 경작하고 농작물을 재배한다. 그 경작지를 또다시 초원과 늪지대가 둘러싸고 바깥으로 사막이 펼쳐진다. 교역이 활발해지면 상인과 수공업자들이 거주를 시작하고 그들을 다스리는 왕이 나타나 성벽에 둘러싸인 거대 도시 국가가 만들어지기도 했다.

그야말로 현실과는 동떨어진 아득한 옛날이야기였다. 뜨거운 여름 한낮의 버스 정류장 벤치에서 들을 이야기는 아니다. 다른 사람들이 들으면 좀처럼 믿을 수 없겠지만 와타루는 기렌의 이야기를 한 치도 의심하지 않았다. 틀림없는 진실이다. 가끔 작아지는 기렌의 목소리를 들으려고 열심히 귀를 기울였다. 다행히 두 사람의 머리 위로 펼쳐진 천연의 녹색 캐노피 덕분에 주변 소음은 차단됐다. 와타루는 기렌과 함께 벤치에 앉아서 머나먼 중국 서역을 여행하는 기분이 들었다.

"우리가 끌려간 오아시스 국가는 그리 큰 곳은 아니었지."

"끌려갔다니요?"

"우리는 각각 다른 나라에서 카라반으로 여행 중이었어. 왕의 엄명을 받아."

사막 속 오아시스 국가는 그리 큰 왕국은 아니었지만 풍요로웠다. 무엇보다 물이 끊임없이 솟아났고 사막에서는 그게 가장 중요했다고 기렌은 말했다.

사막에서 강물은 변덕스럽게 물길을 바꾼다. 느닷없이 지하수가 고갈될 때도 있는데 이는 곧 국가의 죽음을 의미한다. 그럼 인간들은 다시 새 땅을 찾아 오아시스 국가를 떠났다.

"그 오아시스 국가는 안정적으로 운영됐고 최고 통치자인 왕도 몇 대에 걸쳐 왕위를 세습했지. 국가 자체가 카라반 교역에 관여해 큰 도시도 있었단다. 그곳에서 벌어들인 수익이 상당했는지 번듯한 왕궁을 갖추고 있었어."

그래서 왕의 힘 또한 막강했다고 설명한 후 기렌은 말을 끊고 한동안 침묵을 지켰다.

와타루는 셔츠 옷깃에 턱을 묻은 노인을 힐끗 봤다. 나무 사이로 비치는 햇살이 노인의 얼굴에 묘한 얼룩무늬를 그리고 있다.

이 사람은 대체 언제부터 노인이었을까.

와타루는 문득 그런 생각을 했다. 아오토가 줄곧 어린아이로 살아온 것처럼 기렌도 노인으로 살아온 걸까.

기렌은 가래 섞인 기침을 한 번 하고 다시 이야기를 시작했다.

"부강한 나라에서 왕이라는 존재는 신처럼 절대적이지. 넌 잘 모르겠지만."

기렌은 목소리를 조금 낮췄다. 길 가는 사람들 중 누구도 낡은 벤치에 나란히 앉은 두 사람에게 주의를 기울이지는 않았다.

"마리나에게 들었겠지? 우리가 가진 소소한 능력에 대해."

그전까지 편안한 노인의 목소리에 가만히 귀 기울이던 와타루는 허리를 펴고 기렌을 봤다. 기렌도 와타루를 봤다. 무거운 눈꺼풀 아래에서 날카로운 눈빛이 번득였다.

"네."

와타루는 목구멍에서 목소리를 끌어냈다.

"어차피 전 마리나에게 듣기 전부터 알고 있었지만요."

"그렇구나. 그랬겠지."

기렌이 다시 도로 쪽으로 고개를 돌렸다. 개와 함께 산책하는 사람이 지나고 있다. 퉁퉁한 퍼그가 분홍빛 혀를 길게 늘어뜨리고 있다. 개 역시 깊숙한 곳에 있는 벤치에 앉은 두 사람을 무시하고 지나갔다.

"그런 게 알려지는 건 좋지 않지. 그렇게 되지 않게 지금껏 세심하게 주의를 기울여 왔건만."

기렌은 중절모를 들어 올리며 빙긋 웃었다. 와타루가 특별대우를 받은 게 별로 신경 쓰이지는 않는 듯했다. 기렌은 자상한 얼굴로 "뭐, 그건 괜찮아"라고 중얼거렸다.

오아시스 국가의 왕은 그런 이능력을 가진 자들을 찾아내 수중에 두고 싶어 했다. 기렌은 "마치 애완동물을 키우는 것처럼 말이야" 하고 덧붙였다.

"저항할 수 없었지. 상대는 일국의 왕이니까. 홀로 국정을 다스리고 군대를 거느려서 인간의 생살여탈권까지 쥐고 있는 절대적 존재."

기렌은 "타일은" 하고 다시 운을 떼더니 타일은 와타루가 아는 야스오를 지칭한다고 설명했다. 야스오의 원래 이름은 '타일'이었다. 그들은 전 세계를 떠돌아다니며 그 지역에 걸맞은 이름으로 살아왔다.

타일은 카라반을 꾸려서 교역을 하던 소그드족이라고 했다. 소그드족은 '호인胡人'이라고도 불리며 지금의 이란계 사람들을 일컫는다. 듣고 보니 야스오의 외모에서는 중동 분위기가 느껴졌다. 피부는 짙었고 수염은 거칠었던 것이다.

"실크로드를 오가는 상인 중에는 소그드족이 많았지. 그들은 상술에 능했고 흉노족과도 과감히 맞서 싸우는 부족이었어. 주로 값비싼 비단 직물과 비단실, 모피, 보석, 그리고 사향 같은 향료와 약품 종류를 취급했지."

야스오는 직업이 보석상이기도 했다.

"타일은 평범한 돌을 옥으로 속여 팔던 남자였어. 아니, 정확히 말하면 돌을 옥처럼 보이게 하는 기술을 가지고 있었지. 바로 그 점이 왕의 눈에 띄었고."

"그럼 도모코 씨는?"

와타루는 자기도 모르게 물었다.

"그 녀석은 한족이야. 처음 만났을 때는 '설화'라는 이름을 썼어."

기렌은 지팡이 끝으로 벤치 아래에 쌓인 흙에 '설화雪華'라는 한자를 써서 보여 줬다.

왕은 녹색 오아시스에 작은 새들을 불러들이는 설화를 가장 좋아했다고 했다.

마지막으로 어린 아오토가 카라반에 섞여 들어왔다. 푸른 눈의 아오토는 처음에는 이름도 알지 못했다. 파미르고원을 넘어 유럽 쪽에서 유입된 것 같다고 했다. 그리고 아오토 또한 이능력을 가지고 있다는 게 밝혀져 왕의 수집 목록에 추가됐다.

"그리고 그때부터 난 이미 노인이었지."

죽은 자를 살아 있는 것처럼 보이게 하는 능력의 소유자.

"이보다 하찮은 능력이 또 있을까."

기렌은 체념한 것처럼 중얼거렸다. 기렌은 자신은 튀르키예족이라고 했다. 톈산산맥 너머에 있는 초원 지대를 터전으로 삼은 부족으로 훗날 '돌궐'이라는 유목 국가를 세우기도 했다.

"오아시스 국가는 그렇게 세상을 떠돌던 상인들이 뒤섞여 다양한 민족이 모여 사는 곳이었지."

그곳의 괴짜 국왕이 마음 내키는 대로 수집한 이능력자 집단. 바로 그것이 이들 마족의 시작이었다.

"우리는 굳이 따지면 궁중 악사나 곡예사 같은 존재였어. 왕이 따분해할 때 신기한 능력들을 보여 주며 왕을 기쁘게 하는 집단이었다고 할까."

지위도 낮았다.

"천년 넘게 살아올 수 있었던 건요? 그것도 능력인가요?"

그러자 기렌은 천천히 고개를 흔들었다.

"아니. 기세등등했던 오아시스 왕국에도 멸망의 순간은 찾아왔고, 우리는 왕국에서 도망쳤지. 바로 그때."

왕을 모시던 주술사의 저주를 받았다. 그렇게 반영구적으로 살아야 하는 운명을 짊어지게 됐다. 어떻게 생각하면 평범하게 살다가 죽는 운명보다 훨씬 비참한 형벌이었다.

"우리에게는 시간이라는 개념이 존재하지 않는단다. 시간이 초래하는 변화를 아무리 목 놓아 기다려도 오지 않지. 그러니 그저 머리를 비우고 최대한 남들 눈에 띄지 않게, 고개를 움츠리고 살아갈 수밖에. 바로 지금 이렇게 버스 정류장에서 오지 않는 버스를 기다리는 것처럼."

와타루는 노인의 옆얼굴을 봤다. 믿기 어려운 사실을 당사자의 입으로 전해 들어도 놀라움이나 공포, 혐오는 들지 않았다. 이유는 어렸을 때 이들의 능력을 직접 옆에서 봤고 이들의 심성을 알기 때문일 것이다.

와타루가 정상적이지 않은 가정환경에서 외롭고 힘든 어린 시절을 견딜 수 있었던 것은 아오토와 가족이 옆에 있어 준 덕분이었다. 무엇보다 이들은 수상한 종교 시설에서 데리고 나온 여동생을 소중히 돌봐줬다. 기렌 덕분에 되살아난 게 아니라고 해도 그 사실만큼은 변하지 않는다. 광기의 교단에서 마리나가 계속 '신이 선택한 아이'로 살았다면 언젠가 또다시 목숨을 잃었을 것이다.

그런 마음을 전하고 싶었다.

"고마워요, 기렌."

기렌은 옷깃에서 턱을 들어 와타루에게 고개를 향했다.

"이 말을 꼭 하고 싶었어요. 하지 못하고 헤어졌으니까. 아오토에게도, 다른 분들에게도."

기렌의 눈동자에 서린 복잡한 감정은 와타루의 예상과 달랐다. 슬픔 같기도, 후회 같기도, 안타까움 같기도 하다. 이들이 짊어진 운명 때문일까. 필요 이상 엮이고 만 아이에게 진실을 전해야 하는 괴로움 때문일까. 어쨌든 와타루의 상상의 영역을 벗어나는 감정은 확실했다.

"아오토를 만나 정말 반가웠어요. 기렌도."

"그래."

기렌은 목소리를 쥐어짜 대답했다. 또다시 슬픔이 느껴지는 눈빛으로 쳐다봐서 왠지 모를 불안감이 들었다.

"저와 마리나를 걱정하셨죠? 계속 우리 곁에 있었나요?"

"아니."

기렌은 서글픈 표정으로 고개를 저었다.

"새."

"네?"

"설화가 부리는 새들이 너와 마리나의 상황을 전해 줬지. 우리는 언제 어디서든 너희가 어떻게 지내는지 알 수 있었어."

아오토와 가족이 떠난 텅 빈 집을 찾았을 때 앞마당 나뭇가지에서 개개비가 자신을 내려다보며 울었던 기억이 떠올랐다. 새들과 교감하는 도모코의 능력 덕에 헤어진 뒤에도 우리 남매는 보호받고 있었을까.

이 선한 종족이 어느 누구의 기억에도 남지 않게 호젓이 세상을 살아가고 있다고 생각하니 안타까움이 가득했다. 지금의 짧은 만남 이후에도 기렌은 동료들과 함께 어디론가 떠날 것이다.

그리고 아오토는 계속 친구를 사귀지 못하는 고독한 삶을 강요받는다. 아직 어린아이인데 앞으로도 영원히 외로운 아이로 살아야 한다. 왜 이런 일이 벌어졌을까. 이 비참한 저주를 풀 방법은 없는 걸까.

"이유가 뭐죠? 대체 왜 그렇게 살아야 하는 건가요?"

나도 모르게 목소리가 커졌다.

"너무하잖아요. 게다가 마족이라니. 전 그렇게 보지 않아요. 그런 능력이 있다고 해서 악마 취급을 당하는 건……."

"와타루."

기렌이 흥분한 와타루의 말을 끊었다.

"이제는 소용없단다. 우리는 이미 운명을 받아들였으니."

조용한 기렌의 목소리가 순식간에 와타루를 제압했다. 기렌은 "그보다" 하고 말을 이었다.

"사실 내가 옛날이야기를 하러 온 데는 다른 이유도 있단다."

어린이집 아이들이 교사를 따라 삼삼오오 걷고 있다. 모두 하늘색 모자를 쓰고 있고 모자 뒤에는 자외선 차단용 가리개가 있다. 가리개가 바람에 날리는 모습을 와타루와 기렌은 말없이 바라봤다.

"우리가 살던 오아시스 국가가 멸망한 건."

아이들이 떠드는 소리가 점차 멀어진다.

"전염병 때문이었어."

순간 머릿속에서 뭔가가 꿈틀거리며 몸을 일으키는 느낌이 들었다.

중국 서부 지역, 오아시스 국가, 전염병. 세 단어가 자연스럽게 연결됐다. 그것이 하나의 그림을 그리기 전에 기렌은 말을 이어 갔다.

"나라의 이름은 '크로마鳩呂摩'였지."

기렌은 지팡이 끝으로 벤치 밑 흙에 한자를 그렸다. 와타루는 글자를 응시했다. 등골이 서늘했다. 매미가 또다시 지이이이 하고 울었다.

"크로마……."

망연자실하게 이름을 읽는 와타루에게 기렌은 몸을 밀착했다.

"와타루."

천천히 고개를 든다.

"더 이상 가오와 엮이지 마라. 위험해. 그 녀석은……."

멀리 있는 교차로에서 자동차가 경적을 울렸다. 뒷이야기를 듣지 말라는 듯이.

"그 녀석도 우리와 동족이야."

"동족……?"

무슨 말인지 알 수 없었다.

"그 말씀은……."

"녀석도 마족이지. 우리처럼 주술사의 저주를 받았어. 우리는 천칠백년 전 '크로마'에서 처음 만났고 그곳이 멸망한 후 녀석은 우리와 따로 떨어져 행동하고 있단다."

기렌이 더 가까이 다가왔다. 노인의 단단한 어깨에 밀려 와타루의 몸이 기울었다. 묘한 빛을 머금은 잿빛 눈동자가 바로 앞에 보였다.

"와타루. 가오와 당장 연을 끊어라. 그 녀석은 널 이용하고 있어. 우리를 끌어내기 위해."

기렌은 그렇게 말하고는 지팡이에 체중을 실어 천천히 몸을 일으켰다.

"그걸 알려 주고자 오늘 이렇게 널 찾아온 거란다."

그 말을 끝으로 등을 돌려 발걸음을 뗀 기렌의 뒷모습을 와타루는 말없이 바라봤다. 그가 들려준 이야기가 아직 제대로 소화되지 않았다. 기렌은 흔들림 없는 걸음걸이로 버스 정류장으로 향해 갔다.

차체 옆면에 파란색 선이 그려진 노선버스가 다가왔다. 정류장에 선 기렌 앞에서 버스 문이 열린다. 문이 열릴 때 푸슈 하는 소리를 듣고 와타루는 간신히 정신을 차렸다. 엉거주춤 벤치에서 일어섰을 때 기렌은 난간을 잡고 버스 출입구 계단을 오르고 있었다.

"기렌!"

와타루는 튕기듯 벌떡 일어나 버스로 뛰어갔다.

고개를 돌린 기렌은 와타루를 보며 연신 고개를 끄덕였다.

"다시 만날 수 있죠? 기렌!"

어느새 늘 불안하고 초조했던 어린 시절로 돌아가 있었다. 그때 만난 다정한 가족의 품에 다시 한번 안기고 싶었다.

"만날 수 있지. 물론. 아니, 우리는 꼭 만나야 해."

기렌이 기사에게 신호하자 와타루 앞에서 문이 닫혔다.

"정말이죠?"

울먹이듯 되물은 말은 노인의 귀에 가닿지 않았을 것이다. 버스는 무정히도 와타루를 내버려 두고 출발했다. 덜컹거리는 버스 창문 너머로 기렌이 뒷좌석을 향해 비틀거리며 걷는 모습이 보였다.

"잠깐만!"

깜빡이를 켜고 차선에 들어가는 버스를 뒤쫓았다. 배기가스를 내뿜자 단숨에 버스의 속도가 빨라졌다.

맨 뒷자리에 앉은 기렌이 보였다. 노인의 뒷모습을 보며 와타루는 버스를 쫓았지만 도저히 따라잡을 수 없었다. 뒤에서 차가 경적을 울렸다. 멀어져 가는 버스의 뒷유리창. 기렌은 단 한 번도 돌아보지 않았다. 그리고 그때 기렌 옆에서 어린아이의 얼굴이 불쑥 나타났다.

"아오토!"

틀림없는 내 친구였다. 이 세상 단 한 명의 친구. 아오토는 버스 뒷유리창에 얼굴을 갖다 붙이고 와타루를 봤다.

"기다려! 아오토!"

너무 멀어서 확실하지는 않지만 아오토가 왠지 미소 짓는 것 같았다.

그리고 다음 순간 아오토와 기렌의 모습이 버스 뒷유리창에서 연기처럼 사라졌다. 길 한가운데 멈춰 선 와타루 옆을 차량 여러 대가 크게 돌아서 갔다. 아오토는 기렌의 팔을 붙잡고 어딘가로 순간 이동했다. 오래전 친구를 여러 번 구한 그 능력을 구사해.

와타루는 한동안 도로 한가운데에 우두커니 서 있었다.

가오의 접시에 있는 스테이크에서 붉은 피가 흘러나오고 있다. 가오는 침착하게 고기를 칼로 잘라서 입에 가져갔다. 그는 스테이크를 시킬 때 늘 불로 겉만 아주 살짝 구운 레어를 주문했다.

와타루 앞에 놓인 스테이크는 차갑게 식어 갔다.

"안 먹어?"

가오는 고기를 우물거리며 의아한 듯이 물었다. 가오의 턱 근육이 힘차게 수축하는 모습을 와타루는 말없이 지켜봤다.

"점심 약속도 거절하고 나가더니 이번에는 이렇게 맛있는 고기도 안 먹을 줄이야."

가오는 고기를 잘라서 다시 입에 넣었다.

"이런 건 좀처럼 먹기 힘든 고기였어. 특히 이렇게 피가 뚝뚝 떨어지는 고기는."

그러고는 가벼운 어조로 말을 이었다.

"크로마에서는 말이지."

"가오!"

가오는 포크를 쥔 손을 들어 와타루를 제지했다.

"밥 먹으면서 그놈들 이야기하지 마. 밥맛 떨어지니까."

기렌은 더 이상 가오와 엮이지 말라고 충고했지만 가오를 만나지 않을 수 없었다. 그동안 가오에게서 느꼈던 위화감의 정체를 이제야 알 것 같았다. 가오는 평범한 인간이 아니었고 와타루는 그런 가오의 본질을 철저히 파악하고 싶었다. 그러다가 어느새 신비로운 매력으로 가득한 그에게 깊이 빠져들고 말았다. 이제 와서 가오를 외면할 수는 없다. 마족으로 밝혀진 가오가 어떤 사람이고 어떤 의도로 자신에게 접근했나. 그 수수께끼를 풀고 싶었다.

가오는 대략 15분에 걸쳐 느긋하게 스테이크 접시를 비웠다. 그가 냅킨으로 입을 닦는 모습을 와타루는 초조하게 바라봤다. 웨이터가 다가와 접시를 정리했다. 그는 스테이크에 손대지 않은 와타루의 접시를 보고도 표정 하나 바뀌지 않고 양해를 구한 후 접시를 집어 들었다. 일류 호텔에 걸맞게 잘 교육받은 직원이었다.

"커피는 저기서 마시지."

가오는 창가 자리를 가리키며 말했다.

"알겠습니다."

호텔 최고층에 있는 레스토랑 내부는 적당히 한산했다. 대각선 앞 테이블에 앉은 가족이 조용히 식사하고 있다. 젊은 부부와 다섯 살쯤 돼 보이는 여자아이다. 머리를 묶은 아름다운 엄마 옆에서 아이는 예쁜 드레스 차림으로 얌전히 밥을 먹고 있었다.

잔잔한 클래식 음악이 흘렀고 간간이 가족이 나누는 대화가 들렸다. 이따금 서로 미소 지으며 식사를 즐기는 부모와 아이를 와타루는 한동안 지켜봤다.

커피가 나왔다.

"그 영감이 드디어 널 만나러 왔다니."

가오는 잔을 들며 입을 뗐다. 그야말로 기쁜 것처럼 웃는다. 군침이라도 흘릴 기세였다.

'우리를 찾아내려고 가오가 네게 접근한 거다'라는 기렌의 말을 이곳에 오기 전까지 계속 반추했다. 새 회사의 이름을 '크로마'로 정한 것. 엉터리 기자 회견. 역병으로 멸망한 오아시스 국가에 대한 불확실한 정보를 언급한 것. 이 모든 게 기렌과 그 동료들의 관심을 끌기 위한 장치였다. 그렇게 생각하면 일리가 있었다.

세상 어딘가에서 숨죽이고 살아가는 마족들을 불러내기 위해. 그리고 자신은 그 미끼였다. 가오가 내게 집요하게 달라붙어 '크로마'의 이사 자리에 앉히고 엉터리 기자 회견에 억지로 동석하게 한 이유도 밝혀졌다. 보잘것없는 일개 반찬 가게 직원을 사업에 끌어들인 것이 내내 마음에 걸렸는데 이제야 모든 게 이해가 됐다.

— 내 계획에는 네 도움이 필요해.

가오는 전 세계를 향해 '크로마'의 성과를 알린 것이 아니었다. 그에게 타르바간 바이러스 따위 중요하지 않았다. 유리창 너머로 펼쳐진 야경을 보며 식후 커피를 마시는 중국계 미국인의 옆얼굴을 봤다. 가오는 같은 뿌리를 가진 일족과 헤어졌고, 지금은 어째서인지 그들을 찾아 다시 헤매고 있다. 은둔 중인 그들을 그냥 내버려 둘 수 없는 이유가 이 남자에게는 있다.

가오가 곁눈질로 와타루를 봤다.

"나한테 접근한 것도 다 계산된 거였구나."

그날 술에 취해 오이마치역 앞 벤치에 잠들어 있던 남자. 어쩌면 지갑을 훔친 사람도 그가 사주했을지 모른다. 그렇게까지 생각하자 온몸에 소름이 돋았다.

가오의 그간의 행적이 묘연했던 것도 마족이기 때문이었을까.

와타루가 지금까지 가오와 함께한 것은 싸늘할 정도로 이성적인 그의 시선과 사람 사이 정 같은 걸 일절 믿지 않는 냉철함에 이끌려서였다. 고독을 두려워하기는커녕 강인함으로 바꾸는 가오의 능력을 본받고 싶었다. 그러나 이 남자의 고독은 무려 천칠백 년이나 이어지고 있었다. 영겁 같은 시간을 상상하자 현기증이 일었다. 눈앞에 앉아 냉소 지으며 커피를 마시는 남자는 인간이라 하기 어려운 존재였다.

가오를 처음 만났을 때 한밤의 어둠에서 태어난 남자 같다는 느낌을 받았다. 가오는 기렌과 어떻게 다를까. 왜 그들과 다른 길을 걷다가 지금에 이르렀을까. 와타루는 자신 앞에 놓인 거대한 수수께끼의 크기에 그저 눈을 휘둥그레 뜰 수밖에 없었다.

"뭐 그래."

마침내 커피잔을 내려놓고 가오가 대답했다.

"왜지?"

애써 태연한 척하려 했지만 잘되지 않았다. 목소리가 약간 떨리지만 적어도 나에게 물을 권리는 있다고 생각했다. 그냥 넘길 수 없었다.

"그 영감한테 옛날이야기를 들었지? 노인네들을 원래 고리타분한 이야기를 하기 좋아하니."

와타루는 기렌에게 전해 들은 이야기를 가오에게도 들려줬다. 길지 않은 이야기지만 여전히 이해되지 않는 부분이 많았다.

가오는 입가를 일그러뜨린 채 귀 기울이다가 이야기가 끝나자 "흥" 하고 콧방귀를 뀌었다.

"자기한테 유리한 이야기만 쏙쏙 추려서 들려줬군."

그 뒤로는 말없이 팔짱을 끼고 고개를 돌려 유리창 너머에 펼쳐진 도쿄만의 야경을 내려다봤다.

"아니라고 하지는 않겠지? 네가 마족이라는 건."

"그래."

와타루는 침을 꿀꺽 삼켰다.

"원래는 너도 그들과 함께 '크로마'의 왕을 섬긴 거야?"

"그래."

그제야 가오가 와타루를 돌아봤다.

"나한테는 어떤 능력이 있는지 궁금해?"

또다시 몸 깊숙한 곳이 떨렸다. 가오는 와타루의 대답을 기다리지 않고 설명을 시작했다.

"내 능력은……."

그러더니 풋 하고 웃음을 터뜨린다.

"시간을 거슬러 가는 거야."

"시간을 거슬러 간다?"

와타루는 가오의 말을 그대로 되읊었다.

"시간이라는 건 과거에서 미래로 일직선으로 흐르지만은 않지. 때로는 휘고, 정체되고, 비틀리기도 해. 난 그런 틈새에 파고들어 시간을 자유자재로 가지고 놀아. 게임처럼."

"그건……."

"진부한 표현을 빌리자면 시간 여행이지. 과거로의 시간 여행."

말문이 막힌 와타루를 보며 가오는 어깨를 으쓱했다.

"어차피 별거 아니야. 거슬러 갈 수 있는 시간은 길어야 수십 년. 과거로 돌아가서 장난을 조금 치고 돌아오는 거지."

"장난?"

가오가 다시 웃음을 터뜨렸다.

"나에게 유리하게 과거를 다시 쓰는 거야. 단, 오직 날 위해서만. 세상을 바꿀 정도의 큰 작위를 저지르거나 사회 정세에 개입하는 건 안 돼. 오직 사적인 일에 국한되지. 난 유심히 상황을 살피다가 어느 순간 손을 살짝 갖다 댈 뿐이야. 굳이 안 좋게 말하자면 부정행위랄까."

가오는 테이블에 두 팔꿈치를 대고 허리를 숙였다.

"이렇게 생각하면 돼. 과거로 돌아간 나는 미래를 알고 있어. 그러니 과거에 있었던 사실을 아주 살짝 손보는 거지. 나에게 유리한 미래가 올 수 있게. 그 덕에 지금껏 사업에 성공했고 큰 부자가 될 수도 있었어."

와타루는 한숨을 내쉬었다. 어느새 숨을 멈춘 채 이야기를 듣고 있었다. 수수께끼가 하나 풀렸다. 가오가 주식과 투자 등으로 돈을 번 것은 그의 능력 덕분이었다. 그렇게 재산을 증식시킬 수 있다면 큰 노력을 하지 않아도 된다. 가오는 전에는 땅 투기로 돈을 벌었다고 했다. 지금과 같은 모습으로 버블 시대를 헤쳐 온 그는 거품이 꺼질 것을 알고 땅들을 팔아치운 후 재빨리 미래로 돌아간 것이다.

"고이케가 발견했다는 영구 동토층에서 나온 미지의 바이러스 연구 자료를 입수한 사람도 너였구나. 과거로 돌아가서."

"공산권에서는 의외로 돈이 잘 먹힌다고 했지?"

가오는 담담하게 말했다.

고이케는 러시아와 중국 연구팀이 해산 후 바이러스 연구 자료를 원하는 누군가에게 팔아넘겼다고 했다. 그것을 최종적으로 손에 넣은 사람은 가오였다. 현재와 과거를 자유롭게 넘나드는 남자. 기자 회견을 하기 전 가오의 행방이 일주일 남짓 묘연했던 것도 그런 이유였다.

"근데 어차피 능력이라고 해 봐야 뻔해. 나 혼자 부자가 된다고 해서 다른 사람이 다치거나 해를 입을 일도 없고. 아무튼 그런 소소한 능력을 활용해 가며 지금껏 살아남은 거야. 이제는 슬슬 지겹기도 하지만 이게 내 삶의 방식이니 어쩔 수 없지."

가오는 "기껏해야 오아시스 국가의 왕을 즐겁게 해 주기 위한 술수이기도 했고"라고 덧붙였다. 마리나는 '그들의 힘은 모두 눈속임이다. 가짜다'라고 한 적이 있고, 기렌은 '우리는 궁중 악사나 곡예사 같은 존재였다'라며 자신들을 깎아내렸다.

어린 시절 와타루의 눈에는 그것이 어마어마한 능력처럼 보였다. 그러나 기렌과 가오에게는 그저 살아가기 위한 기술이자 왕의 환심을 사기 위한 도구였다. 왕국을 떠나면 쓰임새가 제한되지만 이들은 그 능력에 의지해 천칠백 년을 살아왔고 앞으로도 그럴 것이다.

"그 자식들은 또 널 만나러 오겠지."

"글쎄."

"어디 있는지는 말 안 했지? 분명 근처에 있을 텐데."

와타루는 고개를 흔들었다. 가오의 목적은 뭘까. 눈앞의 마족은 웃음을 킥킥 터뜨렸다.

"그 자식들은 간이 떨어질 뻔했겠지. 네가 내 옆에 앉아서 기자 회견에 참석한 모습을 보고."

이맛살을 찌푸린 와타루를 보며 가오는 또다시 웃음을 터뜨렸다. 이제는 참을 수 없었다.

"가오. 너와 그들 사이에는 대체 무슨 일이 있었어? 타르바간 바이러스와 관련이 있나? 기렌 말로는 '크로마'가 역병 때문에 멸망했다던데."

"일이라. 아주 많지."

가오는 한 치의 망설임도 없이 대답했다.

"그럼 그 영감이 너한테 말하지 않은 것들을 조금 들려줘 볼까."

가오는 웨이터를 불러서 레드와인과 치즈를 주문했다. 브랜드 이름을 설명하는 웨이터를 성가신 듯 손으로 쫓는다. 잠시 후 와인 한 병이 테이블에 놓였다. 잔은 두 개.

가오가 "마실래?"라고 물었지만 와타루는 거절했다.

"정말 재미없는 녀석이라니까."

가오는 자기 잔에 와인을 잔뜩 부었다. 그러더니 눈높이까지 들어 올려빛이 투과되는 붉은 와인을 지그시 바라봤다.

"크로마에도 카라반이 이런 고급 와인들을 실어 날랐지. 왕은 핏빛의 레드와인을 아주 좋아해서 설화의 시중을 받으며 자주 와인을 마시곤 했어."

"설화? 도모코 씨 말이야?"

가오는 와인을 한 모금 마셨다.

"그래. 녀석은 왕의 애첩이었어."

"애첩?"

"오아시스 국가에는 외지에서 오는 카라반을 위한 왕립 유곽이 있었거든. 한마디로 창부들을 모아놓은 창부관이지. 설화는 그곳에 팔려 왔어. 그러다가 아름다운 외모와 새를 부르는 재주 덕분에 왕의 눈에 들어가 궁에서 살게 됐지."

기렌이 말한 '왕은 설화를 가장 좋아했다'라는 게 그런 뜻이었나.

"사실 말이지. 그 여자는 내 누나야."

"뭐?"

"우리는 어렸을 때 사막 한복판에 버려졌어. 만리장성 너머에서. 우리는 한족이었어. 기억나지 않지만 아마 중국의 어느 마을에서 납치돼 왔을걸."

도모코의 외모가 떠올랐다. 물에 젖은 듯한 검은 눈동자와 칠흑같이 긴 머리카락. 그러고 보니 그녀도 밤에 태어난 것 같은 분위기가 있었다.

왕을 기쁘게 하는 기술을 가진 남매. 두 사람은 모두 궁에서 왕을 섬겼다.

"누나라면서 왜 함께 살지 않아?"

가오는 손에 든 와인 잔을 탁자에 탁 내려놨다. 와인이 살짝 튀어 하얀 천에 붉은 얼룩이 생겼다. 가오는 한동안 얼룩을 내려다봤다.

"넌 여동생을 어떻게 생각해?"

와타루는 대답 없이 가오를 돌아봤다. 가오가 마리나를 자기 사무실에 데려온 것도 계획의 일환이었나. 우연이라고 하기에 너무 절묘했다.

"마리나는 소중한 내 동생이야. 피를 나눈 가족이기도 하고."

와타루는 낮은 목소리로 대답했다.

"가족이라."

가오는 병을 들어 잔에 와인을 더 따랐다.

"그럼 어머니는?"

말문이 막혔다. 이 마족은 나에 대해 어디까지 아는 걸까.

"와타루. 가족이라는 개념에 현혹되지 마. 우리가 쓰는 술수보다 더 수상한 게 바로 혈연이야."

가오는 다시 잔을 들어서 안을 봤다. 핏빛 술.

"넌 가족 행세를 하면서 사는 마족들을 만났어. 그리고 외로움에 지친 나머지 그들에게 마음을 열었지. 상냥한 가족이라고 느꼈겠지?"

뭐라고 대답해야 좋을지 알 수 없었다. 가오는 얼굴 앞에서 잔을 빙글빙글 돌렸다. 그대로 잔을 보며 말을 잇는다.

"그 가족을 이끈 사람은 기렌이 아니야. 타일도 아니고."

"그럼……."

'누가?'라는 말이 좀처럼 나오지 않았다. 왠지 뒷이야기를 들으면 안 될 것 같았다. 그러나 가오의 목소리는 가차 없이 귀를 파고들었다.

"그 녀석들 중 리더는 설화야. 상냥한 어머니 역할을 연기하는 여자. 그리고 그 여자야말로 악의 화신이지."

"거짓말."

도모코가 부른 작은 새들. 정원에서 연주하던 오르가네트의 음색.

"바로 그 여자가 왕국을 멸망시켰어."

"거짓말!"

"네 약점은……."

가오가 유리잔 너머에서 말을 이었다.

"외로움을 이기지 못한다는 거야."

그 말은 단숨에 와타루의 심장을 꿰뚫었다.

천칠백 년의 고독을 견뎌 온 남자의 말은 날카롭게 벼려진 칼이 되어 피와 살을 파고들었다.

"녀석들은 그런 인간을 공략하지. 그야말로 마족답게. 별 재주가 있는 것도 아니면서 사악함만큼은 인간을 능가해."

가오는 겁에 질려 굳은 와타루를 재미있다는 듯이 바라봤다. 가오의 어깨 너머로 행복하게 식사를 즐기는 가족이 보인다. 소녀가 웃을 때마다 머리에 달린 새틴 리본이 흔들렸다.

"이봐. 와타루."

가오는 와인을 한 모금 더 마셨다. 입술이 빨갛게 젖는다. 그 입술 사이에서 나올 말에는 무서운 독이 담겼을 것 같았다.

"넌 그냥 나랑 함께하면 돼. 내가 말했지? 널 부자로 만들어 주겠다고."

— 나한테는 비장의 카드가 있어. 이길 수밖에 없는 카드가.

그것도 마족을 유인한 것과 관련이 있는 걸까.

"현재 유행 중인 전염병이 그때 그 오아시스 국가도 멸망시켰어. 고열과 습진, 딱지가 온몸을 뒤덮어 고통스러워하다가 죽는 병. 증상이 완전히 똑같아. 그 병은 순식간에 왕국의 백성들을 집어삼켰어. 전염력과 치사율도 지금보다 훨씬 높았지. 의료 기술이 발달하지 않았으니까. 노예든 평민이든 창부든 왕족이든 대상도 가리지 않아. 사막에 존재하는 한 나라의 숨통이 끊기는 데까지는 그리 오랜 시간이 걸리지 않았어."

"엄마, 아이스크림 먹고 싶어요."

가오의 뒤에서 앳된 목소리가 들렸다. 어머니는 온화하게 딸을 타이르고 있지만 아이스크림을 바라는 소녀의 칭얼거림은 멈추지 않았다.

잔잔하게 흐르는 클래식 음악과 어우러져 행복감과 평화를 자아냈다.

"나라 전체가 절멸한 거야."

이런 자리에서 무시무시한 이야기를 듣는 게 실감 나지 않았다.

"그리고 그건 설화의 소행이었지. 그 여자는 철새가 가져온 바이러스를 자기 몸에 심어 변이시켰어. 살인 바이러스로."

"거짓말."

힘들게 짜낸 목소리는 잔뜩 잠겨 있었다.

"와타루. 잘 들어. 설화한테는 단지 새를 불러들이는 능력만 있는 게 아니야. 그건 자신을 무해한 존재처럼 연출하는 퍼포먼스일 뿐이지. 설화의 진짜 능력은 병원균을 자유자재로 조종해서 무기로 바꾸는 거야. 새는 운반책이고."

"하지만, 네 친누나잖아?"

간신히 되받아친 말 또한 미약하기 그지없었다.

"그래."

가오는 문득 열이 식은 것처럼 몸을 움츠렸다. 그러고는 의자 등받이에 등을 기댔다.

"그 여자는 창부 신분에서 왕의 총애를 받자 하늘 높은 줄 모르고 콧대가 솟았지. 그러다가 결국 왕비의 미움을 사서 다시 창부관으로 돌려보내질 위기에 처했어. 그래서 결국 비장의 무기를 쓴 거야."

시공간을 초월한 장대한 이야기에 와타루는 머리가 아찔했다.

만약 이 이야기가 사실이라면 누가 증명할 수 있을까. 이 역시 가오가 자신을 끌어들이려고 지어내는 이야기 아닐까. 그러나 와타루의 귀에는 독기처럼 흉흉한 이야기가 계속 흘러 들어왔다.

"마족인 이능력자들은 역병을 피할 수 있었어. 그것만 봐도 알겠지? 설화는 나라를 멸망시키고 자기만 살려고 한 거야. 우리는 거기에 편승했고."

"하지만 저주를 받았다며?"

가오는 한쪽 팔꿈치를 등받이에 갖다 대고 몸을 틀었다. 그러더니 다시 한참 야경을 감상했다.

"그건 설화도 예상 못 한 실패였지."

킥킥대며 비웃는 소리가 들린다. 유리창에는 어느새 밤과 한 몸이 된 남자의 얼굴이 비쳤다.

"역병으로 앓아누운 왕은 우리를 증오했어. 그럴 만하지. 궁 안에 두고 심심할 때마다 즐기려고 데려온 이능력자들에게 뒤통수를 맞았으니. 왕은 주술사한테 우리에게 저주를 내리라고 명령했어. 그렇게 우리는 죽음보다 더 고통스러운, 반영구적으로 살아야 하는 운명을 짊어지게 됐지. 아마 강력한 힘을 가진 주술사였을걸. 하지만 녀석도 결국 죽고 말았어."

"그 모든 게 타르바간 바이러스 때문이었다고?"

가오는 천천히 고개를 돌려 앞을 봤다.

"그래, 틀림없어. 설화는 왕국이 죽음의 나라로 변하는 모습을 끝까지 지켜본 뒤 바이러스를 다시 새의 몸에 심어 톈산 깊숙한 곳에 봉인했어. 그런데 현대에 그게 다시 땅 위로 모습을 드러낸 거야. 지구 온난화 때문에. 아니, 어쩌면 그걸 지금 되살린 것 또한 설화의 소행일지도."

짧은 시간에 주입된 정보 때문에 머릿속이 뒤죽박죽됐다. 가오는 아랑곳하지 않고 말을 이었다.

"이제는 내 말을 좀 이해하겠나? 이건 일생일대의 기회야. 설화는 그 살인 바이러스를 마음대로 조종할 수 있어. 변이시킬 수도, 소멸시킬 수도 있지. 설화만 붙잡으면 타르바간 바이러스를 세상에서 퇴치할 방법을 얻게 되는 거라고."

마침내 가오가 말한 '비장의 카드'가 뭔지 알 수 있었다.

"그럼 네가 직접 부탁하면 되잖아. 친누나니까."

그러자 가오는 등받이에서 몸을 일으켰다.

"설화와 그 가족인 척하는 녀석들은 내게서 계속 도망 다니고 있어."

"왜?"

"내가 설화를 증오하니까. 난 죽은 왕의 뜻을 받들어 그 여자를 노리고 있어. 애초에 난 '크로마'를 떠나고 싶지 않았어. 그곳은 정말 아름답고 평화로운 오아시스 국가였지. 그런 유토피아를 설화가 맥없이 멸망시킨 거야. 오로지 자기 이익을 위해 왕과 백성을 모조리 살해했지. 교만하고 사악한 데다 철면피 같은 여자야."

부드러운 오르가네트의 울림. 생전 처음 보는 이국적인 요리를 능숙하게 만들어 주던 도모코.

— 어머나, 돈이 다 떨어졌네.

— 기렌! 큰 잉어를 한 마리 구했어. 튀겨서 안카케로 만들어 줄게.

천진난만하게 소리 높여 말하던 도모코.

그런 그녀가 그토록 사악한 괴물이었다니. 와타루는 가오의 말이 도무지 믿기지 않았다. 그러나 가오는 인정사정없이 몰아붙였다.

"타일의 능력 덕에 녀석들은 어디든 기어 들어가 태연하게 살아가지. 참 대단하기도 해. 지난 천칠백 년 동안 그 일가를 계속 찾아 헤맸지만 좀처럼 찾지 못했어. 가끔 덜미를 붙잡을 뻔하기도 했지만 금세 다시 사라져 버리더군."

"왜 그토록 집요하게 굴지? 그렇게 친누나가 증오스러운 거야?"

"뭐 그렇지."

가오가 히죽 웃었다.

"혈육이라고 해서 무조건 사랑해야 한다고 누가 정했지? 피를 나눈 탓에 더 커지는 증오도 있다고, 와타루. 네가 누구보다 잘 알지 않나?"

에리코. 그 어리석은 어머니가 저지른 죄.

가오가 날카로운 눈빛으로 속내를 전부 꿰뚫어 보는 것 같아 피부가 따끔거렸다.

"너에게 마음을 연 시기에는 녀석들의 경계도 조금 느슨해졌어. 그래서 나도 일본에 왔지. 지금은 아주 편해. 당사자의 의지와 상관없이 누구나 인터넷에 작은 흔적들을 남기는 시대니까."

가슴이 덜컥했다. 마리나가 태어났을 때 마리나를 보러 오라며 아오토를 교단 시설로 초대했다. 그리고 그때 나카노 씨가 마리나의 사진을 찍어서 교단 홍보 책자에 실었다. 나중에 보니 마리나 뒤로 아오토의 모습이 자그마하게 찍혀 있었다. 아오토는 사진 찍히는 것을 싫어했는데도. 그때 사진이 지금은 인터넷에 퍼져 있다. 과거 유명 사건을 발굴해 게시하는 사이트에 사건의 희생양이 된 아기 사진이 올라온 것이다. 그것을 마침 가오가 발견했다.

놀란 와타루 옆으로 은쟁반을 든 웨이터가 지나갔다.

앞에 있는 가족의 소녀가 원하는 대로 아이스크림을 주문한 것 같았다. 와타루는 고급스러운 유리그릇에 담긴 동그란 아이스크림과 위에 꽂힌 웨이퍼와 민트 잎을 봤다.

"그 자식들이 일본에 있다고 확신하고 왔지만 역시나 찾기는 어렵더군."

"찾아서 어떡할 생각이었어? 네 친누나를."

"어떡하긴. 죽일 생각이지. 지금도 그 마음은 변함없어."

가오의 입술 사이에서 나오는 말을 듣고 소름이 돋았다.

"그 여자를 살려 둘 수는 없어. 그 힘을 그대로 방치해 두면 위험하니까. 우리가 죽음과 무관하기는 하지만 마족은 마족을 죽일 수 있어."

"도모코 씨와 너 사이에 무슨 일이 있었던 거야?"

그렇게 묻자 가오는 "글쎄" 하고 시치미를 뗐다.

그러더니 다시 허리를 숙여 상반신을 내밀었다.

"상상해 봐, 와타루. 천칠백 년을 살아오는 동안 난 조금도 늙지 않았어. 설화 때문에 걸린 저주 덕에 앞으로도 영원히 살아야 하는 거야. 이런 운명을 견디려면."

가오는 와인 잔을 들었지만 마시지 않고 테이블에 내려놨다.

"삶의 지침이라는 게 필요하지."

"그게 누나를 죽이는 거다?"

와타루의 입에서 나온 말은 톈산의 영구 동토처럼 싸늘했다.

"그 목적과 각오만이 지금껏 나를 지탱해 줬어."

가오는 와인을 한 모금 마셨다. 천장을 올려다보는 가오의 하얀 목을 응시한다. 목울대가 오르내린다. 이렇게 남자는 홀로 유구한 시간을 살아왔다. 홀로 밥을 먹고, 잠을 자고, 누구와도 함께 웃지 않고, 누구에게도 속내를 털어놓지 않고. 오직 증오만이 이 남자가 살아가는 데 필요한 양식이었다. 숨이 턱 막힐 정도로 긴 세월. 밑바닥을 모를 공포에 와타루는 온몸 깊숙이 전율했다.

"아오토뿐만 아니라 녀석들은 모두 널 받아들이고 함께했어. 흔치 않은 일이야. 한때는 네 여동생도 맡아서 키웠다지?"

가오는 역시 나루세 아사코가 마리나인 것을 알고 직원으로 고용한 것이다. 한때 아오토의 가족과 깊은 관계를 맺은 남매를 상봉시키면 마족도 나타날 거라고 판단했다.

"그러다 자연스럽게 너에게도 조금씩 관심이 생기더군. 마족과 그토록 마음을 터놓고 지낸 외로운 아이에게. 그래서 네 주변을 어슬렁거렸지. 네가 사이비 교단에 끌려간 경위도 다 알고 있어."

그렇다면 어머니를 향한 내 복잡한 심경도 이해할 것이다. 가오는 과거와 현재를 자유로이 오가며 타인의 삶을 관찰할 수 있다. 와타루는 문득 자신의 비뚤어진 마음이 하찮게 느껴졌다.

무의식중에 시선을 향한 곳에서는 소녀가 작은 숟가락을 아이스크림에 찔러 넣고 있었다. 문득 어떤 장면이 머리를 스쳤다. 과거에 들었던 목소리도.

— 코우짱. 걔한테 뭐 마실 거라도 좀 줘.

시모타카이도에 있던 한적한 카페. 생계가 막막해진 어머니가 찾아간, 한때 신세를 졌던 예전 여사장의 가게.

코우짱의 '코우'는 아마 '고高' 아니었을까. 그때 크림소다를 만들어 준 바텐더의 얼굴을 기억하려고 했지만 어렴풋한 윤곽만 떠올랐다. 그러나 가오를 처음 만났을 때 느꼈던 기시감. 머리카락을 휘저을 때의 감촉은 분명 짚이는 데가 있었다.

긴장한 채 카운터에 앉아 크림소다를 마시던 어린 와타루에게 바텐더는 말을 걸었다. 그리고 대답하지 않는 소년을 보며 카운터 너머에서 손을 뻗어 머리를 거칠게 쓰다듬었다. 그 바텐더는 과거로 이동해 와타루가 어떻게 지냈는지를 보러 온 가오였다.

가오는 역 앞에서 '시온의 빛' 전단을 받는 에리코도 목격했을 것이다. 가방을 등에 멘 와타루가 어머니의 손에 이끌려 사이비 종교의 사무국장과 함께 걷는 모습을 보며 심술궂게 미소 짓지 않았을까.

그리고 와타루가 이런 과거를 지녔으니 천칠백 년을 살아온 고독한 아이 아오토와 마음이 통했을 거라고 납득했을까.

가오는 따분한 것처럼 고개를 돌려 야경을 봤다.

어둠 속에 떠오른 무수한 불빛은 여객선이나 화물선이 발산하는 불빛일까. 아니면 그곳에는 바다도 무엇도 아닌 그저 끝없는 암흑만이 펼쳐져 있을 뿐일까.

한없는 어둠의 세계. 타클리 마칸.

그곳은 죽음으로부터 버림받은 종족이 살아온 세계였다.

⑦

깨어나라
부르는 소리 있도다

가오가 왜 그토록 누나를 미워하는지 캐물을 생각은 없었다.

육친의 정은 때때로 거추장스럽고, 끊어내려 할수록 얽히고설킨다. 와타루는 진저리가 날 만큼 그걸 잘 알고 있었다.

아동 보호 시설에서 살 때 다양한 배경의 아이들을 만났다. 태어나자마자 버려져 부모가 누구고 어떤 사연으로 시설에 왔는지 모르는 아이도 있었다. 의지할 곳도 정체성도 없는 아이들은 정서적으로 불안해 간혹 난폭한 모습을 보였다. 그런 아이들을 도와주려는 아동 심리사나 보육 교사들은 늘 마음을 졸였다.

하지만 와타루는 그런 아이들조차 부러웠다. 와타루에게는 원망하거나 걱정하거나 마음 아파 할 상대가 없었다. 모든 부정적인 감정에서 자유로울 수 있었다. 에리코를 떠올리며 증오를 더 키우거나, 어디 있는지도 모를 여동생이 생각나 울지도 않았다.

그래서 더 가오에게 끌렸을지 모른다. 그런 번거로운 감정을 칼같이 자르고 오로지 '돈이 전부'라고 단언하는 남자에게. 그러나 그런 가오를 떠받치고 있던 감정도 육친을 향한 증오였다. 심지어 어중간한 증오도 아닌 살의로까지 승화된 증오였다.

가오와 헤어진 후 집에 돌아가 오랜만에 이탈리아산 자전거를 타고 시내를 달렸다. 밤을 가를 기세로 힘차게 페달을 밟자 바람이 귓가를 스쳐 갔다.

자전거를 처음 선물했을 때의 가오를 떠올렸다. 문 너머에서 자전거를 옆에 두고 서 있던 남자. 그때 와타루는 자신을 위해 자전거를 고르는 그의 모습을 상상했다. 그리고 그의 권유에 따라 자전거를 탔다. 지금 생각하면 가오의 치밀한 계획 중 하나였지만 그 사실을 알고 난 이후에도 왠지 불쾌하지 않았다.

모든 게 밝혀져도 마족 남자가 두려워서 도망치고 싶지 않았다. 아니, 그러기는커녕 가오의 핵심에 한층 더 다가서고 싶었다. 와타루도 에리코를 미워했지만 죽이고 싶을 정도는 아니었다. 가오가 가슴에 품은 살의는 대체 어떤 것일까.

가오의 말대로 도모코는 그토록 사악한 여자일까. 한 나라를 멸망시킬 만큼 잔인함과 독선을 겸비한 여자일까. 아니면 단지 양면성이 있는 걸까. 진실이 궁금했다. 천칠백 년 전 대체 무슨 일이 있었는지. 마족의 본질은 무엇인지. 가오는 정말 친누나를 죽일 작정인지.

호텔 최고층 레스토랑을 나설 때도 가오는 와타루에게 별말 하지 않았다.

또다시 그들이 나타나면 자신에게 알려 달라거나, 입버릇처럼 하던 타르바간 바이러스로 한몫 챙기겠다는 이야기도 하지 않았다. 평소와 똑같이 떠나는 와타루를 가만히 지켜보기만 했다. 열을 올리는가 싶다가도 금세 다시 식어 버리는 알쏭달쏭한 남자. 가오는 이렇게 정신이 아득해질 정도로 그 긴 세월을 보냈을까. 오로지 친누나인 설화를 찾아서 죽이겠다는 목적 하나에 매달려.

그 일편단심. 그 절실함.

— 네 약점은 외로움을 이기지 못한다는 거야.

가오에게 전해 들은 사실을 머릿속에서 정리하려 했지만 너무 많은 정보가 혼재돼 잘되지 않았다. 가오가 어떤 이야기를 들려줘도 와타루는 와타루만의 감성으로 마족을 가늠할 수 있다. 와타루가 기타센주에 있던 집을 떠날 때 자신을 배웅하던 그들의 실루엣. 마리나를 흔쾌히 맡아 돌봐준 가족. 그게 전부였다.

밤새 자전거를 타고 달렸다. 열심히 페달을 밟다 보면 몸속이 텅 비는 것처럼 느껴졌다. 자전거 타기의 장점이다. 無로 돌아가는 느낌. 감당할 수 없는 감정과 혼란도 모두 남겨 둔 채 떠나는 느낌.

어딘지 모를 공원에서 아침을 맞았다. 한동안 멍하니 그네에 앉아 있었다. 녹슨 쇠사슬이 삐걱거리는 소리를 냈다.

혹시 어디선가 아오토가 나타날까 싶어 기다렸지만 신문 배달원이 탄 오토바이만 눈앞을 지나갔다. 뒷주머니에서 스마트폰을 꺼내 위치를 확인하니 놀랍게도 나카노 근처까지 와 있었다. 자전거에 다시 올라타 마리나가 아르바이트한다는 빵집에 갔다.

가는 길에 마리나가 아르바이트를 쉬고 입원 중인 어머니 곁을 지키는 게 아닐까 걱정했지만 다행히 마리나는 출근해 있었다. 길 건너편에서 유리창 너머로 가게 안을 봤다. 바쁘게 움직이는 마리나에게서는 생기가 넘쳤다. 앞으로도 여동생에게 남은 시간이 길다고 생각하니 행복했다.

학교에 가거나 출근길인 사람들이 빵을 사러 빵집에 들렀다. 와타루는 계산하거나 빵을 진열하는 마리나의 모습을 가드레일에 앉아서 지켜봤다. 바쁜 아침 시간이 지나자 마리나가 유리문을 밀고 밖에 나왔다. 일하는 동안 한 번도 와타루를 보지 않았지만 길 건너편에 오빠가 와 있는 걸 알고 있었던 것 같았다. 손에는 빵집의 봉지를 들고 있다. 마리나는 차를 피해 도로를 건너오더니 와타루에게 말없이 봉지를 내밀었다. 와타루도 묵묵히 봉지를 받았다.

"일은?"

"괜찮아. 그날 이후 일은 안 하는 거나 마찬가지야."

이런 일상적인 대화를 할 수 있다는 게 순수하게 기뻤다. 마리나는 와타루 옆 가드레일에 앉더니 잠시 머뭇거리다가 와타루에게 고개를 돌렸다.

"오빠. 부탁 하나만 해도 돼?"

"무슨?"

"오빠한테 말할지 말지 고민했는데……."

눈앞에서 차가 속도를 내며 지나가자 마리나의 머리카락이 휘날렸다.

"엄마 몸 상태를 함께 들어줬으면 좋겠어."

듣자 하니 오늘 오후에 담당 의사가 마리나를 불렀다고 했다. 하지만 마리나는 에리코와 친자 관계를 증명할 수 없고 의사는 환자의 가족이 아닌 제삼자에게는 설명을 하지 못한다. 와타루는 마리나가 현재 사망한 것으로 돼 있고 나루세 아사코라는 이름으로 살아간다는 것을 퍼뜩 깨달았다. 하세베 에리코의 자녀는 아들인 하세베 와타루가 유일한 것이다.

"그래. 알겠어."

"다행이다."

마리나는 안도한 것처럼 미소 지었다. 와타루가 함께 가면 마리나도 옆에 동석해 설명을 들을 수 있다고 했다. 오후 예약이니 그전까지 집에서 기다리라며 마리나는 주머니에서 열쇠를 꺼냈다. 와타루가 별생각 없이 열쇠를 받자 마리나는 점심까지 더 일해야 한다며 다시 길을 건너 빵집으로 돌아갔다.

자전거를 밀며 에리코와 마리나가 사는 목조 주택으로 갔다. 자전거를 현관 옆 판자벽에 세워 두고 열쇠로 집 문을 열었다. 두 사람이 사는 집에는 처음 들어섰다. 내부는 가재도구가 별로 없고 깔끔하게 정리돼 있었다. 와타루에게는 어수선하고 지저분한 예전 집 기억밖에 없는데 에리코는 의외로 깔끔한 성격이었던 걸까. 아니면 마리나와 함께 살기 시작하면서 정돈하는 버릇이 생긴 걸까. 알 수 없었다.

왠지 남의 집 같은 생각이 들어 마음이 편치 않았다. 배도 고프지 않다. 빵 봉지를 다다미에 내려놓고 바닥에 눕자 곧장 잠이 쏟아졌다. 꿈속에서 와타루는 또다시 아라카와강의 강물 속에 있었다. 눈앞에 떠내려가는 플라스틱 상자가 보인다. 아무래도 이 악몽에서는 벗어날 수 없을 듯했다.

꿈인 것을 알면서도 또다시 플라스틱 상자를 쫓았다. 같은 꿈의 감옥에 갇혀 같은 행동을 수없이 반복할 수밖에 없다. 무게 때문인지 다행히 상자가 물결에 휩쓸리지 않아 이번에는 쉽게 따라잡을 수 있었다. 자세히 보니 마리나가 들어 있던 상자보다 크기가 훨씬 크다. 그런데도 와타루는 강가로 상자를 끌어 올리는, 평소와 다름없는 행위를 습관처럼 반복했다.

꽤나 무겁다는 것이 꿈에서도 느껴졌다. 혼신의 힘을 다해 땅으로 끌어올렸다. 고정 장치를 풀 때 젖은 손 때문에 몇 번이나 미끄러졌다. 반투명한 상자에는 평소와 다른 게 들어 있는 것 같았다. 마리나의 시신이라 하기에는 너무 무겁고 늘 보이던 풍선 무늬 수건도 보이지 않았다.

고정 장치를 다 풀었지만 상자를 여는 게 주저됐다. 이대로 꿈이 끝나지 않을까 기대했지만 도무지 끝날 기미가 없어 어쩔 수 없이 상자 뚜껑을 열었다.

순간 숨이 멎는 줄 알았다. 플라스틱 상자에는 와타루 자신이 갇혀 있었다. 허리를 구부정하게 숙인 채 눈을 감고 있다. 굳이 확인하지 않아도 죽은 게 분명했다.

왜?

온몸에 소름이 돋고 털이 곤두섰다.

"오빠."

마리나가 몸을 흔드는 바람에 눈이 뜨였다. 어렴풋한 시야 속에 합판으로 된 천장이 보였다.

"왜 그래? 계속 끙끙대던데."

"아무것도 아니야."

와타루는 팔꿈치를 바닥에 대고 몸을 일으켰다. 벽시계의 바늘은 오후 1시를 앞두고 있었다.

"빵, 안 먹었네."

마리나가 바닥에 있는 빵 봉지를 보며 말했다.

"맛있는데. 특히 시나몬롤."

"미안. 피곤해서."

서둘러 봉지를 집어 들자 마리나는 "그럼 내일 먹어" 하고 손짓했다.

"카레가 있거든. 어제 만든 건데."

마리나는 "먹을 거지?"라고 묻더니 대답을 듣지도 않고 오래된 싱크대 앞에 가서 가스레인지 불을 켰다. 금세 카레 냄새가 풍기기 시작했다. 마리나가 시키는 대로 접이식 밥상을 펼치자 얼마 후 흰색 카레라이스 접시 두 개와 물컵이 놓였다.

마리나와 마주 앉아서 카레라이스를 먹었다. 다른 사람의 집에서 밥을 먹는 건 오랜만이었다. 도모코가 만들어 준 특이한 음식들이 떠올랐다. 와타루는 조용히 숟가락으로 카레를 먹으며 가오에게 들은 이야기를 마리나에게는 하지 않기로 결심했다. 아직 마음의 정리가 되지 않았고 이야기를 다 들은 마리나가 어떤 반응을 보일지도 상상되지 않았기 때문이다.

"맛있어?"

"응."

"맛있으면 맛있다고 해 줘."

마리나가 장난스럽게 투덜거렸다.

"말해 주지 않으면 몰라."

도모코의 음식을 먹었을 때 나는 맛있다고 했을까. 문득 그런 생각이 들었다.

등을 돌린 채 설거지를 하며 마리나가 다시 입을 열었다.

"엄마는 분명 어딘가가 크게 잘못됐을 거야. 그러지 않으면 굳이 가족을 부를 이유가 없잖아."

"아니, 그럴 리 없어."

와타루는 근거도 없이 단언했다.

"엄마가 죽으면 어떡하지?"

마리나의 어깨가 떨리는 게 보였다.

"겨우 다시 만났는데."

"그럴 리 없다니까. 너무 부정적으로 생각하지 마."

시시한 위로밖에 못 건네는 자신이 지긋지긋했다. 이럴 때 가족에게 어떤 말을 해야 위로가 될지 경험이 없어서 잘 모르겠다. 이제 곧 가족 티를 내며 어머니의 병세를 들으러 가야 하지만 그런 경험도 없었다. 어떤 반응을 보여야 좋을까.

"어머님께서는 신장암입니다."

아무 대답을 할 수 없었다. 옆자리에 앉은 마리나가 훨씬 가족다운 반응을 보였다.

마리나는 "네?" 하고 되묻고 얼어붙었다. 무릎 위에서 깍지 낀 손에 힘이 들어가 관절이 하얗게 변할 정도였다. 마리나는 곧 다시 입을 열었다.

"치료는 가능한가요?"

담당 의사는 질문에 명확하게 답해 주지 않았다.

"일단 수술을 해 봐야 알 수 있습니다. 시급한 상황입니다. 오른쪽 신장의 상당 부분이 암세포에 침식됐습니다."

"오른쪽 신장뿐이죠? 암세포를 없애면 남은 신장 하나로도 살 수 있는 거 아닌가요?"

"어쩌면 복강에도 전이가 됐을지 모릅니다. 왼쪽 신장에서 세포를 채취해 검사해 봐야 합니다."

"……."

의사는 반응 없는 아들을 마주했다.

"수술하시겠습니까?"

의사는 환자의 체력이 워낙 약해진 상태라 수술을 잘 견딜 수 있을지 미지수고 수술이 아닌 다른 치료법도 없지는 않다고 했다. 그는 에리코의 신장 엑스레이와 초음파 사진을 보여 주며 친절하게 설명했고 마리나는 의사의 말에 일일이 고개를 끄덕이며 진지하게 귀를 기울였다.

설명 도중 의사는 가끔 와타루를 힐끗거렸다. 설명을 잘 이해하는지 확인하는 걸까. 아니면 일절 반응이 없는 아들이 왠지 이상하다고 느끼는 걸까. 충격을 받은 듯한 마리나는 어느새 손수건을 꺼내 눈물을 닦고 있다. 그에 반해 시종일관 멀뚱히 있는 와타루는 의사의 눈에 기이해 보일 것이다. 아니면 너무 큰 충격 때문에 감정이 아예 사라졌다는 식으로 호의적으로 해석할까.

의사는 설명을 마친 후 가족끼리 상의해서 수술 여부를 정하라고 하며 환자에게 암 사실을 알릴지도 가족에게 맡기겠다고 했다.

"감사합니다. 앞으로 잘 부탁드립니다."

문 앞에서 깊숙이 고개를 숙이는 마리나 옆에서 와타루도 똑같이 고개를 숙였다.

에리코의 병실에 가기 전까지 마리나를 진정시켜야 했다. 두 사람은 병원 종합 대기실 한쪽 구석에 있는 소파에 앉았다. 마리나는 말없이 눈물만

흘렸다.

어머니가 중병을 이기지 못해 결국 죽을지 모른다는 생각이 머리를 맴돌았다. 세상에서는 타르바간 바이러스 때문에 목숨을 잃는 사람이 나날이 늘고 있지만 왠지 남의 일 같았다. 마리나는 한참을 더 울다가 가까스로 몸을 일으켰다.

"신장 두 개가 다 암이라면 내 걸 하나 떼어서 이식해 달라고 해야겠어."

"바보 같은 소리 하지 마."

"왜? 가능하잖아. 난 엄마랑 피를 나눈 혈육이니까."

"대체 왜……."

그렇게까지 하느냐고 소리치고 싶었다. 내 자식이 죽어 가는 걸 방관한 어머니에게 그렇게까지 할 필요는 없다고 외치고 싶었다. 하지만 말이 목구멍에 걸려서 나오지 않았다.

마리나도 이미 알고 있다. 알면서도 어머니를 아끼고 있다. 사랑하고 있다. 마리나의 어리석음과 숭고함, 강인함, 순수함에 와타루는 전율할 수밖에 없었다.

마리나는 오빠에게 거듭 당부했다.

"엄마한테는 암을 알리지 말자. 알겠지? 이미 힘들게 살아온 사람을 더 고통스럽게 하고 싶지 않아. 분명 나아질 거야."

반박하고 싶지만 여기서 마리나와 말다툼을 해 봐야 소용없다. 와타루는 몸을 일으킨 마리나를 따라 에리코의 병실로 갔다. 전에 왔을 때와 같은 병실이다. 맞은편에 있던 노파는 사라져 침대가 비어 있었다.

침대에 누워 있는 에리코는 전보다 더 초췌해 보였다. 눈을 뜨고 있어 와타루와 마리나가 다가가자 힘없이 미소 지었다. 역시 마리나와 닮았다고 속으로 생각했다. 이름도 다르고 서로 오래 떨어져 살았지만 틀림없는 모녀지간이다.

"엄마, 몸은 좀 어때?"

"응. 괜찮아. 아주 좋아."

말과 달리 전혀 좋아 보이지 않는다. 낯빛도 그야말로 칙칙했다.

"오빠가 왔어."

"그렇구나. 미안. 많이 바쁠 텐데."

에리코는 이불 속에서 앙상한 나뭇가지 같은 손을 내밀어 흔들었다. 와타루는 뼈가 불거진 손을 말없이 내려다봤다. 전에는 늘 이 손에 이끌려 다녔다. 지금은 손을 잡아 주어야 하는 상황 같지만 좀처럼 몸이 움직이지 않았다.

마리나는 일부러 암 이야기를 함구하며 에리코에게 조곤조곤 설명했다. 신장 상태가 좋지 않아 어쩌면 수술을 해야 할 수 있지만 큰 수술은 아니니 걱정하지 않아도 된다고 했다. 에리코는 말없이 이따금 고개를 끄덕이며 이야기를 들었다.

"그렇구나. 응, 알겠어. 고맙다."

에리코는 마리나에게 1층 매점에 가서 목캔디와 물을 사 와 달라고 힘없이 부탁했다. 마리나는 더 필요한 게 있는지 한 번 더 확인하고 곧장 지갑만 챙겨서 나갔다. 에리코와 둘만 남는 상황이 불편했지만 와타루는 묵묵히 자리를 지켰다.

마리나의 발소리가 멀어지자 에리코는 베개 위에서 와타루 쪽으로 고개를 돌렸다. 직시하는 눈빛이 느껴져 와타루는 점점 안절부절못했다.

에리코가 "와타루" 하고 입을 열었지만 그녀에게 이름이 불리는 상황도 익숙하지 않았다. 대답을 해야 할지 망설여졌다.

"난 암이지? 신장암."

마리나처럼 속일 수는 없었다. 분명 표정에 드러났을 것이다.

"아니……."

그렇게 중얼거리는 게 고작이었다.

"사실 알고 있었어. 전에 병원에서 진찰 받은 적이 있거든."

와타루는 "언제?" 하고 약간 공격적으로 물었다.

"반년 전쯤인가?"

에리코는 꼭 남의 일처럼 느긋했다.

"반년 전? 그때 암이라고 했다고?"

"응."

"치료는?"

"안 했어. 그런 건 이제 안 해도 될 것 같아서."

"이제 안 해도 된다는 게 무슨 소리지?"

분노와 두려움이 뒤섞인 목소리가 나왔다.

"지쳤거든. 죽어도 괜찮겠다고 생각했어. 그 후 너와 마리나까지 만났으니 엄마는 이제 정말 아무 미련이 없단다."

그런 소리 하지 말라는 말이 입 밖에 나오지 않았다.

"수술은 됐어. 하지 않을래."

에리코의 말을 들으며 와타루는 주먹을 꾹 쥐었다.

"네가 선생님께 전해 주렴. 마리나한테도."

"어차피 말해 봐야 마리나는 안 들을 거야."

어머니의 상태가 나아질 거라고 확신하는 마리나는 절대 그 말에 따르지 않을 것이다. 와타루는 마족의 손에 키워졌고 독일에서 입양된 뒤에도 애지중지 자랐지만 '내내 외로웠다'라고 한 마리나에게서 엄마를 빼앗고 싶지 않았다.

"아니, 네 말이면 들을 거야. 오빠니까."

순간 목구멍에서 뜨거운 뭔가가 솟구쳐 올랐다. 마리나가 태어났을 때 '네 오빠란다'라는 말을 자주 들었다. 어머니에게, 교단 신도들에게. 그 말을 들을 때마다 자랑스러웠다.

"앞으로도 마리나를 잘 부탁한다. 나 같은 못난 엄마한테 태어났는데도 정말 훌륭히 자랐어. 설마 다시 만날 줄은 꿈에도 몰랐지. 저 아이를⋯⋯."

에리코는 또다시 앙상한 손을 와타루 쪽으로 뻗었다.

"저 아이를 강에서 구해 줘서 정말 고맙다. 와타루."

어머니의 손을 피해 와타루는 한두 걸음 물러섰다. 그리고 재빨리 등을 돌려 병실을 나갔다. 때마침 돌아온 마리나와 입구에서 몸을 부딪칠 뻔했다. 놀란 마리나가 뭐라고 하는 걸 듣지도 않고 그대로 복도를 무작정 걸었다.

엘리베이터를 타고 1층으로 내려가 정문에서 택시를 탔다. 가장 가까운 역에 가서 전철을 타고 나카노에 갔다. 전철 문 앞에 서서 유리에 비친 얼굴을 봤다. 와타루는 하마터면 쓸데없는 감정에 휘말릴 뻔한 한심한 자신을 노려봤다.

― 네 약점은 외로움을 이기지 못한다는 거야.

와타루는 유리에 비친 자신을 향해 중얼거렸다.

자전거는 벽에 그대로 세워져 있었다. 가까이 가자 브레이크 손잡이에 꽂힌 작은 메모지가 보였다. 바람에 흔들리는 메모지를 천천히 떼어냈다.

어린아이 글씨였다. 잊으려야 잊을 수 없는 아오토의 글씨다. 연필로 힘주어 쓴 글씨를 꼼꼼히 읽었지만 메모지에는 주소만 적혀 있다. 사이타마현 이루마시다. 이곳에 지금 자신들이 살고 있다는 걸 알리려고 아오토가 찾아온 듯했다.

와타루는 메모지를 조심스레 접어 주머니에 넣었다. 그리고 자전거를 그대로 두고 발걸음을 뗐다.

다음 전철에 올라타 유리에 비친 내 모습을 보면 여덟 살 어린아이가 되어 있지 않을까. 무심코 그런 환상에 사로잡혔다.

세이부이케부쿠로선 이루마시역에 내리니 어느덧 해 질 녘이었다. 스마트폰 지도를 보며 가스미가와라는 이름의 좁은 강 옆길을 걸었다. 주변에는 차밭이 펼쳐져 있고 울창한 숲도 보였다. 도심과 사뭇 다른 공기가 흘렀다.

주소에 적힌 집은 제다製茶 공장 옆에 있었다. 공장 부지가 넓지만 집 앞마당도 못지않게 넓다. 기타센주에 있던 집과 달리 순 일본식 주택이었다. 마당에 나무가 울창해 집 건물이 잘 보이지 않았다. 문설주는 있지만 문패도 없다. 하지만 지도를 다시 확인해도 이곳이 맞았다.

주위에는 저녁의 기운이 조용히 차오르고 있었다. 정원의 나무 그늘, 처마 아래로 잿빛 어둠이 퍼진다. 문설주 안으로 발을 들일지 망설이고 있을 때 귀에 익은 소리가 들렸다. 이국적이고 신비로운 음색. 오르가네트 소리였다.

와타루는 결국 문을 지나 안에 들어갔다. 마당에 각종 식물이 무성히 자라 있다. 후피향나무와 모밀잣밤나무 같은 상록수 아래의 그늘이 저녁과 어우러져 넓은 정원이 더 어둡게 느껴졌다. 나무들이 흩뿌린 시든 잎을 밟으며 집 앞에 다가섰다. 우거진 잡초 사이로 붉은 양귀비와 노란 큰금계국 꽃이 보이기도 했다.

그렇다. 도모코는 이런 자연 그대로의 정원을 좋아했다. 꽃과 잡초 모두 새가 물어 온 씨앗이 싹을 틔웠을 것이다. 오르가네트 연주가 계속되고 있다. 와타루는 현관으로 이어지는 길에서 벗어나 정원에 발을 들였다. 눈앞에 멋들어진 흰독말풀 나무가 있고 깔때기 모양 꽃이 아래를 향해 흐드러지게 피어 있다. 하얀 꽃잎이 눈에 선명히 새겨졌다.

마당은 꽤 넓었다. 안쪽에 있는 작은 대나무 숲에서는 대나무들이 해 질 녘의 바람에 흔들리고 있다. 숲속에는 작은 의자가 있는데 도모코는 그곳에 앉아서 오르가네트를 연주하고 있었다. 묵직한 악기 품에 안은 채 하얀 오른손으로 건반을 누르고 왼손으로는 풀무를 조작하고 있다. 어떤 곡인지 모르지만 조용하면서도 장엄한 느낌의 곡이다. 저음으로 느리게 연주하지만 음색이 마냥 어둡지는 않다. 왠지 모를 희망도 느껴졌다.

한참을 연주에 귀 기울이고 있자 조금 떨어진 곳에 야스오의 모습이 보였다. 진녹색 잎이 빽빽이 자란 산호수 아래에 있어서 눈치채지 못했다. '타일'이라는 이름의 소그드족 남자는 평평한 정원석에 편하게 앉아 도모코의 연주를 듣고 있었다. 이 두 사람은 부부가 아니다. 아오토가 두 사람의 자식이 아닌 것처럼. 아득히 오랜 시간 동안 서로에게 의지하며 살아온 마족 동료다.

마리나를 보러 교단 시설에 온 아오토는 자신에게는 남동생도 여동생도 태어나지 않을 거라고 했다. 그런데도 도모코와 야스오를 '엄마', '아빠'라고 불렀다. 가족을 가장하기 위해 그래야 했던 사정을 지금은 이해하지만 과연 그게 전부였을까. 천칠백 년을 살아온 그들에게 가족이란 어떤 개념일까.

연주가 끝났다. 도모코와 야스오가 동시에 와타루를 봤다.

"와타루."

도모코가 와타루의 이름을 불렀다. 바로 어제까지 아오토와 놀던 와타루를 부르는 것처럼.

"들어와도 돼."

야스오도 입을 열었다. 이들에게는 가족, 시간, 공간 같은 건 별 의미가 없을지 모른다. 와타루는 문득 그렇게 느꼈다. 지금껏 이들 앞에는 수많은 사람이 나타났다 사라졌을 것이다. 그러니 그런 것에 마음이 움직이지 않는다. 이들 주변에서는 모든 게 그저 흘러갈 뿐이다. 달이 무수히 차고 기우는 것처럼.

그런데도 와타루와 마리나에게는 마음을 열었다. 자신들의 비밀을 털어놓았다. 왜 그랬을까.

와타루는 천천히 두 사람에게 다가갔다. 신발 밑에서 나뭇잎이 바스락거리는 소리가 났다. 잠자코 지켜보고 있는 두 사람에게 다가갈수록 와타루의 시간도 되돌아갔다.

"무슨 곡이에요? 아까 그거."

와타루는 어린아이처럼 물었다.

"<깨어나라 부르는 소리 있도다>라는 곡이야. 바흐의."

의미심장한 곡명을 머릿속으로 되읊었다.

도모코는 오르가네트를 무릎 위에 뒀다. 가냘픈 도모코에게는 너무 무
거운 악기다. 조심스럽게 잔디에 악기를 내려놓는 도모코의 몸짓을 지그
시 관찰했다. 이 여자가 가오가 말한 것처럼 사악할 리 없다. 한 나라를 멸
망시킬 만큼의 무시무시한 힘이 있을 것 같지도 않았다.

"이탈리아의 악기야. 피렌체에서 구한 이후부터 내 식으로 연주하고 있
어."

언제쯤이었을까. 50년 전일까. 아니면 피렌체가 번영하던 중세 시대였
을까.

"제대로 배운 적이 없으니 아무리 시간이 흘러도 서툴지."

도모코는 천진난만하게 미소 지었다.

"아니야. 훌륭해. 안 그래?"

야스오가 물어서 와타루는 솔직하게 고개를 끄덕였다. 이런 모습도 사
이좋은 부부처럼 보였다.

"마리나는 잘 지내니?"

도모코는 발밑에 둔 오르가네트의 파이프 부분을 손끝으로 살짝 쓰다듬
었다.

"네. 아주."

"그렇구나."

도모코가 옅게 미소 지었다. 어둠이 짙은 정원에서 도모코의 긴 흑발이 밤에 가라앉는다. 반대로 하얀 얼굴은 초롱꽃의 하얀 꽃잎처럼 선명히 떠오른다. 처음 만났을 때 밤에서 태어난 것 같다고 느낀 가오와 닮은 부분을 짚어 본다. 마족 중 유일하게 피를 나눈 두 사람이 서로 갈등하고 있다는 사실도.

"마리나는 정말 사랑스러운 아이였어."

"잘 돌봐 주셔서 감사할 따름이에요."

일찍 만났다면 이미 오래전에 했을 말이었다.

"그냥 둘 수 없었지. 착한 아이였으니까."

야스오 쪽에 시선을 향했지만 그는 말없이 듣고만 있었다.

"그 아이를 처음 품에 안았을 때는 말이지."

그때 집 안에 갑자기 불이 환하게 켜졌다. 기렌과 아오토는 집 안에 있는 걸까. 노인과 아이는 어떤 대화를 나누고 있을까. 창문으로 새는 은은한 빛이 닿는 범위가 그리 넓지 않다. 그래도 앞마당은 제법 밝았다.

"아기였던 마리나를 처음 안았을 때는 밍구이를 떠올렸어. 걔도 정말 귀여웠거든. 내 동생."

깜짝 놀라는 와타루 앞에서 도모코는 가는 나뭇가지를 집어 땅에 '밍구이明貴'라고 써 보였다. 창문으로 비치는 불빛 덕에 간신히 글자를 읽을 수 있었다.

"지금은 가오라는 이름을 쓰지만."

옆에서 야스오가 차분히 덧붙였다. 가오가 와타루에게 접근한 것, 그가 자신들을 찾고 있다는 것도 이들은 알고 있다. 새들 덕분일까. 설마 가오가 친누나를 죽이고 싶을 정도로 미워하는 것도 알고 있을까.

"사실이었군요. 가오와 도모코 씨가 남매라는 게."

"응."

도모코는 무릎에 손을 얹고 와타루를 봤다. 입술을 굳게 다물고 있다.

아기였던 마리나를 처음 안았을 때의 감촉은 와타루도 잊지 못했다. 부드럽지만 튼튼한 육체의 무게감이 느껴졌고 달콤한 향기가 풍겼다. 가오가 아기일 때도 마찬가지였을 것이다. 동생을 아끼는 누나의 마음이 전해졌다.

"실은 말이지. 아이를 거두지 말았어야 했어. 타일도."

도모코는 야스오 쪽을 힐끗 보며 말을 이었다.

"기렌도 반대했는데."

그러더니 무릎 위에서 두 손을 꼭 맞잡았다.

"내가 태어난 곳은 만리장성 서쪽 끝에 있는 둔황 근처의 작은 시골 마을이야. 때는 육조 분열 시대. 전란이 끊이지 않던 시절이었지. 난 여섯 살 무렵 전쟁 속에서 부모님과 헤어져 밍구이를 등에 업은 채 길을 헤매고 다녔어. 기마 군단이 쳐들어 와 마을이 불타고 끔찍한 살육이 벌어졌는데 아마 그때 우리 부모님도 돌아가셨을 거야."

도모코는 담담하게 이야기를 시작했다. 천칠백 년 전의 이야기. 아득히 먼 것으로 모자라 끔찍하기 그지없는 내용이라 와타루는 대꾸도 할 수 없었다.

"나는 아기였던 밍구이와 함께 도망쳤어. 그러다 어느 민족인지 알 수 없는 집단에 끌려갔지. 위면관에서 바깥 사막으로. 그리고 누란과 미란으로 팔려 다니며 밍구이와 헤어질 뻔했지만 절대 동생을 놓치지 않았어. 내 유일한 혈육이었으니까. 그 아이와 헤어지면 나도 끝날 거라고 생각했어."

야스오가 작게 헛기침을 했다. 도모코는 와타루를 똑바로 쳐다봤다.

"그래서 네가 마리나를 강에서 건져 우리 집에 달려왔을 때 내가 얼마나 가슴 떨렸는지 아니? 너희에게 나와 밍구이의 모습이 겹쳐 보여서."

도모코의 눈빛에 관통당하는 느낌이 들어 와타루는 꼼짝할 수 없었다. 그때는 두려움에 떨었다. 누구보다 필사적이었다. 도모코가 그때 우리 남매를 보며 그런 생각을 했으리라고는 꿈에도 생각지 못했다.

"숨 쉬지 않는 마리나를 품에 안고 덜덜 떠는 네 모습과 기마 군단에 쫓기며 불타는 마을에서 탈출한 여섯 살 내 모습이 겹친 거야."

"그래서 마리나를 맡아 주신 건가요?"

"그래. 도저히 그냥 둘 수 없었지. 그리고 기렌이 살린 마리나는 밍구이 그 자체였어. 자신의 비참한 처지도 모르고 천진난만하게 웃고 있는 갓난아기⋯⋯."

"결국 우리의 반대를 무릅쓰고 설화는 마리나를 키우겠다고 고집을 부렸지."

야스오가 옆에서 덧붙였다.

이들이 자신과 마리나에게 구원의 손길을 내민 게 그런 이유였다니. 와타루와 깊이 연관된 사람은 아오토만이 아니었다. 도모코도 와타루 남매에게 깊숙이 공감할 사정이 있었다.

도모코는 조용히 이야기를 이어 갔다.

"사막 속 도시를 떠돌며 우리는 성장했어. 노예가 되어 돈과 물건으로 팔려 다니면서. 그러던 중 우리에게 작은 능력이 있다는 걸 깨달았어. 응. 아주 소소한 능력이지. 하지만 그걸 이용해 부가 가치를 만들 수 있겠다고 생각했어. 조금이라도 비싼 값에 팔리면 대접이 달라지는 상황을 겪다 보니 어느새 이상한 쪽으로 지혜로운 아이가 돼 있었던 거야."

"새를 부르는 능력 말인가요?"

도모코는 눈을 가늘게 뜨고 빙긋 웃었다.

"그래. 그건 도시 마을에 살던 시절부터 구사하던 건데 정말 별것 아닌 능력이기는 해. 하지만 '크로마鳩呂摩'의 왕은 나라 이름에 '비둘기 구鳩'가 들어가기도 해서 그런지 내가 새를 부르는 모습을 보며 크게 기뻐했어. 그래서 창부관에 팔려 온 나를 궁으로 부른 거야. 밍구이와 함께."

"과거로 돌아가는 가오의 능력요?"

도모코와 야스오가 얼굴을 마주 봤다. 야스오는 한쪽 눈썹을 치켜세웠지만 아무 말 하지 않았다.

"그래. 걔한테는 그런 능력이 있었지. 우리 증조부님께도 그런 능력이 있었다는 걸 아버지께 들은 적이 있어."

"원래 드넓은 중국에는 수많은 특색을 가진 사람이 섞여 살지."

야스오가 가볍게 말했다.

"어쨌든 우리는 그곳에서 만나게 된 거야. 크로마 왕의 자랑스러운 수집품으로서."

평범한 돌을 보석처럼 보이게 하는 남자. 죽은 존재를 살아 있을 당시 모습으로 보이게 하는 노인.

두 가지 모두 환술이다. 중국에 지괴 소설, 전기 소설이라 불리는 기담, 괴담을 기록한 문학이 탄생한 것도 그런 자들이 존재하는 나라이기 때문이었을까.

"노예로 부려 먹히다가 죽는 것보다 그 능력을 활용해서 궁에서 봉사하며 사는 게 밍구이에게도 좋다고 믿었는데…….."

도모코는 그 뒤로 말을 잇지 못했다. 그러더니 오르가네트를 다시 집어 무릎에 올려놓았다. 어느새 주변이 완전히 어두워졌다. 흰독말풀의 하얀 꽃잎이 밤눈에도 선명히 보였다.

"무슨 일이…….."

와타루는 부랴부랴 물었다.

"무슨 일이 있었던 건가요? 크로마에서."

도모코는 정성껏 동생을 돌봤지만 동생은 누나를 증오하고 있다. 혼자 살기로 결심한 것으로 모자라 누나를 찾아 죽이려 하고 있다.

"가오는 도모코 씨가 그 '크로마'라는 오아시스 국가를 멸망시켰다고 했어요."

"그래, 맞아."

도모코는 대수롭지 않게 대답했다.

"도모코 씨가 가진 또 하나의 능력으로 그렇게 한 건가요? 바이러스를 자유자재로 조종하는?"

도모코는 악기를 들고 와타루를 힐끗하기만 하고 대답하지 않았다. 그러나 와타루는 묻지 않을 수 없었다.

"지금은 어떻죠? 지금 전 세계에 타르바간 바이러스를 퍼뜨린 사람도 도모코 씨인가요?"

마족 여인은 말없이 하얀 손가락을 건반에 올렸다.

"바이러스는 언제 어디에나 있지. 인류가 태어나기 훨씬 오래전부터."

도모코는 건반을 내려다보며 말했다. 전에 가오도 비슷한 말을 했다.

도모코가 왼손을 풀무로 향했다. 오르가네트의 파이프가 바람과 비슷한 소리를 발산했다.

"이 오르가네트의 전 주인은 이탈리아 피렌체 거리의 모퉁이에서 악기를 연주했어. 난 매일 즐겁게 연주를 들었지. 1918년의 일이야."

풀무가 수축하자 오르가네트가 저음을 울렸다.

"그러던 어느 날 불현듯 거리에서 음악 소리가 사라졌어. 스페인 독감이 창궐하는 바람에 그 사람도 죽고 말았거든. 결국 그가 사랑한 악기만 남은 거야. 그걸 내가 물려받았고."

또다시 울리는 묵직한 소리.

"그런 일은 언제든 일어날 수 있어. 과거에도, 미래에도."

도모코는 노래하듯 그런 말을 덧붙였다.

그 후 도모코는 말없이 오르가네트를 연주하기 시작했다. <깨어나라 부르는 소리 있도다>라는 이름의 상징적인 곡을.

"가자."

어느새 자리에서 일어나 다가온 야스오를 따라 와타루는 집으로 향했다. 도모코는 떠나는 두 사람을 한 번도 보지 않았다. 문 앞에서 고개를 돌리니 한밤의 장막이 깔린 정원에서 도모코의 흰 얼굴만 희미하게 떠올랐다. 도모코는 이제 곧 밤으로 돌아가는 게 아닐까. 집에 갔다가 나오면 의자 위에 오르가네트만 남겨져 있지 않을까.

그런 불안한 상상을 하는 와타루의 눈앞에서 현관 미닫이문이 열렸다.

그곳에는 아오토가 서 있었다.

"아오토."

여전히 어린 와타루의 친구는 고개를 들어 싱긋 웃었다.

"들어와. 기렌이 기다리고 있어."

오래된 건물이다. 신발을 벗고 마룻귀틀에 올라서니 나무판이 삐걱거렸다.

아오토는 다다미방으로 와타루를 안내했다. 다다미방에는 둥근 페르시아 카펫이 깔려 있고 낮은 유리 테이블과 소파가 있었다. 전체적으로 보면 도코노마*와 란마**가 있는 일본식 방과 어울리지 않을 수 있지만 기렌이 안에 앉아 있는 모습을 보니 왠지 조화로웠다.

"여어."

기렌은 불룩한 배 위에서 포개고 있던 손을 들어 자상하게 미소 지었다.

열린 창문 너머로 오르가네트 소리가 흘러 들어왔다. 기렌 옆에 아오토, 맞은편에는 야스오와 와타루가 앉아 한동안 말없이 연주를 감상했다.

"설화와 이야기를 좀 나눴나?"

"네. 그런데 다 듣지는……."

기렌은 눈썹을 팔자 모양으로 만들더니 어린아이를 보는 듯한 다정한

---

* 방 한쪽에 꽃이나 족자 등을 장식할 수 있게 만들어둔 공간.
** 미닫이 위 상인방과 천장 사이에 통풍과 채광을 위해 교창 따위를 붙여 놓은 부분.

눈빛으로 와타루를 바라봤다.

"고집이 워낙 세지. 어릴 때부터 그렇게 해서 살아남았으니 어쩔 수 없겠지만."

"기렌 씨는 아시죠? 가오와 도모코 씨 사이에 무슨 일이 있었는지."

"뭐 그렇다고 해야겠지."

기렌이 야스오에게 눈짓했다.

"엇갈리고 말았지. 두 사람은. 불행히도."

"'크로마'에 처음 왔을 때는 둘 다 이미 성인이었어."

먼저 이야기를 시작한 사람은 야스오였다.

"그리고 밍구이는 '크로마'에서 어떤 여자와 사랑에 빠졌지. 아마 녀석은 그 여자와 그곳에서 계속 함께 살고 싶었을 거야. 하지만 설화가 특수한 능력을 구사해 그곳을 멸망시키는 바람에 여자는 죽고 말았어. 그리고 다행히 우리는 도망칠 수 있었지만 저주를 받아 반영구적으로 살아야 하는 운명을 짊어지게 됐어."

"그래서 밍구이는 설화를 원망하게 됐지. '크로마'를 떠난 후 녀석은 우리와 멀어졌어. 이후부터는 누나를 향한 복수심만이 녀석을 지탱하고 있다고 해야 할까."

"친남매인데도?"

— 와타루. 인간에게 기대하지 마. 인간은 언젠가 반드시 뒤통수를 치게 돼 있어.

— 애정이니 신뢰니 유대감 같은 것에 얽매이지 말라고.

질문에 대한 대답은 이미 들었다. 가오 본인의 입을 통해.

"그 뒤로 천칠백 년이라는 세월을 우리는 이런 식으로 살아왔어. 전 세계를 떠돌아다니며 지역의 언어를 빠르게 습득하고 눈에 띄지 않게 조용히 살아왔지. 특히 이 아이는……."

기렌은 턱으로 아오토를 가리켰다.

"사회에 적응시키고 의심을 사지 않게 하기 위해 학교에도 보냈어. 하지만 그곳에 다니면서도 누구와도 친해지면 안 되고 마음을 열지 말라고 신신당부했지."

아오토가 파란 눈을 깜빡였다.

"이 녀석은 지금껏 가르침을 착실히 지켜 왔어. 어린아이가 그렇게 살기 힘들었을 테지만 그렇게 해야만 한다는 걸 잘 알고 있었겠지. 누구보다 영리한 아이니."

와타루는 아오토의 꼭 다문 입술, 주근깨가 눈에 띄는 하얀 피부, 부드러운 갈색 머리카락을 봤다. 아오토가 학교에 처음 전학 왔을 때 같은 반 여자아이가 아오토를 혼혈로 추측했던 게 떠올랐다. 이런 외모로 눈에 띄지 않고 살기 어려웠을 것이다. 아오토는 똑똑해 보였지만 수업 시간에 선생님의 질문에 절대 대답하지 않았다. 음악 선생님의 지시에도 노래를 부르지 않았다. 누구도 상대하지 않는 자신의 입지를 얼른 만들고 싶었을 것이다.

그렇게 아오토는 주변과 일절 엮이지 않는 철저한 이방인을 관철하며 애늙은이 같은 아이가 됐다. 그런데도 와타루에게만큼은 마음을 열었다. 집에서 쫓겨나 수상한 종교 시설에 살고 어머니도 손을 놓은 듯한 동급생을 보고 마음이 움직였을까. 아오토는 그전까지 충실히 지킨 금기를 어기고 와타루와 친구가 됐다.

덩치 큰 기렌 옆에 앉아 있는 작은 아이를 보며 와타루는 가슴이 뜨거워졌다. 아오토는 한 명의 친구에게 깊숙이 빠져들었고, 도모코는 자신의 삶에 불쑥 뛰어든 한 명의 아기에게 깊숙이 빠져들었다. 무려 천칠백 년 동안 잔잔했던 마족의 삶에 와타루와 마리나는 돌을 던졌다. 그리고 파문을 일으켰다.

타르바간 바이러스가 세상을 뒤덮고 있는 것도 그 결과일까.

도모코에게 듣지 못한 답을 찾고 싶었다.

"가오는 제가 여러분과 특별한 관계를 맺은 걸 알고 제게 접근했어요. 곁에 붙어 있다 보면 언젠가 여러분이 나타날 거라고 예상했겠죠."

기렌은 "흐음" 하고 고개를 끄덕였다.

"그래. 그런 것 같더구나."

"가오는 이런 말도 했어요. 타르바간 바이러스가 인간에게 전염되게 변이시킨 사람이 자기 누나라고요. 그러니 누나만 찾으면 살인 바이러스에 효과적인 치료제를 개발할 단서를 찾을 수 있을 거라고 했죠. 그렇게 되면 자신과 저에게 엄청난 돈이 굴러들어 올 거라고도 했어요."

"어차피 그 녀석은 돈 따위 신경도 안 쓸걸."

야스오는 와타루와 비슷한 의견을 입에 담았다. 그렇다. 가오는 그저 누나를 죽이고 싶었을 뿐이다. 바로 그것이 와타루를 미끼로 마족들을 유인한 목적이었다.

"마족이 마족을 죽일 수 있나요?"

와타루는 조심스레 물었다.

아오토가 불안한 얼굴로 기렌을 올려다봤다.

"아마도. 주술사가 그랬지. 영원히 살아 있기 싫으면 서로 죽이라고. 그럼 악몽도 끝날 거라고."

악몽. 반복되던 와타루의 꿈. 그보다 훨씬 끔찍한 꿈을 이들은 계속 꾸어 왔다.

"애당초 우리에게 저주를 건 목적도 그거였을지 몰라."

"유르 하말이라는 이름의 주술사였지. 원래는 배화교 사원의 신관이었던 자야."

옆에서 야스오가 끼어들었다.

"배화교는 이란에서 유래된 조로아스터교가 중국 변방에서 독자적으로 발달한 종교지. 당시 둔황과 주변 도시에 널리 퍼졌어. 소그드족이 처음 들여와 전파한 후 주민 상당수가 배화교를 신봉하게 됐지만 유르 하말은 결국 거기서도 파문당했지."

"기이한 술수를 부려 민중을 기만했다는 이유로."

이번에는 기렌이 옆에서 보충했다.

"주술에만 골몰해 수행을 거듭하다가 좋지 않은 결과를 낳게 된 거야. 하지만 크로마의 왕은 그런 유르 하말의 능력을 흥미로워하며 그를 중용했어."

"반영구적인 생명을 얻어도 마족끼리 서로 죽이다 보면 세상에서 일찌감치 사라질 거라고 믿었겠지. 유르 하말의 그런 음모에 넘어가기 싫어서 우리는 철저히 흔적을 감추며 살아왔단다. 설화도 밍구이가 그런 짓을 할 수 없게 한 거고."

"그러니 동생에게서 도망 다녔던 거야."

"천칠백 년 동안이나?"

와타루는 자기도 모르게 물었다. 기렌이 깊게 한숨을 내쉬었고 야스오는 손바닥으로 턱수염을 문질렀다. 아오토도 슬픔이 어린 푸른 눈을 내리깔았다. 와타루는 부랴부랴 말을 이었다.

"그럼 타르바간 바이러스는 어떻게 된 건가요?"

그러자 기렌이 얼굴을 찌푸렸다.

"설화에게는 분명 그런 능력이 있었지. 예전에는."

"예전에는?"

"설화도 이야기하지 않았나? 바이러스는 어디에나 존재한다고."

야스오의 말에 와타루는 고개를 끄덕였다.

"미지의 병원체들은 흙, 숲, 얼음, 동물의 몸속 등 다양한 곳에 존재하지. 그것들은 각각의 장소에서 그대로 잠들어 있게 두면 딱히 인간을 위협하지 않아. 특히 바이러스는 더욱 그렇지. 바이러스는 혼자 힘으로 살 수 없으니까. 잘만 다루면 지구상에서 인간과 충분히 공존할 수 있는 거야. 그런데도 인간은 병원균의 영역에 거침없이 발을 들여놓았지. 숲을 벌목하고 자원 개발이라는 명목으로 땅을 마구 파헤쳤어. 동물들의 거처를 빼앗아 도시로 내몰기도 했고."

— 온칼리마칼리, 온칼리스메라, 토조노리마스칼리, 온칼리온칼리.

— 인간은 모두 욕망과 자기애에 함몰돼 있다. 스스로 제 목을 조르고 있다.

'시온의 빛' 교주의 말이 결국 맞았던 걸까. 교주의 섬뜩한 주문이 머리에 울려 퍼졌다. 희끄무레한 얼굴과 삐쩍 마른 몸을 가졌던 교주.

순간 현기증이 느껴졌다. 방 안이 기우는 느낌이다. 란마가 일그러져 보였다.

"괜찮아? 와타루."

"네."

와타루는 간신히 자세를 가다듬고 대답했다.

"새들은 바이러스와 공생 관계였어. 그리고 새를 부리는 설화는 그걸 이용해 '크로마'에 병원균을 퍼뜨렸지. 그래. 거기까지는 사실이야. '크로마'의 왕에게서 도망치기 위해 설화는 새에게서 바이러스를 받았어. 그리고 그걸 자기 몸에서 인간과 상성을 가질 수 있게 재구성했지. 즉, 새에서 인간에게 전염되도록 변이시킨 거야. 그러다가 결국 왕국의 백성들까지 죽이는 끔찍한 결과를 낳았지만, 당시 설화는 거침이 없었고 기술 구사 능력도 매우 뛰어났어."

모래 바다 속 외딴섬이었던 '크로마'는 순식간에 무시무시한 역병에 초토화됐다. 현재 전 세계를 뒤흔드는 타르바간 바이러스와 증세가 비슷했다고 기렌은 말했다. 환자는 처음에는 고열에 시달리고 점차 온몸이 습진으로 뒤덮여 고통을 호소한다. 그 후 입에 거품을 물고 경련이 시작될 무렵부터는 의식이 혼탁해지며 병세가 급격히 악화한다. 종국에는 주술사의 기도도 소용없이 미라처럼 말라비틀어진 채 죽음에 이른다. 고대 국가의 백성들은 그런 극악한 역병에 속수무책으로 당했다. 그리고 규탄했다.

— 이게 다 마족의 소행이다! 마족이 사막을 떠돌아다니던 죽음의 신을 이 나라에 불러들인 것이다!

마족의 소행이라는 건 맞았다. 역병을 불러들여서 나라를 멸망시킨 장본인이 설화였기 때문이다.

"그리고 밍구이는 그런 상황을 용납하지 못했어."

"결국 병에 걸린 유르 하말은 도망치는 마족들에게 마지막 힘을 다해 주술을 걸었지. 그 때문에 밍구이도 반영구적으로 살아야 하는 운명이 된 거야. 녀석은 그때 일을 지금도 원망하고 있어."

기렌과 야스오의 설명을 아오토는 옆에서 묵묵히 듣고 있다. 어린 아오토도 이미 아는 이야기일 것이다.

"하지만 지금 설화에게는 더 이상 그런 힘이 없지. 유르 하말의 주술이 그 능력까지 앗아가 버리는 바람에."

마족들은 완만한 시간 속을 살고 있다. 세포도 재생되지 않는다. 그로써 설화가 바이러스를 자기 몸에 심어 변화하거나 복제하는 능력이 사라졌다고 기렌은 말했다.

"지금의 설화는 오르가네트를 연주하고 이따금 새를 불러서 소통할 뿐이지. 평온 속에서 예전처럼 감정에 휘둘려 행동하지 않아."

"그럼 타르바간 바이러스는?"

"오래전 '크로마'를 멸망시킨 바이러스는 다시 새의 몸속에 돌아갔어. 그리고 텐산의 영구 동토층 깊숙한 곳에 갇혀 있었지. 그러다 지구 온난화로 인해 되살아난 거야. 설화와는 무관해. 밍구이의 말처럼 설화를 물고 늘어져 봐야 바이러스 규명으로 이어지지 않아."

도모코가 이번 팬데믹과는 관련 없다는 말을 듣고 안도했다. 가오의 계산이 일단 빗나갔다는 뜻이다. 안심해야 할지 더 겁을 먹어야 할지는 불분명하지만.

"이런 일은 앞으로도 계속될 거야."

기렌은 엄중히 단언했다.

"지금껏 페스트, 콜레라, 천연두, 독감이 전 세계에 퍼져 수많은 생명을 앗아 가는 모습을 지켜봐 왔지. 우리는 줄곧 방관자였단다. 어리석은 인간들은 그런 일들에서 아무런 교훈을 얻지 못했고."

"하지만 결국 질병을 이겨냈잖아요. 치료제와 백신을 만들어서."

와타루는 미력하게나마 반박을 시도했다.

"그래."

기렌은 선뜻 고개를 끄덕였다.

"하지만 그러지 못한 것도 있지. 에볼라 출혈열, 라사열, 뎅기열, SARS 같은 건 어느 날 갑자기 나타나 사람들을 혼란에 빠뜨리고 불현듯 다시 자취를 감췄어. 숲속으로, 혹은 숙주 동물의 몸속으로. 하지만 완전히 사라진 건 아니지. 지금도 세상 어딘가에서 언제든 다시 모습을 드러낼 기회를 호시탐탐 재고 있을 거야. 엄니와 발톱을 날카롭게 갈아 가며. 그 사실을 잊어서는 안 돼."

도모코의 오르가네트 연주는 지금도 계속되고 있다.

방에 앉은 네 사람은 잠시 입을 다물고 가만히 연주에 귀를 기울였다. 악기의 원래 주인이었다는 사람은 스페인 독감이라는 병에 걸려 목숨을 잃었다.

"이렇게 너와 다시 만난 게 어떤 징조일지 모르겠구나."

기렌이 입을 열자 아오토가 놀란 듯이 노인을 봤다.

"천칠백 년 동안 움직임을 멈추고 있던 것이 움직이기 시작했을 수도."

와타루도 아오토처럼 기렌을 봤다.

"나를 밍구이에게 데려가 주겠니? 내가 그 녀석과 직접 이야기해 봐야겠다."

"그건 위험해."

곧장 야스오가 제지했다.

"그 녀석은 자기 누나만 미워하는 게 아니잖아. '크로마'를 버리고 도망친 우리를 모두 증오하고 있어. 기렌을 만나면 죽이려고 들 거야."

"뭐, 그러라고 하지."

기렌은 여유롭게 대답했다.

"그것도 괜찮겠어. 그 녀석이 그러고 싶다고 하면."

"말도 안 되는 소리."

야스오가 감정 섞어 내뱉었다.

"그런 걸 용납했으면 우리 마족은 이미 오래전 멸종했어. 우리는 운명을 받아들였어. 영원히 사는 운명을."

야스오가 "안 그래?" 하고 기렌에게 따져 묻는 모습을 옆에서 아오토가 애처롭게 쳐다봤다.

"와타루가 잘 안내해 줄 거야. 어차피 이렇게 나이만 먹는 것도 무의미하잖니."

"그럼 나도 가겠어."

야스오의 말에 기렌은 천천히 고개를 흔들었다.

"걱정 마. 죽으러 가는 것도 아니니까. 너까지 가면 그쪽도 경계할 거다.

그냥 늙은이 혼자 가서 잘 이야기해 보마."

그때 아오토가 옆에서 "나도 같이 갈래" 하고 처음으로 입을 열었다.

야스오는 깜짝 놀라 아오토를 봤다. 기렌은 후후 하고 웃음을 터뜨렸다.

"좋아. 노인과 아이가 함께 가도록 하지. 유사시에는 아오토의 힘을 좀 빌려야겠는걸."

와타루를 여러 번 돕기도 한 아오토의 능력을 말한다.

"설화에게는 비밀로 할 테니 자네는 설화와 함께 있도록 해."

야스오는 그 말에 대답하지 않았다. 여전히 납득할 수 없다는 듯이 입술을 오므린 채 팔짱을 끼고 있다.

"미안하구나, 와타루."

기렌이 와타루를 돌아봤다.

"널……."

노인의 얼굴에 슬픔의 그림자가 드리웠다. 하치오지의 버스 정류장에서 만났을 때도 그는 이런 표정을 지었다. 와타루를 보고 있는 게 괴롭다는 듯한 표정이었다. 이제는 어엿한 성인이 됐는데도. 힘없이 방황하는 어린 아이가 아닌데도.

"널 만나 정말 다행이다."

사실 조금 더 다른 말을 하고 싶은 게 아닐까. 문득 그런 생각이 들었다.

"저도요."

와타루도 그렇게 답할 수밖에 없었다. 친구를 보는 아오토의 푸른 눈동자에도 왠지 슬픔이 묻어나는 것 같아 불안했다. 그러나 그 뒤로 아무도 입을 열지 않았다.

도모코의 연주는 계속되고 있다. 스페인 독감 때문에 목숨을 잃은 연주자의 악기가 자아내는 노래. <깨어나라 부르는 소리 있도다>라는 이름의 곡.

기렌의 지팡이 소리가 복도에 울려 퍼졌다.

아오토가 기렌 옆을 걸었고 와타루는 한 발짝 뒤에서 그들을 따라갔다.

"훌륭한 호텔이로군."

기렌이 중얼거렸다.

"그 녀석이 지금 얼마나 불행한지 알겠어."

문을 두드려도 가오의 대답은 들리지 않았다. 문틈이 살짝 열려 있고 아래에는 도어 스토퍼가 있다. 언제든 들어오라는 뜻일 것이다. 오기 전에 셋이 방문할 거라는 이야기는 전했다.

미나토구 도라노몬에 있는 호텔의 스위트룸. 와타루가 먼저 방 안에 들어갔다.

전면 유리창 앞에 있는 커다란 소파에 가오가 앉아 있다. 시야에는 도쿄타워가 가득 들어왔다.

"가오."

와타루가 입을 열자 가오는 천천히 뒤를 돌아봤다. 뒤에 있는 기렌과 아오토를 알아봤을 텐데도 특별히 표정이 변하지 않는다. 기렌이 지팡이를 짚고 앞에 나섰다.

"밍구이."

"오, 반가워라. 그 이름으로 불리니 왠지 눈물 날 것 같은데."

가오가 세 사람에게 손짓하며 소파에 앉으라고 해서 맞은편에 앉았다. 아오토는 창문으로 보이는 도쿄 타워가 신기한지 앉고 나서도 연신 뒤를 돌아봤다.

"원하는 게 있으면 뭐든 말해 봐."

테이블 옆 왜건에는 와인 쿨러와 커피, 홍차, 음료수가 담긴 주전자가 있었다. 치즈가 올라간 접시, 고급스러워 보이는 구운 과자가 든 바구니도 있다. 하지만 아무도 손을 뻗지 않았고 가오도 관심 없어 보였다.

기렌은 지팡이를 소파에 걸쳐 세웠다. 고급스러운 천연 가죽 소파는 기렌의 무게 때문에 좌판이 아래로 내려갔다.

"이렇게 너와 정면으로 마주 보고 이야기하는 건 처음 같구나."

"그렇겠지. 몇 번 스쳐 간 적은 있었지만."

가오는 다리를 다시 포갰다.

"상하이의 조계, 모로코의 마라케시, 핀란드에 있는 어촌, 그리고 로마의 콜로세움 근처에서. 아, 참. 백 년 전쟁 때 루아르강 옆 도시가 영국군에 포위당했지? 그때도 그곳에 있었잖아. 도시 이름이 뭐였더라."

"오를레앙."

기렌은 언짢은 듯 말하고 화제를 돌렸다.

"밍구이. 이제 이 허망한 추격전을 그만 끝내지 않겠나?"

"추격전!"

가오가 웃음을 터뜨렸다.

"추격전이라니. 무려 천칠백 년이라고. 추격이라고 하기에는 길어도 너무 길잖아."

기렌은 가오의 웃음소리가 끊길 때까지 참을성 있게 기다렸다. 누가 봐도 가오가 더 흥분한 것처럼 보였다.

"와타루에게 부탁해서 내가 오늘 여기 온 건……."

"어차피 당신과는 할 이야기가 없어."

어느새 얼굴에서 웃음기를 지운 가오는 상반신을 숙이고 기렌을 노려봤다.

"설화는 오늘 우리가 여기 온 걸 모르고 있다."

"그렇구나. 아쉽네. 그 여자도 데려왔으면 좋았을 텐데."

"넌 아직도 누나를 원망하나 보구나."

"당연하지! 천칠백 년 동안이나!"

가오는 자기가 내뱉은 말이 우스운지 다시 웃음을 터뜨렸다.

"이 추격전은 설화를 죽이기 전까지 계속될 거야!"

"마족이 마족을 죽이면."

중후한 목소리로 입을 여는 기렌을 와타루는 아오토의 머리 너머에서 봤다. 무거운 눈꺼풀 때문에 가려진 기렌의 눈이 잘 보이지 않았다.

"죽인 녀석도 함께 죽게 되지."

"그래, 나도 알아."

가오는 즉시 대답했다.

"그게 바로 유르 하말의 노림수였지. 그렇게 마족끼리 서로 죽이고 죽여 마지막에 모두 전멸하는 것. 그는 그때 주술로 우리를 충분히 죽일 수 있었지만 그렇게 하지 않은 건 우리가 스스로 비참한 죽음을 맞게 하고 싶어서였어."

"그런 건 상관없어. 난 그저 설화를 죽일 수 있다면."

"음료수 좀 마셔도 될까요?"

옆에서 아오토가 대뜸 큰 소리로 물었다. 가오는 흠칫 놀라 작은 아이를 봤다. 처음 그곳에 아오토가 있다는 걸 알아차린 듯했다.

"그러든가."

가오가 대답하자 아오토가 잔을 집어 들었고 와타루는 주전자에 담긴 음료수를 아오토에게 따라 줬다. 주전자에 있는 얼음이 달칵거리는 소리를 냈다. 어린 아오토는 나름대로 가오에게 일격을 날리고 싶었던 게 아닐까. 도모코를 죽이려는 남자를 용서할 수 없었을 것이다. 도모코는 오랫동안 아오토의 어머니 역할을 대신해 왔다.

"아무튼 그래서 설화는 지금껏 너에게서 도망쳤던 거야."

기렌이 오렌지주스를 마시는 아오토를 보며 말했다.

"널 죽게 하고 싶지 않아서."

아오토가 잔을 테이블 위에 툭 내려놨다.

"우리는 그런 설화의 마음을 지금껏 존중해 왔다고 생각했지. 하지만 돌이켜보면 조금 더 일찍 네게 알려 줬으면 좋았겠다는 생각도 드는구나."

가오는 별로 개의치 않는 모습이었다. 와타루에게는 이미 익숙한, 하나부터 열까지 남을 우습게 보는 표정이다. 가오에게는 마음이 없다. 완고할 정도로 무자비하고 냉혹하다. 그렇게 자신을 지켜 왔다.

"밍구이. 사실 네게도 들려줄 옛날이야기가 있다."

중국계 미국인을 자처하는 고독한 남자가 허리를 숙여 노인을 응시했다. 와타루에게 보이는 가오의 눈빛이 왠지 조금 흔들리는 것 같았다. 진실을 알게 될까 봐 두려운 것이다. 누나를 원망할 수 없게 되면 살아갈 의미도 사라질 수 있으니.

"'크로마'의 궁에서 살 때 넌 왕비와 정을 통했지. 아름다운 왕비였어. 이름이 아마 즈웨이라고 했나."

순간 가오의 눈꼬리가 꿈틀거렸다.

"그래, 맞아."

목구멍 안쪽에서 흘러나온 목소리는 가늘게 떨리고 있었다.

"즈웨이는 다른 오아시스 국가에서 시집을 왔다지. 선물로 보내온 낙타 백 마리와 함께."

"그 후 왕의 눈에 든 설화도 창부관에서 궁에 들어가 왕의 애첩이 됐지."

와타루는 아오토를 봤다. 천칠백 년을 살아온 아이. 아오토는 다시 잔을 들어 주스를 마셨다.

"누나를 빼앗아 간 왕에게 복수하려고 그렇게 한 건가?"

"아니. 그럴 리 있나."

가오는 낮은 목소리로 말했다.

"난 즈웨이를 사랑했어. 진심으로."

와타루는 가오를 뚫어지게 봤다. 이 남자의 입에서 '사랑'이라는 단어가 나올 줄은 꿈에도 예상치 못했다.

"네가 즈웨이의 침소를 드나드는 걸 왕이 몰랐을 것 같나?"

가오가 천장을 한 번 올려다보더니 낮게 탄식했다. 치미는 감정을 억누르려고 애쓰는 모습이다. 이런 가오를 보는 건 처음이었다.

기렌은 상반신을 앞으로 내밀었다. 그리고 가오에게 손가락을 뻗었다.

"밍구이. 넌 아무것도 모른다."

와타루는 기렌의 검지를 바라봤다. 손가락 마디가 울퉁불퉁하고 손톱이 누렇지만 당당한 손가락이다. 그 손가락이 향해 있는 가오가 지금 겁먹어 있다는 것도 알 수 있다. 아오토는 잔에 입을 대고 움직임을 멈춘 채 가오를 응시하고 있었다.

"네가 그대로 '크로마'에서 살 수 있을 거라고 생각했나?"

"아니……."

가오는 창백한 얼굴로 기렌의 손가락이 천천히 내려가는 모습을 지켜봤다.

"알고 있었어."

가오의 입에서 잔뜩 메마른 목소리가 새어 나왔다.

"내가 왕을 화나게 하는 바람에 왕이 우리를 죽이려고 했지. 애첩으로 데려간 설화도 내 누나라는 이유로 함께 죽이려고 했고. 그래서……."

기렌이 갑자기 고개를 숙이고 웃음을 터뜨렸다. 파하핫 하고 공기가 새는 듯한 웃음소리가 들렸다.

"그래서 설화가 역병을 불러서 한 나라를 통째로 멸망시켰다? 뭐, 그건 맞겠지. 설화는 분노에 휩싸인 나머지 자기가 가진 힘을 최대한으로 사용했고, 그래서 비극이 일어났다는 것. '적당히'라는 걸 배우지 못한 거야. 능력자에게는 그게 무엇보다 중요한데."

그러더니 기렌은 "뭐, 그건 그렇다 치고" 하고 자세를 고쳐 앉았다. 푹신한 소파 좌판이 다시 흔들려 아오토의 몸이 기울어졌다. 아오토가 들고 있는 잔에서 주스가 조금 흘렀다.

"밍구이. 넌 지금도 지나치게 순수하구나."

가오가 눈을 부릅떴다. 불쑥 튀어나온 말에 누구보다 동요하는 게 느껴진다. 지금껏 외로운 늑대처럼 홀로 겁 없이 살아온 남자가 가장 싫어하는 말인 듯했다.

"널 죽이라고 지시한 사람은 즈웨이였어."

"뭐?"

가오는 이글거리는 눈빛으로 노인을 봤다.

"사막을 떠돌던 너희 남매가 '크로마'에 도착한 후 왕이 창부관에 팔려 간 설화를 눈여겨보고 궁으로 불렀지. 왕은 새를 자유자재로 부리는 설화의 능력도 마음에 들었을 거야. 설화는 궁에 들어갈 때 동생도 함께 오게 해 달라고 왕에게 부탁했어. 그러지 않으면 밍구이, 네가 궁 밖에서 평생 가난한 노예로 살 게 뻔했으니까. 설화에게 홀려 있던 왕은 설화의 부탁을 들어줬어."

가오가 반박할 기세로 입을 열었지만 기렌이 손을 들어 제지했다.

"일단 들어봐라. 그 후 왕의 총애를 빼앗긴 왕비는 설화를 궁에서 쫓아내기 위해 갖은 지혜를 짜냈다. 왕의 사랑을 독차지하는 설화에게 가장 큰 타격을 줄 방법이 무엇인지 궁리한 거야. 그리고."

여기까지 듣자 와타루도 왠지 뒷이야기를 예측할 수 있을 것 같았다.

"밍구이, 널 유혹했지. 그게 왕의 역린을 건드릴 거라 예상하고. 결국 네가 저지른 죄가 친누나에게까지 영향을 미친 거다."

"거짓말 마."

가오가 조금 전보다 약해진 목소리로 대답했다.

"거짓말이라. 글쎄. 당시 즈웨이 쪽에서 네게 먼저 접근하지 않았나? 그 여자는 냉혹하고 뒤틀린 심성의 소유자였어."

이번에는 가오도 대꾸하지 않았다. 입술이 살짝 떨리고 눈동자는 허공을 맴돌고 있다. 그러다가 갑자기 와타루와 눈이 마주쳤다. 늘 자신감이 넘치던 가오는 지금 사막에 홀로 남겨진 아이처럼 눈빛이 처량했다.

"너와 통정한 걸 왕에게 털어놓은 것도 그 여자의 계책이었지. '당신이 설화에게 마음을 빼앗겨서 외로워하고 있을 때 그 남자가 슬그머니 접근했어요'라고 하지 않았을까. 즈웨이는 울면서 왕에게 사죄했겠지만 그 역시 진심은 아니었어. 그리고 너희 남매를 죽이고 제발 마음을 돌려 달라고 간청했지. 결국 크로마의 왕은 왕비가 쳐 놓은 덫에 감쪽같이 걸려들고 말았고."

모든 사실을 알게 된 설화는 새들이 몸에 품고 있던 바이러스를 변이시켜 크로마에 퍼뜨렸다. 그토록 거대 규모로 역병을 확산시킨 건 처음이었다. 전란에 휘말린 나라를 떠돌아다니며 질병을 다루는 능력이 있는 것을 깨달은 설화는 그것에 의지해 자신과 동생을 지켰다.

"하지만 소중한 동생이 간계에 빠져 처형될 위기에 처하자 설화는 그만 이성을 잃고 말았지. 태어나 처음으로 남을 원망하게 된 거야. 동생을 농락한 즈웨이, 그리고 그 여자의 꾐에 넘어가 동생을 죽이려 하는 왕을. 설화의 분노 에너지는 결국 사막에 있던 한 국가를 집어삼키고 말았어."

담담하게 설명하는 기렌 앞에서 가오는 얼굴의 핏기가 가셔 있었다. 평정심을 찾으려고 애쓰고 있지만 잘되지 않는 듯했다.

"왜……."

견디다 못한 것처럼 가오는 허리를 숙여 두 손으로 얼굴을 감쌌다.

"왜, 나한테 말하지 않았지?"

"넌 지나치게 순수해."

기렌은 다시 한번 지적했다.

"그 후 왕은 역병에 걸려 맥없이 목숨을 잃었고, 즈웨이는 온몸이 습진에 뒤덮인 채 유르 하말에게 지시해 우리에게 주술을 걸었지. 우리를 죽이는 건 오히려 쉬웠을 거야. 그의 주술은 매우 강력했으니까. 하지만 질투에 눈이 먼 왕비는 우선 설화의 그 무시무시한 능력을 봉인해 달라고 한 후우리가 평생 동안 가장 고통받을 만한 방법을 알려 달라고 했어."

"그게 바로 반영구적으로 살아야 하는 형벌이었나."

가오가 잔뜩 잠긴 목소리로 말했다.

"그래. 유르 하말은 영원히 살기 싫으면 우리더러 서로를 죽이라고 했지. 그러고 나서 숨을 거뒀어. 그놈도 병에 걸려서."

어느새 와타루는 자기도 모르게 숨죽인 채 이야기를 듣다가 기렌이 소파 등받이에 몸을 기대자 그제야 한숨을 내쉬었다. 아오토는 별일 없다는 듯이 소파에 앉아 다리를 좌우로 흔들고 있다. 아무리 시간이 흘러도 여덟 살 그대로인 이 아이는 모든 사정을 알고 있었을까.

"예상보다 더 강력하고 무시무시한 힘에 전율한 설화는 새들을 이용해 다시 바이러스를 옮겼어. 톈산의 깊숙한 곳으로. 그렇게 영구 동토 속에 바이러스를 가둬 버린 거야."

천칠백 년 후 다시 그 영구 동토층이 녹아서 흐르기 전까지.

"본의 아니게 크로마를 떠난 넌 결국 우리에게서 멀어졌어. 네가 설화를 원망한다는 건 모두 알았을 거야. 하지만 설화는 널 그대로 내버려 둬 달라고 간청했어. 너에게 진실을 알리고 싶지 않다고 했지. 즈웨이의 정체, 그리고 사랑하던 여자의 손에 네가 살해당할 뻔했다는 사실을."

"그래서? 그래서 그토록 오랫동안 나에게서 도망 다닌 건가?"

"그뿐만이 아니다."

기렌은 목소리 톤을 살짝 누그러뜨렸다.

"설화는 설령 네 손에 죽는다고 해도 상관없던 것 같았지. 당시 '크로마'에는 들어와 있던 카라반을 포함해 총 만 명이 넘는 백성이 살았어. 설화는 한순간의 분노로 그들 모두의 목숨을 앗아 간 셈이야. 역병이라는 건참 무시무시하지. 설화도 그렇게까지 되리라고는 예상 못 했을걸. 얼마나 죄책감이 컸을까. 그러니 언젠가 차라리 가족인 네 손에 죽고 싶었을 거다. 당사자 입으로 직접 들은 건 아니지만."

파묻고 있던 두 손에서 얼굴을 든 가오는 비통한 표정이었다. 이토록 괴로워하는 가오를 보는 건 처음이었다.

"그런 바보 같은……."

가오는 간신히 입을 열어 그 말만 했다.

"지금까지는 우리도 설화가 하자는 대로 하려고 했어. 하지만 그것도 이제는 끝인 듯하구나. 넌 와타루까지 끌어들여서 우리를 찾으려고 했으니."

가오는 와타루를 힐끗 봤지만 별말 하지 않았다.

"밍구이, 너도 마찬가지겠지만 우리는 지금껏 마음을 죽인 채 살아왔다. 그러지 않으면 도저히 살아갈 수 없었지. 특히 설화는 더더욱. 엄청난 죄를 저지르고 말았다는 죄책감이 설화를 텅 빈 껍데기처럼 만들어 버린 거야. 하지만 와타루와 마리나 남매를 만난 후 설화의 가슴속에서 뭔가가 움직였던 것 같다. 그리고 밍구이, 너 역시 와타루와 깊은 관계를 맺게 됐지. 왜일까? 와타루에게는……."

기렌은 굵은 목을 틀어 와타루를 봤다. 와타루가 마주 보자 기렌은 눈을 감았다. 와타루는 노인의 입에서 나올 다음 말을 기다렸지만 뒷말은 이어지지 않았다.

기렌은 소파에 세워 둔 지팡이를 집어 들었다. 지팡이에 체중을 실어서 일어서려 했지만 무거운 몸을 들어 올리는 데 시간이 걸렸다. 보다 못한 와타루가 손을 내밀었다.

"자, 이야기는 여기까지."

기렌은 일어서서 가오를 내려다봤다.

"난 이만 가 봐야겠다. 밍구이, 앞으로 널 다시 만날 일은 없겠지?"

"아마도."

가오는 앞을 바라본 채 대답했다.

"그래. 앞으로는 너희를 찾을 일이 없을 거야. 그런 시시한 가족 놀이나 즐기는 마족 녀석들 따위."

아마 가오가 부릴 수 있는 최대한의 허세 아니었을까. 기렌과 아오토, 와타루는 기렌의 걸음 속도에 맞춰 문을 향해 갔다. 스위트룸에는 넓고 풍성한 카펫이 깔려 있어 자칫하다가 기렌이 발을 헛디딜 것 같았다. 아오토는 걷다가 한 번 멈춰 서서 유리창 너머의 도쿄 타워를 봤다.

문손잡이에 손을 얹은 와타루는 아오토가 뛰어올 때까지 기다렸다. 아오토는 고개를 돌린 와타루를 보며 걸음을 멈췄다. 그리고 천천히 팔을 들었다.

"와타루, 그거……."

아오토의 손끝은 와타루의 가슴을 가리키고 있었다. 와타루는 바로 앞에 선 기렌이 처진 눈꺼풀을 들어 올리며 놀란 표정을 짓는 것을 봤다.

"아……."

기렌의 눈빛에 서린 경악은 잠시 후 한탄, 그리고 이내 다시 슬픔으로 바뀌었다.

문 옆 벽에는 커다란 거울이 붙어 있었다. 그 거울에 와타루의 모습이 비쳤다. 와타루는 조금 더 자세히 보기 위해 거울에 가까이 다가갔다. 목에 뭔지 모를 자국이 있다. 거울 앞에 서서 셔츠 가슴가의 단추를 풀었다. 목부터 가슴에 걸친 부분에 나뭇가지 모양이 떠올라 있다. 올리브 가지가 검은 그림자처럼 새겨져 있었다.

"이건……."

방 안쪽에서 가오가 걸어오는 발소리가 들렸다.

그 순간 아오토가 달려와 와타루와 기렌의 팔을 꽉 움켜쥐었다. 주변 풍경이 사라졌다.

천천히 눈을 다시 떴다. 앞에 있는 나무가 낯익다. 호텔 앞에 상징목으로 심어진 향나무 아래에 서 있었다.

뒤에는 가오가 묵는 호텔이 우뚝 솟아 있다. 아오토가 능력을 써서 스위트룸 방에서 이곳으로 공간 이동을 한 것이다. 셋이 함께 나무 그늘에서 나가자 나무를 올려다보고 있던 중년 여자 두 명이 깜짝 놀란 것처럼 한 발짝 물러섰다. 조금 전만 해도 아무도 없는 줄 알았는데 갑자기 사람이 나타나서 놀란 듯했다.

지팡이를 짚어도 잘 걷지 못하는 기렌은 호텔 앞 진입로 단차에서 비틀거렸다. 와타루가 옆에서 몸을 부축했다. 비틀거리는 노인과 두 사람이 지나가자 중년 여자들이 진입로에서 내려가 길을 터 줬다. 병든 노인과 함께 가는 아들과 손자쯤으로 여겼을지 모른다.

걷다가 누군가와 마주칠 때마다 와타루는 한 손으로 옷깃 쪽을 가렸다. 이 문양이 무엇을 의미하는지는 알고 있다. 불분명한 것은 내 몸에 왜 이런 현상이 나타났는가이지만 가능성은 하나다. 심장 박동이 조금씩 빨라지고 눈앞의 풍경이 색을 잃어 갔다. 기렌을 떠받친 팔에도 힘이 풀리기 시작했다.

뭐라고 한마디라도 해 주면 좋으련만 기렌과 아오토 모두 침묵을 지켰다. 기렌은 걷다가 숨이 거칠어져 몇 번을 비틀거렸고 아오토는 입술을 앙다문 채 오직 한 곳만 응시하며 발걸음을 옮겼다. 모두 서둘러 이곳을 떠나려 한다는 게 느껴졌다. 가오가 있는 호텔에서 멀어지고 싶었다.

호텔 부지에서 나가 한참을 더 가니 작은 공원이 나왔다. 나무와 벤치로 간신히 구색을 갖춘 공원이다. 히비야 공원이 가까이 있어서인지 평소에 사람들이 잘 찾지 않는 듯하다. 놀이 기구 같은 걸 둘 공간도 없는 걸 보면 도시 계획상 남은 삼각형의 땅을 일단 공원으로 만든 듯했다.

여기까지 오자 기렌은 더 이상 걸을 수 없게 돼 어쩔 수 없이 벤치에 앉았다. 기렌은 주머니에서 손수건을 꺼내 이마에 맺힌 땀을 닦았다. 와타루와 아오토는 노인을 사이에 두고 앉았다. 와타루는 셔츠 옷깃을 들어 한

번 더 가슴을 확인했지만 역시 검게 그을린 나뭇가지 문양이 그곳에 있었다. 손가락으로 문질러도 지워지지 않는다. 그런 와타루를 아오토가 가만히 바라봤다.

"미안하구나, 와타루."

먼저 입을 연 사람은 기렌이었다. 그는 와타루 쪽을 보지 않고 발밑에 있는 잡초에 시선을 떨구고 있다. 대신 아오토의 맑은 호수 같은 눈동자가 줄곧 와타루를 향했다. 와타루는 셔츠 깃을 활짝 풀어 헤쳤다.

"대체 이게 뭐죠? 마리나에게 듣기는 했지만, 이건······."

기렌은 몸을 움츠린 채 숨을 들이마셨다. 등이 조금씩 떨리고 있다.

"미안하구나, 와타루."

또다시 같은 말을 반복한다.

"내가 부탁했어!"

그때 불현듯 옆에서 아오토가 목소리를 높였다.

아오토의 눈에서는 눈물이 흐르고 있었다. 마치 호숫물이 흐르는 것처럼. 와타루는 멍하니 그 모습을 바라봤다.

"와타루를 살려 달라고! 와타루는 내 친구니까! 그러니까······."

아오토에게서 울음을 참는 소리가 들렸다. 하지만 잠시 후 아오토는 와앙 하고 요란하게 울음을 터뜨렸다. 역시 이 녀석은 어린애구나. 와타루는 하얘진 머릿속으로 그런 생각을 했다.

기타센주에서 아오토와 함께 있을 때는 자신도 똑같은 어린애였다. 그러나 이제는 나이를 먹어 어른이 돼 버렸다. 와타루는 눈물을 흘리는 아오토를 보며 떠올렸다. 그야말로 쓸쓸하고 안타까운 일이다. 그토록 친했던 두 아이가 공간뿐만 아니라 시간을 초월해서 멀어진다는 것은.

"넌 죽었단다."

기렌의 나직한 목소리에 퍼뜩 정신이 들어 눈앞의 노인을 봤다.

"넌 그날 아라카와강 강가에서 나이 많은 동네 아이들에게 맞아서 죽고 말았어."

아오토가 태어난 지 얼마 안 된 마리나를 보러 '시온의 빛' 시설에 왔던 날. 그날 아라카와강 강변에서 기쿠치 형제를 만났다. 마리나에 대한 놀림을 들은 와타루는 평소와 달리 발끈해서 포악한 그 형제에게 덤벼들었다.

그리고 예상치 못한 와타루의 반격에 머리끝까지 화가 난 기쿠치에게 흠씬 두들겨 맞았다.

— 와타루!

제방 위에 붙잡혀 있던 아오토의 고함이 귓가에 되살아났다. 그 후 와타루는 기절하고 말았다. 그리고 다시 눈을 떴을 때는 아오토의 집으로 향하고 있었다. 그때 내가 죽었구나. 와타루는 멍한 머릿속으로 생각했다. 아오토를 알게 된 지 얼마 안 됐을 때였다. 그렇게 일찍이 나는 아오토 앞에서 목숨을 잃고 기렌의 능력으로 되살아난 걸까. 아니, 기렌은 죽은 몸에 잠깐의 생기를 불어넣어 줬다.

죽은 헬트를 데려간 날, 그리고 마리나가 강물에 떠내려간 날보다 훨씬 이전 일이다.

기렌은 울음을 멈추지 못하는 아오토의 머리에 가만히 손을 얹었다. 두툼한 손으로 거칠게 머리를 쓰다듬자 아오토의 머리가 흔들렸다. 그대로 기렌은 아오토의 머리를 자기 쪽으로 끌어당겼다.

"네게 그 시시한 능력을 쓰고 말았지. 마리나가 아닌 와타루, 너에게. 그래. 죽은 사람은 너였어. 죽었는데……."

기렌은 차마 말을 잇지 못했다.

"죽었는데도 살아 있는 것처럼 보이게 하는 환술을 쓰고 말았어."

"내가 억지로 부탁한 거야."

아오토가 코를 훌쩍이며 말했다.

"기렌은 안 된다고 했는데."

기렌의 불룩한 배에 얼굴을 파묻은 탓에 아오토의 목소리가 잘 들리지 않았다.

"이 녀석에게는 항상 누구와도 친하게 지내지 말라고 당부했지. 이렇게 어린데도 어느 나라, 어떤 시대건 늘 외톨이로 지내야 한다고 강요했어."

"하지만 저와는 친구가……."

"그래. 어째서인지 너에게는 마음을 열었지. 크로마를 떠난 후 전 세계를 떠도는 동안 아오토가 처음 사귄 친구였다. 그런 존재가 사라지려고 하는 걸 나도 가만히 지켜볼 수 없었고."

그날 기쿠치 일당이 떠난 강가에서 아오토는 와타루에게 달려갔다. 이미 죽은 게 분명했다. 몸 곳곳을 심하게 얻어맞은 탓에 갈비뼈가 부러졌고 장기도 처참하게 손상된 상태였다. 아오토가 목 놓아 불러도 와타루는 반응하지 않았다. 결국 아오토는 야스오와 함께 그들이 사는 집에 와타루를 데려갔다. 그리고 기렌은 아오토의 간청을 들어줬다.

"그때는 오직 이 녀석만 눈에 들어오더구나. 평생을 외롭게 살아온 아이였으니까. 눈앞에서 친구가 비참하게 얻어맞아 죽은 걸 보며 슬퍼하는 모습이 어찌나 딱해 보이던지."

기렌은 온화한 표정으로 아오토를 내려다봤다.

"그래서 내가 한 짓이 어떤 결말을 낳을지 미처 예상 못 한 거야. 어린아이는 순진무구한 존재지. 순진무구한 동시에 외곬이고."

그 후 아오토는 헬트까지 데려와 살려 달라고 부탁했다. 그때 당황하며 망설이던 기렌의 모습이 와타루의 기억에도 어렴풋이 남아 있다. 기렌은 결국 또다시 아오토의 소원을 들어줬다. 다음으로 와타루가 강물에 빠져 가사 상태인 여동생까지 데려오고서야 기렌은 자신이 얼마나 어리석은 짓을 했는지 깨달았다.

다행히 마리나는 심폐 소생술로 의식을 되찾았다. 기렌은 야스오와 논의한 끝에 그전까지 살던 곳을 떠났고 마리나는 도모코가 키우기로 했다. 마리나를 그대로 와타루 곁에 두는 건 좋지 않다고 판단했다.

"아오토를 위해서라도 그렇게 해야 했지. 넌 죽었어. 그리고 언젠가 원래 모습으로 돌아가게 되지. 애당초 그런 짓을 하지 말았어야 했어. 아오토에게도 다시는 그러지 말라고 했고."

기렌의 입에서 나오는 한 마디 한 마디가 귀에 꽂혔지만 와타루는 전혀 현실감이 없었다.

죽었다고? 내가?

— 되살아난 아이와 그러지 않은 아이는 어차피 언젠가 헤어져야 하니까. 너와 네 여동생도.

헤어질 때 기렌이 중얼거린 말의 의미가 비로소 이해가 됐다.

그때 살아 있던 아이는 마리나였고, 죽은 아이는 자신이었다.

"그 뒤로도 넌 계속 살아 있는 모습 그대로였지. 한때는 네가 이대로 평범하게 나이를 먹으며 살 수도 있겠다는 달콤한 기대를 품기도 했지만."

그렇지 않았다. 운명은 한번 붙든 것은 절대 놓치지 않았다.

"그럼 이제 전 곧 죽는 건가요? 아니, 죽은 모습으로 돌아가는 건가요?"

에리코의 집에서 꿨던 꿈. 커다란 수납 상자를 열자 그 안에는 내 시신이 들어 있었다.

충격적이지만 여전히 남의 일인 것만 같았다. 실감 나지 않는다. 동시에 가혹했던 환경에서 내가 목숨을 잃은 게 극히 당연한 일처럼 느껴지기도 했다. '시온의 빛'이라는 사이비 종교 시설에 들어간 어머니는 아이를 종교에 바쳤다. 학교에서는 끔찍한 괴롭힘을 당했고, 선생님도 내 편이 되어 주지 않았다. 비슷한 환경에서 불행하게 죽어 간 아이가 나 말고도 얼마나 많을까.

아오토가 다시 코를 훌쩍였다.

아오토를 만나서 다행이다. 마음이 통했던 친구를 죽기 전에 만나서 다행이다. 그리웠던 이들과 재회했고 마리나도 만났다. 이제 됐다. 이제는 죽어도 여한이 없다.

— 죽어도 괜찮겠다고 생각했어.

— 이제 정말 아무 미련이 없단다.

에리코도 비슷한 말을 했다.

가족. 문득 그 단어가 머리에 떠올랐다. 한때는 누구보다 혐오하고 멀리했던 단어. 그런 것에 휘둘려 마음이 흐트러지면 안 된다고 생각했다. 혼자가 편했다.

"미안하구나, 와타루."

기렌은 괴로운 얼굴로 와타루를 바라봤다.

"조금 더 일찍 알려 줬어야 했는데 지금껏 미뤄 온 사람도 나지. 천칠백 년이나 살았으면서 나이를 헛먹은 멍청한 늙은이 같으니. 이제는 네게 해줄 수 있는 게 없구나."

"괜찮아요."

스스로도 놀라울 정도로 단호한 말이 입 밖에 튀어나왔다.

"어렸을 때 그 강변에서 죽었으면 더 비참했겠죠. 오히려 여태껏 살 수 있어서 다행이에요. 마리나와 어머니도 만났고."

자신도 모르게 자연스레 그런 말을 읊고 있었다.

"그때 그렇게 죽은 것보다 훨씬 나아요."

마리나의 심정을 알게 됐다.

"그렇구나."

"와타루."

아오토가 힘없이 와타루를 불렀다.

"아오토."

두 사람은 서로가 처음 사권 둘도 없는 친구였다. 기타센주에서 아오토와 함께 보낸 몇 달은 와타루에게 무엇보다 소중한 시간이었다. 가슴에 나타난 징표를 다시 확인한다. 죽음을 앞둔 자에게 새겨지는 올리브 나뭇가지 징표.

이제 얼마 남지 않은 시간을 나는 가족과 함께 보낼 수 있다. 그 사실에 감사했다.

기렌은 지팡이에 체중을 실어 몸을 일으켰다.

"이만 가 봐야겠구나."

아오토가 푸른 눈동자로 와타루를 올려다봤다.

"안녕, 와타루."

"안녕, 아오토."

순간 감정이 격해져 목소리가 떨렸다. 앞으로 두 번 다시 아오토를 만나지 못할 것이다. 호두 한 알을 나눠 먹었던 친구. 와타루의 증오가 담긴 호두를 아오토는 이로 깨뜨려 함께 삼켜 주었다.

몸집이 큰 노인 곁에 붙어 가는 아오토의 뒷모습을 바라봤다. 기렌은 손자 같은 아이의 어깨에 팔을 두르고 한 손으로 지팡이를 짚으며 갔다.

아오토는 머나먼 서쪽 나라에서 태어나 카라반에 눈에 띄어 사막 속 오아시스 국가에 갔다. 아오토에게는 기렌, 도모코, 야스오가 가족이었다. 이능력자 집단이라는 틀을 넘어선 한 식구였다. 걸어가는 두 사람의 모습이 잠시 후 길가에 세워진 간판에 가려졌다. 그리고 아무리 시간이 흘러도 그들은 간판 뒤에서 모습을 드러내지 않았다.

"안녕, 아오토."

와타루는 다시 중얼거렸다.

에리코는 줄곧 잠들어 있다.

40분 전 수술실에서 나왔지만 앞으로 한 시간은 더 깨어나지 못할 거라고 했다. 앞으로 며칠간 이 개인 병실에서 지내야 한다.

"잠든 표정이 편안해 보여."

옆에서 마리나가 나직이 속삭였다.

조금 전 와타루는 마리나와 함께 집도의에게 불려 가 설명을 들었다. 오른쪽 신장은 암세포에 침식돼 전 절제를 했지만 다행히 주변 장기에는 전이되지 않았다고 의사는 말했다. 왼쪽 신장에도 병변은 없지만 만약에 대비해 일부를 떼어서 검사해 보기로 했다.

와타루 옆에서 마리나가 안도의 한숨을 내쉬며 어깨를 늘어뜨렸다.

— 하지만 심장이 약하고 빈혈도 개선되지 않았으니 앞으로도 무리하면 안 됩니다.

담당 의사는 "신장이 하나만 남기도 했고요"라고 덧붙였다. 마지막으로 지금껏 병원을 찾지 않은 것을 지적하며 앞으로 최대한 주의하며 살아야 한다고 못을 박았다.

"신경 쓰지 않으면 선생님께 또 혼날 거야."

"그래."

와타루는 하이넥 티셔츠의 옷깃 부분에 손을 갖다 댔다. 이곳에 나타난 징표는 아직 마리나에게 말하지 않았다. 어머니 일 때문에 정신이 팔린 여동생에게 차마 털어놓을 수 없었다. 오빠에게 어떤 일이 일어났고 세상에서 곧 사라질 거라는 말을 들으면 아마도 마리나는 크게 동요할 것이다. 어머니의 수술이 무사히 끝나 간신히 행복에 젖어 있는 동생에게 그러고 싶지 않았다.

"아무튼 수술을 할 수 있어서 다행이야. 많이 걱정했거든. 타르바간 바이러스 감염자가 더 늘기라도 하면 못 할까 봐."

맹위를 떨치던 타르바간 바이러스는 점차 소강상태를 보이고 있었다.

아직 효과적인 치료제가 나오지 않아 대증요법으로 버텨온 의료계는 놀라워하면서도 안도의 한숨을 내쉬었다. 원내 감염을 우려해 미뤄 온 일반 수술도 순차로 진행되기 시작했다. 덕분에 늦게나마 에리코의 암 수술을 할 수 있게 됐다.

강독성 신종 인플루엔자였던 스페인 독감이 유행했을 때 전 세계에서 약 4천만 명, 일본에서는 38만 명이 목숨을 잃었다. 스페인 독감은 조류 인플루엔자가 인간 사회에 유입됐음이 처음으로 확인된 신종 바이러스 감염병이었다. 뉴스는 앞다퉈 그런 분석을 전했다.

타르바간 바이러스 감염이 절정에 달했던 여름의 끝 무렵, 엄청나게 많은 철새가 북쪽으로 이동하는 모습이 관측됐다. 보통 추워지는 시기에는 북쪽에서 따뜻한 남쪽 지방으로 이동하는 게 일반적인데 정반대의 행동이었다. 철새들의 이러한 움직임은 비단 조류학자뿐만 아니라 철새 떼를 본 이들도 놀라게 했다. 전 세계에서 촬영한 영상이 인터넷에 퍼졌다. 오리류, 기러기류, 도요새류, 고니류 등 타르바간 바이러스의 매개체로 지목된 새들이 뭔가에 이끌리듯 한 방향으로 날아가는 장면이 포착됐다.

새들을 계속 관찰한 어느 조류학자는 새 떼가 중국 서쪽 지역의 톈산을 향해 날아가고 있다고 추측했다. 타르바간 바이러스가 처음 세상에 모습을 드러내기도 한 신장 위구르 자치구 쪽이었다. 그러나 무수한 새들은 어느 날 다시 홀연히 자취를 감춰 버렸다. 톈산에서 어떤 일이 일어났고 바이러스와 무슨 관련이 있는지 학자들이 분석했지만 그 누구도 이 불가사의한 현상을 규명하지 못했다.

와타루를 제외하고는.

아마 새들을 그곳으로 유인한 사람은 도모코일 것이다. 타르바간 바이러스를 원래의 빙하에 가두기 위해. 바이러스는 더 이상 도모코가 다룰 수 없는 존재가 돼 버렸지만 새의 몸을 빌려서 어떻게든 봉쇄하려고 시도한 게 아닐까. 그리고 어쩌면 그들 마족도 사막 나라로 돌아갔을지 모른다. 천칠백 년 전 함께 살았던 오아시스 국가가 있던 곳으로. 와타루는 그런 상상을 했다.

마지막으로 만났던 기렌과 그를 부축하며 걷는 아오토의 뒷모습이 떠올랐다. 서로를 도우며 사는 그들은 틀림없는 가족이었다.

와타루가 아동 보호 시설에 있을 때 학교 미술 시간에 '가족 그림'을 그리는 과제가 나왔다. 보호 시설 아이들이 다니는 학교로서는 배려가 부족한 과제였다고 할 수 있다.

와타루는 에리코와 마리나를 그릴 수 없었다. 그래서 아오토의 가족을 그렸다. 파란 눈동자를 가진 아이를 중심으로 나란히 선 다정한 부모와 할아버지의 그림을 그렸다. 당시 와타루가 상상할 수 있는 가족의 이미지는 그뿐이었다. 그림을 본 시설 아이들이 거짓말쟁이라며 와타루를 손가락질했지만 아무렇지 않았다. 와타루는 아오토의 가족과 헤어진 후 학교와 시설에서 고립됐다. 어쩌면 그들 가족의 존재가 와타루의 마음을 떠받치고 있었는지 모른다.

지금도 마찬가지다. 세상 어딘가에서 피 한 방울 섞이지 않은 마족 가족이 남몰래 살아간다는 사실이 와타루에게 힘을 줬다. 여덟 살 때 죽은 아이가 진짜 가족을 만날 때까지 살려 준 점에 대해서도 순수하게 감사했다. 그래서 앞으로 얼마 남지 않은 목숨을 소중히 써야겠다고 다짐했다. 에리코와 마리나 곁에서.

"있지, 오빠."

창가에서 바깥 풍경을 보는 와타루에게 마리나가 말을 걸었다.

"엄마와 함께 살면서 이런저런 이야기를 나눴어."

"응."

"아빠에 대한 이야기라든가."

와타루는 침대 옆 의자에 앉은 여동생을 봤다. 마리나가 아버지까지 신경 쓰고 있을 줄은 몰랐다. 와타루는 이미 오래전 기억 저편에 묻어 버린 존재였다.

"아빠는 젊었을 때 배를 탔다고 해."

언젠가 들은 적이 있었다. 어선인가 정기항선에서 승조원으로 일했다고 했다. 부상을 입어 배에서 내려야 했던 사정도 기억이 났다.

"아빠는 배를 좋아했어. 그래서 오빠 이름을 '와타루航'라고 지었대."

"그렇구나."

"그래서 내 이름은 '마리나'라고 지었다고 해. 엄마가."

마리나는 우스운 것처럼 키득거렸다.

"항해의 '항航'에 어울리게 정박지를 뜻하는 마리나Marina로."

"그래?"

"몰랐지?"

마리나는 신이 나서 떠들고 잠시 후 또다시 웃음을 터뜨렸다.

"엄마는 아빠랑 헤어져서 많이 힘들었을 거야. 누구보다 아빠를 좋아했어."

와타루가 기억하는 부모님의 모습은 빚과 여자 문제 때문에 서로 험한 말을 주고받는 모습뿐이었다. 귀를 틀어막고 싶을 만큼 끔찍한 광경이었다. 그때부터 우리 집안은 무너졌다고 믿었고 가족이라는 개념에 실망했다. 어린 시절 그런 광경을 접한 이후부터는 가정을 꾸리는 것도 상상할 수 없게 됐다. 자식에게 그런 꼴을 보여 준 어리석은 부모가 미웠다.

그게 아니었다는 걸까.

어머니는 아버지의 변심 때문에 괴로워했을까. 아버지가 어떻게든 자기 곁에 돌아와 주기를 바랐을까. 어머니는 아버지를 미워한 게 아니라 사랑했던 걸까.

만약 자신이 어머니 곁을 떠나지 않고 함께 사는 길을 택했다면 언젠가 그런 이야기를 들었을지 모른다. 누구보다 어리석고 고집스러웠던 사람은 어머니 에리코가 아닌 바로 나 아니었을까.

"엄마가 이혼하고 나서 내 이름을 마리나라고 지은 데는 다른 의미도 있어. 아빠는 이제 우리에게 돌아오지 않지만 내가 오빠를 붙잡아 주는 정박지가 돼 달라는 뜻이래."

와타루는 입술을 꽉 깨물며 감정을 억눌렀다.

정박지. 그것은 집이자 가족이다. 그런 의미가 나와 여동생의 이름에 담겨 있었을 줄이야. 문득 고개를 돌리자 에리코는 여전히 잠들어 있다. 편안한 숨소리와 희미하게 오르내리는 가슴. 남편과 자식에게 버림받은 어머니의 속내 같은 건 가늠할 겨를이 없었다. 히라누마 정육점에 처음 찾아왔을 때 내내 외로웠다고 토로한 어머니의 마음을 와타루는 깨끗이 무시했다.

"엄마가 퇴원하면 셋이 함께 살자. 알겠지?"

마리나의 말에 지금은 순순히 고개를 끄덕일 수 없었다.

이제는 시간이 없다. 정박지에 돌아갈 수 없다. 와타루는 가슴에 손을 얹었다.

비참했던 어린 시절에 나는 이미 죽었다. 그 사실은 바꿀 수 없다. 남편에게 버림받고 절망에 빠져 아이의 손을 잡아끌며 정처 없이 거리를 헤매던 어머니에게는 조금 더 나은 방법도 있었을 것이다. 사이비 종교 시설에 무작정 발을 들이는 것이 아닌 또 다른 방법이.

어머니가 시모타카이도역 앞에서 고야마가 건넨 전단을 받지만 않았다면 나는 기타센주에 가지 않았고 지금까지도 살아 있었을 것이다. 마리나를 슬프게 할 일도 없었다. 어머니가 저지른 실수를 와타루는 여전히 용서할 수 없었다.

창문으로 하늘을 봤다. 어느새 가을 기운이 짙어진 하늘은 드높고 맑았다. 꼭 아오토의 눈동자 같다. 또다시 가을이 다가오고 있었다.

타르바간 바이러스 감염증은 완전히 불길이 사그라들었다. 결국 전 세계에서 15만 명의 감염자를 낳았고 사망자는 6만 명을 넘어섰다. 한때의 기세를 고려하면 그 정도 희생에 그친 것은 기적과 같았다. 일본 사회도 조금씩 평온을 되찾아 갔다.

가오는 '크로마'를 폐업했다. 반면 고이케는 여전히 컴퓨터 앞에 매달려 '파나케이아'를 이어 갈 생각이라고 했다. 가오 밑에서 와타루가 마지막으로 한 일은 사무실을 정리하는 것이었다. 절차는 알고 있었다. '크로마'를 설립한 지 얼마 안 돼서 요령을 기억했다. 그 반대로만 하면 됐다.

언제 몸에 변화가 나타날지 몰라 가슴 졸이면서도 와타루는 일에 몰두했다. 평소처럼 일상을 보냈다.

"'포밸리 기획'도 접을 거야."

사무용 가구와 장비들을 중고 업자에게 넘긴 후 텅 빈 '크로마' 사무실에서 가오는 말했다.

"그렇구나."

"또 어딘가에서 시간을 때울 방법을 궁리해 봐야지."

앞으로도 끝없이 이어질 가오의 삶을 떠올렸다. 태어난 지 8년 만에 하찮은 폭력에 시달리다가 목숨을 잃은 자신과 가오 중 누가 더 불행할까. 곰곰이 생각해도 알 수 없었다. 지구상에서 이미 30억 년을 살아온 바이러스들과 비교하면 가오와 나 모두 찰나의 목숨일 것이다.

가오는 아오토와 기렌을 만났지만 친누나인 설화를 만나지는 않았다. 그녀는 동생을 지키려고 사막에 있던 일국을 멸망시켰다. 그때 격렬하게 타올랐을 감정을 지금의 도모코에게서는 상상도 할 수 없다. 하지만 와타루도 한때 세상 모든 사람이 죽어도 동생만 살아 있으면 된다고 생각했다. 유일한 혈육이 무엇보다 소중했다. 그 심정만큼은 이해할 수 있었다.

가오는 폐기 서류 뭉치에 털썩 앉았다. 와타루도 묶어 둔 잡지 위에 앉았다.

그날 이후 마족 이야기는 하지 않았다. 가오에게 물어볼 마음도 없었다.

가오는 누나의 진심을 깨닫고 어떤 생각을 했을까. 누나를 향한 감정이 달라졌을까. 가오가 그런 이야기를 들려줄 리는 없다. 앞으로도 고독을 두려워하지 않으며 가오답게 살아갈 것이다. 과거로 회귀하는 능력을 활용해 돈을 벌고, 때로는 사람을 속이고, 욕망에 휘둘리는 인간을 조롱하며 초연히 살아갈 게 틀림없다.

그렇게 생각하니 문득 통쾌한 기분도 들었다.

"결국 타르바간 바이러스로는 돈을 못 벌었네."

아직도 이런 말을 하는 중국계 미국인을 와타루는 곁눈질로 쳐다봤다. 다음으로 가오가 어딘가에 나타났을 때 그에게는 다른 직함이 붙어 있을 것이다. 중국 마피아, 또는 공산당 통치를 거부해 캐나다로 이주한 홍콩인이나 일본 고찰에 군림하는 악덕 승려, 아니면 사이비 종교의 교주일 수도 있다. 어차피 자신은 그런 가오를 볼 수 없겠지만.

"그건 자연적으로 발생한 바이러스였어."

와타루는 은근슬쩍 떠봤다. 가오는 바이러스를 세상에 퍼뜨린 사람을 설화로 의심했다. 사악한 친누나가 오래전 크로마를 사막에 가라앉힌 것처럼 인류를 무자비하게 멸망시키려고 바이러스를 불러냈다고 믿었다.

"그래. 그런가 보네."

망설임 없이 말하는 가오를 가만히 바라봤다. 지금까지는 오직 증오만이 가오를 지탱하고 있었다. 그것도 어떻게 보면 순수하다고 할 수 있다. 즈웨이라는 이름의 아름다운 여인을 평생 사랑해 온 남자. 사랑과 미움은 종이 한 장 차이다. 와타루는 누구보다 잘 알았다.

"타르바간 바이러스는 사라졌지만 병원체가 되는 미생물을 아예 없앨 수는 없지. 그것들도 지구를 터전으로 살아가는 생물 군집의 일원이니까."

가오는 와타루의 생각과 비슷한 말을 했다.

"멍청한 인간들은 그것들을 갑자기 들이닥친 불청객 취급하지만 오히려 그쪽이 훨씬 오래전부터 지구에서 살아온 선주민이었는걸."

가오는 어깨를 으쓱했다. 천칠백 년을 살아온 남자의 말은 무거웠다.

"아무튼 이번에는 다행히 그 바이러스가 자연 소멸했어."

도모코가 새를 조종해 원래 있던 빙하 속에 돌려보냈을지 모른다는 가능성은 같은 마족인 가오도 떠올렸을 것이다. 그래서 와타루는 말없이 고개를 끄덕였다.

"하지만 다음에도 이번과 같이 잘될 거라고 장담할 수는 없어. SARS나 메르스, 에볼라 출혈열도 여전히 확실한 치료법을 못 찾고 있으니까. 이번처럼 자연 소멸하긴 했어도 사라진 건 아니지. 아마 지금도 인류가 방심하기만을 기다리고 있을걸. 숲속이나 박쥐, 새의 몸속에서 다음 기회를 호시탐탐 노리고 있겠지."

비슷한 말을 도모코와 기렌도 했다고 알려 주고 싶었지만 와타루는 묵묵히 듣기만 했다.

"타르바간 바이러스가 예상보다 널리 퍼지지 않은 건 에볼라 출혈열처럼 증세가 심각했기 때문이야. 진행 속도도 워낙 빨랐지. 감염자는 순식간에 상태가 나빠져 밖을 돌아다닐 수 없게 됐어. 그리고 언젠가는 더 성가신 게 나타날 거야."

기렌은 콜레라와 페스트가 세계에서 수많은 이들의 목숨을 앗아 가는 모습을 지켜봤다고 했다. 줄곧 역사의 방관자였던 마족들은 공포를 누구보다 잘 알고 있다. 인간에게는 미지의 바이러스에 대항할 면역력이 없다.

백신도 존재하지 않는다.

"예를 들어 감염돼도 증상이 없는 바이러스. 감염자는 신나게 밖을 돌아다니며 다른 이들을 전염시키겠지. 잠복기에도 계속 바이러스를 퍼뜨리는 거야. 그리고 면역력이 약한 사람만 증세가 심각해져 목숨을 잃는 고요한 전염병. 그런 게 한번 나타나면 눈 깜짝할 사이에 전 세계에 퍼져 수천만이 감염되고 엄청난 이들의 목숨을 앗아 갈걸. 의료 기관은 패닉에 빠지겠지. 앞으로 언제든 그런 일이 벌어질 가능성이 크지만 현대의 인간들은 그저 안전 신화에만 매달린 채 살고 있어."

가오는 고개를 숙이며 희미하게 웃었다.

"아무튼 그런 일이 벌어지면 그때 또 나와 함께 일하자, 와타루. 가까운 미래에 인류는 또다시 그런 전염병의 위협을 받게 돼 있어. 반드시."

한때는 가오의 비정하고 냉철한 면모에 매료됐다. 하지만 그뿐만이 아니었다. 가오는 대담함과 유연성도 겸비하고 있다. 증오 없이도 잘 살아갈 것이다.

"아니."

와타루는 목덜미에 손을 얹었다. 이유는 알 수 없다. 마리나 앞에서도 아직 털어놓지 않은 자신의 운명을 가오에게 고백하고 싶었다.

"그런 바이러스가 출몰했을 때 네가 어떤 활약을 펼칠지 옆에서 구경하고 싶지만."

그러면서 옷깃에 두른 스카프를 살짝 떼었다.

"아마 그때까지 난 살아 있지 못할 거야."

생각보다 선뜻 입에서 말이 나왔다. 셔츠 단추를 두 개 정도 풀었다.

가오는 눈을 부릅뜨고 와타루의 목에서 가슴까지 드리워진 검은 징표를 봤다. 표정에서 징표의 의미를 이해하고 있다는 게 느껴졌다. '크로마'에 있을 때 기렌의 능력을 접했을 것이다. 살아 있는 것처럼 보이던 죽은 자가 나중에 어떻게 되는지. 무서운 징표가 몸에 나타난 후 원래의 썩어 문드러진 시신으로 돌아간다. 그 기간이 극히 짧은 사람도, 와타루처럼 몇 년이 지나 비극을 맞이하는 사람도 있었을 것이다.

"와타루, 너⋯⋯."

"난 여덟 살 때 이미 죽었어. 기렌이 날 불쌍히 여겨 지금껏 살려놓은 거야. 원래는 죽었는데."

23년 전 세상에서 널 만난 지 고작 몇 달 후의 일이라고 하자 가오는 믿을 수 없다는 듯이 고개를 흔들었다.

"말도 안 돼."

가오는 와타루가 펼친 셔츠 옷깃 안쪽을 뚫어져라 봤다.

"설마."

가오의 입술 끝이 떨렸다.

"설마 네가 그 뒤 죽었을 줄이야."

가오가 이런 반응을 보일 줄은 예상치 못했다. 지금껏 도모코와 기렌을 유인할 미끼로 자신을 이용했다고만 생각했다.

다른 사람의 일에 이토록 감정이 흔들리는 사람일 리 없다. 가오는 마족이고 동료들과 헤어진 뒤에도 고독을 아랑곳하지 않고 반영구적인 삶을 호젓이 살아가는 남자다. '어디에도 속하지 않는 인간'이라고 자신을 표현하는 남자다.

'너도 마족의 희생양이었군' 하며 비아냥거리는 미소를 짓고 끝날 거라 믿었다. 그러면 차라리 속이 후련할 것 같다고 생각했다.

가오의 예상치 못한 반응에 와타루는 불안해졌다. 천천히 숨을 들이마시며 마음을 가라앉혔다. 그리고 그동안 자신에게 어떤 일이 일어났는지 간략히 설명했다. 그날 이후 어머니가 사이비 종교 시설에 의탁하게 됐다는 이야기. 그런 시설에서 학교에 다니며 심한 괴롭힘에 시달렸다는 이야기. 마리나가 그 시설에서 태어났다는 이야기. 아오토를 만나 함께 어울려 다녔지만 어느 날 나이 많은 동네 아이와 그의 형, 친구들에게 두들겨 맞아 죽었다는 이야기.

아오토가 기렌에게 부탁해서 그의 능력 덕에 되살아났다는 이야기. 그 사실을 얼마 전까지 몰랐다는 이야기. 징표가 몸에 나타난 뒤에야 기렌에게 모든 사실을 전해 들었다는 이야기. 종교 단체에서 죽기 일보 직전 상태로 강물에 떠내려 간 여동생이 지금껏 기렌의 능력으로 되살아난 줄 알았다는 이야기. 강에서 동생을 건진 후 기렌을 찾아가 살려 달라고 간청했다는 이야기까지.

가오는 말없이 그 모든 이야기를 들었다.

"그래도 괜찮아. 헤어졌던 마리나를 다시 만나게 됐으니까. 네 덕분에. 그리고 내가 왜 죽어야 하는지도 확실히 인식하고 있어. 어느 날 갑자기 이유도 모르고 시체로 돌아간다면 억울하겠지만, 그렇지 않으니까."

"기렌에게 그 이상은 불가능해."

가오는 목소리를 쥐어짜 냈다.

"우리 마족의 능력은 어차피 반쪽짜리니까. 기껏해야 왕을 즐겁게 해 주는 수준의."

"그래, 나도 알아. 기렌도 많이 후회하고 있어."

와타루는 지금껏 수없이 반복해서 꿨던 무서운 꿈 이야기도 털어놨다. 강물에 떠내려 가는 마리나를 쫓아가지만 손이 닿았다고 생각한 순간 마리나가 담긴 상자가 강물에 가라앉고 마는 꿈 이야기.

"하지만 현실에서 넌 여동생을 구해줬잖아."

"응."

가오는 고개를 살짝 숙이고 혀로 입술을 축였다.

가오도 변했구나. 와타루는 문득 그렇게 생각했다. 그의 내면에서 번쩍이던 날카로운 뭔가가 지금은 숨을 죽이고 있다. 가오는 늘 그런 감정에 휩싸여 있었다. 칼날을 몸에 지니고 다니는 것 같았다. 조금이라도 날이 무뎌지면 불안해하며 필사적으로 칼을 다시 갈았다. 그 칼날은 언뜻 타인을 향하고 있는 것처럼 보였지만 사실은 자기 자신을 베고 있었다.

"나도 가끔 꿔."

"너도 무서운 꿈을 꾼다고?"

가오는 고개를 끄덕였다.

"갓난아기인 내가 누나의 등에 업혀 말 탄 병사들에게 쫓기는 꿈. 설화는 필사적으로 도망치고 나는 등 위에서 계속 울부짖지. 그러다가 결국 병사들에게 따라잡히고, 뒤에서 뻗은 창이 내 몸 옆을 스쳐 누나의 몸에 깊숙이 박히는 꿈."

"하지만 현실에서는 너희도 도망쳤잖아."

"그래."

"꿈은 꿈일 뿐이야."

"그렇지만 그 꿈을 꾼 날에는 무서워서 아무것도 손에 안 잡혔어."

가오를 처음 만난 날 밤에 그는 잠을 자며 시종일관 끙끙거렸다. 그때도 꿈을 꿨던 걸까.

"거기에 너까지 죽으면 앞으로 꿈자리가 더 사나워지겠지. 기렌이 그때 네게 해 준 건 임시방편에 불과한 몹쓸 짓이었어. 그런 짓을 하면 안 됐어."

"하지만 난 충분히 만족해. 고작 여덟 살에 죽은 아이가 이후 여생을 조금이나마 맛볼 수 있었으니."

그러고 나서 잠깐 고민하고 덧붙였다.

"난 미래를 알게 된 거야."

"미래."

가오는 나직이 중얼거렸다.

"미래라……."

뒷말은 이어지지 않았다. 가오에게 미래란 뭘까. 과거로 갔다가 돌아올 수 있는 능력자에게 미래란 무엇일까. 앞으로도 끝없이 계속될 고통의 연속일까. 피할 수 없는 형벌일까.

순간 가오가 몸을 벌떡 일으켰다. 그가 앉아 있던 서류 뭉치가 와르르 무너졌다.

"바보 자식."

그러더니 와타루에게 등을 휙 돌려 성큼성큼 사무실을 가로질러 갔다.

"가오."

그의 뒷모습을 향해 말을 걸자 가오는 멈춰 서서 와타루를 돌아봤다.

"자전거를 타고 달리면 좋아. 무서운 꿈도 다 잊을 수 있어."

와타루의 말에 가오는 뭔가 할 말이 있는 것처럼 입술을 움직였지만 결국 말없이 화난 얼굴로 사무실을 나갔다. 이별에 걸맞은 더 그럴싸한 인사를 건네고 싶었지만 떠오르지 않았다.

와타루는 일어나 창가로 갔다. 건물 밖으로 나가는 가오가 보였다. 조금씩 멀어지는 마족 남자를 눈으로 배웅했다.

나는 어떻게 이런 신기한 이들을 만나게 된 걸까.

문득 그런 생각이 들었다.

가오는 분노에 찬 걸음걸이로 버드나무 아래를 빠르게 지나갔다. 앞으로 두 번 다시 가오를 만날 수 없을 것이다. 마족들은 또 다른 땅에서 다른 이름으로 나타나 짧은 삶을 살고 다시 사라질 것이다.

저들을 만나서 다행이야. 와타루는 그렇게 생각했다.

천천히 스카프를 다시 목에 두르고 셔츠 단추를 채웠다. 사무실을 한 번 둘러보고 문을 지나 밖에 나갔다.

갈 곳은 정해져 있다. 마리나와 에리코가 기다리는 곳. 나에게 정박지가 있고 죽을 장소가 정해져 있다는 게 감사했다. 시모타카이도역 앞에서 에리코가 전단을 받았을 때 내 운명은 이미 결정됐다. 원망하는 마음은 여전히 남았지만 언제까지나 그런 것에 집착하는 것도 따분한 일이다. 증오가 있다는 건 곧 애정도 있다는 뜻이다. 밍구이와 설화처럼. 가족이란 원래 그런 것이리라.

건물 밖에 나가니 바람에 휘날려 하늘로 솟구칠 것처럼 흔들리는 버드나무 가지가 보였다. 모래를 머금은 바람이 불고 있다. 챙 넓은 모자를 쓴 사람이 모자를 붙들고 허리를 숙인 채 걷고 있다. 가을에 발달하는 저기압이 돌풍을 일으키고 있다.

모든 것은 가을에 시작됐다. 그리고 가을에 끝난다.

와타루는 바람 속으로 한 걸음 내디뎠다.

⁂

와타루는 어머니의 손을 꼭 붙잡고 있었다. 옆을 오가는 이들은 우리를 쳐다보지 않는다. 하나같이 바쁜 것처럼 발걸음을 재촉하며 지나간다. 와타루는 어머니의 옆얼굴을 힐끗 올려다봤다. 한일자로 다문 입술과 창백한 낯빛 때문에 불안이 고개를 들었다.

조금 전 들렀던 찻집 여주인이 어머니에게 조금이나마 돈을 빌려준 듯했다. 그 돈으로 앞으로 얼마나 버틸 수 있을까. 등에 멘 책가방 끈이 어깨를 파고들었다. 교과서를 전부 집어넣었으니 꽤나 무겁다.

몇 시간 전에 내렸던 시모타카이도역 앞으로 돌아갔다.

어머니는 잠시 제자리에 멈춰 서서 한숨을 푹 내쉬었다. 또다시 전철을 타려는 걸까. 그렇게 해서 어디에 가려는 걸까. 와타루는 멍한 얼굴로 어머니의 부푼 배를 바라봤다. 이제 곧 아기가 태어날 텐데도 갈 곳이 없다니.

어머니는 다시 와타루의 손을 붙잡고 걷기 시작했다. 역 앞에서 몇몇이 뭔가를 나눠 주고 있는데 대부분 받지 않고 그냥 지나친다. 누군가 떨어뜨린 것으로 보이는 종이가 가을바람을 타고 하늘에 날아올라 어디론가 사라졌다.

어머니가 역 입구로 향해서 와타루도 함께 걸었다. 전단 같은 것을 나눠 주던 남자가 다가와 어머니에게 내밀었다. 어머니가 어깨에 짊어진 여행 가방을 바닥에 내려놓고 손을 뻗자 남자는 히죽 웃었다. 그리고 어머니가 전단을 받으려는 순간, 누군가가 옆에서 전단을 홱 낚아챘다. 어머니와 와타루 모두 깜짝 놀라 옆에 다가온 사람을 봤다.

"아."

와타루는 조용히 입을 열었다. 조금 전 찻집에서 만났던 바텐더다. 여사장의 지시로 와타루에게 크림소다를 만들어 준 사람. 아마 '코우짱'이라는 이름으로 불렸던 것 같다. 키가 훤칠한 그는 낚아챈 전단을 순식간에 갈기갈기 찢어 버렸다.

"이런 건 다 사기야."

그러자 전단을 건넨 남자가 얼굴을 찌푸리며 다른 곳으로 향했다. 와타루는 발밑에 떨어진 종잇조각을 내려다봤다. '神'이라는 한자가 보였다.

어머니는 어안이 벙벙한 얼굴로 바텐더 남자를 돌아봤다. 코우짱은 엉덩이 주머니에서 지갑을 꺼내더니 부푼 지갑에서 거칠게 지폐 다발을 뽑아 어머니의 손에 쥐어 줬다. 허름한 가게의 바텐더가 이런 거금을 가지고 있다니.

"저기요."

어머니는 무슨 일이 일어난 건지 좀처럼 이해하지 못하는 듯했다.

"이 정도면 당분간은 괜찮지 않겠어?"

코우짱은 화난 것처럼 물었다.

"하지만⋯⋯."

여전히 영문을 모르는 어머니가 돈을 다시 돌려주려 했지만 남자는 거절했다.

"수상한 종교 단체 같은 데 의존하지 마."

그 말을 듣고 전단을 나눠 주는 다른 여자가 코우짱을 노려봤다.

"그런 곳 말고도 당신을 도와줄 곳이 있지 않나? 구청이나 복지 단체. 그런 데를 찾아가."

그리고 남자는 와타루를 내려다봤다.

"어이, 와타루."

이 사람에게 내 이름을 말했나. 크림소다를 마시고 있을 때 말을 걸었으니 그때 알려 줬을지도 모른다.

"난 이런 편법밖에 쓸 줄 몰라. 이렇게 과거를 살짝 바꾸는 반칙밖에."

도통 무슨 말인지 알 수 없었다.

"자, 이것으로 네 미래는 바뀌게 됐어."

"네."

나도 모르게 대답을 해 버렸다. 내 미래가 뭘까. 그러나 왠지 밝은 무언가가 보이는 듯한 느낌이 들었다. 그렇다. 그래야 한다. 곧 아기도 태어난다. 내 남동생이나 여동생이.

"저희에게 왜 이러시는 거예요?"

어머니가 어이가 없는 것처럼 남자에게 물었다.

"이 녀석이⋯⋯."

남자는 턱으로 와타루를 가리켰다.

"이 녀석이 무서운 꿈을 꾸지 않았으면 해서."

코우짱은 마지막으로 그런 말을 남기고 재빨리 왔던 길을 되돌아갔다. 와타루와 어머니는 말없이 그의 뒷모습을 바라봤다. 남자는 금세 인파 속에 섞여 사라졌다. 어머니는 그가 건넨 돈을 주머니에 넣었다.

"다행이야, 엄마."

와타루는 어머니에게 말했다.

"좋은 아저씨 같아."

"응. 그런 것 같네."

어머니는 여전히 멍한 얼굴로 대답했다. 하지만 조금은 기운이 생긴 것 같다. 조금 전의 당황한 표정은 사라지고 없었다.

"가자, 와타루."

어머니는 다시 와타루의 손을 붙잡고 걷기 시작했다.

거센 바람이 거리를 쓸고 지나갔다. 건물 앞에 심어진 무궁화의 분홍 꽃잎이 흔들리고 있다.

가을이다. 뭔가가 시작될 것 같았다.

청량한 가을바람처럼 가슴에 스미는
우사미 마코토류流 판타지 미스터리

서민 동네의 반찬 가게 직원으로 일하며 조용히 홀로 살아가는 와타루. 그는 어렸을 때 사이비 종교 시설에 살면서 시설과 학교에서 극심한 괴롭힘에 시달렸고 어머니와 여동생, 하나뿐인 친한 친구와 모두 헤어진 가슴 아픈 과거를 짊어지고 있습니다. 나이가 들어 세상을 조금씩 알게 되며 감정의 밑바탕에 체념을 깔아놓고 대체로 무덤덤하게 살아가지만, 여전히 가슴 한 켠에서는 사랑스러웠던 어린 여동생 마리나와 가족 전체가 왠지 신비한 분위기를 자아내던 푸른 눈의 친구 아오토를 남몰래 그립니다. 그러던 어느 날, 와타루 앞에 '가오'라는 이름의 남자가 불쑥 등장하고 세상은 정체 모를 전염병의 습격을 받게 됩니다. 자신을 투자자라고 소개한 가오는 이 전염병을 이용해 한몫 잡으려는 계획을 설파하며 일개 반찬 가게 직원인 와타루에게 수상하리만큼 적극적으로 접근합니다. 처음에는 거부하던 와타루도 시간이 갈수록 가오에게 수수께끼 같은 매력을 느껴 결국 그의 사무실에 가게 되고, 그곳에서 와타루는 20여 년 전에 헤어진 여동생을 꼭 빼닮은 여자를 만나 큰 충격에 빠지고 잔잔했던 그의 일상이 크게 요동칩니다. 여자는 대체 누구이며 '가오'의 정체는 무엇일까요. 그리고 역병이 범람하는 어지러운 세상 속에서 한때 와타루의 유일한 구원이었던 친구 아오토와 그의 신비로운 가족은 어디로, 어떤 이유로 자취를 감췄을까요.

『아이는 무서운 꿈을 꾼다』는 청량한 가을바람처럼 독자의 가슴에 잔잔히 스며드는 판타지 미스터리입니다. 일본에서 코로나가 한창이던 2021년에 출간된 작가의 열일곱 번째 장편이며 국내에서는 다섯 번째로 출간되는 작품입니다. 평범한 전업 주부로 40대부터 집필을 시작해 2006년 쉰의 나이로 『룸비니의 아이』라는 호러 단편으로 제1회 '유幽' 괴담 문학상 단편 부문 대상을 수상하며 늦깎이 데뷔한 작가는 2024년 현재까지 무려 23편이나 되는 작품을 세상에 내놓았습니다. 큰 상을 타거나 해서 한번 유명세를 얻기 시작한 후 여러 사정으로 신작이 나올 기미가 없는 젊은 과작 작가도 많은 현실에서 마치 글쓰기에 굶주린 것처럼 소설을 내놓는 집필 속도도 대단하지만, 우사미 마코토 작품의 가장 큰 특징은 독자가 책을 직접 집어 들어서 펼치기 전까지는 도무지 어떤 이야기가 담겨 있을지 예상하기 어려울 정도로 폭넓은 주제와 장르를 다룬다는 것입니다. 과거와 현재를 오가며 서글픈 시대상과 인간 군상의 사연을 정통 미스터리로 풀어내 제70회 일본 추리 작가 협회상을 수상한 걸작 『어리석은 자의 독』, 아동 학대의 끔찍한 현실을 고발하면서도 한 줄기 희망과 미스터리 소설로서의 가치를 놓치지 않으며 제33회 야마모토 슈고로상 최종 후보에 오른 『전망탑의 라푼젤』, 일상 미스터리와 청춘의 성장통을 절묘하게 엮어 그려낸 청춘 성장 미스터리 『밤의 소리를 듣다』 등 우사미 마코토의 작품을 읽어 보거나 앞으로 읽으실 분들은 이런 저의 짧은 소개 글과 시놉시스만으로는 절대 뒷이야기를 함부로 예측할 수 없고, 예측해서도 안 된다는 것을 여실히 느끼실 수 있을 것입니다. 그리고 본 작품『아이는 무서운 꿈을 꾼다』는 국내에 처음으로 소개되는 우사미 마코토의 '판타지 미스터리'입니다. 물론 이 역시 편의상의 분류이고 우사미 마코토의 소설이 항상 그렇듯 이번에도 수많은 요소가 듬뿍 담겨 있어 단어 하나로 딱 잘라 규정짓기는 어려운 작품입니다. 작품 속에 '가을'이라는 계절이 주요 키워드로 등장하듯 늦여름의 온기와 초겨울의 찬 기운을 함께 머금은 듯한 오묘한 작풍을 선보이며 시도 때도 없이 독자의 마음을 쥐락펴락하지만, 한 가지 확실한 것은 타고난 이야기꾼으로서의 작가의 자질과 노련한 인생 경험이 빚어낸, 이제는 믿고 읽을 수 있는 이야기라는 것입니다.

　우사미 마코토의 모든 작품에서 딱 잘라 규정할 수 있는 공통점도 있습니다. 바로 작품에 '인간이 그려져 있다'라는 것입니다. 일본은 전 세계에서 거의 유일하게 수수께끼 풀이를 중심으로 한 본격 미스터리가 유독 사랑받는 나라입니다. 따라서 작금의 일본 미스터리를 비판할 때 예나 지금이나 '작품에 인간이 그려져 있지 않다'라는 말이 심심찮게 나오곤 합니다. 수수께끼 풀이에 치중한 나머지 작중 인물들이 오로지 기능적으로만 쓰이는 세태를 비판하는 것입니다. 그러나 우사미 마코토의 작품만은 과거도, 지금도, 앞으로도 그런 비판에서 자유로울 거라고 저는 감히 단언합니다. 작가 스스로 인터뷰에서 여러 번 밝혔듯 우사미 마코토가 작품을 쓰는 원동력은 바로 인간을 향한 관심이기 때문입니다. 미스터리, 호러, 청춘 성장 소설, 심리 서스펜스 등 다양한 장르의 외피 속에서 끊임없이, 집요하게 '인간이란 무엇인가'를 묻는 작품. 숨겨진 복선과 교묘한 트릭 등 미스터리에 필수적인 '눈속임'들 속에서도 작품이 불러일으키는 감동만큼은 '진짜'인 작품. 그것이 바로 우사미 마코토의 미스터리를 일컬을 때 칭하는 우사미 마코토류流이며 우사미 마코토가 새로운 미스터리의 여제라는 평가를 받는 이유입니다. 앞으로도 작가가 만들어내는 거대한 이야기의 세계 속에서 이리저리 휘둘리며 때로는 웃고, 때로는 눈물지을 미래를 떠올리니 마치 인간에게 경고를 내리듯 가장 뜨겁게 달아오른 올여름도 저는 왠지 버틸 만했던 것 같습니다. 독자 여러분께도 우사미 마코토의 소설, 더 나아가 모든 재미있는 미스터리 소설이 언제나 힘든 일상을 버티는 작은 원동력이 되기를 기원해 봅니다.

2024년
이연승

아이는
무서운 꿈을
꾼다

1판 1쇄 인쇄 2024년 10월 10일 1판 1쇄 발행 2024년 10월 17일

지은이 우사미 마코토 옮긴이 이연승

발행인 송호준 편집장 민현주 총괄이사 황인용
디자인 알음알음 일러스트 Shirabe 제작 송승욱 마케팅 송재원

발행처 블루홀식스 출판등록 2016년 4월 5일 제 2016-000100호
주소 경기도 파주시 회동길 483-1 전화 031-955-9777 팩스 031-955-9779
이메일 blueholesix@naver.com

ISBN 979-11-93149-30-0 03830 값 17,800원